华　章
传奇派

品味无限不循环的人生

陆晓峰

著

大鳄联盟

海鸥篇

海鸥

捕捉利润的交易员。在转瞬即逝的价格移动中，于海豚口中掠食。

海豚

推动价格的游资。聚，可将白菜卖成黄金。散，能把黄金贬为尘土。

鳄鱼

上游资本的主宰。一手掌控实体经济，一手拨弄金融风云。

重庆出版集团 重庆出版社

图书在版编目（CIP）数据

大鳄联盟. 1, 海鸥篇 / 陆晓峰著. — 重庆 : 重庆出版社, 2021.3

ISBN 978-7-229-15431-8

Ⅰ. ①大… Ⅱ. ①陆… Ⅲ. ①长篇小说—中国—当代 Ⅳ. ①I247.5

中国版本图书馆CIP数据核字（2020）第227187号

大鳄联盟. 1, 海鸥篇

陆晓峰 著

出　　品： 华章同人

出版监制： 徐宪江　秦　琥

责任编辑： 王昌凤

特约编辑： 张铁成

责任印制： 杨　宁

营销编辑： 史青苗　刘晓艳

封面设计： 韦海峰

重庆出版集团 重庆出版社 出版

（重庆市南岸区南滨路162号1幢）

投稿邮箱：bjhztr@vip.163.com

北京温林源印刷有限公司　印刷

重庆出版集团图书发行有限公司　发行

邮购电话：010-85869375/76转810

重庆出版社天猫旗舰店 cqcbs.tmall.com

全国新华书店经销

开本：880mm × 1230mm　1/32　印张：12.5　字数：313千

2021年6月第1版　2021年6月第1次印刷

定价：48.00元

如有印装质量问题，请致电023-61520678

目录

第 一 章 父亲 /1

第 二 章 魔方 /6

第 三 章 海鸥 /12

第 四 章 鳄鱼 /17

第 五 章 过往 /24

第 六 章 收购 /30

第 七 章 生日 /37

第 八 章 攒钱 /40

第 九 章 嫌疑 /44

第 十 章 卧底长林 /49

第十一章 第一次相见 /55

第十二章 最后的依恋 /61

第十三章 入职 /67

第十四章 劫持事件 /72

第 十 五 章　默契 /78

第 十 六 章　征服大小姐 /84

第 十 七 章　增发 /91

第 十 八 章　蹊跷 /97

第 十 九 章　培训 /104

第 二 十 章　视频 /111

第二十一章　高迈 /116

第二十二章　齐军 /122

第二十三章　救驾 /129

第二十四章　喜悦 /134

第二十五章　锐利 /140

第二十六章　端倪 /146

第二十七章　东华渔业的麻烦 /152

第二十八章　表现 /159

第二十九章　归途 /164

第 三 十 章　期权 /170

第三十一章　被借调 /177

第三十二章　任务 /183

第三十三章　奖励 /189

第三十四章　帮忙 /195

第三十五章　决断 /203

第三十六章　聚会 /209

第三十七章　偶遇 /215

第三十八章　惊天秘密 /221

第三十九章　新家 /227

第 四 十 章　签字 /233

第四十一章　办妥 /238

第四十二章　上阵 /243

第四十三章　发现 /249

第四十四章　推测 /255

第四十五章　上市 /261

第四十六章　猜测 /269

第四十七章　置气 /276

第四十八章　车祸 /285

第四十九章　人事 /291

第 五 十 章　遗产 /297

第五十一章　见面 /303

第五十二章　锦儿 /310

第五十三章　机会 /316

第五十四章　大招 /323

第五十五章　用地 /330

第五十六章　人影 /335

第五十七章　出事 /340

第五十八章　邀约 /345

第五十九章　拒绝 /352

第 六 十 章　反击 /357

第六十一章　悲喜 /362

第六十二章　出国 /368

第六十三章　要挟 /373

第六十四章　房子 /378

第六十五章　想法 /383

第六十六章　曲终 /388

第一章
父亲

“帅朗，你爸爸死了！”

“是被人害死的！”

“你不想为他报仇吗？报仇吗？报仇……”

漆黑的夜里，声音从远处传来，充满了嘲弄，充满了挑衅。

“不——”帅朗大叫了一声，猛地坐起身来。这才发现，自己只是做了一个噩梦。

可是……正当他准备重新躺下，眼角的余光却瞥见了被叠成方块、放在枕边的报纸。报纸上印有一张照片。那是爸爸郎杰的照片。照片上，爸爸露出六颗雪白的牙齿，笑得分外阳光灿烂。

看着这样的笑，帅朗不由微微一愣。恍惚中，许许多多早已尘封的记忆，蓦然涌上心头——

“咯咯咯……”

曾几何时，蹒跚学步的他，几番险些跌倒，却终究被这样的笑声鼓舞，爆发出足够的勇气，踉踉跄跄地扑入了爸爸的怀抱。

每一次，爸爸都会大笑着把幼小的帅朗高高举起。每一次，帅朗都会高兴地欢笑不休，觉得自己上了九霄。

那时，帅朗叫郎帅。

爸爸和妈妈总是喜欢抱着他，一人亲他的左脸，一人亲他的右脸，然后笑着对他说：“郎是爸爸的姓，帅是妈妈的姓，郎帅这个名字，代表着你是爸爸妈妈恩爱的结晶，是家里最最珍贵的宝贝。”

被当成了宝贝的他，喜欢听妈妈讲故事，喜欢和爸爸玩游戏。在中学当历史老师的妈妈，总会给他讲许多历史上发生过的有趣故事。当数学老师的爸爸，则有意无意给帅朗进行最初的数学启蒙。

在这样的快乐中，帅朗一天天长大，然而爸爸却一天比一天忙碌，渐渐减少了和帅朗玩乐的时间，也不再引导帅朗对数学的兴趣。越来越多的时间，他都是坐在电脑前面一动不动。眼睛紧紧盯着电脑屏幕上那些红红绿绿的数字，还有跌宕起伏的曲线，时而兴奋，时而沮丧，状若疯癫。

只有偶尔心情好的时候，爸爸才会把帅朗抱到膝盖上，指着眼前的电脑屏幕，告诉他，这是股票，这是行情。研究透了，就能赚钱，赚好多好多钱。

后来，爸爸辞职了，开始全职炒股。钱越赚越多，帅朗的口袋里，开始越来越频繁地拿出来各种好吃的零食、好玩的玩具。这些零食和玩具总是换花样、层出不穷，哪怕最最刺头的熊孩子，都挡不住这样的诱惑，成为帅朗的小跟班，私下里羡慕嫉妒帅朗那个越来越有钱的爸爸。

帅朗很快就跟随父母离开了原来那个已经有些破旧的一室一厅的老房子，搬到了一座崭新漂亮，总共有上下三层楼，外带池塘、花园和假山的别墅。

别墅的三楼是爸爸的工作室。工作室内有好多书架，放满了关于金融、经济和各种衍生品的书。墙壁上挂了好多台电脑。只不过电脑屏幕上显示的已经不再只是股票的行情和信息。爸爸已经开始转战期货、外汇和黄金、石油……

越来越顺利的投资，让爸爸不再像最初那样紧张和沉默。别墅里，开始越来越频繁地回荡起爸爸的大笑。自信、骄傲，意气风发的大笑。爸爸终于重新开始关注到了帅朗，每当闲暇时，他就会不由分说，把帅朗带到楼上的工作室。然后，凭借成年人的绝对力量优势，将年幼的帅朗强行抱在膝盖上，滔滔不绝几个小时，告诉帅朗他因为怎样的原因，选中怎样的目标，以怎样的价格果断下单，又如何明智地获利了结。

爸爸丝毫不在意帅朗当时的年纪，是否能理解那一根根 K 线，还有那些红色和绿色的数字究竟代表着怎样的含义。也不关注那时的帅朗，其实更想无拘无束地奔跑、玩耍，发泄孩子体内无尽的活力。

他只会兴高采烈地向儿子展示自己的本领、成就和骄傲，还有自己的人生感悟。以至于当初年幼的帅朗，记忆里完全没有留存爸爸如何出色操盘的技巧，记住的仅仅是爸爸的自我定位："臭小子，你老子我就是一个交易员！"

"什么叫作交易员？嗯，交易员就是在这个瞬息万变的市场上，敏锐地捕捉到有利可图的价格，然后勇敢果断地出击，买入、卖出，获取巨大的利润，享受冒险成功带来的成就感！

"交易员，是这个世界真正的主宰者。这一年三百六十五天，一天二十四个小时，每一分每一秒，全球就有八万亿以上的资金在流通、在交易。一个伟大的交易员，可以购买全世界所有的货物，狙击全世界所有的公司。整个世界的物价、实体乃至经济，全都操控在交易员的键盘之下！如果你足够聪明，你就可以让手中的筹码，如同滚雪球一般，越滚越大。理论上，你可以买下全世界，哈哈，甚至全宇宙！

“这世上最酷的就是交易员了。想想吧，某个夕阳西下的傍晚，你两手空空来到一个陌生的城市。哪怕你身无长物、不名一文，哪怕你狼狈不堪、举步维艰，全都没关系。只需要找一个可以上网的地方，只需要用一台电脑，下载一个交易软件，然后打开软件，从那些瞬息万变的数字里，捕捉到一次交易的机会。短短几分钟，你就能够有足够的钱来解决你的所有问题！酷不酷？”

儿子总是崇拜爸爸的。虽然那时的帅朗，还完全无法弄明白什么是交易员，更无法理解爸爸究竟是在做些什么。可是他那时受到了爸爸的影响，一心一意崇拜爸爸，想要在自己长大以后，也成为爸爸所说的交易员。

直到一个雷声隆隆、乌云密布的傍晚。

“哐啷当——”正在写作业的帅朗，忽然听到客厅传来了好像饭碗摔在地上碎裂的声响。

他的心猛地一跳，隐约感到了一丝不祥。他怀着忐忑和不安，下意识地跑出了自己的书房，跑到客厅，结果看到妈妈正伏在沙发上痛哭不已，爸爸已经转身朝门口走去。

他和帅朗擦肩而过。四目相对时，爸爸的目光很复杂，嘴角牵动了一下，欲言又止，脚步只是稍稍停顿了一下，旋即就头也不回地走出了别墅，上了停在别墅外面新买的汽车。

这一刻电闪雷鸣。大雨终于哗啦啦地落下，在天地间扯起了一道朦胧的雨幕。爸爸开着车，飞快地远离，转眼就消失在茫茫大雨中。无论是妈妈伤心的哭泣，还是帅朗惊恐的叫喊，都丝毫没有让他回头。

年幼的帅朗完全不知道，爸爸究竟为什么和妈妈吵架，又为什么就这样决然地离开了妈妈和自己。他只知道，从那一天以后，妈妈把家里所有和爸爸有关的东西都烧掉了、扔掉了。她还带着帅朗去了派出所。从此，户口簿上的郎帅变成了帅朗。从此，学校里但凡填写个人信息，在父亲一栏上，妈妈都让帅朗写下“已故”两字。从此，帅朗就再也没有见过爸爸，也完全没有了爸爸的消息。

他和妈妈相依为命。在小镇读了小学、初中、高中，最后以优异的成绩考上了大学。渐渐地，帅朗已经接受了爸爸离开他和妈妈的事实，已经习惯了没有爸爸的生活。

可他怎么也没有想到，就在昨天，有人快递来了一份《财经日报》，只不过日期却是一个月前，三月七日。

父亲的照片，就在报纸的第三版。

照片旁边，是一行加黑的题目——祸起萧墙投资爆雷，纵身一跳命丧黄泉！下面的正文非常简单：

> 三月七日晚七时许，沪上知名高档小区富贵花园内，有一中年男子坠楼身亡。经查，死者系海鸥资产执行总裁，亿万富豪郎杰。
>
> 据记者走访了解，曾经在资本市场上所向披靡的郎杰先生，近日因为投资屡屡折戟而与合伙人之间的矛盾激化，负面消息接二连三传出。投资者对郎杰先生的信心大为动摇，纷纷挤兑，海鸥资产陷入了众叛亲离的窘境之中。故有理由怀疑，郎杰先生此次身故，或与他近期投资失败、资金链断裂有关……

第二章 魔方

清晨。

“叮当……”风铃声中，帅朗推开了酒吧的门。

这家名为海鸥的酒吧，里面干干净净、空空荡荡。没有灰尘，也没有烟酒的气味，完全看不出营业过的痕迹。有一种已经闲置了很久，却天天都有保洁的感觉。

“有人在吗？”帅朗站在门口礼貌地试着喊了两声。回音隐约传来，却没有人回应。

帅朗皱了皱眉，忍不住低头看了一眼拿在自己手里的信封。昨天，他正是从这个信封里，拿到了记载有父亲死讯的报纸，于是循着这信封上面的地址，找到了这家海鸥酒吧。

海鸥资产，海鸥酒吧，相似的名字，不能不让人有所联想。问题是，这个信封的发件人一栏，只填了一个看上去很女人味的名字——叶阑珊。除此之外，一片空白，没有电话号码或者其他联络方式。

一时间，帅朗不由傻了眼。

从学校来这里一趟可不容易，又是坐地铁，又是转公交，花了他足足一个多小时。来都来了，总不能现在就掉头打道回府。无奈之下，帅朗犹豫着，慢慢走到了吧台前面，随便找了一个高脚凳坐下。还没有来得及打量四周，就听到一个沙哑的声音从身后传来："果然是父子！当初你爸爸也特别喜欢坐在你这个位置！"

声音很特别，透着一股难以言喻的诱惑。

帅朗猛地转身，看到自己刚才进来的酒吧门口，不知何时站了一个人。一个女人，一个让他第一眼看到，就忍不住感到惊艳的女人。她好像一只慵懒的猫，懒洋洋地倚靠在酒吧大门的门框旁，一手夹了一支精致的女士香烟，一手"啪嗒"一声打开了打火机，点上烟，吸了一口，徐徐吐出。

烟雾缭绕，稍稍遮掩了她那令人惊艳的容颜，越发显得神秘。

帅朗忍不住在心里对比了一下，如果打分的话，十分满分，眼前这女人绝对可以得十二分。多出的两分，是她独有的风情，有些慵懒，有些魅惑，有些惹人遐想的风情。看上去明明只是比帅朗大了三四岁的样子，可浑身上下都好像熟透了，熟得足以让所有正常的男人都忍不住血脉贲张、蠢蠢欲动。

而就在帅朗打量女人的时候，女人同样也在打量帅朗，从头到脚，就好像惊喜地打量着一件忽然发现的十分有趣的玩具一样，好一会儿才笑道："以前就曾经听你老爸说，说他在你小时候，有一次和人打赌，在你的脖子上挂了一个'合影一次十元钱'的牌子，然后把你扔到商场门口，没想到半天工夫就有三十多人和你合影，赚了三百多块钱。当时我还以为你老爸吹牛呢。

"现在看到真人才发现，你老爸一点儿都没有夸张。啧啧，这颜值，无敌了。听说你从小就是年级前三的学霸，还能在校运会上拿短跑和跳远的冠军，在文艺汇演中弹奏钢琴。我要是小姑娘，也会爱死你。

“难怪你老爸说，从初中到现在的大学，一直都有好多女生——同一个班级、同一个学校，乃至附近其他学校的——都好像飞蛾扑火一样来追你，想要成为你的女朋友。现在每天都能收到多少封情书？

“哦，对了！别奇怪我知道你这么多事情。以前，你老爸没事的时候，总喜欢把你的事情拿出来炫耀。他……其实一直都很关心你！”

说话间，她已经款款走到了帅朗面前，伸出手：“叶阑珊！”

帅朗眼睛一亮，这不正是快递信封上的发件人！

帅朗同样伸出手：“帅朗！”

两手相握的刹那，他清楚地感觉到，这个名叫叶阑珊的女人竟然用小指，轻轻地、飞快地，恍若不经意，却又好似别有用心地划了一下他的手掌心。

见鬼，绝对是挑逗！那种最最强烈，最最直接，最最诱人的挑逗。

可惜，这一招对帅朗并没有太大用。就如同叶阑珊说的那样，从小到大，他自己都算不清，究竟有多少个女孩子疯狂地暗恋他、追求他；哪怕他由衷地觉得，眼前这个女人绝对是他见过的所有女人里面，最诱惑的一个；眼前这个女人的挑逗，也是他曾经经历的挑逗中，最让他忍不住心动的挑逗。但他终究是帅朗。这些年来，他早已习惯了面对这样的事情，更学会了如何老练地应对。

他脸上的神情没有一丝变化，心中反而起了几分警惕，警惕地看着面前的女人。手不动声色地放开了，人稍稍后退了半步。

帅朗礼貌而有距离地问道：“您是我父亲的……朋友？”

“错，是徒弟。你父亲是我师父。正是他带我进入了看不见硝烟，却绝对比枪林弹雨还要惨烈百倍的资本市场。所以，我是你的师姐哦！”叶阑珊微微一笑，没有在意帅朗的抗拒，但是也没有任由帅朗继续探问下去，她笑着岔开话题道，“你要喝点儿什么？酒，咖啡，茶？”

“……茶！”

虽然在酒吧里面喝茶实在有些怪异，帅朗犹豫了一下，还是遵从本心的选择。他喝不惯咖啡。喝酒？那就算了！他到现在还没有弄清楚眼前这个女人的来路和意图，所以，当然不想喝醉了，被人卖掉还替人数钱。

叶阑珊倒也不以为意，耸了耸肩，就自顾自走到后面，应该是为帅朗准备茶水去了。

帅朗百无聊赖地坐在吧台前，好奇地四下打量。很快，他的目光落在了吧台边角上，确切地说，是落在了吧台边角的一个魔方上。

不仅仅因为魔方出现在酒吧里有些格格不入，更因为看到面前这个魔方的刹那，帅朗目光微微一闪。一些已经尘封了很久、很久，久到帅朗以为自己早就遗忘了的记忆，蓦然在脑海里炸开——

那是在他很小的时候。那时，他和爸爸妈妈还没有搬去别墅住，还住在最初那个一室一厅，有些破旧却熟悉而又温馨的老房子里。那时的父亲还没有炒股，没有整天盯着电脑上的股票行情紧张焦躁，当然也没有后来赚了很多钱的意气飞扬。

还在中学教数学的爸爸有很多时间陪帅朗玩，魔方，恰恰就是爸爸和儿子经常玩的玩具。

“乖儿子，世界上，魔方有很多种。四阶、五阶、六阶……甚至十七阶魔方，都有人制作生产出来。不过最常见的，就是爸爸现在手里的这种三阶魔方。”

“三阶魔方，由6个中心块、8个角块、12个棱块，和一个主轴，共26个块组成。大约是10的19次方再乘以4.3，总计43、252、003、274、489、856、000种变化。是不是很多？”

“不过不要紧，要想让它们变成一面一色，其实很简单。只要我们给棱块、角块编码，然后让角块、棱块复原，然后奇偶校验。嗯，这样，这样，再这样……你看，哈哈，爸爸变出来了……”

爸爸的话语从很遥远、很遥远的时空传来，却仿佛就在耳畔回荡。恍惚中，帅朗拿起了魔方。“咔嚓咔嚓”……没有几下，原本五颜六色散乱无序的魔方，神奇地变成了六面各一色。

就好像很久、很久以前，爸爸在当时还叫郎帅的帅朗面前展现的那样。

“不错啊！”这时，赞声从身后响起。

不知何时，叶阑珊端了一个放置了一壶热茶和两个茶杯的托盘，走了出来。她轻轻地将托盘放在了吧台上，自己则坐到了帅朗身旁。

叶阑珊若有所思地看了帅朗一眼，笑道：“这么快就把魔方破解了，我估计没有用多少步吧？”

帅朗轻轻摇了摇头：“二十五步！”

“那也不错了！知道为什么大家将任意打乱魔方还原所需要的最少步数的上限称为上帝之数吗？因为，解开魔方需要棱块编码、角块编码、角块复原、棱块复原、奇偶校验这些步骤。而只有一定水准以上的记忆和计算能力，才能推动这些步骤，最终解开魔方。越是接近上帝之数，越说明你的记忆和计算能力出类拔萃。”叶阑珊耸了耸肩，“据我所知，目前公认的上帝之数是二十步。你能够在二十五步内做到，可以算是聪明人了！所以，不用那么谦虚！”

她一边说，一边拿起茶壶，给自己和帅朗都倒了茶。

叶阑珊将其中一杯热茶放到帅朗面前，同时轻轻赞叹了一声："果然有其父必有其子！"

帅朗目光微微一凝，呆呆地看着眼前升起腾腾热气的茶杯，好久方才索然道："只能说父母是孩子最好的老师。很多时候，父母不经意间的一些言行，会在不知不觉中影响到孩子。就比如我……"

他自嘲地笑了一笑，低沉地叹道："这些年，妈妈一直都在严防死守，想把父亲从我的生活里彻底抹去。可是，怎么可能抹掉？现在回过头来想想，其实自己数学一直很棒，平常有空的时候喜欢玩几把魔方，还有大学选择了财经专业，其实都是因为父亲的影响。可这些，以前不要说妈妈，就连我自己都没有留意到。"

说着，帅朗心中暗暗一惊，发现自己或许是因为获悉父亲死讯的缘故，有些失常。往常可不会看到魔方就会想起那么久以前和父亲相处的情形，更不会像现在这样多愁善感。

当下，他用力摇了摇头，定下神来，看着面前的叶阑珊，又恢复了往日的冷静："现在，能跟我说说我爸爸的事情吗？他……真的死了？因为投资失败自杀了？昨天我收到你的快递后，在网上查了查，发现网上流传一种说法，说是有人算计了他。当真是这样？"

第三章
海鸥

酒吧很静，静得能够清晰地听见叶阑珊抿了一口茶的声音。然后，是茶杯放在了吧台上的轻响。

“知道吗？我第一次看到你父亲，就是在这里。当时，他就坐在你这个位置上……”叶阑珊放下茶杯，并没有正面回答帅朗的问题，只是幽幽叹了一声。看着帅朗，目光竟渐渐迷离。

恍惚穿越了时空，看到了很多年前的酒吧，很多年前，同样坐在这个位置上的郎杰——

那是一个夕阳映红了半边天空的傍晚，酒吧的门口，挂了一个暂停营业的牌子，里面却聚满了人。许许多多看上去在现实里绝对从未谋面，可明显神交已久，稍稍报个名号，就立刻能得到热烈回应的人。

而那时的叶阑珊，有一个很土的名字，叫叶小花。她全身上下的衣着打扮，就和她当初的名字一样土。土里土气的她，从老家来到大都市。从一个没有公路、没有网络，上学都要翻山过河，走上十里路的山坳坳，来到了灯红酒绿的大都市。

一到城里，就被原本以为可以依靠的同乡骗走了所有的钱，还差点儿被卖到非法的地下发廊，亏得遇到恰好同样姓叶的姑姑。姑姑解救了她，收留了她，让她留在自己开的酒吧里打工。

于是，当时还叫叶小花的叶阑珊，有幸在这个酒吧里见到了郎杰。

郎杰在人群里谈笑风生，所有人都争先恐后上前和他打招呼，都恭恭敬敬地称呼他为老师。无论是西装革履的白领，还是官威十足的公务员，又或是满身江湖气的大汉、温文尔雅的学者、桀骜不驯的青年，他们面对郎杰时，无不虔诚而又狂热，犹如信徒。

他们纷纷虚心求教郎杰，也彼此热烈讨论。你言我语，说的全是什么牛市熊市、买多卖空、开仓平仓、杠杆融资等一大堆当时叶阑珊完全听不懂的话。她那个时候，唯一能做的就是不停给这些人端酒上茶，同时也好奇地看着、听着，小心翼翼地试图靠近这个感觉很神秘、很高大上的世界。

那一天，她唯一搞明白的只有一件事情。那就是姑姑之所以不惜让酒吧停业，郎杰及那么多人之所以出现在酒吧，都是为了海鸥俱乐部的成立。

"海鸥俱乐部？"帅朗心中微微一动。

父亲的海鸥资产，此刻的海鸥酒吧，再加上叶阑珊口中的海鸥俱乐部，都有海鸥两个字。

他隐隐感觉到，海鸥这个词，似乎暗藏了什么特殊含义。

"不错，海鸥俱乐部！这是一个完全由交易员们组成的俱乐部。"叶阑珊点了点头，然后站起了身。她绕到吧台后面，拿出了一个遥控器，对准左侧墙壁上的大屏幕，点了一下，大屏幕顿时亮了。

让帅朗意外的是，屏幕上放映的竟是一片大海，无边无际、波涛汹涌的大海。

海中，有许多沙丁鱼。它们东边一群、北边一群，数量虽然很多，可置身于广袤的大海，却如同沧海一粟，显得微不足道。

这时，海豚出现了。

聪明的海豚群通常一组几百头，忍耐住大快朵颐的贪念，不惜几天几夜，引诱着、惊吓着，将一群又一群的沙丁鱼群追赶到海豚们设定好的海域。

沙丁鱼群有群居特性，若是碰到危险更是相互依靠。于是，它们渐渐地由十群靠成五群、五群合成两群，硬生生被海豚驱赶着，几千万条聚集成一颗“沙丁鱼球”，成了海豚的大餐。

而整个过程中，还有第三个参与者——海鸥，徘徊在天空。

海鸥没有海豚的捕杀能力，也没有海豚天生对猎物的敏感。但是当海豚开始集结时，海鸥就开始紧随其后。待到海豚终于开始捕猎，沙丁鱼们开始惊慌失措地奋力跳出水面逃困之际，海鸥群就守住天际防线，一条一条地掠夺，分享海豚的猎物。

“你有没有觉得，这大海里的沙丁鱼，就好像二级市场上的散户？”

当屏幕开始播放海豚捕猎的时候，叶阑珊开口了。

“沙丁鱼的洄游是为了寻找温暖的洋流。对于海豚来说，沙丁鱼的行动轨迹，完全在掌握之中。所以，海豚可以利用这点，轻而易举设下陷阱，最终将沙丁鱼聚拢到一起，变为自己的大餐。就如同投资世界里，资本利用散户对利润的追逐，张开罗网，预先埋伏，最终轻松收割‘韭菜’。只有其中的佼佼者、聪明者，方才能够跳出这可悲的食物链，抓住机会，在海豚一样的大资金眼皮子底下，虎口夺食。

“这就是交易员，以海鸥自诩的交易员。他们来自五湖四海，有受过高等教育的精英，也有自学成才的草根，有白领、学者和公务员，也有闲云野鹤的自由职业者。有的只是买卖股票，有的涉足期货、外汇。他们逐利而来，就如同海鸥跟随海豚去捕猎沙丁鱼一样，努力挤入资本的盛宴，从中分一杯羹。

“所以，他们不必成群结队，不用团体行动。他们拥有狼的毅力和忍耐，就好像海鸥能够在天空跟随海豚高速、不停息地飞翔——因为海鸥在跟着海豚追寻猎物时，如果体力不支跌落海里，注定会成为海豚享用大餐前的开胃菜。

“他们比狐狸还狡猾聪明，又懂得克制，就如同海鸥不会因为过度贪婪，吃了太多沙丁鱼而撑死自己。他们始终都保持足够的敏捷和灵活，翱翔在九天之上，应对各种可能的变故。

“他们还需要忍受孤独和寂寞。从不对别人产生过度的信任，最好是怀疑一切自己看到、听到的，甚至要对自己所学与所建立的模型产生怀疑——依旧还是如同海鸥，当一条条沙丁鱼跃出海面的时刻，你的同伴其实就是自己最大的敌人，因为其他海鸥可能会吃光所有跳上来的沙丁鱼。

“可问题是，交易员终究是人，自然会渴望能够和同道交流经验和教训，分享成功与快乐，而不是做一个孤家寡人，游离在社会之外。于是，在很久以前，越来越多的交易员渐渐聚拢在了一个叫作海鸥论坛的网站上。”

说到这里，叶阑珊起身为帅朗和自己添了点儿茶水。帅朗微微欠身，表示谢意，注意力则集中在叶阑珊口中的海鸥论坛。

这又是一个以海鸥作为前缀的词。

不过他还没来得及细想，就听见叶阑珊继续说道：

“起始，交易员们只是通过网络，在远端联系。就好像BBS，又或者好像一个QQ或者微信群。他们中的大多数人其实更喜欢隔着网线，进行不见面的交流。就好像他们的交易一样，以有足够波动空间的价格，远程买入市场上一切可以买入的。

“后来交流多了，自然也就熟悉了。对于利润的追求，对于技巧的探索，对于资本市场财富神话的向往和风雨无常的敬畏，让大家虽然未曾谋面，却犹如知己一般投契。于是，有一天不知道是谁忽然提议，大家见个面，在现实里聚一聚，聊一聊。

“这个提议，有人反对，有人无视，但是也有人支持，更有人热心。老师，还有……姑姑，都是最热心的推动者。那时，老师是论坛上活跃的大神。一次次精准的实盘记录，让他名声大噪，威望很高。多亏他振臂一呼，这才召集了足足百多人过来。

“至于姑姑，本身也是一个十分优秀的交易员。之前她就和老师在论坛上颇多交流，十分投契，这一次，眼见老师极力想要促成聚会，就毫不犹豫把她开的这家酒吧贡献出来作为聚会的场地。”

第四章
鳄鱼

“姑姑？”

当叶阑珊说到这里，帅朗的眉不经意地微微挑了一下，下意识地感觉到了什么。

叶阑珊着实冰雪聪明，那一双明媚动人的眼睛立刻斜睨了帅朗一眼，否定了帅朗刚刚开始萌芽的猜想：“不要乱想，姑姑是独身主义者。何况，他们认识的时候，你父母早就离婚好几年了。她和老师……”

说着，叶阑珊微微停顿了一下，似乎是在斟酌言辞，好一会儿方才继续说道：“她和老师更像是高山流水的伯牙和子期。无关男女之情，却在精神上极其投契。是那种志同道合，并在智力上、思想上惊人一致的投契。”

帅朗皱了皱眉，微微牵动了一下，泛起一丝嘲弄：“是吗？”

叶阑珊说起来倒是很浪漫，可这浪漫的一方，是他的父亲，另一方却不是自己的母亲。

想到当初父亲决然离去，想到这些年来，妈妈独自持家的辛苦，帅朗的心情自然不怎么好。但让他诧异的是，从见面伊始就似乎无论什么事情都云淡风轻的叶阑珊此刻论及她的姑姑，却表现出了难得的认真。看得出，她很崇拜她口中的姑姑，很狂热的崇拜。

叶阑珊斩钉截铁地道："当然就是如此。他们都是这个世上绝顶聪明的人。就因为太聪明了，所以，在这茫茫人海中，他们其实是孤独的。就好像……一个现代人，被困在了原始部落里，无比渴望能够遇见来自文明世界的同类。"

帅朗的嘴角忍不住微微抽搐了一下，嘲讽道："你这是把世界上的绝大多数人，都当成了没有进化好的猴子？"

"天才和凡人，本来就有天壤之别！"叶阑珊微微抬起了下巴，不经意间，流露出了一丝视芸芸众生皆草芥的傲气。

叶阑珊伸出手，指了指刚刚被帅朗放下的魔方："不说别的，就说这魔方，有多少人能破解？能破解的人里面，速度和步数又相差多大？"

帅朗微微汗颜，忽然有些受宠若惊的感觉，感觉此刻的叶阑珊，很有些女王范。而自己多亏刚才解开了魔方，而且是快速解开魔方，方才有幸让"女王殿下"青眼有加。

好在叶阑珊并没有继续下去，随即便言归正传："总之，正是这种期盼遇见同类的渴望，让姑姑和老师一见如故。他们相互欣赏、相互敬重。姑姑成了老师最坚定的支持者。老师也把姑姑当成了他人生的知己。他们一起把这个酒吧打造成了交易员们欢聚一堂的家。"

说着，叶阑珊又有些出神。她想起了很久、很久以前的事。

那时，原本只在网上联系的交易员们，刚刚成立了海鸥俱乐部。酒吧就是俱乐部的所在地。交易员们每到周末就会跑来，喝喝酒、聊聊天，讨论讨论交易的得失，争辩争辩后市的看法，偶尔还会以请客喝酒来下注。

老师郎杰时常会成为争论的仲裁者、下注的见证人。更多的时候，他就坐在酒吧的一角，耐心地帮助交易员解惑，指导他们一些技巧，或者回答一些基础的问题——毕竟，许多交易员都是半路出家、自学成才，并不是科班出身，也没有机会得到系统性学习的机会。

每当这个时候，姑姑就会坐在酒吧另一边光线暗淡的角落里，静静地品着酒，默默地看着老师滔滔不绝，很久、很久。

那个时候，还很土，还叫叶小花的叶阑珊，在给酒吧的客人们服务闲余，时常忍不住偷偷捏一捏自己衣服兜里的那张银行卡。那张银行卡，是姑姑收留她来酒吧以后给她办的，里面是她所有的积蓄。

因为酒吧包吃包住，那个时候的她又习惯了省吃俭用，几年下来，竟积攒了两万块钱。一次次听到交易员们动辄几十万、上百万乃至上千万的交易，动辄百分之几十，乃至百分之几百的回报，她忍不住悄悄心动了，忍不住也想进入这神奇的资本市场，让自己那点儿可怜的钱变得更多一些。

天地良心，当时她当真并不贪心，只要能比银行利息高一些，她就很满足了。可是她真的不懂交易啊，别说更加复杂的期权期货，就是连普通的股票交易也不懂。她很想请教一下当时还不是她老师的郎杰，却又不敢。

她很清楚，自己就是一个土里土气的乡下妹子。在她的眼里，姑姑和老师都是神仙一样的人物。于是，她捏着自己兜里的银行卡，几次三番徘徊在老师的身边，几次三番话到嘴边又硬生生地吞了下去，生怕说出来会被嘲笑，更怕会让姑姑生气。

没有想到的是，忽然有一天，在酒吧打烊的时候，老师伸了一个懒腰站起身来，毫无预兆地开口："小花，想不想炒股票？"

正弯腰收拾桌面的叶阑珊，在那一刻差点儿没有反应过来老师是在和她说话。她连连四顾左右，确认当真是在问自己之后，激动得都说不出话来了。她傻傻地，只知道一个劲儿地用力点头，就好像小鸡啄米。

也就是从那一天开始，她懵懵懂懂地进入了神奇的资本世界。老师很耐心地指点了她，她笨手笨脚地用手机在网上开了证券账户，然后老师让她卖出国债逆回购。

"不知道什么叫作国债逆回购？哈哈，没关系，给你讲一个故事，你就明白这是怎么回事了！"

叶阑珊至今还清楚地记得，当时，郎杰随意地靠在酒吧的墙上，抽着烟，好像哄小孩一样调侃地笑道："很久很久以前啊，有一天，一个叫李大的人外出旅游。他来到一个小镇，进了一家旅馆，拿出十张一百块的钞票放在柜台，说想先看看房间，挑一间合适的过夜。

"就在他上楼的时候，店主抓了这十张一百块的钞票，跑到菜市场的屠户那里，还清了他欠的肉钱。屠夫有了一千元，赶紧跑去两条马路外的养猪场，付清了买猪钱。养猪场的主人拿了这笔钱，出去付了他欠的饲料款。那个卖饲料的哥们拿到一千块，赶忙去付清他和失足妇女亲热的费用。而失足妇女有了一千块，就冲到旅馆付了她拖欠的房钱。

"旅馆店主忙把这一千块放到柜台上，以免李大下楼时起疑。恰恰这个时候，李大下楼来，拿起这些钱，抱怨说没一间满意的。说着他就把钱收进口袋里，扬长而去。这一天，没有人生产了什么东西，也没有人得到什么东西，可全镇的债务都清了，大家很开心。

"呵呵，现在明白了吧。操作了国债逆回购的你，就是那个李大。你看你做了多大的贡献？只不过，故事里的那一千块，是背着李大进行周转的。而现在，你的这两万块钱却是你有意拿出来的。所以，当然会有回报，而且是足够丰厚的回报！”

叶阑珊懵懂地点了点头。当时的她，根本无法理解郎杰在说什么，还是不明白什么叫作国债逆回购，也不明白自己明明什么也没有买，怎么上来就可以卖了。

她由衷地觉得，郎杰和姑姑都是那么高深莫测的人。他们的世界，好高好远，卑微如她，唯有仰望。

所以她老老实实听从郎杰的指挥，在利率飙升到年化10%的时候，小心翼翼地卖出了国债逆回购。两万块的资金，才投入一天，却得到了十天的利息，总计五十四块七毛。

单单这个数字，当然没有什么，可是当老师拿出计算器，把54.7这个数字，再乘以365以后，叶阑珊惊奇地发现，结果变成了19965.5。

换而言之，如果天天都赚五十四块七毛钱的话，一年以后，她的两万存款就可以变成四万了。银行可没有这么高的利息！而且，这居然和存银行一样，没有一丁点儿的风险！

老师还说，这还不是国债逆回购最高的收益。疯狂的时候，当天的利率甚至可以达到年化20%、30%，乃至50%。

太神奇了！为了这五十四块七毛，为了一年就能把本金翻一番的美好憧憬，叶阑珊兴奋得一整晚都睡不着觉。只觉得自己似乎在不经意间推开了一扇门，迈上了完全崭新的人生大道。

就在叶阑珊自觉寻找到人生方向的时候，海鸥俱乐部也发展得越来越好。交易员们频频来到酒吧聚会和交流。这些聚会和交流，在一定程度上提升了交易员们的能力，增强了他们在市场上的斩获。海鸥俱乐部因此水涨船高，渐渐成为交易员中间流传的圣地，吸引了更多的交易员争先恐后想要加入进来。

叶阑珊再次拿起茶杯，呷了一口茶，说道："聪明如老师自然不会漠视海鸥俱乐部的发展，他终于提出了一个计划！"

计划？帅朗心头一跳。他本能地直觉到，这个计划导致了眼下的局面。自己终于渐渐接近真相了。

帅朗忍不住追问："什么计划？"

"确切地说，是一个机会。老师……他已经不想仅仅是一个优秀的交易员，不再满足于自己仅仅就如同海鸥一样，尾随在海豚后面，猎杀海豚嘴角里漏出来的那点儿沙丁鱼。"

帅朗耸了耸肩："怎么，他……我是说，我父亲想成为海豚？"

"海豚？当然不是！"叶阑珊看着帅朗，就好像看着白痴一样，"海豚代表的是大资金。不过，再大的资金也不过是二级市场的食肉者。你太小看老师的格局了！"

帅朗忍不住好奇："那他想怎样？"

"他想成为鳄鱼！掌控资本的鳄鱼。"

"鳄鱼？"

"不错，鳄鱼！"叶阑珊指了指大屏幕上仍然在播放的大海画面，"大海虽然广阔，可终究是万千江河湖溪汇聚而来。一级市场的江河湖溪，才是二级市场资金汪洋的源头。而在内陆的河流中，纵横无敌的王者自然首推鳄鱼。"

"等等……"帅朗苦笑着，拍了拍脑门，"鳄鱼？江河湖溪中的鳄鱼？难道我父亲……他想要涉足一级市场？"

叶阑珊道："确切地说，老师想要上市。或者说是，弄个上市公司出来——一家以二级市场投资为主的上市公司，然后通过这家上市公司，圈到足够的钱，来收割二级市场的韭菜。"

"怎么可能？"帅朗有些瞠目结舌。

他虽然还只是一个尚未毕业的大学生，可当初不知不觉受到父亲的影响，高考时他选择了金融专业，最基本的金融常识还是有的。

“对于政府来说，创办证券市场的初衷，应该是创造一个良好的融资渠道，帮助企业更好地生产运营吧？证监会怎么可能允许上市公司以二级市场投资为主业，光明正大地圈股民的钱，然后把这些钱当作游资去投机？”

“事实上，拿着自有资金去炒作二级市场上市公司的股票，早已经有很多家了！这并不违法！”叶阑珊摇了摇头。

她随手点燃了一支女士香烟，吸了一口，吐出了烟圈。

隔着袅袅升起的烟圈，叶阑珊不慌不忙地道：“当然，老师的目标可比这个大得多。他想弄一家上市公司，不仅仅是因为上市公司可以比私募基金更容易圈到钱，还因为有了上市公司的壳，可以更容易进行一些运作。比如更容易获得一些门槛极高的金融许可证，比如蛇吞象一般地并购重组……”

“可是……”帅朗的脸上，依旧还是不可思议，“据我所知，一家公司上市，可没有那么简单。而且这个主业……”

“当然很难！至少老师当初计划的时候，整个市场上，还没有一家上市公司是以二级市场投资为主业的。”叶阑珊轻轻弹了一下烟头，“所以这才是一个野心勃勃，又充满了天马行空般奇思妙想的大计划。老师提出来以后，用了足足五年时间精心布局、筹划，直到去年底、今年初方才开始正式实施！”

第五章
过往

五年前。海鸥酒吧。

吧台内外，围坐了四男一女。

“郎杰出资八千万，占据百分之四十的股份。”

“叶添锦出资六千万，占据百分之三十的股份。”

“高迈出资四千万，占据百分之二十的股份。”

“齐军出资一千六百万，占据百分之八的股份。”

“陈思出资四百万，占据百分之二的股份。”

“如果大家没有异议，我宣布，海鸥资产管理有限公司正式成立！”四十三岁的郎杰很有领袖风范地挥了挥手，笑道，“前不久有人出主意，说是要把全国最优秀的民营企业聚集起来。每家企业至少出一个亿，凑个百亿资金，组成一家专门为民营企业服务的金融机构，解决民营企业融资困难的现状。哈哈，我们这些小人物，当然搞不出这么大的局面。不过，相信我，两个亿，已经足够海鸥投资起步了，足够让海鸥资产成为未来金融界的航空母舰！”

“哈哈，说得好！”郎杰话音刚落，齐军立刻摸了摸自己留着板寸短发的脑袋，哈哈大笑起来。

齐军手臂上有文身，脖子上戴着金项链，乍一看就好像黑社会老大，浑身上下草莽气十足。一开口，俨然就是绿林好汉一般地嚷嚷：“兄弟我没有读过书，没啥本领。好在券商那边人头熟，券商只管交给兄弟就是！”

当齐军咋咋呼呼的时候，一旁的高迈不慌不忙，轻轻抿了一口茶。

高迈五十二岁，尽管鬓角已经微微有些发白，可毕竟是律师事务所的高级合伙人，一身西装革履，举手投足透着精明和干练，完全是职场高级精英的样子。

他明显不怎么喜欢齐军的表现，不屑地瞥了齐军一眼，轻轻放下手中的茶杯，轻轻地道：“那我负责律师事务所！”

与此同时，在场的唯一女性叶添锦慵懒地斜靠在椅背上，慵懒地抽了一口烟，自信地淡然一笑：“那我搞定审计！”

“OK！”看到所有人都发言了，陈思推了推鼻梁上的金丝边眼镜。他今年才刚刚三十出头，却已经是经济学博士、大学教授，地道的学院派。

故而哪怕他出资最少、年纪最轻，这一刻也毫不怯场，笑道：“审核方面如果需要疏通关系的话，相信我还是能够找几个师兄师姐帮忙的！”

“好！”郎杰再次开口，他站起来伸出手，意气风发地道，“来，让我们预祝海鸥资产尽早进入三板！”

说话间，其余四个人也同样站起来，同样伸出手来……

“三板？”

当叶阑珊说到这里的时候，帅朗的眉诧异地微微挑起。

叶阑珊就好像欣赏一件艺术品一样，饶有兴致地看着帅朗的脸，笑道："怎么，你看不起三板？"

帅朗摇了摇头："我就是个穷屌丝，哪里有资格看不起？但是…… 三板和主板终究是不同的吧。三板 …… 在某些时候，可未必比一个明星私募基金更有号召力。而且，许多金融业务想要开展起来，我想也应该是主板更加容易吧。"

叶阑珊轻轻叹了一口气："那是当然！问题是，呵呵，当初创立海鸥投资的，不过就是几个跟着海豚猎杀了一些沙丁鱼的海鸥。哪里可能一步登天。所以，成立海鸥投资，然后让海鸥投资上三板，仅仅是老师那个野心勃勃的计划最开始的一步。"

帅朗不由来了兴趣："第二步呢？"

"第二步，自然是通过海鸥投资，收购一家真正主板市场上的上市公司。"

"借壳上市？"

"算是吧！"

"这怎么可能？"帅朗张大了嘴巴，试探着问，"收购一家主板的上市公司？两个亿远远不够吧！"

"当然不够！目前主板市场上，如果剔除那几家已经启动退市程序的垃圾企业，市值最小的上市公司，也有将近十个亿左右。"叶阑珊慢慢悠悠地道，"而且，当初这个出资，大家都是以各自资产入股折算出来的资金。比如，姑姑的出资，很大一部分来自这个酒吧。老师则是以他一手创立的私募基金海鸥投资入股。事实上，就算两个亿就够了，他们那会儿也拿不出这么多钱来。不过……"

说到这里，她嘴角泛起了一丝微笑。

"资本市场最大的魅力，就是用别人的钱，来扩张自己的版图。具体说来太复杂了。总之，就是通过一系列眼花缭乱，却又专业至极的资本运作手段，老师始终让海鸥资产的财务数据非常漂亮。这样漂亮的财务数据，确保了海鸥资产一次又一次顺利地增发。

“短短五年时间，海鸥资产从成立再到进入三板，然后连续三次增发。每次都获得大量的资金，前后融资超过百亿。每次，这些巨额资金都被海鸥资产用十分激进、咄咄逼人的方式杀入二级市场。先是控股了一家券商，继而又收购了一家期货公司，跟着还联手其他公司，发起设立了一家人寿保险公司。

“每一次这样的操作，又反过来推升了海鸥资产在三板的股价，促使海鸥资产成为资本追逐的宠儿，确保了海鸥资产下一次增发的顺利。以至于这几年海鸥资产的股价飞速飙升，哪怕最终扩展到五十多亿股本，股价也依旧徘徊在二十元左右，居高不下，硬生生把一个最初只有两亿资产的三板，变成了一家千亿资产的巨无霸。

“更重要的是，无论券商、保险还是期货业务，都促使海鸥投资拓展了许多门槛极高、极难进入的金融业务，大大增强了海鸥投资的流动资金。另一方面，居高不下的股价，也让海鸥资产轻而易举就可以把股份质押给券商银行，换取现金。”

说话的当口，叶阑珊拿起了遥控器，按下了快进键。很快，大屏幕上不再是大海，也不再是海豚、海鸥和沙丁鱼了，而是一段又一段视频。每一段视频里，帅朗都能看到父亲郎杰的身影。

说实话，帅朗长得更像妈妈，瓜子脸，有些高冷的那种英俊，而父亲郎杰却是一张圆脸。论颜值，父亲可远远不如儿子。但是，总是笑着的圆脸，比帅朗更加亲和，更加阳光灿烂，感觉总是那么游刃有余、智珠在握。

郎杰也确实风光无限。视频里，不是在和领导合影，就是在进行隆重热烈的签字仪式。签字的一方就是海鸥资产，另一方则是叶阑珊所说的保险、期货、券商。更有些是郎杰站在看上去很高端的经济论坛的主席台上发言。总之，很牛很拉风的样子。

帅朗几乎不敢相信自己的眼睛。完全想不到，十多年不见，父亲居然已经经营出这么大的局面来了。

一旁的叶阑珊这时也神情复杂地看着屏幕上郎杰所展现出来的这些成绩，轻轻赞叹了一声："海鸥资产从两亿资金起步，发展壮大到今天这样的规模，不能不说是资本市场的一个传奇神话。"

如果说，最初郎杰教她如何开户、如何交易，只是心血来潮的举手之劳，那么，当她在交易上表现出令郎杰和姑姑都为之惊叹的天赋后，不知不觉，她已经成为老师郎杰和姑姑叶添锦的重要助手，可以说是海鸥资产从无到有整个过程的参与者。屏幕上的那一段段视频所展现的场面，她其实都在场。

如今的她，自然已经不再是那个土里土气的叶小花，也已经知道，国债逆回购只有在每周四或者节假日前收益才会这么好，不可能天天赚那么多。单凭国债逆回购，是无论如何也不可能把自己的本金在一年内翻一倍的——当初老师郎杰当真只是闲来无聊，顺手帮她一把的同时，也带着善意小小地戏弄了她一把。

可越来越深谙资本市场的运作规则之后，目睹郎杰如何在这资本市场呼风唤雨的她，比任何人都更加深刻地体会到资本市场是何等神奇，郎杰又是如何厉害。

"但是——"帅朗开口打断了叶阑珊的思绪，"海鸥资产既然这么强大了，为什么……"

叶阑珊定了定神，并没有马上回答帅朗的疑问，而是顺着刚才的话，继续说下去："于是，到了去年底，万事皆备，只欠东风。老师终于下定决心，收购一家名为长林的上市公司。"

见帅朗神情有些茫然，显然并不了解这家上市公司，叶阑珊主动为他解释道："这是一家已经在主板上市了十多年的老公司。资产大约有三百多亿，质地相当不错。"

"为什么选择长林？"帅朗没有跟着叶阑珊感慨，他皱了皱眉，不解地问，"据我所知，主板市场二三十亿的上市公司并不少。反正只是要一个壳。收购一家小公司不是更容易更稳妥？”

“不错啊！”叶阑珊的眉，微微有些吃惊地扬了扬，就好像老师忽然看到自己的学生拿到了意料之外的高分。

叶阑珊嘻嘻笑道：“不愧是老师的儿子！一针见血！不过，老师选择长林，自然有他的道理。一方面，长林的规模虽然稍微大些，但是对于去年鼎盛之时资产千亿的海鸥资产来说，依旧只能算是小虾米。另一方面，长林集团拥有的一些资产，老师很感兴趣，很看好。这涉及他后续的资金运作。而最最重要的一点是——”

话到这里，戛然而止。

第六章
收购

叶阑珊忽然沉默了好一会儿，足足有五分钟之久。她满脸的神色复杂至极，似乎陷入了回忆之中。回忆到了许许多多风云跌宕的往事。

就在帅朗终于有些沉不住气，想要开口的时候，叶阑珊猛地站了起来。她再次拿起了遥控器，再次按下快进键。

这一次，大屏幕上出现了股票的K线图，正是长林集团最近一年的走势。

只见在这K线图上，过去一年，长林集团的股价至少七八个月里面都是在12元左右的低位，波澜不惊地横盘，成交量也萎缩到了极点。可以想象当时市场有多惨淡。

然而到了十月份，股价忽然又好像打了鸡血一样，猛地往上冲。一根又一根大阳线，创造出了一个又一个天量天价。天晓得哪里冒出来那么多资金，又为了什么，这么疯狂、这么不计成本地把长林集团的股价送上了如此难以想象的高度。

给人的感觉，这长林集团的股票，一夜之间就变成了金疙瘩。

“就是在十月份，老师宣布以15.6元，要约收购长林全部股份。这个价格，在要约收购报告书摘要提示性公告之日前30个交易日，每日加权平均价格的算术平均值基础上溢价40.05%，同时也溢出长林当日价格百分之三十。股价，因此在这个公告以后飙升起来！”

叶阑珊的声音，在帅朗的身旁响起。

“一开始大家都没有在意。毕竟，就像刚才我说的，海鸥资产已经发展成了一艘庞大的航空母舰，实力足以碾压长林。双方的力量对比太过悬殊了。何况，老师选择长林，除了很看好长林的一些资产之外，还有一个很重要的原因，那就是长林的大股东之一齐华，恰恰是我们海鸥资产的联合创始人齐军的堂兄。事实上，在齐军的牵线搭桥下，齐华早在六七月份就和海鸥资产频繁接触。最终，我们达成了协议，齐华答应将他名下26%的长林股份全都转让给海鸥资产。”

“这，算是内应了？”帅朗一愣，眉宇间的困惑越发浓了，“既然海鸥资产拥有充沛的资金，实力也远远超过长林。长林的大股东又已经答应将26%的股份转让给海鸥投资。怎么看，这笔收购都已经稳操胜券了啊。可是这个股价……”

说话间，他指了指大屏幕上的K线图。那里，股价的最高点是50.7元。

时间，是今年的一月十六日。恰恰是郎杰宣布要约收购长林的整整三个月后。换而言之，短短三个月时间里，股价愣是涨了四倍还多，并且已经是海鸥资产收购价的三倍还多。

涨得太快太高了。从十二块起，到十五块六，股价仅仅停留了三五个交易日。其后，就再没有回来过。最喜欢追涨杀跌的股民，怎么可能把手中明明已经高价，而且看趋势还在上涨不休的股票，以低价卖出去呢？

单单看这三个月的股价走势，帅朗就感觉到，父亲这一次的收购有大麻烦了。

“所以说，有人算计了老师！”叶阑珊也叹了一口气，“从老师宣布要约收购的那一天起，就立刻有一股强大的资金在刻意推波助澜，诱导股民疯狂追捧长林，让海鸥资产根本没有机会以15.6元的价格收购到足够的筹码。而这还不是最糟糕的。

“更糟糕的是，海鸥资产和齐华之间虽然达成了转让长林股份的协议，转让价格却要根据海鸥资产未来三个月收购长林的情况来定。如果海鸥资产能够在三个月内，收购到长林剩余的所有股份，齐华名下的股份，转让价只有11.5元，不但远远低于海鸥资产承诺的要约收购价，甚至比谈判时的市价还低。如果海鸥资产收购到的总股份在90%到99%之间，则每少收购百分之一的股份，转让价就要递增0.3元。如果海鸥资产收购到的总股份在80%到89%之间，则每少收购百分之一的股份，转让价就要递增0.4元。以此类推。”

听到这里，帅朗挑了挑眉：“这就是对赌了？”

叶阑珊点了点头：“不错！对赌的抽屉协议。”

“那么，我没有理解和计算错的话，只要海鸥资产收购到的长林股份在88%以上，获得齐华那些股份的成本，就会比要约收购的15.6元还便宜。但是如果收购到的长林股份少于88%的话，成本就会直线上升。最高，会达到……每股56.5元？”

帅朗完全没用纸笔也没用计算器，瞬间就计算出了相应的数字。

这些数字，让他忍不住睁大了眼睛，再次忧心忡忡地看着大屏幕上的K线图。海鸥投资这次对长林的收购，显而易见是失败的。而一旦收购不顺利，最坏的情况下，海鸥资产竟然还要以比最高市价更高的价格来购买齐华手中的股份。

“是啊，这就是问题所在！”叶阑珊讶异地瞥了帅朗一眼，很吃惊帅朗竟然有如此强大的计算能力。

随后她叹了一口气："当初海鸥资产这边对于收购前景太过乐观了。认为最坏情况的出现几率微乎其微，反而是收购到88%以上股份的可能性更大。毕竟，这88%股份里面，已经包括了齐华的26%的股份。换而言之，只需要再收购62%的股份就行了。

"退一万步，就算收购没有出现最乐观的情况。那么能够在二级市场上收购到50%以上的股份，获得的总股本就会大于77%。这样，齐华手里那些股份的转让价，将不会超过20元，完全在海鸥资产可以接受的范围内。

"再加上在老师的计划里面，至少要收购到长林75%以上的股份，才能按照证券法的相关规定，让长林触及退市的政策红线，然后在停牌期间通过定增，使收购后的长林股票如同新股上市一般飙升，从而确保海鸥资产从收购长林的资产中解脱出来，并且从中牟取最大利润。也就是说，无论如何，齐华的那26%的股份，都是必须拿下来的。

"所以，老师很果断地拍板，同意了这个协议。甚至还生怕齐华反悔，主动要求齐华将他的股份质押给银行。相应的，海鸥资产也质押了一批优质资产作为履约保障，从而确保协议双方最后都能够履行彼此的承诺。

"偏偏就是在这个最关键的时候，姑姑遭遇一场车祸，当场身故了。海鸥资产内，再也没有人能够对老师直言劝谏。相反，所有董事都被老师这些年来在资本市场上所向披靡的胜利给震慑住了。董事会上竟然全票通过了老师的决定。"

说到这里，叶阑珊微微偏过头，手很快地掠过了眼角。似乎是弹去眼眶中淌出的泪。再度转头过来，她却又一切如常，继续说着。

"谁也没有想到，收购的过程竟然这么不顺利。由于长林的股价在短时间内迅速超过了15.6元，并且一路上冲。已经有专家出来力捧长林，甚至预测长林的股价年内有到达百元的可能。所以，几乎没有股民响应海鸥资产的要约收购。

“三个月到期，海鸥资产在二级市场上，仅仅收购了不足5%的股份。按照协议，海鸥资产不得不以远远超过市场最高价的价格—— 52.6元，购买了齐华那26% 的长林股份。整个要约收购，以失败告终。然后，在海鸥资产宣告要约收购失败的第二天，长林的股价就崩盘了。”

说着，叶阑珊指了指大屏幕。

帅朗也看到了。长林的股价，在到达50.7元的天价之后，迅速如过山车一样下跌。其中，甚至有十来个一字板的跌停。在很短的时间里，股价就从50.7元跌到了8块多，比原先的12元还缩水三成。可以说是一地鸡毛。

“如此暴跌的股价，股民固然全成了输家。海鸥资产吃下来的这26% 的长林股份，也根本没有机会抛售。足足三百多亿资金被套在了里面。老师原本计划收购一家主板的上市公司，再用这家主板上市公司反过来收购三板的海鸥资产，最终实现海鸥资产华丽转变的计划彻底泡汤。

“一时间，市场上谣言四起，公司内人心惶惶。许多原本十分顺利的投资都出现了问题。银行和投资人纷纷开始提出清算资产、收回投资。券商也因为海鸥资产股价的飞快下跌，发出了‘质押进入警戒线，将要强行平仓’的警告。

“老师陷入了众叛亲离、四面楚歌的窘境。一向优秀如他，这一次也终究无法逃脱资本市场可怕的反噬，终究选择了……”说到这里的时候，叶阑珊的眼圈红了，声音也哽咽起来。

她站起身来，深深地吸了一口气。然后从身边的手包里，取出一封手写的信，递到了帅朗的面前，拍了拍帅朗的肩膀，低声道：“这是老师生前写给你的！”

帅朗迟疑了一下，缓缓接过。立刻，父亲熟悉的笔迹映入眼帘。

儿子，当你看到这封信的时候，爸爸应该已经从天台跳下去了。

不要难过！记得当初选择成为交易员的时候，就曾戏言过，要么会所，要么天台。如今，爸爸不过是在坦然面对自己当初的选择所带来的后果而已。

这个时候，不知不觉，爸爸的脑海里，想起了你的妈妈，想起了你，想起了我们一家三口曾经温馨快乐的日子。你的妈妈是个好女人。认识她的时候，爸爸还是小镇上教数学的穷老师。家里什么也没有。你妈妈却义无反顾，顶着你外公外婆的反对，嫁给了我。

曾几何时，我真心爱她，也真心感激她，暗暗发誓，一定要带给她最幸福、最快乐的生活。然而造化弄人。正因为想要给她、给你最幸福、最快乐的生活，所以我才会在教书之余，懵懵懂懂地一头闯入资本世界。

跟着就被这资本世界的神奇给深深吸引。

那红那绿的价格，那起那落的均线，那无数资金疯狂惨烈的搏杀，那一夜之间暴富的神话，都深深地吸引着我。渐渐地，我厌倦了教书匠的生活。渐渐地，我越来越抗拒那柴米油盐的日子。我深深地渴望畅游资本的海洋。不再是被收割的韭菜，不再是遭猎杀的沙丁鱼，而是成为海鸥，成为海豚，成为大鳄。

不经意间，我竟忘记了投身资本市场的初衷，其实只是为了给你和你妈妈更好的生活。不经意间，爸爸和妈妈竟然已经渐行渐远，渐成路人。再没有共同的语言，再没有彼此同心的目标。

最终唯有远离。

回忆过往，爸爸不悔。男人，生命里总会有一些东西需要不顾一切地去追寻，哪怕赴汤蹈火，哪怕粉身碎骨。纵然再活一回，爸爸依旧还是这样的选择。可爸爸同样有发自内心的愧疚，发自内心的悲伤。

为自己终究背离了初衷，为自己终究没有让你和妈妈过上幸福快乐的生活，相反却让你们的生活平添波折和苦痛。

好想向天再借五百年啊，来弥补这人生的遗憾。奈何，老天终究不会借我五百年。爸爸已经走上了天台。

幸好，爸爸也不是什么都没有给你留下。早在几年前，爸爸就将一笔资产转入你的名下。放心，这是在高薪聘请的律师和会计师全程指导下，进行的资产转移。爸爸可以确定，绝不会留下任何法律的纠纷。哪怕今日海鸥资产彻底清算，也绝不会有任何债权人能够染指。

所以，收下吧。

然后，远离所有金融交易。忘了爸爸曾经希望你成为一个交易员的期许，找一个稳定的工作，娶一个贤淑的妻子，生一个可爱健康的孩子。

不用大富大贵，只求平平安安。

以上，便是一个父亲，对儿子最后的祝福。

……

第七章
生日

“嘎吱——”

傍晚，红色的玛莎拉蒂风驰电掣般驶来，在轮胎和地面刺耳的摩擦声中，停在了大学的校门口。

帅朗从后座下来，朝着驾驶位上的叶阑珊点了点头，红色玛莎拉蒂立刻疾驰而去。彼此没有交流一句话。

帅朗也不以为意。从叶阑珊那里听说了父亲那些年的往事，又刚刚看了父亲留下的信，他满脑子昏沉沉的，万般心思潮涌，没有一丝精气神应对任何事情，甚至连晚饭都不想吃了。

帅朗低着头，快步走入学校之后，径直回到了宿舍。躺在床上，蒙头就睡。

迷迷糊糊间感觉有人在用力摇自己的床，喊自己的名字，他努力睁开眼睛，这才发现，不知不觉已经是第二天的早上了。

摇着床的，是睡在自己下铺的好友熊猫。

熊猫人高马大，远远看的话，分明就是一头人形狗熊。偏偏他又戴了一副黑框眼镜，满脸都是憨厚。

此刻，他的脸就凑在帅朗的面前，憨厚地呵呵笑道：“还睡啊！沈涟漪都已经等在宿舍外面很久了！”

“沈涟漪？”还没有完全睡醒的帅朗，晕头晕脑地顺口重复了一声。随即一个激灵，猛地坐起身来。

帅朗看着熊猫，惊问道：“今天几号？”

熊猫这家伙幸灾乐祸地道：“呵呵，还能是几号，四月十三号啊！你要是忘掉的话，可就惨了！”

“该死！”帅朗大叫了一声。完全没有理会熊猫的聒噪，自顾自穿好衣服，跳下床来，拿起牙刷、毛巾，就朝外面共用的水槽冲去。

熊猫则继续得意扬扬地哈哈大笑。

正好路过的一个哥们被这动静给惊动了，好奇地把脑袋探进来，问：“怎么了？帅朗这家伙怎么好像火烧屁股一样？”

“哈哈，谁叫这家伙忘了自己女朋友的生日！”熊猫继续没心没肺地笑着。

那乐不可支的样子，鬼知道哪来的笑点。

那哥们则眼睛一亮：“女朋友？就是沈涟漪？具体说说！”

“去、去、去！你知道这些干什么？”熊猫不耐烦地挥了挥大手。随即好像想到了什么，脸上顿时浮现出警惕的神情，悄悄地向后挪了两步，和那哥们拉开了距离。

那哥们顿时气得满脸通红：“孙子才想知道呢！可是……”说着，他却话锋一转，气势弱了下来，满脸苦恼地道，“你又不是不知道，帅朗那牲口有多变态。十个女人里面，少说也有九个为他神魂颠倒。这不，我老婆的闺蜜，听说我就住在帅朗旁边的寝室，就三天两头问我要帅朗的情报。听说你和帅朗是老乡，一定知道得很多吧。帮个忙啊！要不，那女人稍稍歪歪嘴，使使坏，兄弟的幸福可就危险了！”

“是性福吧！”熊猫坏坏地笑着，倒也没有卖关子，笑道，“现在，全校的女生大概都知道，沈涟漪是帅朗的青梅竹马了吧？不过，估计没几个人知道，他们两个可不单单是青梅竹马。话说，二十多年前的四月十三日，一个月黑风高雨急的夜晚，在江南某个小镇的卫生所内，忽然，传来‘哇哇哇’的婴儿的啼哭声……”

熊猫一边说着，一边随手拿起一本书，权当惊堂木，狠狠拍了一下面前的书桌，绘声绘色地说道：“生了。孕妇把孩子生了下来。而且神奇的是，居然在同一天同一个时间，卫生所妇产科同一个产房内，两个孕妇同时生下了各自的孩子。那两个孩子，一男一女……”

熊猫正说得起劲，那哥们忍不住插话道：“帅朗和沈涟漪？”

“喂，你还要不要听，不听走人！”被打断了的熊猫，神情立马不善起来。

那哥们赶紧赔笑，好言好语好一番求告，熊猫这才悻悻地收敛怒气，继续说下去：“唉，小镇真是一个很小的小地方。镇上所有的人都沾亲带故，绕一圈就能扯上关系。比如，帅朗的妈妈和沈涟漪的妈妈，算是表姐妹，只不过已经在五服之外了。还有帅朗的爸爸和沈涟漪的爸爸，当时也都在同一所中学教书。两家本就住在同一个小区，相隔不过一幢楼。还这么凑巧，同时怀孕，住在相邻的病房内，又几乎同时生产，自然让两家的关系越发亲近起来。

“于是，同年同月同日生的帅朗和沈涟漪，当真是‘郎骑竹马来，绕床弄青梅。同居长干里，两小无嫌猜’。两人一起上学，一起回家，一起作业，一起玩耍。同一个幼儿园，同一个小学，同一个初中、高中，又一起考上了同一所大学。哈哈，小时候，我们就常常笑他们是小两口。”

第八章
攒钱

“涟漪！”

当熊猫正在宿舍里摆龙门阵、侃大山的时候，帅朗已经以最快的速度整理好自己，然后迅速冲出了宿舍楼。

楼外正对着宿舍楼大门，约莫十多步的地方，有一棵高大的梧桐。此时，一个穿了一身白色连衣裙、长发飘飘、文静甜美的女孩，正抱了几本厚厚的书，温婉地站在梧桐树下。

明显已经等了一些时候了，女孩长发被露水打得有些湿。

看到帅朗冲出来，女孩微微一笑。一点儿都没有发脾气，反而拿出手帕，伸手擦了擦帅朗额头上的汗，关切地问：“昨晚你有事吗？怎么没去自修？”

“嗯，有点儿累，所以很早就睡了！”

帅朗目光微微闪了一下，并没有说出自己父亲的事情。倒不是存心隐瞒，只不过，遇到麻烦，男孩子总是会下意识地认为应该独自扛下来。

何况，沈涟漪和他从小一起长大。不单单和他熟悉，和他妈妈也熟悉。而他现在还没有想好，要不要把爸爸的事情告诉妈妈呢。

当下，帅朗笑着岔开话题道:“走吧，吃饭去！”

“嗯！”沈涟漪点了点头。

两人并肩而行，却不是去食堂，而是直接来到了宿舍楼后面的自行车车棚。

帅朗的自行车，还是大一入学的时候买的，一辆很有年代感的“老坦克”。沈涟漪驾轻就熟地跳上后座，紧紧抱住帅朗的腰，越发显得小鸟依人。

“开路了！”帅朗笑着，习惯性地打了一声铃。

“叮铃铃”清脆的铃声中，狗粮一路抛撒，撒给了沿途无数师生。

车和人飞快出了校门，来到旁边不远处的一个小巷。小巷口搭了一个凉棚，是租住在那里的一户人家在自己的家门口开的一家小馄饨铺。

帅朗和沈涟漪也是在几年前，无意中才发现这个地方的。因为价格便宜，味道又好，就成了两人早餐的首选。尤其每年两人共同的生日，穷学生自然没有钱去花销，来这里吃一顿小馄饨，便是雷打不动的固定节目。

“王叔！”他们早已经成为常客，一过来就和馄饨铺的小老板打了一声招呼。

“呵呵，还是老规矩，两碗小馄饨吧？稍等！”

被唤作王叔的馄饨铺小老板，显得很是苍老，岁月的艰辛让他两鬓早已经斑白，背也越来越佝偻了。还瘸了腿。人倒是很爽朗，看见帅朗和沈涟漪过来，笑着打了一声招呼。

帅朗和沈涟漪也不客气，自己找了一个空座坐下。

这时帅朗方才发现，沈涟漪抱着的书，一共三本。两本是经济学专业方面的书，不足为奇。还有一本，居然是……公羊学？

感觉到帅朗目光中的诧异，沈涟漪微微蹙眉，有些苦恼地道：“没办法！这两天不是要写毕业论文了吗？我的选题是论儒家文化对商业的影响。所以，就想多了解一下儒家的各个学派。”

“那也不用研究公羊学啊！”帅朗不以为然地耸了耸肩。

因为有一个当历史老师的妈，从小耳闻目睹，他擅长的可不仅仅是数学，对有些生僻的公羊学也并不陌生，帅朗侃侃而谈道：“现代社会所认同的儒学，主要还是程朱理学。和秦汉流行的公羊学，真是天差地别了。”

他原本只是随口评论，说到这里，忽然心中一动，若有所思地道：“事实上，汉武帝之所以重用了公羊一脉的董仲舒，甚至捏着鼻子容忍了他们所提出的天子一爵，把天子和群臣放在同等地位的主张，其中固然有万千理由，但很重要的一条，便是公羊学和后世更倾向于阉割人的血性、把人培养成为顺民的程朱理学不同。公羊学极力主张复仇主义。而大汉帝国君臣上下，当时也恰好一心想要洗雪白登山之围，以及后来被迫和亲匈奴的奇耻大辱。于是一拍即合。复仇……唉，只要没有当真灭了人欲，谁不想手刃仇敌，为亲友报仇啊。”

听到这话，沈涟漪故意咳嗽了一声，又敲了敲桌子，笑道：“咳咳，帅朗同学，你这个思想可是很危险哦！如今早就是法治社会了！”

玩笑归玩笑，聪明如她，眼中闪过了一丝疑惑，似乎察觉到了帅朗的异样。

“呵呵，我这不是随便说说嘛！”帅朗一惊，连忙干笑了两声。

幸好，就在这时，旁边忽然有人高声笑道：“老王，你到底有没有存够给儿子盖房子娶媳妇的钱啊！”

“快了、快了！再攒一些就够了。呵呵，到时候我就可以回老家享清福了。”老王乐呵呵地笑道，随即吆喝了一声，“小馄饨来了！”

吆喝声中，他一瘸一拐地走来，给帅朗和沈涟漪端来了两只大碗。碗里已经放了小馄饨，也放了葱。老王又用调羹给两只碗各自挑入了半个指甲大小的猪油，滚烫的开水一冲，啧啧，美味极了。

可是今天，当沈涟漪美滋滋地吃着小馄饨的时候，以往也同样喜欢这小馄饨的帅朗，却无心品味美食。他呆呆地看着已经转过身去的老王。看着老王那佝偻的背，还有已经花白的头，眼睛忽然一酸——

但凡这里的老顾客都知道，老王的妻子十多年前生病死了。他一个人又当爹又当妈，把孩子拉扯大。五十多岁的人，看上去足足有七十岁了。每天风雨无阻，凌晨三四点就起来准备小馄饨铺的营业。忙到八九点钟打烊了，又匆匆赶去一家小区当物业维修工。

之所以这么辛苦奔波忙碌，主要就是想多攒些钱回老家，给儿子攒出盖房子结婚的钱。这已经成为老王这么多年来生活的最大期盼。虽然老王想攒的钱其实并不多，至少和郎杰那动辄百亿千亿的大手笔相比，根本不值一提，可是此时此刻，不知为何，帅朗还是情不自禁地回想起父亲留给自己的那封信。

想起了信上提及的那笔钱。

耳畔也恍惚响起了昨天刚刚见到叶阑珊的时候，叶阑珊和自己说的话——

“爸爸！”帅朗忍不住在心中轻轻叫了一声。不知道为什么，这一瞬间，他很想哭。

面前热气腾腾、明明平日特别爱吃的小馄饨，这一刻，也完全挑不起他的食欲。帅朗猛地站起身来，借口去洗手间，走出了小馄饨铺。

走到拐角僻静处，他掏出了手机，拨通了号码：“我是帅朗……”

第九章
嫌疑

两个月后。下午，长林大厦。

“叮咚”一声，电梯的门，在长林大厦第十六层打开了。

随着电梯门的打开，前台小姐姐的瞳孔瞬间放大，满脸惊讶，还有……桃花。只见一个好帅好帅的年轻人，从电梯里走了出来。举手投足，每一个细微的动作，在前台小姐姐的眼里，都是那么帅，帅得让人心醉。以至于年轻人走到她面前，不得不轻轻咳嗽了一声，前台小姐姐这才回过神来。

回过神来的前台小姐姐，听见年轻人说：“您好，我叫帅朗！是财大的应届毕业生。今天是来应聘贵公司证券事务专员一职的！”

这声音，好好听。低沉，感性，充满了安全感……还有，他叫帅朗？好帅的名字哦！

和人一样帅！

嗯？对了，他是来应聘的？太好了，以后就是同事了？可以天天见到？

转瞬间，万千思绪在前台小姐姐那大多数时候都并不是很复杂的脑袋里，破天荒地飞快转过，并且居然破天荒地立刻抓住了重点。

抓住了重点的她，随即抬起头，脸上展现出了最迷人的微笑，以最大程度的热情，指点道："如果您要应聘证券事务代表，请上十八层。出了电梯左拐，1807，也就是左边第四个办公室，就是证代办公室。公司的证券代表会和您面谈。"

说到这里，她稍稍犹豫了一下，最后还是咬了咬牙，左右看了一眼后，朝名叫帅朗的年轻人招招手，示意对方凑近过来。

然后低声道："本来，招聘新员工应该是人事部的事情。但是现任证代可不是一般人，是老板刚刚从国外留学回来的独生女儿，咱们长林的公主啊。你小心点儿哦，听说公主殿下很凶的！"

"谢谢！"帅朗点了点头，表示谢意。

哪怕只是礼节性的，而且不怎么喜欢言笑的他，一如既往的高冷，可还是惹得前台小姐姐一颗芳心怦怦乱跳。满脑子只有一个念头，拍下来，赶紧拍下来，放朋友圈去。

而就在前台小姐姐手忙脚乱拿出手机的时候，帅朗已经转身，重新走向电梯。电梯的门开启又重新合上。

合上的刹那，"咔嚓"一声，前台小姐姐终于如愿以偿，用手机拍到了帅朗的正面。

站在电梯内的帅朗，丝毫不为所动。从小到大，他早就习惯了小姐姐和阿姨们的各种抓拍。

此刻，他脑袋里盘桓的，始终是昨天和叶阑珊的一番长谈——

地点，海鸥酒吧。

依旧还是空空荡荡，却又一尘不染。

面对如此清净的酒吧，叶阑珊幽幽一叹："姑姑走了以后，海鸥酒吧就没有营业过。不过，我一直让人来保洁。总觉得有那么一天，姑姑，还有老师，他们还会回来，又能像以前那样，姑姑坐在那僻静的角落里，静静地看老师被一大群人围着，侃侃而谈，纵论资本市场的跌宕起伏！”

帅朗默然。父亲当初白手起家，从一个海鸥一样的交易员，最终发展出海鸥资产这般庞然大物。整个过程，他纵然没有亲身经历，可听一听想一想，都觉得热血沸腾。

如今人去楼空，沧海桑田，着实让人感怀。

幸好，叶阑珊也不是多愁善感的人。不一会儿，她深深吸了一口气，便立刻甩去了之前的忧伤，展颜一笑，直奔主题。

“现在，海鸥资产可以说是乱作一团。资金链断裂，许多投资项目难以为继，股价已经跌破两元，公司市值直接缩水二十多倍。呵呵，这一路的跌停板，导致质押在券商那里的股票，抛都抛不出去。如此巨额的亏损，连券商和银行都要跳楼。股东们纷纷想办法退股，投资人整天包围在公司外面，退市、破产、清算，一次次被提了出来。好笑的是，恰恰因为负债太多，反而投鼠忌器，不敢轻易推动下去，生怕彻底鸡飞蛋打。

“和海鸥资产一样倒霉的是长林。去年海鸥资产对长林的那场收购风波，最终因为收购失败，让长林的股价一泻千里，至今依然在十元左右徘徊。事实上，股价之所以能够从八元升到十元，很大程度上都源自齐华、齐军兄弟的买入。

“哼，这两兄弟，倒成了这场资本运作的大赢家。齐华那26%的股份，竟然以52.6元的天价，转让给海鸥资产，几乎等于用四分之一的长林股份，换回了整个长林。这还不止，转让出了股份，获得大把资金，他又在股价跌到八元的底部时乘机出手，这两个月频频举牌，竟然已经拥有了百分之三十五的长林股份，成为长林的第一大股东。

“而齐军，虽然作为海鸥资产的大股东，随着海鸥资产这次滑铁卢式惨败，多少受到影响，但是有理由相信，他们兄弟俩事先串通好，所以在海鸥资产真正崩盘之前，他就提前抛出了海鸥资产的大量股份。后来，也和齐华一样，在低位吸纳了大量长林的股份。如今，齐军拥有了百分之十七的长林股份，成为长林的第二大股东。

“就这样，吸着海鸥资产流出来的血，齐氏兄弟水涨船高，最终在上周的股东大会上，齐华当选为董事长，齐军也进入了董事会。长林，实际上已经被齐家两兄弟控制了……”

当叶阑珊说到这里的时候，帅朗目光微微一凝：“你怀疑整件事情都是齐华、齐军两兄弟搞的鬼？”

叶阑珊先是点了点头，后又摇了摇头：“当初正是因为齐军的牵线搭桥，老师才会将目标锁定为长林集团，也才会和齐军的堂兄齐华签订了那份要命的对赌协议。事发之后，他们却立刻翻脸不认人，无情地吞噬了海鸥资产的大部分资金。谁最受益，自然就是谁的嫌疑最大。哪怕从后果倒推，要说老师这次折戟，背后没有齐家兄弟捣鬼，你信吗？但是……”

说着，她脸上显出了迟疑，犹豫了好久，方才道：“但是，鼎盛时期的海鸥资产，实在太过庞大了。单单齐华、齐军兄弟，我不觉得他们有这能力和财力来击败老师、击垮海鸥资产。

“事实上，除了齐家兄弟以外，另外两个人同样也很可疑。一个是陈思。这位知名的大学教授，当时不仅是海鸥资产的联合创始人、董事，还是海鸥资产的董事会秘书、公司的代言人。可就是这样一个人，早在海鸥资产开始谋划长林集团之初，就开始将他名下已经进入解禁期的海鸥资产股份迅速抛售。

“海鸥资产出事之后，他大言不惭地标榜自己早就看出了这次收购的危机，所以之前才会这么做，从而保住了个人资产，躲过了危机。甚至还将此作为一次成功的金融案例，写进他的书里。

“只有当初真正参与到海鸥资产高层运作的人才清楚，在海鸥资产收购长林集团的整个过程中，他其实没有提出过一次反对意见，反而每次发言都大力支持老师。一直以来，他在金融运作方面的表现，其实也远远不符合他现在如日中天的声名。只能算是水准之上，绝对没有他一贯吹嘘的那么强。至少，我绝不会相信，他能够凭借自身的能力，事先就察觉到了危机，还提前规避了风险。

“还有高迈，同样是海鸥资产的董事，联合创始人，时任海鸥资产的法务部总监。可以说，海鸥资产所有法律方面的业务，都在他的掌控和把关下。这方面，老师对他是很信任的。谁也没有想到，关键时刻，他却给了老师最狠也最要命的一刀！”

说到这里，叶阑珊忽然停顿了下来。她幽幽地盯着手中的酒杯，似乎陷入了回忆中，脸上的神情五味交杂，有痛恨，有惋惜，有悲切，还有……

帅朗等了一会儿，叶阑珊依旧没有开口。

他的目光微微一闪，终于忍不住催问：“他做了什么？”

第十章
卧底长林

沉默。依旧是沉默。

沉默了好一会儿，叶阑珊仿佛才组织好了语言。她晃动了一下手中酒杯里的红酒，犹豫着开口：“帅朗，资本市场是一个十分残酷的地方。每天每时每刻，无数人都在绞尽脑汁追逐那传说中的财富神话。可这实际上就是一个零和博弈。有人赢，就必有人输。有人获取惊人的财富，就必定有无数人失去他们的家产。所以……”

在帅朗的注视下，叶阑珊清了清嗓子，迟疑地道：“所以，老师当然不可能是在道德上完美无瑕的君子。他和齐华签订那份对赌协议的时候，其实早就做好了撕毁协议的打算。”

帅朗一愣：“撕毁协议？”

“对，撕毁协议！”

叶阑珊若有所思地道：“和齐华的协议，实质上就是一份对赌协议，而且还是抽屉协议。在司法实践中，抽屉协议是否有效，不同的法官面对不同的情况，会作出截然不同的判决。过往无数案例，有判决成立的，也有判决无效的。

“所以，老师在签订这份协议的时候，就曾经找高迈密谈了好几次。千叮万嘱，要他设法在这份对赌协议中留下可以让海鸥资产日后反悔的手段。那种非常不明显，却只要运作合适，就可以让法官作出有利于海鸥资产的判决的手段。

“当初，高迈是拍着胸脯，斩钉截铁地保证可以办到。老师毕竟不是法律出身。这又是一件十分隐秘的事情。于是，出于多年的交情，他选择了信任高迈。哪里想到，出事之后，高迈忽然人间蒸发一样，怎么也联系不到。高薪聘请来的律师团，研究了很久，却发现这份协议制定得滴水不漏，完全找不到这份协议的破绽，更不用说向法院申请无效了。”

“那么……”万万没有想到，居然还有这样的内情，帅朗皱了皱眉，“有没有弄清楚，他为什么这么做？他毕竟是海鸥资产的董事，海鸥资产出现问题，他也同样要蒙受损失。除非，可以获得更大的利益。”

“不知道！他的消失，可不是一天两天。一直到现在，他都没有公开出现过。无论海鸥资产还是他的律师事务所的人，已经快半年都没有看到他了。只知道，他在海鸥资产出现问题前夕就出国了。说是去美国进修，一直没有回来。所有事情，都是通过网络来遥控指挥。”

叶阑珊浅浅地抿了一口红酒，沉吟了一下，又说道：“除了我刚才说的齐家兄弟、陈思和高迈之外，很可能还有一个更加强大的敌人——老师宣布要约收购长林所有股份之后，一笔庞大而又神秘的资金忽然入市，把长林股份迅猛地推动到难以想象的高位。整个过程中，对方都展现出了强大的财力，还有极其恐怖的操盘能力。更可怕的是，这笔资金的每一笔操作，都恰恰卡在最恰当的位置、最恰当的时间点上，就好像……他们完全洞悉老师的想法，完全洞悉海鸥资产的计划。”

帅朗悚然一惊，差点儿站了起来：“你的意思是，海鸥资产内部，或者说高层，齐军、陈思、高迈中的一个，或者几个，甚至全部，和这笔神秘的资金有密切的联系？”

“只有他们几个，才可能获悉海鸥资产的高层机密！”叶阑珊咬了咬牙，“本来，当海鸥资产在收购上出现问题时，以海鸥资产当时拥有的庞大资金，外加老师的本领，原本还不会败得这么惨。至少，不可能就这样不堪一击。

“可是，董事会却在这最最关键的时候忽然向老师发难。齐军、陈思，还有已经出国却遥控指挥亲信代表他的高迈，这些人在赚钱的时候，一口一声郎老师一口一声郎总的合伙人，纷纷落井下石。他们在董事会上强行通过了一个又一个十分不利于老师的决议，从背后狠狠捅了老师一刀。可以说完美地配合了那股神秘的资金，让老师迅速失去了对海鸥资产的控制，也失去了挽回损失的最后时机。

“你不觉得蹊跷吗？按说，他们中的任何一个都不可能有这么大的号召力把其他人联合起来。陈思、高迈都是资金运作的老手，也不该如此不智。可是他们却偏偏选择了正常情况下对他们极其不利、几乎就是两败俱伤的方式。给人唯一的感觉，就好像是有一股什么力量将他们都联合了起来，让他们竟然不惜放弃自己一手创立的海鸥资产，不惜暗算和他们相识多年、并肩作战多年的老师！

“帅朗，海鸥资产去年年底的那场收购战，其中的内幕、真相恐怕远远没有表面看到的那么简单！”

听到这番话，一贯冷静的帅朗，这一刻心中也不禁涌起了阵阵惊涛骇浪。

太不可思议了！父亲毫无疑问是一个十分优秀的交易员。能够在短短几年时间里，把海鸥资产变成市值千亿的庞然大物，能力可想而知。如今，却可能存在一个敌人，资金丝毫不逊色于全盛时期的海鸥资产，不仅有强大的操盘能力，甚至还能联合父亲的合伙人，轻而易举击败了掌控着千亿资产的父亲。

更可怕的是，这个敌人还躲在暗处。至少目前没有丝毫头绪。

任谁面对这样的敌人，都会头皮发麻啊！齐华、齐军、高迈、陈思，还有这神秘的敌人……帅朗深深吸了一口气，好一会儿方才冷静下来，消化了这个消息。

一旁的叶阑珊，显然也知道这件事情对帅朗的震撼。一直等帅朗心情平复，这才拿起遥控器，打开了大屏幕。不一会儿，屏幕上出现了长林的相关资料。

"好了，暂时别想那么多了。先看一下这些资料吧。长林是一家上市很多年的房地产公司。老师当初之所以看上长林，就是因为长林旗下掌握了许多潜力巨大的土地资源。只是近些年来，因为公司内部的股权纠纷和人事斗争，导致这些土地资源完全被闲置，没有得到有效利用和开发。然而一旦注入足够的资金运转起来，丰厚的回报指日可待。"

说话间，屏幕上的画面一转，出现了一座二十多层的大厦。

叶阑珊介绍道："长林的总部一直都设在长林大厦内。长林大厦是长林的自有资产，总共二十三层楼。底下出租出去，做了商铺和办公楼。第十六层开始，为长林总公司所在。天台设计为公司内部的娱乐、健身中心。二十三层为会议中心。董事长在二十二层办公。公司高层在二十到二十一层。中底层员工则在十六到十九层办公。

"原本，这样一个已经运行好多年的公司，不可避免上下阶层泾渭分明，每一个职位都已经有足够适合的人担任。并且肯定有无数资历深厚的候补虎视眈眈。新职员进入公司，短期内很难有发展空间，基本上只能慢慢熬时间。

“好在因为海鸥资产的这次收购，导致长林董事会重组。齐家兄弟虽然如愿以偿控制了长林，却还没来得及完全整合好长林的人事。长林，不可避免地会经历一次大洗盘、大震荡。这个时候，你进入长林，算是一个难得的好机会。”

“我？进入长林？”帅朗一愣。

虽然从叶阑珊给他如此详细介绍长林开始，他心中就隐隐有这样一个猜想。可听到叶阑珊就这样直接说出来，一时间他还是有些惊愕。

他忍不住问：“入职长林？你是要我做卧底？”

“不然呢？”叶阑珊拿起吧台上的香盒，抽出一支细长的女士香烟，点燃吸了一口，缓缓吐出。

看着袅袅烟雾飘散，她低声道：“一方面，相对于在学校当教授的陈思，和目前在国外的高迈，还有那笔神秘资金的幕后主人，齐家兄弟无疑是最容易接触的。

“另一方面，以现在海鸥资产的混乱，就算你是老师的儿子，进入海鸥资产又能做什么？难道你真以为，凭借郎杰儿子的名头就可以振臂一呼，力挽狂澜？呵呵，小心那些钱被套进去，急红了眼的投资人，把你撕成碎片。

“知道你现在最大的优势是什么吗？就是没有人知道你是郎杰的儿子。老师很早就离婚了。你妈妈又给你改了名字，档案上父亲一栏，也一直写着亡故。如果不是老师委托我处理他的后事，我也不可能找到你。嗯，对了，还有一点对你也很有利，你是不是长得像师母？老师……呵呵，好像没你这么帅哦！

“所以，隐藏好你的身份，去长林，接近齐华、齐军兄弟，查找出海鸥资产那场惨败的真相，然后伺机复仇，绝对是你现在最好的选择。”

帅朗默然。他不得不承认叶阑珊说得对。现在的他，无权无势。莫说还有一个神秘强大的敌人，就算已经是明面上的齐华、齐军兄弟，也强大得不可想象。在这些大鳄面前，他甚至连当个硌脚的小石子都没有资格，分分秒秒，就会灰飞烟灭。所以，只能潜伏爪牙忍受。

而就在他这般转念之间，忽然看见叶阑珊走过来，很近、很近。吐气若兰，几乎就贴到了一起，伸手很仔细地为帅朗整理了一下衣衫。

这一刹那，帅朗惊愕地发现，自己竟然有了一丝错觉，错觉是温柔的妻子正在送别即将出征的良人。可惜，转眼，他看到了叶阑珊的嘴角，泛起了一丝坏笑。就好像熊孩子将恶作剧的目标，锁定在了自家布偶上，准备使劲折腾。

坏笑的叶阑珊，话语中透着明显的调侃：“何况，我之所以希望你去应聘长林的证券事务代表，还有另外一个很重要的考量。”

第十一章
第一次相见

“叮咚！”

电梯门开启的声响，猛地打断了帅朗的思绪。帅朗定了定神，缓缓走出了电梯。根据前台小姐姐的指点，左拐，走到了第四个房间，挂着证券代表办公室牌子的1807。

门紧闭。帅朗抬手，敲了几下门。马上就听到里面传来了一个年轻女子刻意压低了嗓音、刻意显得严肃的声音：“请进！”

开门，进入。帅朗看到了前台小姐姐口中所说的公主，齐然诺。

其实，来应聘长林之前，不仅叶阑珊提供了许多资料，他自己也做了很多功课。就算刚才没有前台小姐姐指点，他也知道，自己如果能够应聘成功，顶头上司就是长林集团现任董事长的独生女儿齐然诺。

记得昨晚，叶阑珊提到齐然诺的时候，很有深意地瞥了帅朗一眼：“齐然诺，二十一岁。呵呵，居然比你还小一岁。不过，人家和你一样，也是学霸。不，应该比你还厉害很多。小学、初中、高中，居然都跳级过，后来考上了哈佛，同样提前拿到了硕士学位。所以，虽然比你小了一岁，却已经是哈佛的博士了。啧啧，天才神童啊！”

而现在，叶阑珊口中的这位天才神童，长林的公主，就在帅朗面前。她穿了一身中规中矩的职业套装。不施粉黛，素面朝天。可即便素颜，这颜值也足够打到高分了。

帅朗只觉得，一点儿都不逊色于叶阑珊。唯一可惜的是，不知为何，齐家的这位公主刻意戴了一副很老气的平光眼镜，让她显得格外严肃。就如同前台小姐姐说的那样，看上去很凶。

看到帅朗进来，她微微抬头，目光在帅朗英俊的脸上稍稍停留了一下。仅仅只有一下，转眼就镇定了下来，完全无视帅朗的帅，反而目光越发严厉起来。

齐然诺严厉地瞥了帅朗一眼，一边伸手点了点，示意帅朗坐到自己面前的椅子上，一边从手边的文件堆里，翻出了帅朗的履历。一目十行，喃喃不休。

与其说她是和帅朗说话，倒更像是自言自语：“你就是帅朗？财大，今年本科毕业。每年都拿到一等奖学金，成绩不错啊。学生会生活部部长，文学社副社长。大二就进入券商实习，接触过投行业务。已经拿到了CPA和CFA。嗯？还辅修了法律。拿到了双学士学位，并且通过了律考。”

说到这里，她终于再次抬起头，认真地看了一眼帅朗，皱眉：“很漂亮的履历。所以我就有些奇怪了。帅朗先生，以你的条件，留在学校继续深造难道不是更好的选择吗？另外，券商和基金也肯定会欢迎你这样的人才。会计事务所，同样不会轻易拒绝一个拥有CPA的财大毕业生。

“而证券事务专员呢？虽然工作量很大，却并不需要技术含量。平常做的，就是公告撰写，会议资料整理，材料上传，等等。哦，对了，还有就是接听股民的电话，承受股民输钱之后的发泄。

“所以，为什么？为什么来长林，为什么选择证券事务专员这个职位，你不觉得这对于你来说，起点未免太低了，太过于大材小用了吗？”

“为什么选择证券事务专员？”

帅朗耸了耸肩。同样的问题，昨天他也曾经问过叶阑珊。

昨天，海鸥酒吧。

叶阑珊同样反问了一句，她给自己倒了一杯红酒，晃了晃，浅浅地喝了一口。然后拿着酒杯，款款走到大屏幕旁边，一块同样挂在墙壁上的黑板前。

她一边“唰唰唰”在黑板上飞快书写，一边说：“用现在网络游戏的术语来说，证券事务专员的终极职业，就是董事会秘书。”

说话声中，董事会秘书五个字，已经书写在了黑板上。

与此同时，叶阑珊的话依旧滔滔不绝：“董事会秘书简称董秘。但是注意，并非董事长秘书。虽然一字之差，实际上却有天壤之别。董事会秘书是上市公司和证券交易所的指定联络人，也是上市公司副总裁级别的高级管理人员，而且还是唯一需要证监会颁发执业资格的公司高管。他的任免都需要向证监会报备和批准，而不像其他公司高管，可以由老板随心所欲地任命，随心所欲地撤换。

“董事会秘书办公室，简称董办，又称为董事会办公室，或者证券部。对外负责公司信息披露、投资者关系管理；对内负责股权事务管理、公司治理、股权投资、筹备董事会和股东大会，保障公司规范化运作等事宜。所以，董办一向都是上市公司利益的交汇点，是基金公司的交易员、券商的分析师，还有民间游资的操盘手们趋之若鹜的存在。每一个二级市场的交易员，做梦都想撬开董办的大门，拿到第一手的消息。”

“那又怎样？”帅朗皱了皱眉。

作为财经大学的高材生，他当然知道董事会秘书究竟是怎样一个角色，问题是——“你不会认为我能够成为长林集团的董事会秘书吧？”

“当然不可能！至少，短期内肯定不可能！”叶阑珊没好气地瞪了帅朗一眼，又继续在董事会秘书下面，画了一个箭头，箭头下面，则写了“证券事务代表”六个字，“重点是董事会秘书虽然位高，可是他这个终极职业下面没有任何分叉。手下，就只有一个证券事务代表。而作为部门经理级别的证券事务代表下面，同样没有分叉，手下，就是证券事务专员。”

一边说，叶阑珊又在黑板的证券事务专员下面，画了一个箭头。箭头下面，写了“证券事务专员”六个字。

写完之后，她转身，直视帅朗：“现在明白没有？这是一个最最简单的垂直层。有趣的是，据我所知，长林现任的董事会秘书薛平，以前和齐华的关系并不好。不，确切地说，是势如水火。薛平得势的时候，差点儿将齐华从长林扫地出门。如今齐华入主董事会，你说他会不会拿薛平开刀？”

根本没有等帅朗回答，叶阑珊就自顾自说下去：“事实上，齐华已经拿薛平开刀了。他入主董事会之后，立刻就任命他的宝贝女儿齐然诺为证券事务代表。还找了一个借口，开除了原来的证券事务代表和证券事务专员。呵呵，这是釜底抽薪啊。分明就是要架空薛平，把薛平变成光杆司令。

“可想而知，薛平在长林的日子已经可以倒着数了。而薛平一旦离开，齐然诺必定会被提拔为董事会秘书，进入长林高层。啧啧，看看人家齐华，果然是只老狐狸，不动声色，解决了对手的同时，顺手就给自己的接班人铺好了道路。

“不过，也正因为如此，倒是给了你一个难得的机会。不仅可以借此机会名正言顺地应聘证券事务专员一职；而且，我看好你，相信你应该很容易就能和齐家的公主搞好关系。到时候，她升任董事会秘书，你自然也就跟着成为证券事务代表。呵呵，绝对比应聘其他任何职位都更快更顺利地晋级公司中层。”

说话的同时，叶阑珊走到了帅朗面前，拍了拍他的肩膀。目光满是暧昧和调侃。帅朗郁闷地发现，自己分明是被叶阑珊当成了勾引女孩子的小白脸。

当然……此时此刻，置身于长林集团总部的证券事务代表办公室，面对齐然诺，帅朗自然不敢把这样的理由说出来。

他定了定神，不慌不忙地说道："首先，我不可能选择继续留在学校深造。因为……我出自一个单亲家庭。母亲供养我上大学，已经非常不容易了。我希望能够尽早参加工作，减轻母亲的负担，回报母亲这些年的辛苦。"

"对不起！"不得不说，帅朗坦承自己的家庭情况，确实是一张很好的感情牌。海归的齐然诺立刻道歉了一声，声音比之前柔和了许多。

帅朗微微欠身，示意无妨之后，继续道："其次，如果不能拿到更高学历的话，我并不觉得券商会在我最感兴趣的投行业务上重用一个本科生。基金，也不可能聘用一个毫无经验的本科生，担任我所向往的金融工程师，哪怕我有CFA。同样道理，CPA也并不能保证我在会计事务所一帆风顺，尤其我并非会计专业。相对券商、基金和会计事务所短期内比较狭窄的发展空间，我更看好长林。毕竟，长林是有名的上市公司，也是地产界的龙头企业。最最重要的是……"

帅朗忽然停顿了一下，按照原先的计划，他应该狠狠吹捧一下长林集团的未来潜力。

可是，自从和齐然诺接触之后，直觉——完全出自本能的直觉，让他确信如果只是这样泛泛地讨好，只怕不会打动眼前这个聪明而又较真的姑娘。

所以犹豫之后，帅朗咬了咬牙，索性单刀直入：“最重要的是，我研究过长林最近一段时间的动向。发现齐华先生刚刚就任长林集团的董事长，正是大刀阔斧、推陈出新的时候。相信这种时候，长林是多事之秋，也是充满了机遇的时候。我更相信以我的能力，在这样的跌宕中更有机会脱颖而出！”

此言一出，齐然诺立刻皱眉，目光锐利如刀：“你很有野心，也很自负！”

帅朗不假思索，马上回应：“不想当元帅的士兵就不是好士兵。想当元帅的士兵，就必然要有足够的自信！”

面对这样针锋相对的回答，齐然诺的瞳孔微微收缩了一下。

她的神情更加严肃，盯着帅朗看了好一会儿，不带一丝情感波动地道：“好了！帅朗，今天的面试就到这里。你的情况我大致了解了，回去等消息吧。如果通过的话，人力资源部会在一周内通知你办理入职手续的！”

听到这么公式化的答复，帅朗心里咯噔了一下。自己刚才的冒险，画蛇添足、弄巧成拙了吗？心念电转之际，他面上却没有任何异样，站起身，道了一声“是，谢谢领导”，便准备离开。

“等一下！”这时，齐然诺忽然叫住了他，“以后不要叫我领导。你难道不觉得这个称呼很土很low吗！”

以后？也就是说，面试通过了？

帅朗瞬间抓住了重点。他笑着，点头表示了认同。然后，转身踏出了齐然诺的办公室。出门的刹那，他的嘴角微微勾了起来。

第十二章 最后的依恋

傍晚，华灯初上，天色渐渐暗淡。到站的公交车，很快疾驰而去。

留在站台上的帅朗，没有急着走，先舒展了一下身体——长林大厦距离学校终究是有些远。他面试结束后，换了两次地铁，还得乘三站公交车，用了将近两个小时。

看了一眼手机上的时间，竟然已经快七点了。帅朗不由皱了皱眉。这时候，食堂可不一定有什么吃的了。

就在他思量着去旁边哪家小饭馆应付一顿的时候，忽然就听见沈涟漪甜甜的声音从身后传来："帅朗！"

帅朗转身，果然是清雅如兰的伊人，背着一个书包，俏生生地站在十多步外。两人相视一笑，迎面走到了一起，两手十指紧紧相扣。

帅朗有些诧异地问："今天怎么没去水果超市打工？"

沈涟漪甜甜地一笑："我请假了。待会儿告诉你一个好消息！"

“什么好消息？”

“嘻嘻，说了待会儿告诉你！你饿了吧？”说话间，沈涟漪拉着帅朗，坐在了站台的座位上，然后取下书包。

打开一看，只见书包里有一个保温盒，盛满了热气腾腾的饭菜。还有一些水果，沈涟漪打工的水果超市，每天内部降价处理的水果。

帅朗确实饿了，也不客气，立刻狼吞虎咽地吃起来。沈涟漪则坐在一旁，笑吟吟地看着帅朗吃饭，眼睛一眨都不眨，满脸都是幸福的模样。

吃罢，帅朗这才又问道：“到底什么好消息啊？”

沈涟漪眉眼之间的笑意更盛了：“我已经确定被保送读研了。而且，猜猜看，谁当我的硕导？”

“谁？”

沈涟漪兴奋地挥了挥她那粉嫩的右手，兴高采烈地道：“陈思，陈教授耶！”

陈思？帅朗目光微微一闪。

他自然知道陈思。年轻、英俊、博学、风趣，最重要的是，他为人很是开朗，平日里很自然地就和学生们打成一片。绝对是最受学生欢迎的财大教授。

如果早两天知道这个消息，他一定会由衷地为沈涟漪高兴。可是……现在……

现在，他刚从叶阑珊那里知道，这位大名鼎鼎的经济学教授，同时也是自己父亲的合作伙伴，海鸥资产的联合创始人、大股东，在导致父亲最终死亡的那场海鸥资产收购战中，扮演了十分可疑的角色。

万万没有想到，陈思居然会成为沈涟漪的导师。世界真小！

就在他心念电转之际，沈涟漪再度开口：“对了，还没问你，今天的面试怎么样了？”

帅朗连忙按下了自己的思绪，刻意夸张地笑道：“哇哈哈，本帅出马，岂有无功而退的道理？”

“哼，看美得你！”

沈涟漪娇嗔了一声，很是小女人地捏了帅朗的胳膊一下：“老实交代，面试你的，是不是个大美女？”

“天下哪个女人，有我家涟漪美？”帅朗不假思索地回答。脑海里却不由浮现出齐然诺的样貌，严肃、认真、骄傲，还有寻常人绝对无法企及的大气……

想归想，他嘴里没有丝毫停顿，脸不红心不跳，一本正经地道：“是女的没错，可惜，就是一个小老太。”

“哇，老阿姨啊？”沈涟漪一下子就被帅朗误导了，掩着嘴，嘻嘻笑道，“当心人家老牛吃嫩草哦！”

“沈涟漪同学，你堕落了！”帅朗当然不会愚蠢地纠正。

他瞪大了眼睛，看着沈涟漪，佯装怒斥道：“怎么几天不见，你都快成污女了？”

“呸，你才污男呢！”沈涟漪笑嗔。

帅朗上前挠她的痒，沈涟漪立马娇笑连连，讨饶不休。好半天，两人方才停止了嬉闹。

沈涟漪一边收拾，一边笑道：“今天咱们算是双喜临门啊。真该庆祝一下！”

话音刚落，还没等帅朗回应，就听到一个熟悉的声音从身后猛地冒了出来：“哈哈，想要庆祝还不简单！”

沈涟漪有些被吓到了，她惊叫了一声，脸色都有些白。两人一回头，不是别人，正是戴了一副黑框眼镜的熊猫。

这家伙双手抱着整整一箱子啤酒，却不知道什么时候居然已经蹑手蹑脚来到两人的身后。看到帅朗和沈涟漪亲昵地相处，他的目光微微闪了一下，旋即哈哈大笑起来，还刻意将手中装满了啤酒的箱子，晃得哐当作响。

待看清是熊猫之后，沈涟漪忍不住跺了跺脚，斥道：“熊猫，你这家伙怎么总是喜欢搞恶作剧！”

“冤枉啊！看，天上都要飘六月鹅毛了！”听到沈涟漪的责骂，熊猫也双脚跳了起来，反应竟比沈涟漪还要剧烈。

熊猫委屈地道：“刚才班里几个牲口提议要喝酒庆祝毕业。我倒霉催的，抽到了出去买酒的纸条。就去对面相熟的小超市老板那里弄了一箱子打折的啤酒。路上正好看到你们，就好心好意过来打个招呼。哪里想到你们俩卿卿我我、恋奸情热，眼里只有对方没有其他。这才被吓到了，也怪我？”

“什……什么卿卿我我……”沈涟漪脸皮子薄，被熊猫这一说，顿时满脸羞得通红，结结巴巴的，反驳分外无力。

帅朗却是和熊猫从小斗惯嘴的，才不受影响，眼睛一瞪：“知道我们在卿卿我我，还跑过来偷听偷看？你心理阴暗啊，熊猫同学！”

“得得得，是我的错，全是我的错！”熊猫哈哈一笑，话锋一转道，“你们不是要庆祝吗？这不，且容小的将功折罪！”

说话的当口，他三下五除二，就打开了原本封好的啤酒箱，取出了三瓶啤酒，连同他自己，一人一瓶。这架势，分明是不准备回去了，要赖在帅朗和沈涟漪这里充当电灯泡。

熊猫嬉皮笑脸地道：“纠正一下哦，今天，可不是双喜临门，是三喜临门！”

“三喜临门？”沈涟漪先是一愣，随即反应过来，眼睛欣喜地睁大了，“熊猫，你找到下家了？到底哪家瞎了眼的公司决定收留你啊？”

“嗨、嗨、嗨！”熊猫大不乐意，瞪眼叫道，“怎么说话的？帅朗，还不好好管教管教你老婆！”

话才出口，沈涟漪就羞怒地扬起手，朝熊猫狠狠地拍打过来。熊猫赶紧一蹦三尺高，避让开。

避让的同时，这家伙不带喘气地显摆道："说出来吓死你们！能够看出哥哥我根骨清奇，前途不可限量的，自然不是一般人。所以，当、当、当、当，哥哥被财经日报录取了！"

"真的？"正在追击熊猫的沈涟漪，惊喜地停了下来，由衷地为熊猫高兴道，"恭喜你啊！"

"哈哈，同喜，同喜！"熊猫憨态可掬地拱了拱手，"所以，咱们得好好庆祝啊！"

沈涟漪不由指了指剩下的啤酒，狐疑道："你不拿回去了？你的朋友不是还等着你？"

熊猫满不在乎地挥了挥手："管他们去死啊！又不是三岁小孩子。想喝酒，自己再去买呗！咱们是什么交情？"

说到这里，他突然张开了双臂，仰天看着已经繁星点点的夜空，犹如诗人一般，饱含激情地大声道："咱们可是发小！有幸在一个很小、很小的镇子上，一起光着屁股玩到大，一起读书，然后又一起考上了同一所大学！四年前，拿到财大的录取通知书，来财大报名的时候，咱们还只是从未离开过小镇，没怎么见过世面的孩子。前来报名入学的路上，满眼看到的都是新奇。大都市，对我们来说，陌生又神秘。现在，我们却已经留在了大都市。我们看到了这里的繁华，我们即将踏上征途，去奋斗去打拼，去征服我们所看到的一切。愿，有朝一日，我们将一起成为这座城市，乃至这个世界的征服者！"

"好，为了发小，为了奋斗，为了征服，干杯！"帅朗或多或少被熊猫的话触动了。

他随手开了瓶盖，将手中的啤酒递给了沈涟漪，继而接过沈涟漪手中的啤酒瓶，同样开了盖。

这时，熊猫也把自己手里的啤酒瓶打开。三人异口同声："干杯！"

三瓶酒，迅速碰在一起，发出"哐当"一声轻响。

很快，清静的夜里，传出了三人或高或低，或甜美或走调的歌声，歌声荡漾到很远、很远的地方：

栀子花开，so beautiful so white。
这是个季节，我们将离开。
难舍的你，害羞的女孩，
就像一阵清香，萦绕在我的心怀。
栀子花开，如此可爱，
挥挥手告别欢乐和无奈。
光阴好像流水飞快，
日日夜夜将我们的青春灌溉。
栀子花开啊开，栀子花开啊开，
像晶莹的浪花盛开在我的心海。
栀子花开呀开，栀子花开呀开，
是淡淡的青春、纯纯的爱。
栀子花开，如此可爱，
挥挥手告别欢乐和无奈。
光阴好像流水飞快，
日日夜夜将我们的青春灌溉。
……

第十三章 入职

手机铃响。

“喂？”帅朗很努力地摆脱了继续睡下去的诱惑，挣扎着拿起手机。

接通的刹那，就听到齐然诺独有的那种认真、严肃的声音从手机那头传来：“帅朗？我代表长林集团通知你，你被正式录用了。希望你今天就来集团报到！”

“好！”帅朗有些懵懂地答应。

昨天，和熊猫、沈涟漪喝了很多酒，唱了很久的歌，这会儿他真是不怎么在状态。过了好久，他方才清醒过来，赶紧跳到地上，冲出去用自来水洗了一把脸。

然后，终于确认，自己如今算是成为长林集团的证券事务专员了。

虽然有些奇怪，为何不是人事资源部，而是齐然诺亲自通知自己，还把自己的报到时间定得这么急。隐隐感觉齐然诺的话语中竟还有细微的焦急。可不管怎么说，他终究踏出了第一步。

这一刻，他忍不住想起了叶阑珊曾经对他说的话：“记住了，你父亲的那些敌人，绝对都是动辄能够调动亿万资产的金融大鳄。而你，只是一个刚刚从学校毕业的小虾米。他们可以轻轻松松将你吞得不留半点儿骨头渣子。所以，不要幻想可以很快很容易报仇。甚至，暂时把报仇两个字从你的脑袋里彻底忘掉。

“就好像海鸥，大多数时候，都只是一只鸟，一只飞翔在海豚上空，距离海豚很远、很远的鸟。直到海豚将沙丁鱼聚拢，直到沙丁鱼们受惊跃起的刹那，它方才会显露峥嵘，从海豚的口中抢食。”

“OK！”念及于此，帅朗随手打了一个响指，仿佛自我催眠一般，轻轻喃喃了一声，“你是帅朗，刚刚财大毕业，进入长林担任证券事务专员，一心只是想在职场冒头的年轻大学生！”

说罢，他用毛巾擦干净了自己的脸，对着镜子很认真地梳理了一下自己的头发，然后走出了宿舍。

走到校门口，不知为何，帅朗总是感觉齐然诺这次亲自打电话来通知自己就职似乎有些不同寻常。因此，犹豫了一会儿之后，他咬了咬牙，招手叫了一辆出租车。

车很快载他来到了长林大厦。

踏入长林的瞬间，他便立刻感觉到了气氛的凝重，和昨天来应聘的时候完全不同。

今天，长林的那些职员，完全没有了昨天那样按部就班、拿着薪水干活的从容，或者说习以为常。仅仅几步路的工夫，他就看到至少两次长林的职员在窃窃私语。这种感觉，等他来到第十八层证券事务专员办公室的时候，完全得到了印证。

只见齐然诺正在接电话，办公室内三台电话，铃声始终响个不停。

齐然诺每接起一个电话，答复都是：

“您好，这里是长林集团董办！”

“是的，长林集团董事会秘书薛平先生，正在接受证监会的调查！”

“对不起，目前尚未有明确的结论出来。一切将以证监会和长林集团的公司公告为准，请您随时关注。”

“放心，长林集团将会尽一切努力，维护公司和股东们的切身利益！”

……

很公式化的话语，在根本停不下来的电话铃声中，被齐然诺一次又一次重复。

这位长林的公主，这一刻，明显有些狼狈。额头已经渗出了汗珠，嗓音也因为说话太多变得有些沙哑。但她依旧很认真地面对着每一个电话，回答着电话那头每一个股民的质问。

哪怕那边的股民或许只有几手的股份，身家根本不及齐家的一个零头；哪怕那边的股民，态度恶劣，言语粗鲁，甚至咆哮谩骂。齐然诺都一直在很认真地履行着她的工作。

看到帅朗进来，她根本没有时间招呼，更没有时间和帅朗说话，只是伸出左手指了指不远处空着的椅子，示意帅朗先坐下。帅朗当然没有像大多数职场菜鸟那样，当真傻乎乎地坐到那边什么都不做。

才听了只言片语，他便立刻大致猜测到应该是长林的董事会秘书薛平出事了。这是意料之外的突发事件，还是如叶阑珊所说，齐华出手，解决了他在长林集团的这个宿敌？

看着齐然诺狼狈的样子，帅朗有些无法确定。不过，这并不妨碍他果断地拿起了一直响着、齐然诺暂时无暇顾及的电话。

“您好，这里是长林集团董办！”

“是的，长林集团董事会秘书薛平先生，正在接受证监会的调查！”

“对不起，目前尚未有明确的结论出来。一切将以证监会和长林集团的公司公告为准，请您随时关注。”

“放心，长林集团将会尽一切努力，维护公司和股东们的切身利益！”

同样公式化的话语，从帅朗的嘴里沉稳平静地说了出来，一遍又一遍，和齐然诺的声音，此起彼伏。齐然诺先是惊讶地瞥了帅朗一眼，目光有些锐利。可是听了一会儿，发现帅朗应对十分沉着，回答也没有一点儿纰漏。她的目光渐渐柔和了下来，甚至掠过了一丝赞许。

如此这般，时间过得很快，转眼到了中午公司规定的休息时间，主机那边自动掐断了所有来电，证券事务代表办公室的电话总算消停下来。帅朗和齐然诺不约而同如释重负般呼了一口气。微微一愣后，两人下意识地相互看了一眼。

帅朗终于在一直都很严肃认真的齐然诺脸上，第一次看到了笑意，尽管这笑意一闪即逝。

不过齐然诺紧接着开口："走吧，一起吃饭去！我请客！”

“啊？”帅朗一愣，感觉简直有些受宠若惊，赶紧道，“还是我来请领导，哦，不……”想到齐然诺并不喜欢自己称呼她为领导，帅朗立刻改口，“还是我来请齐经理！”

“叫我然诺好了！我更喜欢西方那种平等的朋友般的工作关系。而非东方式的上下森严。”齐然诺很大气地挥了挥手，“这一顿，算给你的接风宴。再说，人事部还没有来得及给你准备好职工卡呢。去了职工食堂，你也没法请我！”

她一边说，一边当先走出了办公室。

帅朗唯有亦步亦趋，紧随其后，跟着齐然诺一起乘坐电梯，来到了长林大厦顶楼的天台。

正如之前叶阑珊向他介绍的那样，长林集团把大厦的顶楼天台设计成了专供职工内部娱乐和健身的活动中心。职工食堂也同样设置在这里。说是食堂，可帅朗的第一感觉，却是觉得自己走入了一家很上档次的饭店。

里面装修得极好，居然还有包厢。包厢在环绕了食堂一圈的二楼，经过时，凑巧有一个包厢被人从里面推开了门。帅朗好奇地瞥了一眼，只见包厢内竟然布置了小桥流水、假山竹林。更有身着古装的女孩，在一旁弹奏古筝。就好像文人墨客在踏青的野外，呼朋唤友，欢聚畅饮。雅致至极！

而中央的大堂，则是自助餐，每个人拿了一个托盘进入选菜区，可以随心所欲地选择饭菜、面食、水果，然后拿到付款台，划一下职工卡就行了。

齐然诺并不娇气，和帅朗各自点了两菜一汤之后，便准备在大堂找个空闲的位置坐下开吃。

就在这时，忽然听到有人远远地叫了一声："然诺！"

两人抬头，寻声望去，只见一个戴着金丝边眼镜、西装革履、很是文绉绉的年轻人，此刻正站在二楼一间包厢的门外，朝齐然诺挥了挥手，做了一个让齐然诺等他的手势。随即就看到他三步并作两步，快步跑了下来。

整个过程，那人根本没有看一眼站在齐然诺身边的帅朗。好像帅朗就是一团空气，根本不存在一样。

反倒是齐然诺主动向帅朗介绍道："他是马钧儒，长林投资部总监！"

说话间，马钧儒已经跑到了齐然诺面前。这一次，似乎是因为看见齐然诺和帅朗正在说话，马钧儒终于看了帅朗一眼，终于注意到了帅朗的颜值。

"这位很眼生啊，怎么称呼？"马钧儒居高临下的问话中，毫不掩饰地流露出了警惕。

犹如一头雄性动物，警惕另一头雄性动物靠近他心仪的雌性动物一样。

第十四章
劫持事件

“帅朗！”面对马钧儒的敌意，帅朗淡定如常。

从小到大，他面对太多这样的情形了。有多少女生痴迷他的颜值，就必然有多少男同胞对他羡慕嫉妒恨。所以这个时候，他的心境古井不波。

帅朗左手仍然托着托盘，右手则腾了出来，主动伸到马钧儒面前，不动声色地自我介绍道：“今天刚刚入职的证券事务专员，然诺麾下一小兵！”

“然诺？”马钧儒皱眉，明显很不满意帅朗竟然如此称呼齐然诺。

只是还没等他沉下脸来训斥，就听到齐然诺开口：“钧儒，你找我有什么事吗？”

“嗯，有事！”马钧儒迅速收敛了怒气。他推了推鼻梁上的金丝边眼镜，分外温文尔雅，彬彬有礼：“我正好有事要找你！是关于公司市值管理的。嗯，其中有些问题不太方便对外公布。这里人多嘴杂，我们还是去包厢，边吃边说吧！”

“这个……”齐然诺沉吟。

毕竟她刚刚可是说好了，要请帅朗吃饭的。偏偏马钧儒又说要和自己讨论的事情不方便对外公布，换而言之，也就不方便帅朗跟过去。这不由让她有些为难。

好在帅朗机灵。第一时间他就识趣地插口：“然诺，你忙吧！我去那边吃饭了！”

说话间，他还很是友好地朝马钧儒点了点头，风轻云淡地托着托盘离开，在大堂找了个空位坐下。和在学校食堂吃饭一样，才一顿饭的工夫，就有好几个漂亮的女同事陆续过来搭讪，也免不了有不少男同事投来戒备的目光。

帅朗暗暗叹了一口气，只好用最快的速度吃完饭，然后匆匆走出了食堂。

原本想返回办公室，可是才走了几步，他猛地顿住，想起来刚才齐然诺带着他一起上来吃饭的时候，已经把办公室反锁了。那是电子锁，必须刷职工卡才能打开。偏偏他现在还没办理好职工卡，如果齐然诺不回去的话，他根本进不去。

无奈之下，脚步稍稍踯躅了一下，帅朗便索性不去坐电梯，而是信步来到天台东面高高耸立的水箱旁，一处僻静的角落，拿出手机，打开了证券行情。

跌，爆跌！

手机屏幕上，大盘还好，仅仅只是在上下二十点的微涨微跌中徘徊。长林的股价，却是一根光头光脚的大阴线。

“苦涩的沙，吹痛脸庞的感觉，像父亲的责骂母亲的哭泣，永远难忘记……”蓦然，在郑智化的歌声中，手机屏幕上跳出了一个来电。

叶阑珊的！

帅朗赶紧接通，手机那头，立刻传来了叶阑珊的声音：“看到今天长林的股价了吗？一泻千里啊。开盘还微微泛红，可是很快，长林集团董事会秘书薛平出事的消息传出来，市场就彻底恐慌了。前段时间刚刚被折腾过的股民，就好像惊弓之鸟，好像……火海里的被困者，纷纷慌不择路，彼此踩踏，争相逃命。”

说话的同时，手机里传来了“噼里啪啦”击打键盘的声音。

叶阑珊坐在转椅上，不断切换长林集团股票K线图的周期。看着不同周期上，长林集团股票那一根根大阴线，和已经明显空头排列的均线，她的嘴角忍不住泛起了一丝欢笑——看到敌人倒霉的欢笑。

“跳水从九点三十三分开始。瞬间，股价就如同银河飞流直下。短短十几二十分钟，就一下子打到了跌停板上。期间还有几次出现大资金护盘的迹象，可是，每次拉上去的股价，很快就会遇到更多的抛盘，迅速又被打回到地板上。

“这样反复了几次之后，从上午十点开始，长林就牢牢地钉死在了跌停板上。9.05元，让长林的股价距离底部8.3元，不到一个跌停板了。照这样下去，明天只要再来一个跌停板，长林就会出现新低。到时候，市场肯定会更加恐慌。长林集团的股价绝不会止步于这个新低，只会有更多的新低，在接下来的几天里面接连出现。”

相对叶阑珊的激动，帅朗反倒十分淡定，他的情绪丝毫没有受到叶阑珊的影响，反而冷静得好像是一个完全无关的人。

帅朗冷静地问：“薛平究竟出了什么事？”

“内幕交易！”叶阑珊很肯定地说，“有人举报他和一家私募基金勾结。他入股了这家私募基金，然后将长林的内部消息泄露出去。私募基金根据这些内幕消息，在二级市场上提前布局买卖长林的股票，从中牟取暴利。而薛平作为股东，自然可以名正言顺地获取其中的盈利。”

“很高明的手法啊！”听到这话，帅朗的目光微微一凝，“按照相关规定，私募基金只需要每年度结束后的20个工作日内，更新私募基金管理人、股东或合伙人、高级管理人员及其他从业人员、所管理的私募基金等基本信息就可以了。只有控股股东、实际控制人或者执行事务的合伙人发生变更，才必须在发生后10个工作日内报告。

“所以，如果薛平只是普通股东，不是控股股东，不是实际控制人，也不是执行事务的合伙人，这里面自然就有太多的手段可以操作。然后通过私募基金买卖长林集团的股票，绕开了董、高、监不得买卖自家公司股票的限制。这显然比他自己或者亲属开账户买卖股票更加隐蔽。问题是……”说着，他顿了一顿，始终都十分冷静的脸上，浮现出了一丝疑惑，“问题是，他做得这么隐蔽，怎么暴露的？正常情况下，证监会取证的难度很大。举报人恐怕只有切实掌握了薛平和哪家私募基金勾结，投入了多少股份，那家私募基金又是如何操控长林股价的，乃至薛平和那家私募基金的资金往来，才能确保证监会出手查处薛平吧？这些可不是一般人能够做到的。”

帅朗的话语，源源不断传到了手机那头。

手机那头，叶阑珊嘴角的笑意随着帅朗的话语渐渐收敛，最后幽幽地叹了一声：“这就是遗传吗？你还真是和你父亲完全一样。一样冷静，一样犀利，总是能够从寻常人忽略的角度，看到事情的另一面。”

她毕竟也是聪明人，第一时间就闻弦琴而知雅意，理解了帅朗的意思。

叶阑珊挑了挑眉：“你是在怀疑齐华？怀疑是齐华出手解决了薛平，然后故意营造出如今长林股价一泻千里的惨状？嗯，有些道理。如果齐华当真掌握了薛平的罪证，他完全可以选择其他更加温和的方式解决掉薛平，却又不影响长林的股价。现在，他却偏偏做得这么直接粗暴，确实有很大可能是故意让市场恐慌，然后又想从中捞取什么便宜。”

说到“便宜”两字，叶阑珊猛地想起了几个月前海鸥资产惨烈折戟的往事，牙不由微微咬了一下，旋即又皱眉道：“可是，也不对啊！他想做什么？毕竟，现在他已经是长林的董事长了。他和他的堂弟齐军，控制了百分之五十以上的长林股份。长林股价的大跌，损失最大的不应该就是他？我想象不出，这只老狐狸能够从中捞取什么好处！”

“不知道！”帅朗坦然地摇了摇头，跟着揉了揉眉头，“说不定是另外一股力量做了这些事情。那股力量和我们一样，也在觊觎齐家兄弟掌控的长林。当然，也不排除齐华确实在暗中策划什么。只是我们现在手里掌握的资料有限，所以暂时还看不透。我只是有个感觉，强烈的感觉，这次的事情绝不会仅仅股价大跌、薛平出局那么简单。应该，后面还有文章……”

正说着，忽然一阵喧嚣，由远而近。

帅朗拿着手机和叶阑珊说话之余，忍不住抬起头，循声望去，顿时大吃一惊！

只见一个看穿着应该是长林集团职工的中年人，用右手的胳膊从背后扼住了齐然诺，左手则拿着一把雪亮的餐刀，一边不断倒退，一边朝着面前的人群疯狂地挥舞，阻止人们靠近。

原本和齐然诺一起去包厢用餐的马钧儒愤怒得满脸通红，厉声呵斥，一边警告，一边劝说，一边跟着劫持者移动，但始终保持着一定的距离。那些闻讯赶来的保安和长林集团的员工则是投鼠忌器，生怕稍有差池，激怒了那个劫持者伤及齐然诺，因此根本做不了任何事情。

总之乱成一团。

眼见那劫持者倒退着，恰好朝自己这边移动过来。帅朗不慌不忙地对着手机那头的叶阑珊说了一声：“现在有点儿事，晚上再聊！”

他挂断了手机，不慌不忙地躲到了一旁的水箱后面，静静等候背对着自己的劫持者渐渐靠近。

第十五章
默契

“别过来，都别过来！别逼我！”

四十二岁的林波，一手紧紧勒住齐然诺，一手不断挥舞餐刀，面容狰狞，犹如恶魔。可是被劫持者，被威胁到了性命的齐然诺，却发现自己此时此刻不是害怕也不是愤怒，反而是怜悯。

不错，怜悯。怜悯这个劫持了自己、威胁着自己的人。在她看来，眼前这个中年人，与其说是穷凶极恶的暴徒，倒更像是陷入了绝境的可怜虫。

他的嘴，不断絮叨，先是喝退了企图上前阻止他的人。在和所有人都拉开了距离，应该是自觉稍稍安全之后，他的嘴巴仍然没有停下来，开始絮叨他的过往：

“……我、我二十岁就进了长林。为长林干了二十二年！整整二十二年！人生有几个二十二年啊？二十二年，不管春夏秋冬，还是风霜雨雪，我每天都准时上班。每天都热情地接待顾客。带他们看房，为他们答疑，消除他们购买的顾虑，用真诚打动他们。很多时候，顾不上吃饭。很多时候，回到家里已经深夜。哪怕星期天，哪怕法定假日，都几乎没有休息，全都待在了售楼处。

“二十二年，我拿到过七次销售季军，四次亚军，还有一次销售总冠。二十二年，我只有老婆生孩子的那两天请了假。二十二年，不知不觉，开始有了白头发，腰腿也没有以前好使了，孩子也慢慢长大了。我、我却甚至都没有时间，没有空，去给孩子开过一次家长会。

“这都不算什么。我努力干活，长林付我工资，我挣了钱，娶妻生子，养家糊口。大多数人不都是这么过来的吗？可是，长林……不该啊，不该这样啊！这么好的企业，明明每年都有惊人的利润增长，明明每年发展得都那么快。在这个寸土寸金的年头，明明就是长林这样的房产公司百年难遇的黄金时代，居然就这么说崩盘就崩盘了！”

听到这里，齐然诺忍不住扬了扬眉，认真地开口：“看得出你很关心长林！其实不用着急，不用心慌。你也说，长林发展得很好。现在，公司只是暂时遇到了一点儿小麻烦。相信公司高层一定能够迅速解决这些麻烦。到时候，长林自然会回到它正常的发展轨道上去！”

却不想，此言一出，林波顿时激动了起来：

“小麻烦？哈哈，齐小姐，对你这样的富二代来说，当然只是小麻烦！你身家亿万，就算长林垮了，还不是照样穿金戴银，照样灯红酒绿。但是，你知不知道，当初，我就是因为相信你们，相信公司的领导，相信长林的未来，所以把这些年来的积蓄都拿去买了长林。当时就想着孩子马上要升学了，赚点儿钱，凑够一套学区房的首付就好。

“然后，海鸥资产来收购长林。股票一下子涨了四五倍。舍不得啊，舍不得抛。虽然首付已经足够了，可总觉得明天还会多涨一点。只要再多涨一点点，真的就只要多涨那么一点点，就不用贷款了，就可以全款买下学区房了。到时候家里的经济条件就会好很多，不用再那么紧巴巴地过日子了。就可以带老婆孩子，好好出去旅游旅游，买些他们喜欢的礼物了。

“谁想到，海鸥资产忽然不收购了。谁想到，长林的股价，忽然就这么暴跌下来了。结果，一个跌停紧接着一个跌停，根本来不及抛。一转眼连最初的本钱都亏了不少。偏偏这个时候，我老婆的肾出了问题，着急需要钱给她去换肾！你叫我怎么办？你说我该怎么办？

“没办法，就把住的房子抵押了。又通过套卡，通过融资，甚至是高利贷，借了很多钱。可还是不够给老婆救命啊。这个时候，你爸爸来了，当了长林的董事长，信誓旦旦说要把长林红红火火地搞上去，搞成第一流的龙头企业。

“呵呵，我又信了。一咬牙，就把所有钱又一次投到了长林上。没办法，当了半辈子销售，没别的本事，就知道炒股才能迅速赚到我现在急需的钱。而股票，我也就只熟悉长林，我工作了二十二年的长林。

“结果……呵呵，完了，一切都完了。你看看，股票都跌成什么样了？都说，明天，后天，后后天，还会不断跌出新低来。该死的跌停板！连抛都抛不掉。就算能抛了，也不够还利息的。我已经拿不回一分钱了。也没有了房子，没有了一切。甚至还要倒欠很多钱。

“彻底完了！我只能眼睁睁看着老婆去死，我再也无法支付孩子学费，更不要说支持他日后成家立业。我、我算什么丈夫，算什么父亲，呜、呜、呜……”

林波终于忍不住哭了，就好像孩子一样号啕大哭，哭出了他这一辈子的心酸和委屈。

齐然诺皱眉，她有些鄙夷这样的男人，只觉得这林波真够窝囊废物的。男人，在她心中，就该像爸爸齐华那样，纵然历尽万千坎坷，也始终百折不挠，始终坚定执着。可以坦然面对生活的艰难，又能耐心积蓄力量，并且时刻保持斗志和专注，把握住转瞬即逝的机会，最终一飞冲天，尽展平生志向。

不过这个时候，她还是努力劝解道："你冷静点儿！这世上没有过不去的坎。你是长林优秀的员工，长林不会抛弃你的。我会说服公司，帮助你度过眼下的困难……"

不料，她不说还好，这一说，原本正在痛哭的林波，忽然怒不可遏地叫了起来："闭嘴！我……我不要你们这种猫哭耗子的假慈悲！我为什么落到这地步？还不是因为你爸爸！"

"我爸爸？"

"不错，就是你爸爸，齐华！长林集团前任副总经理，现任董事长！哼，别以为我是长林的基层员工，就什么都不知道！去年，就是你爸爸争权夺利，想要夺取长林的控制权，才会算计了海鸥资产，让海鸥资产收购长林失败，才会让长林的股价在前几个月经历了那么大的震荡。现在，还是你爸爸，想要铲除他的对手，才会举报薛平，让长林好不容易稳定下来的股价，又一次爆跌！"

越说，林波的脸越是抽搐，越是狰狞，目光中的恶意，也越来越盛。

最终，他一咬牙，狠狠地道："好，很好，老子已经活不下去了，能够拉着你这个千金大小姐同归于尽，也不亏！"

说话声中，他勒着齐然诺的手臂越发用力。他拿着餐刀的手，则高高扬起。

"住手！"就在餐刀行将落下的千钧一发之际，蓦然，一声暴喝，从身后传来。

是帅朗！

帅朗就躲在距离齐然诺和林波大约五六步外的、安置在天台上的水箱后面。原本，他是想等林波挟持着齐然诺再后退几步，退到他这里再动手的。此刻看到林波已经要行凶了，便不假思索冲了出来，一个箭步上前，死死握住了林波拿着餐刀的左手手腕。

然后……说时迟那时快，帅朗吃惊地看到，之前被挟持的齐然诺，在这一刻竟然也动作了。先是高跟鞋狠狠踩在了林波的脚上。继而手肘一个反击，狠狠击在了林波的胃上。紧跟着，转身，抬膝。

很漂亮的女子防身术！这姑娘是真用力啊！

那一下，看得帅朗也不由倒吸了一口凉气，跟着两腿夹紧，感觉到了阵阵凉意。而林波更是痛呼了一声，整个人弯成了虾米。

帅朗吃惊归吃惊，凉意归凉意，他手里的动作依旧还是继续惯性地施展出来。同样漂亮的格斗术，同样漂亮的过肩摔，愣是把林波狠狠地翻转，又狠狠地摔在了地上。帅朗顺势蹲下，用膝盖把林波的脸压在地面，让他动弹不得，同时，将林波的手反转扭过来。

整个过程，说来话长，实则不过电光石火的刹那。刹那之间，帅朗和齐然诺明明没有任何事先的商量彩排，却默契地配合无间，迅速将林波制服，逆转了局面。

这时，他和齐然诺相互看了一眼，不约而同开口："你没事吧？"

两人愣了一愣，相视一笑，还没有来得及再说些什么，就看到长林的保安、员工们，已经急匆匆赶过来了。

最先赶到的是马钧儒。这位投资部总监，再次完全无视帅朗的存在，一味地看着齐然诺，关切地问："然诺，你没事吧？"

长林的保安已经接替帅朗，擒住了林波。而帅朗则被一群花枝招展的女同事团团包围住，这些刚刚还花容失色、连连娇呼的白领丽人，此时一个个全都勇敢地跑了过来。

有人关切地问："帅哥，你没事吧？"

有人不容置疑地决断："快，快送帅哥去医务室检查一下，可别有什么暗伤！"

也有人把手机当成了单反，"咔嚓""咔嚓"拍个不停。拍下了现场，拍下了暴徒，当然更多的是拍下了帅朗。

还有机灵的，凑到帅朗的身边，来个和帅朗合影的自拍，然后把这些图片美美地发到朋友圈，爆料这么惊人的事件，炫耀这么惊人的帅哥。

更有人是行动派，大胆地乘机拉住了帅朗的衣服，甚至乘机揩油，摸了摸帅朗健美的身体。

帅朗处变不惊。这种场面，他从幼儿园开始就已经习惯了。他面无表情，一脸高冷，尽量不给任何一个女人不必要的误解，只是来了一个让所有人都觉得很舒服的点头，就任由这些热情的白领姐姐妹妹甚至阿姨簇拥着，前去公司的医务室。

只是在电梯口，他越过无数人头，看了一眼同样被无数人簇拥在中心的齐然诺。恰好齐然诺也在这个时候转头朝帅朗看过来。彼此微微点头，没有言语，却莫名地感觉到了一丝默契。

第十六章
征服大小姐

“您好，这里是长林集团董办！”

“是的，长林集团董事会秘书薛平先生正在接受证监会的调查！”

“对不起，目前尚未有明确的结论出来。一切将以证监会和长林集团的公司公告为准，请您随时关注。”

“放心，长林集团将会尽一切努力，维护公司和股东们的切身利益！

……

做了一把英雄，最大的收获，居然是人事资源部的小姐姐当时正好在场，目睹了帅朗的帅。于是，小姐姐用史上最快速度，给帅朗麻利地办好了所有入职手续。很快，帅朗就用他刚刚拿到的职工卡，打开了证券事务代表办公室。

他这个证券事务专员，在长林集团的金字塔内，就是最最底层的小喽啰，当然不可能有自己的办公室。只有一张办公桌，放置在证券事务代表办公室内。

就如同他之前和马钧儒说的那样，他就是齐然诺麾下一小兵。身为小兵的他，很清楚自己的位置，下午一点，公司规定的午休时间一结束，办公室的电话铃一响起，他就和上午一样，麻利地接听起电话来。

哪怕此刻齐然诺，他的顶头上司，长林的公主殿下，还没有来。

不过和上午不一样的是，趁着齐然诺不在，自己手中又已经有了职工卡，帅朗一心两用，一边公式化地接听电话，继续承受股民们的质疑和谩骂，一边却迅速查找起在他权限范围内，能够查找到的所有关于长林的资料。

不得不承认，证券事务专员确实是一个不错的职位。虽然仅仅只是董办的最底层，可正因为是最底层，所有董办涉及的繁琐小事都得他这个证券事务专员来办，所以帅朗惊讶地发现，自己的职权范围内，竟然能够查阅到长林集团这些年来，几乎所有的财务报表、经营数据。

不一会儿，帅朗看着面前电脑上显示出来的数据，嘴角泛起了一丝微笑。他发现了一件很有意思的事情！

“叮咚！”却不想，就在这时，证券事务代表办公室的门开了。

帅朗惊讶地发现，齐然诺居然回来了。在刚刚经历了被劫持的事情之后，这位长林集团的公主殿下居然又回来上班了。居然又和上午一样，认真、耐心地面对一个接一个股民们打来的其实并没有太大意义的电话。

齐然诺自始至终，一直都非常敬业地接听、答复。看得出，她正在尽最大的努力，想做好手中的工作，没有一丁点儿富家千金的娇蛮和随意。以至于看着洒入办公室的阳光落在齐然诺的身上，帅朗忽然觉得她很美。

事实上，不仅帅朗没想到齐然诺下午还会回来上班。整个下午，陆陆续续来了好几拨漂亮的女同事。她们原本在天台上留意到了帅朗，所以才来串门，其中不乏如狼似虎想要吃嫩草的。但当她们吃惊地看到齐然诺在里面之后，一个个全都在第一时间屏气凝神，收敛成了文静的淑女。然后根本顾不上和帅朗套近乎，一看到齐然诺扬起眉、瞪起眼，就赶紧狼狈地溜之大吉。

那架势，赫然就似羔羊远离虎狼的地盘，又似狮王出动，百兽自行回避。如此这般，很快，证券事务代表办公室再度门可罗雀，只有帅朗和齐然诺接听电话的声音如同上午那样，此起彼伏。

直到下班，电话铃声不再响起，齐然诺放下了手中的话筒，这才看了帅朗一眼，皱眉："看来，你很受欢迎啊！"

这语气一点儿都不友好，甚至隐隐有些许酸意。似乎她自己也察觉到了，看着帅朗一脸的无辜，齐然诺一向严厉的眼睛刹那间凭添了几许慌乱。

齐然诺本能地挪开了目光，语气也有些微走调："我……我只是觉得，这不利于工作的正常展开！"

"是！"帅朗由衷地点头。

他当真是这么觉得的，可这样的反应，却让齐然诺越发感觉有些狼狈。

她下意识地转着笔，沉默了一会儿，然后干咳了两声，刻意转移话题道："今天中午，在天台上，你应该也听到林波说的那些话了吧？你觉得……"

帅朗毫不犹豫地回答："可怜之人必有可恨之处！"

这可不是齐然诺想象中的答案。她不由"嗯"了一声，投向帅朗的目光再度严厉、认真起来。她死死盯着帅朗，大有不给她一个满意的解释就决不罢休的感觉。

可惜，帅朗明显不受任何影响，自顾自说道："他自己也说了，他第一次买了长林的股份，涨了四倍多。那个时候，如果少一点儿贪婪，多一点儿敬畏，他随时都可以抛掉。他的生活就完全不一样了。而后来，他老婆生病了，急需钱救命，固然让人同情。可是，社会发展到今天，其实救助系统不能说极度完善，也不算太差了。无论是申请救助，还是网上众筹，嗯，我记得咱们长林集团的工会，也一直推行医疗互助计划吧，总之当真有太多的办法帮他渡过难关。

“可是，他偏偏选择了抵押房产，选择了融资、借贷，继续义无反顾地杀入股市。这真的只是为了筹钱看病吗？不，其实还是他心中有贪婪，而且是不懂得丝毫敬畏的贪婪。他觉得自己是长林的老员工，熟悉长林内部的运作，能够很好掌握长林集团的运营情况，甚至可能比一般股民提前知道您的父亲齐华董事长收购长林股份的消息。所以他才会杀进去。如果我没有猜错，在之前长林集团的股价从八元回到十元的过程中，他多半是盈利的。

“可惜，刚才说过了，他并没有吸取教训，依旧贪婪，希望股价会涨得更高，恐怕还希望能够捞回他之前的损失，甚至最好是再涨到四十多块、五十多块，夺回他失去的盈利。你信不信，真到了四五十块，他还会希望继续到六十块、七十块。总之，就是无边无际的贪婪，却不懂得敬畏，更没有做好一旦失败承受后果的准备。

“于是，当董事会秘书薛平出事，长林股价再度重挫之后，他就崩溃了。在发现自己再没有本钱赌下去，发现自己即将被驱赶出资本市场，失去了最后一点翻本的机会之后，他崩溃了。这样的人，在我看来只是咎由自取。他固然可怜，其实可怜的背后有太多的可恨。是他自己的贪婪，不懂得丝毫敬畏的贪婪，毁了他自己，也连累了他的家人！”

“可、可是……”不知不觉，齐然诺睁大了眼睛。

一时半会儿，她实在接受不了帅朗这样的观点。太……冷酷了！毕竟，这是一家三口人。一家三口人的前途、未来，乃至生死、荣辱。怎么就单单一句“可怜之人必有可恨之处”就完事了？

这时，却见帅朗的嘴角泛起了一丝嘲弄，低沉的嗓音里略带了些许哀伤，他缓缓说道：“知道吗？曾经，我有一个长辈，也选择了杀入这满地都是财富神话的资本市场。他曾经戏言，要么天台，要么会所。结果……”

齐然诺忍不住问：“结果怎么了？”

“结果，他辉煌过，估计功成名就时没有少去会所。最后却失败了，从一座高楼的天台平静地跳了下去！”帅朗在心中轻轻叹了一声，脑海里想象着父亲留下遗书后跳落天台的情形。

他站起身，稍稍舒展了一下身体，缓缓走到窗口，看着窗外的车水马龙，看着窗外这一片繁华的世界，低声道：“但凡杀入这资本市场的人，心中都必然藏有贪婪。可是，没有丝毫敬畏的贪婪，必将害死自己，牵累家人！而对于我们这些旁观者来说，他们如果成功，绝不会分享成功给我们，我们又何必同情他们的失败？”

“何况，我那位长辈，至少是坦然面对了自己选择后的结果。而林波，竟然连面对失败的勇气都没有，反而推诿自己的过错，甚至妄图伤害别人来求得心理平衡。我不觉得需要同情这样的人。”说到这里，根本不等齐然诺反驳，他忽然又转身，话锋也随之一转，“当然，林波的老婆孩子确实需要帮助。我建议，不妨在公司里面发起一场募捐来帮助他们。这也有利于提升公司的凝聚力，增强公司富有人情味、关爱职工的正面形象。”

“很好的提议！”齐然诺点头，目光却盯着帅朗，久久没有挪开。

帅朗不由一愣：“怎么了？”

齐然诺难得地笑了笑：“我忽然发现，如果你哪天见到我家的老齐同志，你们俩一定会很投契。没想到，你是这么一个冷静理智的人。这么冷静理智地看待一个家庭的支离破碎，哪怕为这个家庭做些援助的事情，也要顺带想到其中可以利用的价值。”

帅朗暗自“咯噔”了一下，有些忐忑自己刚才有感而发，或许给了齐然诺不好的印象。

可惜话已出口，也收不回来了，他只好摸了摸自己的鼻子，自嘲地道：“你直接说我冷血就是了。不过，没办法，记得和你说过，我出自单亲家庭，从小是妈妈把我拉扯长大，不可避免看到很多世事炎凉。所以，可能比一般人多了一点儿冷漠。”

齐然诺赶紧摇头，道：“不不不，我不觉得你冷血。你不是也提出了帮助林波家人的建议？我只是觉得，你和我爸一样，都是那种可以一眼看透本质的人，还能够在任何时候，都轻而易举将坏事变成好事。”说着，她撇了撇嘴，“你们如果见面，一定会有很多共同语言。”

见面？帅朗目光微微一闪，面上却笑着道：“进入长林之前，我做过很多功课。收集了很多关于齐华董事长的事迹。对齐华董事长仰慕已久。如果有机会能够见到齐华董事长，还能面谈那就太好了！”

“呵呵，这事情好办！”

齐然诺随手打了一个响指，正待说这事儿包在她身上，忽然，却不知道怎么的，就感觉怎么说着说着，越来越像闺女约了准女婿去见老丈人。当下，她的脸颊微微一热。

她不动声色地清了清嗓子，便又岔开话题：“好了，已经到下班时间了。我很满意今天你的表现，也谢谢你中午的出手。希望我们日后能够继续这么愉快地工作。明天见！”

说话间，她已经转身，背对着帅朗走到了门口，一边开门，一边说道：“对了，这些天，有空的时候，我希望你尽可能多学习学习，尽早拿下董秘证。”

“董秘证？”听到这三个字，帅朗的心蓦然一跳。

不假思索，他立刻试探着问：“这么说，你要升任董秘了？”

齐然诺顿时好像被踩了尾巴的猫，猛地转身，吃惊地瞪大了眼睛，警惕地盯着帅朗，狐疑地问道：“你怎么知道的？”

“这不是明摆着的！”帅朗没有在意齐然诺的态度，他耸了耸肩，云淡风轻，“按照相关规定，只有董事会秘书和证券事务代表才需要通过董事会秘书资格考试。证券事务专员可不需要。现在你要我拿下董秘证，那就是有意提拔我。如果我顶替你的位置，你当然……”

说到这里，帅朗向上指了指，意思不言而喻。

齐然诺皱眉，冷哼了一声：“我可能出任董秘的事情，还只是公司的一个意向，不要随便说出去。至于你，说实话，你才刚刚进入公司，资历实在欠缺。所以我不能保证什么。不过，不管怎么说，通过董事会秘书资格考试，对你终究是有用的。还有……啧，你们这些野心勃勃的男人，是不是都喜欢每时每刻地算计一切？累不累？”

话犹在耳，门“砰”的一声重重关上。办公室只留下了帅朗一个人。

第十七章
增发

累吗？很累！

炎热的夏季，哪怕已经到了六点多，天依旧很亮、很亮。早早就爬上天空的月亮，仅仅只是一个淡淡的光影。肆虐了一整天的太阳，始终不肯下山，将蓝天白云映得血红血红。

恐怖的温度也一点都没有比正午减退多少。哪怕穿了皮鞋，走在都市的柏油路上仍然隐隐感觉到了滚烫。从这样的炎热里走到开了空调、凉爽无比的饭店包厢，任谁都忍不住想站在空调的通风口，好好吹一下。

何况，今天整整一天，大多数时间里，帅朗都在不停地接听电话，接听那些股民愤怒质问的电话。听了一整天，说了一整天，当真是又饿又渴。面对服务员不断端送上来的菜肴，面对已经倒入杯中的美酒，帅朗的肚子不由自主地叫唤起来，喉咙也干裂如火烧，想吞一口口水滋润嗓子都做不到。

他终究没有立刻拿起杯子畅饮，也没有将筷子伸向面前香味扑鼻的菜肴。反而借了一张纸，一支笔，唰唰唰地写了起来。

以庆祝帅朗入职为名义请帅朗吃饭的叶阑珊，初始笑吟吟地看着帅朗，并没有太当一回事。她可不觉得，帅朗今天第一天上班，就能探寻到长林的什么机密。

可是，看着一串串数字渐渐出现在了白纸上，她的笑容情不自禁地收敛了，取而代之的是凝重，是惊讶。

好不容易等帅朗停下，叶阑珊指了指面前已经写满了数字的白纸，忍不住吃惊地问："这……这些，都是你今天在长林记下来的？"

"这些，都是长林最近几年向外公布的信息。可惜我没有独立的办公室，不方便拍照也不方便记录。好在我的记忆力还算不错。"帅朗好像做了一件再平常不过的事情一样，轻轻点了点头，"你建议我应聘证券事务专员，确实很高明。这个职位，让我很容易就可以整理出长林集团过去那些年的历史资料。然后通过这些历史资料上的数据，很容易就可以推断出长林过去的经营情况。"

"等等……"叶阑珊拍了拍自己的额头，毫不犹豫地打断了帅朗的话。

不错，确实是她建议帅朗前去应聘证券事务专员的，不过，这只是一步意在长远的闲子。鬼才会认为能这么立竿见影！

她狐疑地看了一眼帅朗那张白纸上的数字，狐疑地问："以你现在的职位，能够查到的所谓历史资料，大多数都是公告信息吧。公告信息人人都能查，只不过想要查过去几年十几年的话，没你这么方便而已。问题是，公告的信息很多都是故意给股民看的。这里面有很多花样……"

"我知道！"帅朗不为所动，"单单一份公告信息上的数据，很可能做了手脚，足以掩盖住重要的信息，让外人看不出其中的底细。可是凡事皆有留痕。如果把前后的数据结合起来，很容易就可以算出真相来。比如，这个，还有这个！”

说话间，他用笔在白纸上的几个数字下面画了一条横线。

叶阑珊瞥了一眼，立刻看出来：“这都是长林集团历年十二月份和一月份的资产盈亏。嗯，确实有问题，一月份的盈利，一下子比十二月份多了很多。啧，这是逃税？”

说着，她眼睛一亮。如果能够举报长林集团逃税的话，哪怕只是历史问题，并不需要刚刚担任董事长的齐华背负法律责任，也绝对能让齐华乃至整个长林集团现在的公司高层焦头烂额。

帅朗摇了摇头：“不是逃税，是避税。帮东家逃税的会计师，那是坑人的废物。不会做账的会计师那就是出纳。只有合理避税，会计师才对得起那份薪水。会计师合理合法避税的手段很多。就好像长林集团，你发现没有，他们在年底都会购买511880。”

“场内货币基金银华日利？”叶阑珊扬了扬眉，“嗯，银华日利确实是一个不错的选择。和其他场内货币基金恒定净值不同，它是收益累加算入净值。更重要的是，按照我国目前的法律，投资者从证券投资基金分配中取得的收入，暂不征收企业所得税。

“每年倒数第二个交易日，就是银华日利的登记日。企业投资者在那一天入银华日利，会在每年最后一个交易日发现银华日利被除权除息了，自己账面出现亏损，这时候卖出就变成实际亏损了。实际亏损是可以抵扣收益的，收益少了缴税也少了。而银华日利每年的分红会在下一年度的第三个工作日分配到企业的账户里面。

“这样企业不仅免税获得银华日利分配红利，而且还有实际亏损来抵扣税款，以达到年底合法避税的目的。这个亏损抵销额度，差不多有买入银华日利总金额的三到四个百分点。对长林这样的大企业来说，三到四个百分点，就意味着几百万乃至几千万，甚至是上亿都说不定。”说到这里，她失望地摇了摇头，“可那又如何。一切都是企业正常的资金运作。合理合法，挑不出半点儿毛病。”

“我刚才只是举个例子，说明通过这些数据可以看出许多东西来。重点，当然不是长林有什么违法的行为，也不是长林如何合理合法地避税。重点是它的盈利。”当叶阑珊说话的时候，帅朗终于抽出空，一口干了杯子里的酒，然后拿起筷子，吃了几口菜，这才不慌不忙用笔在纸上又开始写起来。

用上面的一个又一个数字，或加或减或乘或除。很快，旁观的叶阑珊也瞧出了端倪。

她脸上的惊愕越来越盛，嘴巴渐渐形成了一个“O”形，声音也忍不住提高了：“分红！该死！如果不是你这么一算，相信很少人会察觉到，长林已经好几年没有分红了。而它可以分红的金额……居然这么多？”

几乎在叶阑珊说到“金额”两个字的刹那，帅朗已经在白纸的最后一点空白处，写下了一串数字。一串如果代表资金，绝对是天文数字的数字。

帅朗写下这么一串数字，却古井不波，依旧冷静如初，淡淡地道：“正巧，最近证监会连续发文，批评了那些每年都有巨额盈利，却始终不肯分红的企业。”

叶阑珊的眼睛也亮了起来：“对，最近高层频频发话，风向越来越明显，要求企业应该分红回报股民。所以……要分红了？长林近期会分红？”

“分红不是重点！重点是它的股价！”帅朗给自己倒满了酒，这一次，只是浅浅地饮了一口。

他徐徐晃动酒杯，看着酒杯内跟着晃动的酒，沉声道：“也许现在，齐华正在开心地偷笑，老天真是太眷顾他了。先是海鸥资产的收购，继而又是现在董事会秘书薛平的落马，让长林的股价一路下跌，跌跌不休。偏偏还不能说是他故意操控的，这罪名无论如何都安不到他的头上去。”

叶阑珊也不笨，她立刻会意，接口道：“所以，接下来，长林应该很快就会发布增发公告。都不需要定向增发，只需要向公众公开增发就行了。到时候只要把增发的价格提高一些，二级市场跌得一地鸡毛的股民，根本不会拿钱高价配售长林的股份。

“可是，这所谓的高价，其实只是长林的正常价格，甚至比长林的正常价格还低。于是，在散户们不肯配售、用脚投票的情况下，齐华这样的大股东就会名正言顺地大举增持。他从海鸥资产那里赚来的大笔资金，哪怕在收购了这么多股份以后，应该还剩下不少吧，正好有了用武之地。而且这样的举动不但不会遭人诟病，甚至还会被股民称赞为救市，是有责任有担当的表现。

“结果呢？增持以后齐华他们就拥有了更多的股份。然后理直气壮名正言顺地响应高层号召，公告分红，获得长林集团这些年积攒下来的大多数利润。然后等到解禁，只需要找个由头，出个利好，让股价上升，就可以轻松解套——做到这点很容易，毕竟公司增发以后拿到大笔资金，随便弄个项目包装一下，就可以变成利好。

“到时候，长林获得更多的资金用来发展。大股东拿到了大多数红利，还赚了股价的差额。埋单的当然是散户。偏偏这些被剪了羊毛的股民，明明被他们卖了，却还要替他们数钱，还要说他们好。哼哼，真是好算计，好手段！”

“这就是资本市场！”帅朗耸了耸肩。

从小就远比同龄人冷静的他，从来不觉得同情是什么美德，尤其是面对那些在资本市场折腾的人。这些人总是让他忍不住想起父亲。想起小时候感觉那么高大那么厉害的父亲，想起当年头也不回离开了自己和妈妈的父亲，想起不久前留给他一封遗书跳下天台的父亲。

他面无表情，冷冷地道：“想要暴富，就要有足够的智商来算计别人，同时防备别人的算计。如果智商不够，就要交智商税。与其同情这些股民，还是想想我们……”

“我们当然会抓住这个机会！”叶阑珊才不管帅朗心中如何想。

她笑了。犹如狼看到了羊，笑得眉眼都开花了。

“放心，好歹我也是你师姐。你都把这个机会这么明白告诉我了，接下来我当然知道该做什么了！来，干杯！为我们不久之后，在齐华这只老狐狸的眼皮子底下，狠狠咬一口肉，干杯！”

说话间，两只酒杯清脆地碰撞在一起。

第十八章
蹊跷

8.15！

7.34！

6.61！

5.95！

5.36！

4.82！

……

时间匆匆过去。

接下来的一个多星期里面，对于不幸买入长林的股民来说，真是一个难熬的日子。恰好碰到了大盘调整，原本就负面消息频频爆发的长林集团的股价，越发雪上加霜，毫不客气地顺势下滑。

一个跌停板紧接着一个跌停板。

一共六个一字跌停板以后，股价在第七个跌停板4.34元开盘后，忽然上攻，一度疯狂地差点儿上演地天板，最高到达5.29元，距离涨停仅仅只差了一分钱。虽然随即又跌下去，不过最终还是红盘5.08元收盘。多多少少，给了已经麻木，已经不敢再去看盘的股民些许安慰。

而就在长林股价一泻千里的这段时间里，帅朗在长林大厦的日子却很无聊。

不知道为什么，董事会迟迟没有任命齐然诺正式出任长林集团董事会秘书。这位长林的公主依旧是证券事务代表。她和帅朗默契地忘记了那天下班时的谈话，每天都忙着应付股民们的电话，忙着撰写公告、上传材料。

期间，帅朗几乎每天都能够看到长林集团的投资部总监马钧儒。这家伙总是找机会凑到齐然诺身边，司马昭之心路人皆知。公司里疯传，这位马总监很快就会成为长林集团的驸马爷。

帅朗却不以为然，不以为然地承受马钧儒多少有些戒备和敌意的目光，不以为然地看着马钧儒花样百出地和齐然诺套近乎。他一点儿都不看好这个据说同样是哈佛出身，同样海归，同样高学历，还传说拥有极其出色的实战业绩的金融才俊。

和个人好恶无关。

仅仅因为，他从小到大一直都被数不胜数的女孩子暗恋和追求，所以十分熟悉齐然诺看到马钧儒的目光，那种仅仅出于礼貌的应对，却根本没有丝毫涟漪、丝毫心动的目光。

于是，每当这位马总监成功凑到齐然诺身边，向帅朗投来扬扬得意、很有些示威意图的目光时，帅朗心中只有怜悯。怜悯一个注定碌碌无功的失败者。然后他照样上班下班，照样过他的日子，心情丝毫不受影响。

其间他请了一天假，参加了毕业典礼，拍了毕业照。和同窗了四年的兄弟姐妹们，一起喝酒、一起聚餐。然后，或许脑袋里当真太过冷静，缺乏情感波动的缘故，他就好像局外人一样，看着这些家伙喝醉了，一会儿哭，一会儿笑。

就好像以前初中、高中毕业时候一样，好几个女孩子哭着来和他告别。就好像以前初中、高中毕业时候一样，好几个男同学找到他，郁闷地骂他的颜值变态，倾诉自己心仪的女孩对自己根本不屑一顾，却偏偏喜欢上对她们不屑一顾的帅朗。

然后，拥抱。然后，分别。

恩恩怨怨，都成过眼云烟。

一场喧嚣过后，校园冷清了，宿舍冷清了。

大多数毕业生，都渐渐离开了学校，踏上了对他们来说还十分陌生的社会。

连熊猫也在周六的下午，拖了一个行李箱，在帅朗和沈涟漪的目送下，很有些伤感地上了出租车。

出租车将带他去距离报社很远，不过只需要一条地铁就能到达的出租房，开始他月薪只有三千块，漂在大都市朝九晚五的生活。

事实上，帅朗也在第二天，周日上午，搬到了他的出租房。同样距离长林大厦不近，却可以通过一条地铁到达——在这大都市，地铁就如同血管，四通八达，将一个个行色匆匆的人送去他们想去的地方。

最让帅朗心情黯淡的是，陪着他去了出租房，帮他收拾了房间的沈涟漪，最终也在周一的晚上，离开了。

毕竟，已经是暑假。

在家里老爸老妈一个接一个电话的催促下，已经确定保送读研的沈涟漪，如以往每一个暑假那样，乖乖地乘坐高铁回家了。

和以往暑假不一样的是，这一次，已经上班的帅朗，终究是没办法和以往那样，和沈涟漪一起回家了。他只能在下班后，匆匆赶去学校，送沈涟漪来到火车站。

在候车室内，相互依偎、紧紧拥抱的两人，最终还是不得不依依不舍地分开。

帅朗混入月台，目送沈涟漪上了火车。

火车呼啸而去。

月台，瞬间空空如也。

同样空空如也的，还有帅朗的心。

从小到大，都习惯了时刻都有沈涟漪陪伴，他将之视为理所当然，平生第一次发现，原来沈涟漪也有不在他身边的时候。

莫名的寂寞，莫名的孤独，油然而生。

那一晚，他漫无目的地走在大都市车水马龙、茫茫人海中，却只觉得天地之间，只有他一个人。最后，随便找了一个小饭馆，吃了一碗面，又买了两瓶啤酒，回到出租房，对着清冷的月，喝到了十二点，才沉沉睡去。

只是，日子终究还是要过下去。

第二天一早，闹钟响起。

帅朗一个激灵醒过来，立刻用冷水冲了冲脸，然后抖擞精神，重新成为斗志昂扬的职场白领。

一如往日那样准时赶到了长林大厦，进入了长林集团的证券事务代表办公室。如往日那样，接听电话，整理资料，撰写公告。

在九点十五分，帅朗准时打开了股票软件，却微微一愣，意外看到集合竞价上，初始还泛红的长林股价，一跳又一跳。

每一跳，价格就大幅下降。很快，泛绿。很快，就到了跌停板4.57元。

九点三十分，就以这个跌停板的价格开盘。

九点四十分，股价一度蹿上去，一度到达4.97元，眼看翻红有望。

忽然却又有一笔大单压下来，就好像如来佛祖的手掌，硬生生将孙猴子压到五行山下一样，一下子就把股价又打回到了跌停板。

帅朗的目光微微一凝。

他蓦然想起，那天自己推断长林集团将会增发和分红之后，叶阑珊对自己说的一席话：“现在持有长林集团股票的股民，就好像惊弓之鸟。所以，长林的股价还会下跌。不仅仅因为长林集团董事会秘书薛平的落马，更因为股民们如今对长林集团的发展已经严重怀疑和悲观。

“所以，为了防止局面失控不可收拾，齐华这只老狐狸就算要增发，也肯定要等长林的股价出现企稳信号之后。不过，我可不会在第一次企稳迹象出现之后就立刻入场。因为，一旦长林集团决定增发了，总会有一群关系户比一般股民更早知道消息。他们会恐慌出逃，在长林集团正式宣布增发前，带动股价再次下跌。然后，普通的股民也会在增发消息公布之后跟着踩踏，选择离开这个给他们带来巨大损失的股票，绝不愿意再投入丝毫资金参与增发。

“这情形，就好像是沙丁鱼预感到了危险。它们惊慌失措，纷纷跃出海面，试图夺路逃跑，逃出海豚的虎口。而这个时候，才是我们海鸥出击的良机。”

“事情，果然会如此吗？”看着眼前电脑屏幕上的股价，帅朗轻轻自语了一声。

“帅朗！”就在他思忖之间，刚刚接了一个电话匆匆离开办公室的齐然诺，开门走了进来，远远地就下达了命令，“赶紧起草一份公告。刚刚董事会做出了决议，决定增发……”

增发！帅朗暗暗一惊。

叶阑珊的话，开始应验了。

今天的跌停，是那些关系户的抢先动手？

齐华选择这个时候增发，意味着长林的股价还将有一次极其惨烈但其实已经是强弩之末的下跌？之后，股价就会渐渐企稳，横盘？齐华则将从容不迫地等到解禁，再发利好拉升股价，一鱼双吃？

这些念头在心中飞快掠过，帅朗表面上却没有丝毫波动，只是点了点头，立刻就开始撰写公告。

齐然诺再次开口：“另外，我帮你报名了董事会秘书资格考试。下周一，你就去上培训班。”

说着，一封董事会推荐函，被齐然诺放到了帅朗的桌子上。

“董秘资格考试？培训班？”帅朗愣了一愣。

齐然诺见状，没好气地道：“发什么傻？”

帅朗摸了摸鼻子：“Sorry，只是一下子没有心理准备。真没有想到，这么快就得到了董事会的推荐函。而且……听说董秘资格考试的报名很麻烦啊，完全拼网速和手速！”

“哼，算你运气！”齐然诺的头，微微侧转了一下，避开了帅朗的目光，依旧没好气地道，“正好，最近上交所推出了预报名系统。每次170人左右，拼网速选80人，预报名系统按先后排90人。然后……正好有个董秘要进行路演，没法去参加培训。就让你插队了！”

帅朗无语。

他不是傻瓜。如果说上交所正好推出预报名系统，让报名的难度下降，还能算他运气好，正好赶上了。插队什么的，可绝对不是运气的问题了。

他忍不住真诚地道了一声：“谢谢！”

“少废话！”齐然诺不耐烦地挥了挥手，一边说，一边走向里间她的办公桌。

直到这时，帅朗方才惊愕地发现，不知为何，齐然诺的眼圈竟然微微泛红，神情也很是异样。

不对！

帅朗猛地想起来，如果他被推荐去参加董秘培训，是即将晋升证券事务代表的预兆。那么按道理，齐然诺一定就要被提拔为董事会秘书了。可是现在，他完全没有从齐然诺的脸上，看到她即将升任长林集团董事会秘书的喜悦。

难道，有什么事情发生了?

转念之间，帅朗犹豫了一下，终究还是忍不住问道:“怎么了?董事会那边……”

“和你没关系！”齐然诺皱眉，极其反常地打断了帅朗的话，带着极不耐烦的口气，扔下了一句，“做好你自己的事情就行！”

她原本要去里间，却猛地转身，摔门而出。

蹊跷！帅朗默默地看着齐然诺离开，若有所思。

第十九章
培训

“……在座的诸位都是资本市场未来的中坚力量。希望你们能够学有所成，把好信息披露的关，搭建好上市公司和交易所、投资者之间的桥梁。同时，我也要正告诸位，说一些诸位不喜欢听的，但必须要说的话——希望所有的学员时刻都要牢记，董秘、证代绝对是一个高危职业，如果禁不住诱惑，参与内幕交易、操纵股价的话，等待你们的，只有牢狱之灾！”

周一，浦东新区，酒店。

董秘培训班开班典礼上，证监会和交易所的领导、上市公司董事长、年度金牌董秘纷纷上台致辞。折腾了好半天，方才结束。

帅朗原本以为，接下来就应该上课了。却没有想到，领导们退场之后，只见一群穿着旗袍、身长修长的美女，端了一盘盘茶点进来。

“哈哈，这是课间休息时间，休息时间！”

刚刚认识的锦江实业证代彭笑笑，看到帅朗吃惊的样子，忍不住笑着拍了拍他的肩膀。

这家伙人如其名。从报名时认识他开始，帅朗就没有看到他脸上的笑容收敛过。

笑呵呵的他，笑呵呵地一开口，就停不下来了：“兄弟，你选上交所的董秘证，真是选对了。虽然上交所的董秘证只有主板和中小板认，创业板和三板都不认，可是这里考试简单啊。每年深交所那边通过率有80%，已经算不少了吧。猜猜上交所这边，90%！九成的人都能通过。哈哈，这下没有心理压力了吧。

“而且，因为就考一个主板，不需要理会创业板的那些条条杠杠，课程也就没有那么紧张了。不像深交所那边的培训班，每天都把课程排得满满的。这里每天上午和下午都会安排茶点。下午，看大家精神萎顿的话，还会有漂亮的小姐姐来教大家瑜伽。”说到漂亮的小姐姐，这厮挤了挤眉弄了弄眼，要多猥琐就有多猥琐。

可不得不承认，也正是如此，确实很容易拉近男人和男人之间的关系。

他话音刚落，邻近的几个证代立刻就凑过来，嘻嘻笑着，一本正经地和彭笑笑一起讨论起这漂亮的小姐姐究竟有多漂亮的问题，热闹至极！

唯有帅朗从小到大，生活中总是被太多美女或者不那么美的女人关注，对这个话题并没有那么感兴趣。

恰在这时，他刻意关闭了铃声的手机震动起来。他连忙和彭笑笑点头示意了一下，便拿着手机走了出去。

接通，手机里立刻传来了叶阑珊的声音：“没有打扰你上课吧？”

“没事，还没开始上课呢！”

“你看行情没有？姐姐跟你说的没有错吧？周二是最后一个跌停板。周三、周四虽然依旧惯性下跌，却没有再跌停。周五，就拉了一根大阳线，盘中甚至一度触及涨停板，最后以4.42元，涨幅

6.25%报收。”

手机那头，噼里啪啦的键盘声，显示了叶阑珊正在操作电脑上的证券软件，不断切换K线周期，切换技术指标。

“今天更加不得了了。以4.47元，足足1%的涨幅红盘开张，只有短短两三分钟，飞快下跌到了4.35元，随后就一飞冲天。5分钟以后，长林的股价居然就已经拉到了4.86元，涨幅9.85%。涨停了！下面的买单很大，完全就是天文数字。如果没有意外的话，恐怕这个价位会一直维持到收盘。这情形，少说还有三个涨停。”

帅朗听得出，叶阑珊的声音明显透着兴奋。显然，前两天她已经趁着股民恐慌抛售的机会，吸足了筹码，如今，已经到了收获的时候。

这样的兴奋，让帅朗的脑海里忍不住浮现出这样一个画面：

海鸥，自蓝天白云之上，猛地俯掠过来。一口吞掉了被海豚逼迫到了绝路、不得不慌忙跃出海面的沙丁鱼。

得手的海鸥，顿时再度飞上九霄。盘旋在空中，意犹未尽地寻找下一个目标……

而这时，叶阑珊的声音再次传来：“现在，姐姐考考你。你觉得接下来，长林的股价会如何走？”

“接下来？”帅朗微微一愣，完全没有想到，叶阑珊会突然考验自己。

不过，他如今既然决定了要和叶阑珊合作，自然需要在叶阑珊面前同样展现出自己的能力来。唯有如此，才可以赢得尊重和话语权。所以，上次他推断长林集团会增发和分红。

如今，他闭上眼睛，在脑海中默默勾勒出长林股价的走势之后，果断地道：“我觉得，最多也就是三个涨停。包括今天在内，最多出现的这三个涨停，只不过是对前期长林股价急速爆跌的反抽而已。接下来，直到增发结束，不，应该说直到增发的股票解禁，长林的股价都会横盘震荡。”

帅朗说完这番话之后，叶阑珊沉默了足足有五六秒钟，这才幽幽叹了一声：“精彩！啧啧，不愧是老师的儿子啊。这基因、这遗传，姐姐真是羡慕嫉妒！我们，英雄所见略同！接下来，你就看姐姐怎么在那老狐狸的眼皮子底下，咬下这块肉来！”

叶阑珊懒洋洋地靠在转椅上，一手拿着手机，一手夹了一支精致的女士香烟。吸了一口烟，吐出，然后看着面前电脑屏幕上那一根根K线图，眼睛微微眯起。

慵懒如猫，却又蓦然闪出了一丝迅猛如豹的寒芒。

寒芒，转瞬即逝。叶阑珊随即又恢复如初，慵懒地开口道：“对了，之前你让我打探的事情，一点儿眉目都没有。长林这几天没有开过一次董事会，也没有传出任何高层人事变动的消息。长林的那位公主，依旧还是证券事务代表。并且越来越多的人相信，她即将升任董事会秘书……”

当叶阑珊说这些话的时候，帅朗的瞳孔微微收缩了一下。

言者无意，听者有心。

叶阑珊提及长林集团时，语气里的坚定远远出乎他的意料。他忽然有一种感觉，一种叶阑珊绝对能够在第一时间获得长林集团董事会会议内容的感觉。叶阑珊在长林集团，另有不为他所知、却绝对扎根极深的人脉。

而就在他转念之间，手机里继续传来了叶阑珊的声音。

只听叶阑珊轻笑了一声：“啧，是不是你想多了？齐华那只老狐狸，把他的宝贝女儿放置在证券事务代表的位置上，又用尽手段将前任董事会秘书薛平拉下马，明摆着是要给齐然诺铺路啊。现在就差临门一脚了，怎么可能忽然改变主意？”

想多了？帅朗迟疑了一下。脑海里，随即浮现出齐然诺那天在办公室通知他参加董秘培训时，眼圈微微泛红的异样神情。

他坚决地摇了摇头，很确信自己的感觉没有错。

“当时，我感觉不到齐然诺有丝毫升任董事会秘书的喜悦。如果是她升任长林集团董事会秘书，顺手提拔我的话，就不会是当时那样的表情神色。当时给我的感觉，倒更像是出了什么变故，好像是她本来笃定的董事会秘书一职，被人横刀夺走了的样子。当然……”帅朗耸了耸肩，突然话锋一转，“当然，这些全都是我的主观臆测，或许真是我的错觉。”

叶阑珊那边也不以为意地笑道：“好了，反正事情到底会怎样，不管齐然诺到底会不会出任董事会秘书，相信用不了多久，就会水落石出了。长林集团，毕竟不可能长时间空置董事会秘书这么一个重要的职位。”

帅朗默默点了点头，挂了电话，重新返回酒店的会议室。

才坐下，彭笑笑笑嘻嘻地凑了过来：“刚才，分组了！”

帅朗一愣：“分组？”

彭笑笑耸了耸肩道：“没办法，上交所董秘培训的老传统了。按照惯例，学员们会按照学号分成八个组，在培训期间，每个组都必须出一个与培训相关的节目，比如什么‘信披工作的酸甜苦辣’‘假如我是万科董秘’等等。组长由组员推举产生，如推举不出，则由学号最低的人担任。

“组长的重要任务，就是确保本组的节目能顺利出炉，压力还是有的。呵呵，培训方这也是鼓励大伙深度积极参与，如果连上台都胆怯的话，你以后还怎么路演，怎么代表上市公司发声，那么董秘证也就白考了。”

彭笑笑这边话音刚落，立刻就听到一个女人清脆利落的声音从帅朗的身后响起来：“所以，帅朗同学，现在我们几个就是一条线上的蚱蜢！”

帅朗转头，看到说话的是一个二十七八岁，齐耳短发，很是英姿飒爽的白领丽人。

她大大方方地伸出手来："你好，天威股份证代，谭晶！"

帅朗赶紧起身，同样伸出手："长林，证券事务专员，帅朗！"

然后，在谭晶的介绍下，他发现自己这一组全都是上市公司的证代。只有他和另一个年轻人是证券事务专员。不过能够被董事会推荐过来，说明升任证代绝对是迟早的事情。

"很正常，人以群分，物以类聚。来培训的，大致就四类人。上市公司董秘、上市公司证代，拟上市公司董秘和拟上市公司证代。"彭笑笑一边拿出手机，示意帅朗加入他们这一组新建的微信群，一边絮絮叨叨地说，"所以，咱们来参加培训，拿证是一方面。更重要的，还是得扩展人脉。兄弟姐妹们现在都是一个阶级的，革命尚未成功，同志仍需努力。苟富贵勿相忘……"

"闭嘴！"谭晶很霸气地打断了彭笑笑一本正经的胡扯，依旧很霸气地转头对帅朗说，"刚才我们决定了，准备做个小品。你……"

说话间，她看了看帅朗英俊的脸，霸气瞬间变成了温柔，柔声说道："你就扮演个审核公司上市的领导吧。别怕，到时候上了台，只需要一本正经坐着，摆出领导的威严就行了。不需要台词！"

"哦！"帅朗无可无不可地应了一声。

其实如果一定要他表演节目的话，他才不会怯场呢。

从小到大，无数次学校的文艺表演，老师和同学总是会在根本不征求他意见的情况下，或者善意或者存心想看他笑话，起哄要求他上去。为此，比如钢琴，比如吉他，比如跆拳道，比如魔术，不知不觉，他早就被迫学了不少技能，随时随地都能上去露一手。

不过，天生就是无数目光关注焦点的他，当真一点儿都不喜欢浪费时间去表演，去成为所有人关注的焦点。所以，如果只是站站台，不用说台词，不用什么表现，他自然求之不得。

只是和以往无数次一样，总是有人会不高兴女士们对帅朗的优待。

谭晶这才说完，立刻就有一个证代举手，嘻嘻笑道:“我也想要个不用台词的角色！”

“一边去！”却不想，谭晶姐姐刚刚出现的温柔，顿时又变成了霸气，一瞪眼，“你有帅朗一半的颜值吗？你能自信站到台上，不说不动就可以聚集到足够的眼光吗？”

可怜的证代无言以对，只能躲到一边角落里画圈圈。

当真十万点暴击啊!

第二十章 视频

“权益分派，是以最近一期定期报告的期末日，作为基准日……”

翌日，讲台上，老师侃侃而谈。底下，学员们都装模作样地记着笔记。

无论是董秘还是证代，能够拿到董事会推荐函来这里的，基本上可以说注会满地走、司考不如狗。董秘考试的难度几乎就等于小升初。

这里培训的内容，又大多都是平常在做的日常业务。认真听讲的人自然凤毛麟角。

其中，彭笑笑尤其坐不住。这家伙绝对是属猴的，几乎每隔半分钟，屁股就会忍不住扭上几扭，还振振有辞地说：“这会儿的课，都是过场。谁让上交所规定，考前参加培训的时间，不得少于36学时。实际上真正的干货，都是在星期三下午。星期三下午上课的时候，老师会划重点。到时候仔细听、认真记、使劲背就行了！”

说着，彭老司机眼珠子骨碌碌转了两圈，瞄了两眼坐在三四个位置外的，一个穿着十分清凉，堪称风韵妖娆的美女证代，嘻嘻笑道：“晚上一起 happy happy？以彭某这么多年纵横花丛的经验看，谭晶对你很有意思哦！”

帅朗不为所动。

这么多年，对他有意思的美女多得去了。要是每一个他都得热情回应的话，早就累死了。

相对寻花问柳，他更好奇的是：“不是说，晚上会安排进行董秘业务交流吗？据说，可以和上交所的老师一对一面谈。”

“没意思的花头罢了！”老司机不屑地撇了撇嘴，“晚上的交流，分已上市和拟上市两组。不过真正提问的，大多都是在审的企业。对咱们已经上市的公司董秘和证代，没什么帮助。基本上点个人头，到个场，就可以提前走人了！”

正说话的当口，忽然听到台上的老师说了一声：“好了，同学们，今天的课就到这里，现在下课！”

顿时，掌声响起。

相比之前的几节课，这一次下课时的掌声格外热烈。因为，考虑到接下来几天都会下雨的缘故，培训方很贴心地安排这一期前来参加培训的董秘和证代，今天下午，也就是这节课之后，前去参观上交所。

虽然到了上交所已经过了下午三点，股市早就收盘了。不过，看着曾经显赫一时，如今却只是作为象征存在的红马甲，还有仪式大厅那口屹立多年的上市宝钟，所有人还是忍不住心潮起伏。

排着队，慢慢来到上市宝钟面前，帅朗深深吸了一口气，举起木槌，重重地敲击了一下。沉重的响声，顿时回荡在仪式大厅。

帅朗不由一阵恍惚。似乎此刻站在这口上市宝钟面前的，不是自己，而是父亲郎杰。

父亲郎杰尽管一手创办了海鸥资产，海鸥资产更是创造了资本市场的神话，短短几年迅速发展成为市值千亿的庞然大物。奈何，直到父亲生命终结的那一天，海鸥资产还仅仅只是三板的企业。

掌控一家主板的上市公司，一直都是父亲的心愿。否则，他也不会调集数百亿资金，收购长林集团。可惜，父亲最终倒在了他的征途中，终究没有坚持到海鸥资产上主板的那一天。

自己……有朝一日，会达成父亲这未竟的心愿吗？

帅朗扪心自问。

交易所的参观，在意犹未尽中结束。

晚上的董秘业务交流，果然如彭笑笑说的，很多人都只是将之当成走过场。

只有在审的拟上市公司董秘和证代，才会频频提问，顺带和上交所的老师搞好关系。

不过，帅朗犹豫了一下，还是拒绝了彭笑笑的邀请。不仅仅是排斥都市人犹如快餐一般的夜生活，更重要的是，他真心觉得董秘业务交流其实还是能够学到很多东西的。尤其是许多上市流程方面的细节，根本不可能从书上找到。

如此这般，等他返回住处已经晚上九点了。临开门的时候，恰好看到电梯的门打开。彭笑笑这家伙，搂着下午他看上的那个风韵性感的美女证代，出了电梯。

都是成年人。即便撞见帅朗，彼此也没有任何尴尬。

彭老司机给了帅朗一个但凡男人都明白的眼色，便继续搂着那位美女证代，打开了他的房间。门关上，两人消失在了帅朗的视线里。

傻子都明白，接下来那房间里会发生什么。

帅朗哑然一笑，心情倒没有丝毫波动。进入自己的房间，赶紧打开了微信，接通和沈涟漪的视频。

视频那头，沈涟漪已经穿着可爱的卡通熊睡衣躺在卧室的床上了。相隔的距离，让小两口反而越发情浓。说不尽的情话，看不厌的面容。甚至，只是彼此在白天遇到的鸡毛蒜皮的琐事，听来也是入神有趣。

直到沈涟漪吐了吐舌头，歉然道："对了，帅朗！我大概要八月底才能回来。"

"怎么了？"帅朗一愣。

之前分别时，两人可是约好了，沈涟漪回去只准备待两个星期，应付一下老爸老妈，然后就会赶回来和帅朗相聚。

就这两个星期，对于热恋中的两人来说，都好像天长地久般的遥远。怎么突然又要延后到八月底了？

帅朗有些紧张："家里出什么事了？"

"不是！"沈涟漪连忙摇头，"家里没事。哦，你妈妈也很好，今天晚上还到我家来吃饭了呢。主要是今天下午，唉，老板发来了短信……"

"老板？"骤然听到这两个字，让帅朗一头雾水。

他第一时间想到的，是沈涟漪读大学的时候，打工的那家超市的老板。不过随即醒悟到肯定不是，毕业以后，沈涟漪已经不去打工了，和那超市老板肯定没有关系。

所以……蓦然，帅朗的脑海里浮现出了一个人名：陈思。

研究生们，总是习惯称呼他们的导师为老板。

陈思，父亲郎杰生前的合伙人，海鸥资产联合创始人、大股东，财大有名的年轻教授，正是沈涟漪的导师。

果然，沈涟漪点头："对，就是陈教授！"她笑逐颜开，喜孜孜的，"告诉你一个好消息！陈教授说，他争取到了一个机会，一个去北京，和国务院智囊库的那几位经济学大师对话的机会！”

“所以，你要跟他去北京？”帅朗的瞳孔，迅速收缩了一下。

平心而论，能够和这个时代最顶级的经济学大师接触，绝对是千载难逢的好机会。

如果沈涟漪的导师不是陈思，如果不是陈思邀请沈涟漪一起前去的话，帅朗一定会发自内心地由衷为沈涟漪高兴。甚至，都会忍不住微许的眼红嫉妒。

偏偏是陈思！这个父亲曾经的合作伙伴！这个可能导致父亲在资本市场惨败并且最终死亡的凶手！

奈何，这些话他没法和沈涟漪说。他不想将这么沉重的事情，带给单纯快乐的沈涟漪。不想让沈涟漪接触到资本市场背后那看不见刀光剑影，却比真刀真枪还要惨烈凶狠的战斗。

他只能克制住自己的情绪，表面上还显露出高兴的样子，祝贺沈涟漪。又关照她出门在外，一切小心，照顾好自己。

最终，在依依不舍又心事重重中，两人结束了视频对话。

第二十一章
高迈

事实证明，老司机彭笑笑的话，还是很靠谱的。

周三下午，老师果然开始划重点。

平心而论，董秘证毕竟还是很重要的。是上司公司高管唯一需要通过考核才能真正上岗的证件。

持有董秘证的董秘，某种程度上，就相当于持有免死金牌一样。哪怕老板要炒你鱿鱼，都得报备证监会，远远比逼迫其他公司高管离职更加麻烦。所以，接到报名通知，前来参加董秘培训，准备考试的董秘和证代，多多少少，心里对考试还是有些忐忑的。

这样的忐忑，在周三划完重点之后，不可避免迎来了高峰。甚至有人通宵看书，重温了一把学生时代。

然后……

由于上交所的董秘考试，是当天考试，当天判卷，当天发证。如果在下午四点半前，没有收到考试未通过的短消息，那就是通过了。

于是，考试完后到当天下午四点半，尤其是四点左右的时候，培训微信群中的气氛紧张到爆，大家都非常紧张，害怕突然收到那条不祥的短信。

好在最终的结果证明：考不过的只有两种人。要么是没听讲、没学习且没经验和基础的人；要么就是认为交钱就能过而不当回事的人。

大多数人，都顺顺利利过关了。

晚上，和往届培训班稍稍不一样的是，按照惯例原本应该在星期三，也就是培训课最后一天下午开始的节目汇报，据说因为要照顾领导的行程，这一届安排在了发证后举行。

于是，学员们在拿到了董秘证以后，纷纷意气风发地登台表演他们准备好的节目。

第一个上台的，是一家上市公司的董秘。

这是一个年约四十的中年人，不过保养得很好，看上去更像是三十上下，却又透着中年人历尽沧桑后的成熟和儒雅。

面对众人，他丝毫不怯场，尽显常年路演的功力，不慌不忙犹如主持人一般开口："各位领导，老师，同学们好。下面，我将朗诵一首诗，仓愁！"

仓愁？听到这两字，帅朗一愣，第一反应就是怀疑自己听错了。

然而和那位董秘一组的学员，却显然洞悉内情，纷纷掩口嘻嘻笑起来。

紧接着，儒雅的董秘开口朗诵，却一下子将原本营造出来的专业主持人的形象，给彻底粉碎——

仓愁！

作者：输光中。

空仓时，

忧愁是一片小小的后悔。

我在外头，

主力在里头。

重仓后，

忧愁是一个错误的选择，

我在这头，

主力在那头。

后来啊，

忧愁是一个紧紧的圈套，

我在里头，

主力在外头。

而现在，

忧愁是一声平仓的电话，

我在这头，

券商在那头。

好好一首乡愁，被他这么一改，很快就惹得台下笑作一团，口哨声四起。

这样的头一开，顿时不可收拾。来参加培训的董秘、证代们，既然能够充当公司的代言人，自然大多性格外向。他们出的节目可谓五花八门，小品、唱歌、朗诵、三句半应有尽有。

性子起了，全都是可劲儿地展现自己。

不过即便如此，帅朗还是凭借他的无敌颜值，哪怕只是在小品里充当一个站桩的角色，依旧成功吸引了眼球。临到宴尽、人散，照例但凡女性证代、董秘，全都主动找上帅朗，要求交换微信、手机号码。但凡男性证代、董秘，投向帅朗的目光，无不眼红羡慕嫉妒恨。

这样的场面，帅朗不知道经历了多少回，自然毫不在意。

他走出酒店，唯一有些发愁的是，这时候已经很晚了。而且，下起雨来。看情形，今天晚上根本止不住。偏偏，公司只报销三天的住宿费，酒店的房间今天中午就结掉了。如果不想淋成落汤鸡，就只能打的了。

打的费钱不说，关键是这当口，好像也很难找到出租车。

正自为难之际，蓦然“嘎吱”一声，车轮和地面刺耳的摩擦声中，一辆鲜红的玛莎拉蒂疾驰而来，停在了帅朗面前。

叶阑珊？

看到这红色玛莎拉蒂的瞬间，帅朗立刻就知道来者是谁了。

他没有犹豫，打开车门，坐到了后座，目光却投向驾驶位上的叶阑珊，静静地等待对方解释——正常情况下，叶阑珊不会出现在这里才对。

“事情有些变化。你的预感……还真是应验了！”

前排，叶阑珊娴熟地发动引擎。车快速行驶在公路上。

一边开车，叶阑珊一边说道：“就在今天，长林集团召开了董事会，任命了董事会秘书！”

“不是齐然诺吗？”听到这话，帅朗的心中咯噔了一下。

脑海里再次浮现出那天办公室内，齐然诺眼圈微红的异样神情。

如果任命的是齐然诺，相信叶阑珊就不会这么说。那么，又是谁居然顶替了早就内定的齐然诺？

这时，果然听见叶阑珊说道：“不是齐然诺。你一定猜不到，长林集团董事会任命谁担任董秘。”

“谁？”

“高迈！”

“高迈？”帅朗的声音，忍不住稍稍提高了一度。

他不认识高迈，也没见过高迈。事实上，在叶阑珊找上他之前，他听都没有听过高迈这个名字。

高迈出现在叶阑珊告诉他的关于父亲的故事里，是父亲的合伙人。和陈思、齐军一样，高迈也是海鸥资产的联合创始人、大股东、董事。

他曾经是海鸥资产法务部的负责人。

他曾经深得父亲的信任。在海鸥资产针对长林集团的那场至关重要的收购战中，被父亲寄予厚望，期望他能够为海鸥资产留下最后翻盘机会的撒手锏。谁想到，他却在最关键的时候失踪，计划中的撒手锏也荡然无存，最终导致了海鸥资产的败北。

如今，这个已经消失很多日子，据说这段时间一直都在国外的家伙，却忽然成了长林集团的董事会秘书？

这个原本怎么看都应该是齐华留给自己女儿的职位，居然给了高迈？

忽然之间，想起了海鸥资产那场失败的收购战中，高迈和齐家兄弟分别扮演的角色，帅朗暗自一惊，猛地想起了一个可能。

他忍不住问："高迈和齐华、齐军兄弟是不是关系很好？"

"奇怪就奇怪在这里！按说，他们不可能串通！否则，老师当初也不会这么放心高迈了。"显然是领会到帅朗的想法，叶阑珊摇了摇头。

她缓缓地道："说实话，我对高迈这个人也并不熟悉。印象里，他是一个并不喜欢说话的人。虽然他是律师，据说还是一家律师事务所的高级合伙人。但是，每次来海鸥酒吧，他基本上都是独自点一杯酒，嗯，后来熟悉了，就不点酒，只要茶。一个人、一杯茶，坐在角落里，自斟自饮。

"当然，许多海鸥，嗯，也就是那些交易员都很内向、很宅、很沉默。高迈的性格，在海鸥俱乐部其实很常见。很多来海鸥俱乐部的交易员，都是安静地徘徊在人群外围，默默地倾听别人的谈论。只有遇到真正的知己好友，或者说到自己在资本市场的操作时，才会谈兴大发，滔滔不绝。

“不过看得出，他在海鸥论坛上的威望很高。每次来到海鸥酒吧，总会有交易员和他打招呼。他们显然是把高迈当成了和老师一样级别的交易大师。可见，他的投资能力一定相当出色。否则，像老师还有姑姑这样绝顶聪明内心又极度骄傲的人，绝对不可能将一个蠢货或者菜鸟引为同类，更不可能邀他一起创建海鸥资产。问题是……”

叶阑珊说到这里，苦笑：“问题是，最初我只是姑姑收留的，在酒吧里端茶倒水的服务员。高迈在海鸥论坛或者在海鸥俱乐部成立之初，就算有出色的投资能力，我也没有机会见识，或者说根本没有能力体会。

“等到了后来，海鸥资产成立，我有幸加入其中的时候，高迈已经成了海鸥资产的法律顾问。当时，尽管投资方面基本上都是老师说了算。可是其他人，就算姑姑，有时候都忍不住会质疑一下老师太过惊人的决策。唯独高迈，在投资方面自始至终没有发表任何意见。就好像海鸥资产的任何投资都和他无关一样。只有当海鸥资产在法律方面遇到麻烦了，他才会出面。

“换而言之，我根本没有机会见识到高迈的投资能力。高迈给我的印象，就是一个不怎么说话，但是很熟悉法律，在法律界人脉也相当广的律师。而且，他和齐军、齐华兄弟没有什么私交。至少，我不知道他们有什么私交。事实上……”

车继续疾驰，越来越大的雨落在车窗上，车窗的雨刷越发频繁地摆动。

叶阑珊怔怔出神，好似在回忆什么，好一会儿才重新开口：“事实上，有一次我倒是看到齐军和高迈爆发过冲突。非常激烈的，要不是老师和其他董事及时阻拦，几乎都有出人命的流血冲突！”

第二十二章
齐军

“流血冲突？”帅朗诧异地扬起了眉。

在他的印象里，一个出色的交易员，必定是一个极其冷静、理智的人。

唯有如此，才能够淡然面对任何行情的变化。无论是爆仓还是暴富，都可以平常心对待，都可以迅速做出最合理的决断，最大限度获得利润或者减少损失。

这样的人，怎么可能爆发流血冲突？

或者说，究竟是怎样的缘由，才让他们克制不了情绪，打起架来？

尤其，据他所知，高迈已经五十多岁了，应该早就过了一言不合拔刀相向的年龄。

“起因，真的只是一点儿鸡毛蒜皮的小事！”叶阑珊摇了摇头。

说话间，车渐渐慢了下来。哪怕大雨滂沱，帅朗还是通过不断打着雨刷的车玻璃，看到前方已经堵住了。车一辆紧接一辆，排成了长队，只能像乌龟爬一样地一点点往前挪动。

帅朗皱了皱眉，立刻拿出手机，查了一下前方的交通状况，最后无奈地摇了摇头:“前面出车祸了！据说是追尾！”

“倒霉！”叶阑珊叹了一口气，只好让汽车慢慢跟着大队缓缓挪动。

与此同时，她继续刚才的话题:“其实，如果知道齐军是怎样一个人，你就一点儿都不会奇怪他们会那么激烈地冲突起来了！”

“齐军？”

“对，齐军！他和高迈绝对是完全不同的两类人。他恰恰是另外一个极端，甚至可以说，是海鸥中间真正的异类。”叶阑珊悠悠地说道，“和大多数交易员不同。齐军外向、张扬、嚣张。每次只要他出现在海鸥酒吧，远远地就能听见他爽朗的大笑声，或者声如洪钟、鄙俗却偏偏又让人感觉亲切的粗口。戴着金项链，还有文身，就好像是一个黑社会老大。

“他的起家可以说很传奇，最早就是个打鱼的。那时候，国内正处于改革开放初期，正是打破一切条条框框，疯狂拥抱财富的时候。哪怕就是跑去海关举办的拍卖会，拍卖一点现在来看就是洋垃圾的电子零件，都有可能成为千万富翁。

“在这样的大时代里，正所谓靠山吃山靠水吃水。原本整日在家门口打鱼的齐军，就如同当时的许多渔民一样，看着周围的人发财了，就也跟着有样学样，搞起了远洋捕鱼。这在当时，算是极少数抢先吃螃蟹的开拓者，抢占了大多数人都没有觉察到的先机，着实赚了一个盆满钵满。

“只不过，既然是远洋捕鱼，就注定了要远离陆地，大多数时候航行在无边无垠的大海上，航行在没有国界疆域，没有法律约束的公海中。再加上其中惊人的利润，自然就有了江湖，有了纷争。

“至今，江湖上还津津乐道他的成名之战。据说，当时另一个远洋捕鱼的大佬，眼见齐军的生意越来越红火，就纠集了几百条渔船，在海上包围了齐军，想把齐军解决掉。而齐军身边却只有三艘海船。

“不过，那个大佬犯了一个要命的错误。他自以为胜券在握，就现身朝齐军喊话，想要齐军乖乖投降，好顺势收编齐军的人和船。哪里想到，齐军这边人虽然少，却全都是他的乡里乡亲。平日里，别看齐军咋咋呼呼的，却一向仗义公正，做事做得让人心服口服。

“所以，在这危难关头，齐军亲自赤膊上身，拿了一把斧头，站在船头，毫不犹豫地下令自己这边的海船，朝那个大佬所在的海船冲过去。而他的那些手下也没有一个被敌人招降，居然当真跟着齐军一起冲过去。哪怕四周有足足百多条海船包围着他们，他们也依旧视若无睹，或者说是视死如归，义无反顾。

“结果，他们这一冲，反而成功了。包围他们的海船虽然多，却根本没法一下子全部展开同时攻击到他们。反而是齐军这边，众志成城。两艘海船不惜伤亡掩护齐军的那艘海船，迅速杀到了那个大佬的海船跟前。

“接舷、登船。齐军挥舞着斧头，跳到那艘海船上，所向披靡。眨眼，就把斧头架在了那个大佬的脖子上。生死关头，那个大佬㞞了，向齐军跪地求饶。反而是齐军吞并了那个大佬的人马，从此声名远扬，成了江湖上赫赫有名的齐二爷……哎呀，还真是追尾，好惨啊！”

叶阑珊正说着，慢慢往前挪的汽车，终于经过了车祸现场。

只见三辆轿车，一辆货车，停在了道路的另一边。每一辆都是车头撞在前面另一辆的车尾上。撞得面目全非，一片狼藉。

有人血肉模糊地躺在不远处的地上，一动也不动，不知是死是活。

好在此刻已经有交警赶到，指挥疏通。

看到这情形，叶阑珊猛地停住了车，浑然不顾身后无数汽车焦急地按喇叭。

她呆呆地看着车祸现场，半晌才开口："知道吗？前几个月，姑姑也是因为一起追尾的交通事故过去的……"

帅朗的眉微微一扬。虽然他没有见过叶阑珊屡次提到的那位姑姑，却也已经从叶阑珊这里知道了很多关于这位姑姑的种种故事。脑海中，早对这位特立独行的奇女子颇多敬仰。此刻，更是深切地感受到了叶阑珊话语中的哀伤。

他连忙伸手，默默地拍了拍叶阑珊的肩膀。

"我没事！"叶阑珊深深吸了一口气，飞快地擦去了眼角的泪，立刻又发动了汽车。

经过了车祸现场之后，很快，前方豁然开朗，车速也重新快了起来。

为了转移叶阑珊心中的那份忧伤，帅朗轻轻地咳嗽了一声，心中百念千转，寻找适合的话题。

恰好，刚才叶阑珊的话，将他带入了那个野蛮的年代，带入了那一片茫茫的大海。

哪怕只是听叶阑珊转述，他也真切地感受到，一群靠海吃饭的男人，在那片茫茫大海上，奋不顾身、悍不畏死，杀出属于自己天地的惨烈和勇武。

可也正因为如此，他越发奇怪了："齐军既然都发展成这样了，怎么……"

"怎么又成了海鸥，成了交易员？"不等帅朗说完，叶阑珊便抢先说出了帅朗的疑问。

然后，她笑了笑："具体什么情形，只有问齐军他自己了。不过关于齐二爷如何离开他从小就熟悉的大海，转而进入资本市场搏杀，倒是又有一个很传奇的故事。”

帅朗忍不住问：“什么故事？”

“传说，这位齐二爷威震江湖之后，有一天偶尔经过一家券商的营业部。那时，他就是一个股盲，完全不懂任何投资，不知道任何金融知识。纯粹就是看到营业部大厅人头攒动，聚了好多人，就忍不住好奇，也凑了过去。”

说话间，或许是为了摆脱心中那些忧伤的情绪，叶阑珊用力踩住油门。车在大雨中越发飞速，故事在疾驰的车中娓娓道来。

“当时，那群股民正在讨论股票。这齐军明明什么也不懂，却偏偏忍不住插嘴抬杠。三言两语，和人争得火气上来了。就一时冲动，随手指着屏幕上的一个股票，决定买入。

“那会儿，他的远洋生意风生水起，兜里大把钞票。一个电话，就让手下带来了整整三麻袋现金。券商自然立刻把他当成财神爷供起来，第一时间帮他开户，办妥了一切手续。然后当真帮他把那只股票给买了。

“再然后，奇迹发生了。也是这家伙真的命好，碰上大盘暴涨的牛市。正好就是随便一只猪走到风口都能被吹上天的好时候。所以，他随手乱指的那只股票，还真赚钱了，一连吃了四个涨停板。

“也就是那一次开始，齐二爷惊奇地发现，在资本市场上只需要“啪啦、啪啦”按几下键盘，居然就能比他们在海上拼死拼活还来钱。

“他也是个有决断的人。决定投入资本市场，真的投入，全身心地投入。虽然这些年，他当初那支远洋捕鱼的船队依旧在，发展得也不错，还成立了公司，每年都有丰厚的回报。可是他自己基本上已经不再出海了。从此，大海上再没有了大名鼎鼎的齐二爷，资本市场上，倒是多了一个腰缠万贯，却几乎文盲的菜鸟交易员齐军。

“可架不住这家伙真有一股狠劲儿，是真下了功夫去钻研。人又好交朋友，还能拉得下脸、放得下架子。逮着人，就能把自己当孙子，使出一切手段伺候他认为的高手，只求高手指点他一二。

“于是，就在别人的指点下，他在二级市场上跌跌撞撞折腾了起来。同样是在别人的指点下，他一头进入了海鸥论坛。进了海鸥论坛，依旧是厚着脸皮逢人就请教，以至于他的投资水平长进得非常快。虽然是一套套野路子，却也赚了不少钱。

“更重要的是，他硬是凭借那一套迎来送往的本领，在海鸥论坛及后来的海鸥俱乐部，赢得了很好的人缘。还厚着脸皮，死命地巴结老师！”

“巴结我父亲？”

“对！巴结你爸爸郎杰。说来他好歹曾经也是带着好几百号人的老大，却偏偏心甘情愿给老师拎包，帮老师打杂，任何和老师有关的事情，无论多小多琐碎，他都会抢着去做。遇上纠纷，更是会挺身而出，撸起衣袖，如拼命三郎。到处得意扬扬地说，他就是老师的张飞，老师的李逵！”

叶阑珊说到这里的时候，脸上泛起了一丝嘲弄：“老师终究也是凡夫俗子。相信任何人都会高兴有这样一个小弟，这样一个崇拜者吧。事实上，他不仅对老师，对姑姑，对陈思也同样恭敬有加。表现得就好像一个大老粗，对有文化有本事的人，发自内心地崇拜。

“很奇怪的是，不知道是当真八字不合，还是齐军以前被律师骗过，他一直就看高迈不顺眼。平日里有事没事，逮到机会，就会对高迈冷嘲热讽两句。只不过高迈素来就是个喜怒不形于色的人，不管心中恼火不恼火，面上始终都看不出来，也从不反击，所以很长一段时间，两人也相安无事。

“直到那一天，因为庆祝海鸥资产成立五周年。这家伙喝多了，也不知道和高迈说了些什么。不过就是一两句话的工夫，忽然看到他怒气冲冲地站起来，发了酒疯，在事先没有任何预兆的情况下，三步并作两步，冲到高迈面前，挥起拳头就打。当场就把高迈打得鼻青脸肿，胸部的肋骨都折了两根，住了足足三个月的医院。

“亏得老师出面调解，否则这事铁定要追究齐军的刑事责任。当然，老师的面子，也仅仅是让齐军当面给高迈道歉赔钱，高迈则看在老师的面子上，就此罢休，可心底里肯定是怀着恨的。打这之后，两人几乎没有说过一句话……”

“所以，他们结了仇？是仇家？”叶阑珊的叙述，让帅朗的眉头越发紧皱起来。

隐隐地，他总觉得齐军和高迈爆发冲突的事情好像哪里不对劲儿，一时间却又实在想不明白。

最终他不得不摇了摇头，暂且放下心中的疑惑，将思绪重新转回当下面临的问题中来：“如果高迈和齐军当真是仇家，为什么在海鸥资产那场收购战中，高迈会做手脚帮齐家兄弟坑了父亲？为什么如今忽然又被齐家兄弟控制的董事会任命为董事会秘书？”

“所以，这确实是一件很蹊跷的事情！这里面，一定有鬼！”叶阑珊咬了咬牙，“我会让人好好查一查高迈的。好在事情并没有太糟糕。在任命了高迈为长林集团董事会秘书之后，齐然诺就辞职了。看得出，这位长林的公主，显然也没有想到会出现这样的变故，发脾气了。不过，啧，你这家伙还真有些本领。齐然诺生气辞职的同时，居然没有忘记推荐你担任长林集团证券事务代表，接任她的工作。很看好你啊！”

“辞职？”帅朗眼睛微微眯了一下。

帅朗没有理会叶阑珊的调侃，立刻追问道：“她辞职，只是辞去证券事务代表，调去长林集团其他岗位，还是离开了长林？”

叶阑珊愣了一愣，迟疑地道：“这倒没有注意！”

“那就帮我尽快弄清楚！”帅朗斩钉截铁地道。

第二十三章 救驾

一周之后。连续了六七天的雨，终于止住了。

下午的天，依旧阴沉沉的。

齐然诺的心情，也好像天气一样阴郁，沉闷得几乎要窒息。

她快步走向东华渔业的会议室。

身后，堂叔齐军一边把玩橄榄核手串，一边摸了摸他那头发根根竖起的板刷头，呵呵笑道："诺诺，你这样我可没法和你爸交代啊！你总不能一直和你爸这么闹别扭下去吧！唉，长林的事情很复杂，你爸有你爸的考虑……"

正说着，齐然诺猛地转身，盯着齐军，很认真地一字一句问："二叔，你就给一句话，欢不欢迎我来你的公司？"

"欢迎，当然欢迎！"齐军连忙赔笑，"哎哟，我的小祖宗！你这么一个海归的博士肯屈尊来叔叔这破公司担任董秘，帮叔叔把公司推动上市，叔叔肯定求之不得！可……唉，你爸就你一个女儿，你说他不把家业留给你留给谁啊！不就是一个破董秘的位置吗？有什么了不起。你爸不是准备让你担任总裁助理了？等股东大会走个过场，晋升副总裁，甚至是执行总裁，还不是一句话的事情。”

齐军说话的当口，齐然诺已经再次转身，快步向前：“这不是职位的问题。是、是我希望我的工作我的努力得到认可，而不是仅仅因为齐华是我父亲，才被提拔！”

说话的当口，她来到了会议室门口，一把推开了会议室的大门，大步走了进去。门才推开，里面的嘈杂就扑面而来。

齐然诺忍不住皱了皱眉。这一刹那，当真感觉自己好像置身于纷乱的菜市场。

事实上，眼前这些所谓东华渔业的股东和高管，给她的感觉，也真的好像是面对一群卖菜的小贩。一个个虽然人五人六，穿着价值不菲的名牌，可就好像猴子披了黄袍依旧是猴子一样。

名牌的衣着，反而更加彰显出这些家伙暴发户的本质。几乎所有男人身上都有文身，面相凶狠，举止粗鄙不堪。有人大腿直接架在了会议桌上。有人已经喝了不少酒，却还在喝，一边喝一边脸红脖子粗地骂骂咧咧。甚至还有人好像乡巴佬一样，双脚蹲在椅子上。

还有几个中年女人，嗓门震得山响，比男人还男人。她们旁若无人地磕着瓜子，唠着家常。时而凑到一起，貌似小声实则谁都能听见地说着旁人的家长里短，时而哄笑起来，压过四周所有的声音。

最让齐然诺受不了的是，走进会议室的瞬间，她就闻到了一股鱼腥臭。

“呕——”立马一阵恶心涌上，她赶紧掩住嘴巴，干呕不止，差点儿把早饭都当场吐了出来。

这情形，顿时引得那几个长舌妇叽叽喳喳笑道：“唉哟，这不是齐家老大的闺女吗？怎么，已经有身子了？哎，齐二爷，你这当叔叔的也是，侄女都怀孕了，还让她来上班！齐老大不都已经是啥上市公司的董事长了吗？”

“你们……”还是黄花大闺女的齐然诺，听到这话，不由满脸通红。

齐军在一旁也听不下去了，一瞪眼，喝道：“闭嘴！你们这几个败家的娘们吃饱撑着了？一天到晚就知道胡说八道！”

他这一发话，倒是管些用，会议室的嘈杂降了下来。但是，散漫依旧。

齐军似乎也感觉有些不好意思，摸了摸脑袋，低声对齐然诺道：“然诺，你也别和他们一般见识，都是一个村子出来，当初一样一穷二白，却铁了心跟着叔叔打天下的乡里乡亲。说起来都是亲戚。不但是叔叔，就是你爸爸，当初也多亏了他们你一家我一家地周济支援，才凑齐了学费，考上城里的学校，才有了今天。唉，没办法当真拉下脸啊！”

齐然诺无奈地“嗯”了一声。

虽然她懂事的时候，爸爸就已经把家安在了大都市，可是，每年她都会跟爸爸一起回老家过年。爸爸也时常跟她说起，当初齐家真的很穷，穷得揭不开锅。

尤其当爷爷早逝之后，得亏乡亲们你一家我一家的百家饭，才让爸爸长大成人。也是得亏乡亲们支援出他们自己同样紧巴的积蓄，才让爸爸成了大学生，进了机关成了干部。然后才有机会抓住机遇，成为长林集团的高层，乃至现在长林集团的董事长。

叔叔就更不用说了。最初远洋捕鱼之所以能够掘取第一桶金，全靠这些乡亲出死力帮他。眼前好几家的男人或者孩子，就是在跟随齐军打天下的时候丢了命，永远留在了茫茫大海中。

正因为这样的恩、这样的情，当爸爸和叔叔发家以后，割舍不了这些乡亲，最终收购了当初叔叔起家的这个东华渔业，也收揽下了这些目不识丁、粗鄙不堪，其实早就跟不上这个大时代的乡亲。

“今日不同当年，东华渔业想要继续生存下去，再像当年那样十几个人七八条枪，走家庭作坊或者草莽聚义的模式，是根本不可能的。现在全靠你和我爸的贴补来维持。再这样下去，只怕用不了几年，这家已经积累了很多问题的公司，就会被商场无情地淘汰，烟消云散。二叔，这些年你不是一直在资本市场拼杀吗？应该明白，只有成为现代化公司，上市扩张，才是东华渔业唯一的出路。”

齐然诺一如在长林担任证券事务代表时那样的认真严肃地看着齐军说道：“我认为，所有东华渔业的高管都必须重新学习，重新充电。接下来我会对他们进行培训，然后优胜劣汰，能者上不能者下，为公司更换新鲜的血液！”

“什么？！”

齐然诺虽然只是和齐军私下里说，奈何会议室里这些东华渔业的所谓股东和高管，真是不见外。两人说话的当口，早有几个大妈大婶不客气地凑过来，竖起耳朵偷听。

一听到齐然诺这么说，立刻就有一个大婶跳了起来：“我说齐家老大的闺女，做人不能像你这样不讲良心啊！你拍着胸口问问自己，问问你爸你叔，当初咱们乡里乡亲，哪点对不起他们了？好了，现在他们发达了，你就要对咱们来个那什么兔什么、狗什么的？”

“兔死狗煮！”

“蠢货，明明是兔死狗烤。狗肉煮了好吃，还是烤了好吃？”

“闭嘴！现在是煮狗肉还是烤狗肉的问题吗？现在是齐家的闺女想要砸掉咱们的饭碗啊！”

“什么？这闺女怎么这么心狠？还是留过洋在大城市长大的孩子，真是良心被狗吃了！难怪都说城里人坏！确实没有咱们村子里的人地道啊！”

……这大婶的话一出口，立时引起了整个会议室的沸腾。涉及自身利益时，大多数人可清醒得很。

他们对齐军还颇有些敬畏，对齐然诺可就一点儿都不客气了，开口就扯上恩情，扯上辈分，一个个都俨然以恩人、长辈的口吻毫不客气地教训齐然诺。

群情激昂、振振有词，就好像齐然诺当真做了什么数典忘祖、不忠不孝的事情。可怜齐然诺哪经历过这样的场面，一开始，她还很认真地争辩两句，很快，她的声音就被大婶们唾沫横飞的指责给完全压了过去。

男人们倒是不敢动手，却也已经不声不响站了起来，杀气腾腾的样子，甚是吓人。被这样一群人包裹在中间的齐然诺，不一会儿就晕头转向了，完全没有了对抗的能力。

就在这个时候，忽然，“砰砰砰”的声音在会议室内响起。

霎时，即便是那几个正指手画脚骂得起劲的大婶，也忍不住转过头，寻声望去。结果，所有人诧异地看到，一个帅得耀眼的年轻人，不知道什么时候出现在了会议室内。

他手里倒提了一把原本放置在会议室门背后的扫帚。那砰砰砰的声响，正是他拿着扫帚柄，狠狠地敲击着会议室的长桌发出的。

一下、两下、三下……敲得当真够狠，成功地吸引了所有人的注意。

其他人也就罢了，看到这年轻人，齐然诺的眼睛顿时瞪大了，难以置信地惊呼了一声：“帅朗？”

第二十四章
喜悦

不得不承认，颜值在很多时候就是管用。

至少，当帅朗以这么拉风的方式，出现在东华渔业的会议室内，那些战斗力惊人的大婶，居然没有在第一时间针对他。无论是语言上的，还是行动上的。反而一个个眼睛发亮，上上下下、仔仔细细地打量着帅朗，就好像丈母娘看毛脚女婿一样，啧啧惊叹。

更有性急的，已经忍不住开口问："小伙子，你叫什么名字？有没有女朋友了？阿姨跟你说，这年头找女朋友，别老是想着情啊爱的，这都是电视剧里面骗人的把戏。你到头来还不是要吃喝拉撒？所以啊，最好找一个家里有房有车有存款的，比如……"

当然，有爱就必然有恨。

会议室内的男人，看着帅朗的目光，可就不那么友善了。大婶们太了解自家男人是什么货色，根本不等男人们反应，就已经纷纷上前一步，把男人挡在了身后，把帅朗和他们隔离开来，绝对反应神速。

不过，这并不妨碍那些男人摩拳擦掌，凶神恶煞般盯着帅朗，恶狠狠地质问：“小子，你谁啊？活腻歪了，跑这里来撒野！”

帅朗既没有理会满脑子都想推销闺女的大婶，也没有理会激素过剩，巴不得打一架的男人。

在吸引了所有人注意之后，他不慌不忙，面无表情地说：“都吵什么吵？公司上市之前，高管必须接受辅导期培训，这是证监会的规定。你们到底想不想让公司上市，想不想上市以后，让你们现在手里的股份十倍百倍地增长，发家致富？”

说到发财，一下子就让原本蠢蠢欲动的男人们没脾气了。谁不想发财，谁愿意和钱作对啊！只是被帅朗这么一个毛头小伙子，尤其还是这么帅的小伙子给震慑住，多少让男人们感到没面子。

不一会儿，就有人咕哝道：“培训什么培训？这不是耽误老子出海吗？这出一趟海，你知道老子能赚多少钱？而且，奶奶的，这公司是老子跟随齐二爷真刀实枪打拼出来的。有谁比老子更熟悉这公司？还需要你们几个连海都没出过的娃娃来培训老子？”

此话一出，立刻引来了许多男人连声附和，还有起哄。

却不想，就在这时，只见帅朗猛地一拍桌子，指着他们，声音比底下那些人更响，连珠炮似的一口气都不喘，一连串质问铺天盖地地杀过来：“不想培训？你们能背得出‘配偶的兄弟姐妹’和‘兄弟姐妹的配偶’这样拗口的关联关系吗？你们能搞懂‘实际控制人’与‘控股股东’的区别吗？你们能写出上市的多少实质性条件？知不知道，上市审核的时候，公司高管也是需要去参加考试的？

“到时候，如果我带你们去参加考试，你们一个个好像长颈鹿一样伸长脖子来看我的试卷。平时威风凛凛的齐二爷，小鸟依人一样依偎在我身边。还有你，对，就你这个子最高戴着眼镜的，恨不得把我的答案放大一千倍好让你看清楚。你们觉得这样的情况下，有多大可能通过？”

在众人忍不住的哈哈大笑声中，帅朗却依旧紧绷着脸，依旧疾言厉色地喝斥道：“如果因为你们答不出来，妨碍了公司上市，你知道会损失多少钱？你知道你得出多少次海才能弥补回来？到时候耽误了大家发财，你们谁能站出来负这个责任？”

得，这一下，所有人都不开腔了。

一方面，帅朗这一开口，满嘴的专业术语，确实很有震慑力，很容易让这些没文化的人，觉得眼前的帅朗是一个很有文化的人，由衷地产生敬畏——没文化的人对有文化的人，发自内心，源自骨髓的敬畏。

另一方面，只要不是傻子都知道，上市前的原始股份，一旦上市，肯定赚钱，肯定比出海更划算。要不，也不会有这么多家公司争着抢着上市不是？

这要是因为自己的缘故，让公司没法上市，妨碍了乡里乡亲发财，这还不得被人戳脊梁骨啊。

趁这个机会，帅朗给齐然诺使了一个眼色。

齐然诺会意，立刻乘热打铁：“好了，事情就这么定下来。每个公司高管都必须参加培训。培训以后会进行内部考试，考试成绩会在公司的OA上公布。”

“O……O什么A？“

被帅朗成功震住了的众人，这一刻，倒是没了冒刺的心思。

可是齐然诺口中的OA，大家是真不懂啊。听到耳朵里，无论男女老少，全都一脸懵懂。

“OA就是Office Automation。这是一门综合性的科学技术，兴于20世纪70年代后的美国和日本。按照美国麻省理工学院M.C.季斯曼教授的定义：OA就是将计算机技术、通信技术、系统科学与行为科学应用于传统的数据处理技术难以处理的、量非常大而结构又不明确的那些业务上的一项综合技术……”

齐然诺随口解释。奈何，她不说还好，越说大家越是一头雾水。

连一旁的帅朗也不由暗暗叹了一口气，海归的女博士博学归博学，可这也太不接地气了。

他不得不干咳了一声，插嘴解释道：“大家就当是贴成绩排行榜。就好像你们家里的孩子，考试成绩出来了，得排名吧。对了，这名单里面也包括齐军董事长的考试成绩！”

“嗯？我？”原本，看到突然出现的帅朗，齐军仅仅是目光微微闪烁了一下。随后便没有发声，也没有动作，自顾自把玩手中的橄榄核手串，满脸都是作壁上观看好戏的样子。

万万没有想到，帅朗居然这么大胆。居然一点儿都不犹豫，一点儿都不客气，一点儿都不给面子地把他也囊括进来。顿时，曾经江湖上大名鼎鼎的齐二爷，头一抬、眼一瞪，霸气尽显。

却不想，还没等他摆出威风来，那些三姑六婆的大婶们，已经纷纷叫好，口无遮拦地给帅朗捧起场来：“这个好！哈哈，村里谁不知道，齐家老二的脑子全都给了齐家老大？有他在，谁都不用担心垫底了！”

“嗨——”这话臊得齐军齐二爷脸一阵红一阵白。

“不带这么埋汰人的啊！”一时间，他都顾不上找帅朗的麻烦了，怒不可遏地忙着和三姑六婆们理论起来。

这时，齐然诺一把将帅朗拉到了会议室外面，忍不住好奇地问道：“你……你怎么就把这些家伙给震住了？”

“因为帅啊！”帅朗笑了笑。

随即看面前的姑娘鼓起了嘴巴，显然并不喜欢帅朗的这个笑话。

他便只好正色回答道：“因为，他们穷怕了！”

“穷怕了？”

“对，穷怕了。你既然都已经来东华渔业任职了，事先没有做过功课吗？东华渔业，说白了，就是你老家的那些渔民，当初在家乡实在过不下去，这才跟随你叔叔出海打鱼，发展起来的。”

帅朗靠在一旁的墙壁上，看了一眼会议室内兀自不休的闹腾，叹了一口气：“这人呐，尤其是中国人，传统思维里认定了人离乡贱。若非迫不得已，谁愿意背井离乡。尤其还是离开陆地，去那看不到边际，随时都有可能遇到不测风云、船毁人亡的大海？他们当初出海，就是因为穷怕了。现在也同样因为穷怕了，所以必定敬畏财富，绝对不敢因为使性子，错过了发财的机会！所以我把培训和上市联系在一起，让他们感觉反对培训就是阻碍上市，阻碍自己和大家发财。那么，问题自然就解决了。”

“哼，说得倒是一套一套的！你这是欺负人家不懂行！”齐然诺听了帅朗的话，若有所思，面上却丝毫不肯服软，冷哼了一声之后，随即扭转话题，“你不老老实实待在长林上班，怎么跑这儿来了？”

“来看望老领导啊！”

帅朗耸了耸肩：“听说是您推荐我担任长林集团的证券事务代表。正好我的档案调动，在手续上出了点儿小问题。今天请假去了趟学校。明后天又是双休日。想了想，就决定来看看你，不管怎样，总得当面道谢一声吧！”

“谁……谁是老领导了！”齐然诺板了脸。

老领导三个字，让她很在意。不过这严肃的样子，还真是很有老领导的风采。

只见她一字一顿，生气地教训道：“我推荐你接任长林集团证券事务代表，是因为你的表现证明了你有能力胜任这个职务。这是你自己努力的结果，根本不用来谢我，我也不需要你来感谢。有这时间，你还不如多看看书，好好提高自己的业务能力。一寸光阴一寸金知不知道……”

可惜，说归说，她的眼睫毛却分明在颤抖，喜悦地颤抖。完全暴露出了这姑娘的心情。

第二十五章
锐利

“来尝一尝这里的特色家乡菜，红膏呛蟹！”

高兴的齐姑娘，晚上决定请帅朗大吃一顿。所以，带着帅朗去了当地最好的饭馆，点了最贵最有特色的菜。

只是，当一盘盘菜上来之后，帅朗的脸顿时有些僵硬了。尤其是齐然诺口中所说的那盘红膏呛蟹。偌大的盘子里，就放了一只大大的海蟹。

海蟹已经揭开了盖，坚硬的蟹钳也已经掰下，放在了一旁。揭开盖的海蟹有一摊红红的膏，看上去煞是好看。唯一的问题，这……居然是生的!

生的、生的、生的!

从小习惯了苏沪口味的帅朗，哪曾生吃过海蟹啊。看着这盘中的生海蟹，他喉咙里不由咽了一口口水，肚子不知不觉翻江倒海起来。

齐然诺却还在津津乐道地介绍:“放心吧！这道菜的选料是很讲

究的，绝对是新鲜的活蟹。大厨用四比一的盐水腌制，时间不能短也不能长，以免咸味盖过鲜味。喏，看到没有，这里有姜醋，蘸一蘸姜醋再吃。醋能杀菌去腥，姜可以中和蟹的寒性，保护肠胃。相信我，真的很好吃！”

齐然诺很认真的目光紧紧盯着自己，帅朗苦叹了一声，却又不得不拿起筷子，胆战心惊地尝了一口。

别说，确实不错。虽然还是有些不习惯，帅朗也不得不承认，这味道完全没有想象中的恐怖，相反十分爽口美味。

除了这红膏呛蟹，还有黄鱼面、宁海牡蛎、长街蛏子、冰糖甲鱼、奉蚶、跳鱼……全都是顶顶新鲜的水产。

“嘻嘻，敞开吃哦。这里原本就是个小渔村，以前什么也没有，唯独这些水里的东西多，比如黄鱼。据说在20世纪70年代，有人发现，这大黄鱼和其他的鱼不同。它们对声音很敏感，尤其是在生殖季节，每一条大黄鱼都尽力让鳔两侧的声肌收缩，压迫内脏使鳔共振发声。鱼群过处，终日发出‘咯咯’‘呜呜’的叫声，招呼同伴过来集合。

“于是，渔民们就用渔船的机器声，引诱黄鱼。这些黄鱼一听到声音，还当真傻傻地过来，甚至自己一头撞到船上自投罗网。以至于海船回来，一大半的收获都是黄鱼。最后政府甚至不得不号召大家尽量多吃，有爱国鱼的美誉。”

齐然诺一边说，一边津津有味地吃着她面前的黄鱼面，就和她工作时一样，吃得很认真。

帅朗着实是第一次听说，黄鱼居然可以这样捕捞，而且可以捕捞这么多。多到了即便在物资极度匮乏的20世纪70年代，都能让政府不得不号召大家一起吃。

他惊奇地扬了扬眉：“还有这样的事？”

“应该……是真的吧！”齐然诺迟疑了一下，吐了吐舌头，“反正小时候，村里的长辈常把这件事情当成故事来说。毕竟，那会儿这里真的很穷。所以在那个饥饿的年代啊，黄鱼大丰收，成了渔村最最引以为豪的荣耀。据说，村里好多光棍，就因为这些黄鱼娶到了妻子。”

说到这里，她的声音忽然又低了下去：“可惜，单单丰收了黄鱼没有用，村子那时候还是很穷。知道捞海人吗？就是那些潜入海底去捞海鲜的人，我爷爷就是捞海人。当年，村子里几乎所有男人都当过捞海人。那会儿可没有潜水衣、潜水镜、氧气瓶。每一个捞海人都是凭着自己的水性，跃入海中、潜入海底，去寻找珊瑚、寻找海贝……

“这是一份靠天吃饭的活计。运气不好的话，可能忙碌几个月都一无所获。运气好有了收获，其实也没太大用。因为，当时只有省城国营的水产公司才会出相对公道的价格来收购。可村里很多人连县城都没有去过，哪敢去省城啊。就算去了，也肯定会被水产公司看门的给拦住，根本进不了人家水产公司的大院。

“于是只能以很便宜的价格，卖给那些来收购的二道贩子。结果，捞海人一年到头的收入依旧菲薄。可是他们要承受的，却是付出生命的风险。很多人都在某一次潜入海底之后，再也没有出来。很多人因为常年捞海落下一身病，很早就过世了。其中也包括我爷爷。”

帅朗听到这里，不由停下了筷子，道了一声：“对不起！”

“没事！”齐然诺摇了摇头，“实际上，我没有见过爷爷。我出生的时候，爷爷早就过世了。我之所以说这些，只是想跟你说，你确实抓住了事情的关键。这里的人，确实穷怕了。所以看到爸爸读书好，有走出去的可能，他们就砸锅卖铁支持爸爸读书，成为国家干部。因为叔叔带领他们出海捕鱼赚钱，直到现在，叔叔在这里始终都是说一不二的主。你启发了我，也许只有这样直截了当，才能够让他们心甘情愿配合我，推动东华渔业的上市。谢谢！”

帅朗耸了耸肩：“不用这么客气吧！”

说着，他随手夹了一个牡蛎吃了，然后犹豫了一下，小心地试探着问：“你是不是为了这些人才辞去了长林集团证券事务代表的职位，跑来东华渔业，想要带动乡亲们发家致富？”

不料，这话一说出口，齐然诺抬头，很是奇怪地看了帅朗一眼：“我可没有这么伟大。事实上，受过村里乡亲们恩惠的是爸爸和叔叔他们。他们在如今富贵之后，或许真的有心回报桑梓，又或许是想要衣锦还乡吧。至于我？我从小就在上海长大。这里对我来说，就是个放寒假暑假的时候过来玩耍的地方。

“记得小时候，回来的路可没有现在这么方便。坐火车的话，是那种绿皮车，人挤人，好像密封的罐子。我每次都睡在爸爸妈妈座位底下的地上。如果选择坐汽车也不好受。那时候，到处都在修路。现在一小时能够到的路程，那个时候可以从上午开到晚上。每次都是挪个三五分钟，就停下来堵个半小时一小时。加上当时没有那么好的汽车，都是烧柴油的吉普车，味道难闻死了。夏天汽车被太阳晒得好像烤炉，冬天冻得人直发抖。哼，要不是那时候年纪小，胳膊拗不过大腿，我才不想回来呢。

“再说了，你也太小看这里的村民了。我说的穷，是很早以前的穷。过去四十年，真是一个不断出现奇迹的黄金时代。只要你不懒不笨肯出力气，怎么可能穷？现在村里人的日子其实都不错。自从跟着我叔叔远洋捕鱼以后，很多人家都有了别墅、汽车，甚至都比城里人更富有了。何况，我叔叔我爸爸他们每年都会捐大笔钱，给家乡铺路修桥，资助教育和医疗，带动了家乡红红火火地发展，哪还需要我来帮助？

“所以，我这次来东华渔业啊，很大程度上也就是跟我老爸赌气。当然，既然来了，我还是会尽最大的努力推动东华渔业的上市。毕竟，这算是我爸和我叔叔两人一直以来的心愿。”

“赌气？”帅朗诧异地瞥了齐然诺一眼，欲言又止。

齐然诺瞪着他，气呼呼地道：“你这是什么表情啊？”

帅朗只好老实交代道：“我就是有些吃惊。就因为董事长没有任命你为董事会秘书？感觉，你不像是这样小气的人啊！”

齐然诺没好气地白了帅朗一眼：“那我是怎样的人？”

帅朗很真诚地道：“我认识的然诺，是一个很大气，很爽朗，着眼长远，绝不斤斤计较眼前的女孩。”

听到这话，齐然诺用很轻微的鼻音，轻轻哼了一声，然后傲娇地抬了抬头。

她应该很满意帅朗的回答，于是，满心受用的公主殿下忍不住多说了几句：“如果是其他任何人担任董事会秘书，我都不会这么赌气。哼，哪里跌倒就哪里爬起来。我反而会留在长林，会在日后的工作中更加努力，表现得更加出色，来证明我同样胜任这份工作，甚至证明我更出色！但是，高迈不行！我无法理解，爸爸怎么会让高迈这个卑鄙小人……”

帅朗诧异地看到，提到高迈这个名字的时候，齐然诺的脸上竟显出咬牙切齿的神情，就好像和高迈有着不共戴天之仇。

怎么回事？

刹那间，帅朗的心，忍不住怦怦乱跳起来。直觉，他强烈地直觉到，自己似乎触及了某些隐秘。

可惜，还没等齐然诺继续说下去，忽然外面传来了一阵爽朗的大笑：“哈哈，然诺，原来你把这么帅的小伙子带到这里来了！”

齐军！这是齐军的笑声。

笑声中，只见齐军，这位东华渔业的创始人，海鸥资产的董事，同时也是长林集团的大股东，笑呵呵地走了进来。

走进来的齐二爷，右手依旧在把玩橄榄核手串。左手，习惯性地摸了摸他那紧贴着头皮，只有很短一层，却根根竖起的坚硬如刺的头发。脖子上的金项链，和胳膊上的刺青，分外刺眼。

更加刺眼的，还有齐二爷的目光。

笑容可掬、笑语亲切的齐二爷，走进饭馆包厢的刹那，瞥了帅朗一眼。那一眼，充满了审视，充满了狐疑，充满了戒备，同时也暗藏了杀机。

当真锐利如剑，直透人心。

第二十六章 端倪

“哈哈，东华渔业的第一桶金啊，就是卖海参赚来的！”

齐军那锐利如剑的目光，只是飞鸿一瞥，转瞬就消失无踪。随即，他的目光就和他的笑容一样，和蔼可亲。不单单齐然诺没有察觉到，便是帅朗，都差点儿忍不住怀疑，刚才是不是自己的错觉。

进入包厢的齐军，笑容满面，完全就像是一个慈祥的长者。丝毫没有公司老总的架子，坐下之后，很快就谈笑风生起来。

帅朗惊奇地发现，齐军虽然没什么文化，却见多识广，无论什么话题，他都能接得上来。无论什么事情，他都可以娓娓道来，好像亲身经历过一般。

当然，齐军谈得最多的，也是齐然诺和帅朗最感兴趣的，还是东华渔业。确切地说，是东华渔业的发家史。

“唉，时间过得真快啊。一眨眼，都已经快三十年了。

“那个时候，还不允许有私人自己开的公司，得挂在公家名下，叫作三产。

“那真是最痛苦的时代，也真是最幸运的时代！

“如果你是一个循规蹈矩墨守成规的人，生在那个时代，绝对是一场悲剧。也许，三十年后的今天，你依旧住在三十年前的破旧屋子里，过着和三十年前一样的生活。不，恐怕还不如三十年前。因为，在这三十多年的风起云涌中，也许你已经下岗了，已经失业了，已经没有了公家的铁饭碗，失去了前途和希望，唯有穷病伴随。

“如果你是一个大胆的人，一个勇于开拓的人，那么你真是生对了时候。因为那个时候，过去的一切条条框框都被打破。无数不可思议的奇迹，都在一次次尝试中让人难以置信地实现。

“比如东华渔业。一开始，就一艘破船，和十几个穷得快活不下去的光棍。我们去捞海，弄到了几麻袋的海参。最最新鲜的，最最上品的海参。如果按照过往的规矩，我们只能以非常便宜的价格卖给来村子里收购的二道贩子。他们和市里、省里水产公司的人有关系，只有他们才能把这些海参消化掉。我们这些乡下人，在那个时候可不敢随便跑到省里，哼哼，不，别说省里了，就算去市里、县里卖海参也不行，铁定会给你扣上一个投机倒把的帽子。

“可那个时候，老子需要钱啊。老子的一个兄弟和邻村一个姑娘好上了，偏偏邻家那姑娘的哥哥是个瘸子，好不容易有机会可以和另一家人家换亲。知道什么叫换亲吗？就是那瘸子哥哥可以娶那家人家的女儿，条件是他妹子必须嫁给那家据说是傻子的儿子。除非，老子那兄弟能够在他们的婚事彻底定下来之前，弄到足够的钱当彩礼。

“那兄弟救过老子的命。所以，没说的！老子做出了这辈子第一个也是最最重要的决定，那就是咬着牙没有把手里的这批海参卖给二道贩子，而是直接跑去省城。

“呵呵，说来，小帅，还有然诺，也不怕你们笑话。老子当时真是有生以来第一次出远门，第一次去省城。就好像、好像那个什么刘姥姥进什么园子一样，土得掉渣。可老子聪明啊！哪怕被水产公司的门卫给赶走了，老子还是琢磨出了一个办法。咬咬牙，哪怕兜里其实没啥钱了，还是昂首挺胸，好像很牛的样子，住到了水产公司旁边一家很贵的，嗯，至少在当时对老子来说很贵的招待所里。

“然后找个机会，让招待所里其他客人都误以为老子是外地供销社的，是水产公司的客户。那些新鲜的上品的海参，都是刚刚通过水产公司内部弄来的。

“于是……哈哈，小道消息越传越广，越来越多的人主动上门跑来找老子买海参。唯恐买少了，唯恐买晚了。真是充分发挥了咱们中国人一旦开买就能把白菜买成黄金价的传统，愣生生把那些海参卖出了来之前老子做梦都想不到的价格。

“然后就有钱了。不但那个兄弟如愿以偿，娶到了他喜欢的姑娘做老婆。老子也因此买通了水产公司的头头，挂靠到了水产公司名下。然后，就有法子找银行贷款了，就招到了更多的人，弄到了更多的船，跑去了更远的海洋，赚到了更多的钱。”

齐军说了很多话，也喝了很多酒，偏偏一点儿醉意都没有。从头到尾，清醒得不能再清醒，完完全全就是当了亮得不能再亮的电灯泡。

直到帅朗被齐军以难以抗拒的热情安排好住宿，都始终没有机会再和齐然诺独处哪怕一分钟。齐军分明是把帅朗当成了勾引他宝贝侄女的小白脸来防。

帅朗只能无可奈何地目送齐军呵呵笑着带了齐然诺离开。唯一能做的，就是在心底里狠狠暗骂了一声老狐狸。

好在齐军给他安排的住宿还算地道，是一套三上三下，有前后院子，村里在宅基地上自己盖建起来的楼房。

男主人是东华渔业的销售经理，一个能说会道、处事周全的中年人。他很热情地招待了帅朗，他们一家人住在二楼，把三楼的客房留给了帅朗。各种设施一应俱全。

炎热的夏天，帅朗痛快地冲了一把温水澡，浑身舒泰，被齐军在谈笑风生中不知不觉灌进肚子里去的酒也醒了不少。

就在这时，手机响起。

一打开，就听到叶阑珊的声音明显透着怒气从手机那头传来："怎么样啊？你这深入虎穴的侦察员，有没有被老虎给吞了！"

"没有！"帅朗平静地道。

他知道叶阑珊为什么生气，从一开始，叶阑珊就不同意他跑来找齐然诺。她认为齐军不好对付，生怕帅朗被齐军看破底细。

不过，帅朗有他自己的想法。

"我只是来向齐然诺道谢一声。这对一个初出茅庐、一心上进的大学毕业生来说，很正常。还不至于让齐家兄弟有太大的反应。"帅朗一边说着，一边重新走入了淋浴间。

确定这里应该不会有人听到自己和叶阑珊的通话之后，才低声道："相对于这样的风险，这次收获远远超过预期，所以很值得！"

手机那头，叶阑珊迟疑了一下，克制住自己继续兴师问罪的冲动，将信将疑地问："收获？什么收获？"

"两件事情。"帅朗倚靠在淋浴房的门上，有条有理地道，"第一，齐华、齐军兄弟确实正在推动齐军名下那个东华渔业的上市。但是我有一种感觉，这绝对不是齐华、齐军兄弟发家之后回报乡亲。至少，不应该只是这样一个原因。很可能，让东华渔业上市，涉及齐华齐军兄弟后续的一个大计划。"

听到这话，手机里传来了叶阑珊稍稍急促起来的呼吸声："计划？什么计划？你为什么这么想？"

"暂时我还无法推断出齐华、齐军究竟想做什么。"帅朗摇了摇头，随即又道，"但是，你不觉得，齐华这个人向来都是谋定而后动的吗？当初，他和海鸥资产签对赌协议的时候，恐怕就已经想好如何让海鸥资产的收购崩盘，还有他如何从中渔利，杀回长林集团了吧？

“同样，他出手对付长林集团前任董事会秘书薛平的时候，就已经盘算好，怎么利用长林这段时间的暴跌，利用长林集团的股民前段时间的极度恐慌，来增发增持，从而将长林集团这些年积累下来的利润套现吧？

“可见，他这个人一旦走出第一步棋的时候，往往已经想好了后面三步、四步。那么，推动东华渔业上市呢？我来到这里发现，这里的乡亲确实对齐家兄弟有恩。但是这里可不是想象中的穷乡僻壤，这里的人通过远洋捕鱼，早就改善了生活，早就过上了楼房汽车的日子，足以让很多城市白领都羡慕。

“齐华、齐军兄弟当真要回馈桑梓的话，捐款办学校，办医院，可以说有很多方式，可以更省力更直接地造福乡里，还能够博取一个好名声。据我所知，他们也一直这么做。两兄弟现在可都是有名的慈善家，挂了好几个慈善基金的理事头衔。现在为什么要费力不讨好，去强行推动这么一个明显带着家族色彩、企业内部利益关系盘根错节的东华渔业上市？”

手机那头，叶阑珊沉默了许久，似乎在消化帅朗的这个推断。

许久之后，她才轻轻哼了一声：“这只是你的臆测。好吧，这事情接下来我会让人留意的。不过仅仅这样一个推断，我并不觉得需要你去东华。”

帅朗耸了耸肩：“如果这第一件事情还只是我的推断，那么第二件事情，我基本上已经可以完全肯定，高迈绝对和齐家有很大的瓜葛，或者说有很大的仇怨！”

他将晚上和齐然诺吃饭时，齐然诺无意中露出的口风，一五一十全都告诉了叶阑珊。

停留了一会儿，等待叶阑珊稍稍消化之后，帅朗接着说道：“其实之前你跟我说起高迈和齐军的冲突时，我就觉得有些奇怪。因为根据你的介绍，齐军分明就是一个八面玲珑、能够和任何人打好关系的人。今天我接触到齐军，感觉他确实就是这样一个人。

“那么，为什么他会独独和高迈闹成那样？就因为看不顺眼？因为口角？你觉得像齐军这样经历过那么多大风大浪的领头大哥一样的人物，会这样任性，这样没有城府吗？如此蹊跷，恐怕只有高迈和齐家兄弟暗地里早就结下了很深的仇结来解释。”

“怎么可能？”这件事情，显然让叶阑珊倍感震惊，“如果高迈当真和齐华齐军兄弟有深仇大恨，齐华为什么会让高迈成为长林集团的董事会秘书？他刚刚把对头薛平拉下马，放弃了明明可以顺理成章上位的女儿，却把一个对头推上了董事会秘书的位置？”

帅朗的目光也微微眯了一下：“所以，这里肯定有猫腻！”

叶阑珊没有马上作声。

隔了半晌，她方才勉强保持住平静，略过了刚才的话题，道：“可惜，高迈这个人很谨慎。这几天我让人查他的底细，却没有太大的进展。嗯，也不是说完全一无所获。不过电话里说不清楚，等你回来我们见面再谈！”

“好！”帅朗点了点头。

两人不约而同，默契地挂断手机。

但是帅朗相信，此时此刻，叶阑珊一定和自己一样想到了海鸥资产，想到了父亲郎杰前几个月那场滑铁卢式的惨败。

海鸥——长林——东华。

高迈——齐华——齐军。

对着淋浴房依旧满是水汽的镜子，帅朗写下了十二个字，然后迅速用手擦去。

第二十七章
东华渔业的麻烦

清晨。

旭日，在海天一线的远处，傲娇地探出头来。海鸥欢叫着，盘桓在天空。

海风拂面，空气里，竟似也带着咸味。

汽笛声中，渔船乘风破浪，在起伏颠簸中如离弦之箭般，直冲前方。

“帅朗，过来啊！你不会是害怕吧？”齐然诺站在船头，丝毫没有在意海船的颠簸，就好像站在平地上一样。

她破天荒地没有戴那很老气的平光眼镜，而是穿了一身休闲服，随意扎了一个马尾，迎着海风张开双臂，不断发出银铃般的欢笑，完全迥异于她平日的严肃。

在齐然诺的质疑下，帅朗的嘴角无奈地抽搐了一下。他还不至于晕船，可也从来没有经过这样的阵仗。一大清早，被齐然诺拉上船出海，听着这阵阵涛声，看着海浪一波又一波打来，打在船舷上，还飞溅到了脸上，心里不可避免地有些发虚。

只是此刻面对齐然诺的奚落，帅朗输人不输阵，也只好咬了咬牙，站起来，小心翼翼地朝船头的齐然诺走去。

却不想，那开船的船老大，多半是得到齐军的授意，不让帅朗和齐然诺过于亲近，于是就在这节骨眼上故意使坏。船猛地提速，船身越发颠簸。

帅朗猝不及防，一个踉跄，差点儿摔倒。亏得齐然诺眼急手快，赶紧一个箭步上前，拉住帅朗。结果，两人拥抱在了一起，贴得很近、很近。

帅朗忍不住深深呼吸了一下，呼吸到阵阵源自齐然诺的清香，很好闻。

齐然诺随即像受惊了的小鹿，赶紧闪开，脸红彤彤的，犹如熟透了的苹果。

为了掩饰自己的窘迫，齐大小姐顿时柳眉倒竖，朝掌舵的船老大怒喝道：“獭子，你干什么！会不会开船？”

被齐然诺唤作獭子的船老大，是一个三十多岁，满脸古铜色的大汉。可此刻，明明比齐然诺高出一头的家伙，应该是意识到自己弄巧成拙了，挠了挠头。在齐然诺的面前，就像是一只唯命是从的狗熊。背地里，投向帅朗的目光，却依旧凶狠，分明透着警告，警告他不要凑近齐家的小公主。

帅朗自然不会在意这家伙，他不动声色地走到一旁放置渔网的地方，问：“这是用来捕鱼的吗？”

“是啊！”齐然诺乐得错开话题。

她随手捋了捋被海风吹乱了的散发，然后挥挥手，叫来了船上的几个渔家子弟，指挥他们下网。很快，帅朗惊讶地看到，平时在菜市场很难买到的海鲜被捕上船，一条条一只只活蹦乱跳，形态各异。

这个时候，早有人在船上准备好了炊具。还有特意叫来的大厨，就在这海船上，用这些海鲜烹饪出了一道道美味的佳肴。

特别鲜！

就这样，坐在船上，吹着海风，吃着海鲜，聊聊天，说说话，望望四周的海景。

船停靠在了一座小岛上。岛很小。让帅朗惊奇的是，岛上乔木参天，还可见优美的古樟、绿竹。总之，这海、这岛、这海风、这佳肴，太惬意了。

完全迥异于大都市一分钟必须当作五分钟来用的快节奏，颇有些挣脱了俗世名利羁绊、从此海阔天空率性任为的空灵。

帅朗若有所思："这都是再好不过的旅游资源，完全可以开发出来！"

"嗯！"齐然诺欣喜地看了帅朗一眼，频频点头，很有遇到知己的样子，"我也是这么想的。东华渔业其实真的有很多资源可以开发，只要能够上市，融到足够的资金！"

正说话间，忽然卫星电话的铃声响起。獭子拿着卫星电话，走了过来，递给齐然诺。

齐然诺接听之后，眉立刻紧皱起来："獭子哥，回去！"

獭子点了点头，二话不说，就驾驶海船掉头。

帅朗耐住性子，平静地看着这一切，并没有急着询问。他相信如果自己可以知道，齐然诺一定会告诉他的。

果然，齐然诺放下了卫星电话，转头面向帅朗，歉然道："对不起了，帅朗！看来今天没法陪你继续玩下去了！"

"怎么了？"

"公司出了一点儿问题！"齐然诺有些烦闷地揉了揉眉心，"刚才是二叔打来的电话，不过这信号不好，他在电话里也没讲清楚。应该是有一份很重要的资料找不到了。你也知道，东华渔业最近正在准备上市，申请上市自然需要递交很多资料。可是，东华渔业当初就是一个草台班子，很多事情都不是那么正规。遗留下来了许多历史问题，时不时就会冒出来。”

说到这里，她又笑了笑：“不过，应该没有太大问题。东华渔业初期只是有些不正规。不过公司历年的重要资料，都是老万，嗯，就是公司的财务总监负责保管的。他是一个认真仔细的人，所有资料都很小心地保管起来。只要花点儿时间找一找，总是能找到的！”

“那就好！”帅朗也微微一笑，“你也别太急！事情总是能解决的！”

“嗯！”仿佛是给自己鼓气一样，齐然诺用力挥了挥拳头。

可惜，好的不灵坏的灵，墨菲定律似乎总是会应验。

海船很快就靠岸了，上岸之后，哪怕只是局外人的帅朗也感觉到，这次东华渔业确实遇到大麻烦了。

只见东华渔业的掌舵人齐军齐二爷已经等在了码头上，正自焦躁不安地摸着脑袋，来回踱步。手里把玩的那橄榄核手串，似乎也没能让他的心绪平静下来。

老万，被齐然诺赞誉为认真仔细的财务总监，是一个戴了老花眼镜，满头白发，背也有些佝偻的乡村会计。

见到齐然诺，他哭丧着脸道：“刚才保荐人打了一个电话过来，再三强调要我们确定，以前离职的职工是否都得到妥善安排了！”

齐然诺点了点头，倒是很习以为常地道：“嗯，这确实是上市的时候必然会遇到的一个问题。审核的时候，肯定要确保公司上市前不存在任何历史遗留问题。否则，股民们在二级市场购买了公司的股票以后，还要为公司很多年前的历史问题埋单。”

说着，她疑惑地看了一眼老万，不解地问：“怎么了？我记得东华渔业的员工基本上都是咱们乡里乡亲。这些年遇到死伤离退，不是都非常妥善地安排了吗？还有什么问题？”

“有问题啊！”不等老万回答，齐军摸着脑袋，叹了一口气，“昨天不是和你说过，东华渔业刚刚开始创业的时候，国家是不允许私人开公司的。所以东华渔业挂靠在省里的水产公司名下，作为水产公司的三产。”

说着，看齐然诺和帅朗有些懵懂，知道他们小年轻肯定无法理解三产这样很有历史味的名词，齐军耐心解释道：“知道什么叫三产吗？三产啊，其实就是国有部门或企业的一个额外收入渠道。而且还是无本买卖，根本不会给你投入任何资金，正常情况下也不会给你什么资产，只是允许你挂上他们的牌子而已。为了这牌子，到了年底，你得给这些部门的账上打入几万块钱，算是承包费。顺带，逢年过节还得看望一下部门的领导，这叫人情往来。

“当然，承包人也不亏。他可以借这把‘伞’遮风挡雨，成功绕开当时国家关于个人不能办有限公司的规定，正大光明地做生意，却又不用担心被套上投机倒把的罪名。总之是你好我好大家好的好事。”

“哦！”齐然诺点了点头，却依旧一脸茫然，实在不明白这里面有什么问题。

齐军摇着头道：“麻烦的是，咱们东华渔业和其他三产不太一样。其他三产，基本上都是原来单位里的人跑出来，搞个什么停薪留职，然后下海经商。那会儿，这是受到国家鼓励的。正因为这样，他们在挂靠的单位都有人脉，沟通起来很方便。

“可是东华渔业，呵呵，昨天我不是和你们说过了，咱们当初是自己凑上去的。后来生意越做越大，为了让省里的水产公司好好给咱们当那把遮风挡雨的伞，就免不了高薪聘请了几个水产公司的人，让他们出面打理水产公司的事情。

“直到后来，个人可以开公司了，国家对民营企业越来越支持了，咱们东华渔业渐渐就不用再看水产公司的眼色了。于是就不再承包作为水产公司的三产，每年给水产公司‘承包费’了，那几个关系户也就和咱们分道扬镳了。”

齐然诺顿时恍然：“所以现在的问题，就是怎么证明咱们东华渔业妥善安置好了这几个关系户？毕竟他们也算是东华渔业的正式职工。”说到这里，她皱眉看了一眼自家的叔叔，“二叔，你不会是没有和他们办好离职手续吧？”

齐军懊恼地摸着脑袋，骂骂咧咧地道：“天地良心，老子当时可是好酒好菜，好好伺候，让他们开开心心离开的。一分钱也没有短了他们。可、可怎么可能办什么离职手续啊？莫说那会儿根本就听都没听说过什么离职手续，但凡是个人，合意了就来，拿钱干活，不合意了就滚蛋！就算有，老子也不能这么做啊。这几个人，用北方的话来说就是帮闲，吃的就是面子饭。说是东华渔业的员工，实际上就是古时候那什么客卿，是朋友来帮忙的。怎么可以办什么离职手续。那不是打人家的脸吗？传出去，老子也要被笑话不会做人！”

齐然诺不以为然地摇了摇头。海归的博士，实在不能接受这老一辈的传统。

不过她还是没有太当回事儿：“没有办离职手续也不要紧。只要找到人，确认他们的现状就行了！”

“这个……”齐军的脸抽搐了一下，“都这么多年了，鬼知道这些人现在都在哪里？而且……这些人都是在场面上厮混的主儿。彼此见面，大家都习惯叫他们诨号。那才能拉近关系不是？真实名字反倒没几个人知道。”

“所以，二叔，你都不知道他们叫什么？也就是说，想找也很难找到？可恶，公司的HR是干什么吃的？”

齐军呆了呆："什、什么H？什么R？"

"HR就是Human Resources的简写，又叫人力资源从业者，一般特指公司从事招聘、培训、绩效、薪酬、劳动关系管理的人员……"齐然诺说到一半，见齐军一脸茫然，不由丧气地叹了一口气，知道自己刚才那番话算是对牛弹琴了。

齐军则尴尬地拍了拍脑门，目光难得闪烁起来，心虚地道："东华渔业当初就是一群兄弟一起白手起家，哪有这么多弯弯绕绕？实在没有想到这些年发展得这么快！很多人住址全都变了，原来人和人的关系也发生了翻天覆地的变化。这要找……总归还是能找到的。可……这很麻烦，而且你看，要是有那么一两个没找到，应该不要紧吧？"

"这事情说大不大，说小却也不小。如果不上市，根本不算什么事儿。如果想上市，运气好也能蒙混过关。可倘若运气不好，真有人逮着这点不放，很可能就会让花费无数人力物力做好的上市准备工作，前功尽弃。"

齐然诺苦笑，一时间也有些束手无策。

见此情形，一直旁观这一切的帅朗犹豫了一下，终于开口："齐总，然诺，我有一个办法，或许可行！"

第二十八章 表现

“你？”齐军的目光停留在了帅朗的脸上有那么几秒钟，随即笑了起来，“小帅，你们年轻人脑子活，说说看，有什么好办法？”

“工资表！”

帅朗没有怯场，哪怕是面对大名鼎鼎的齐二爷，依旧平静如常，不慌不忙地道：“可以查查工资表。他们每个月拿钱，总是要签名的吧。这签名，还有工资表上的名字，总归是真名，而不是诨号吧？”

“工资表？”齐军的脸上却掠过了一丝失望，他有些烦躁地摸了摸脑袋，低声道，“这都十几二十年了。十几二十年前的工资表，老子哪里找去？”

帅朗不为所动，只是将目光转向了老万。

正常情况下，很多像东华渔业一般，犹如作坊式粗犷经营的企业，起步的时候很大可能不会保留十几二十年前的工资表。很多历史资料，都有可能在企业的一次次人事、地址的变迁中不知去向了。

但是，帅朗记得齐然诺说过，老万是个认真仔细的人，习惯把所有资料都很小心地保存起来。

“我、我去找找看！”在帅朗的注视下，老万有些迟疑地道。

齐军顿时眼睛一亮：“怎么，这么多年前的工资表，你都还保存着？”

“应该、可能、大概……”老万满脸都是不确定，怯怯地点了点头，然后唯唯诺诺，欲言又止。

齐军没有理会老万的纠结，他确认了老万很可能保存了这些工资表，就立刻欣喜若狂，大吼一声：“那还等什么，赶紧拿出来！”

不过，很快他就发现，事实上根本不可能赶紧拿出来——老万确实保管了这几十年来东华渔业所有的财务资料。问题是，老万仅仅是一个半路出家的野路子会计，单单会计业务或许还能凑合。指望他更多，那就显然是强人所难了。

于是，当齐军一马当先跑过去，惊愕地发现，老万所谓的保存，其实就是把每年的资料全都扔在了公司的库房里。

日积月累下来，库房里堆满了泛黄的、发霉的旧纸张，一堆又一堆。

仅有的几个铁柜放不下，就放在一个又一个纸箱里。甚至还有很多，就好像废纸一样被捆扎成团。加起来估计一辆卡车都装不完。

更要命的是，老万每次都是怎么方便怎么省力就怎么放，完全没有分门别类，也完全没有按照时间顺序来摆放。全都杂乱无章地放置在这个不怎么透风，也没有空调的屋子里。

偏偏还不好叫人来把这一捆又一捆资料搬到外面去。毕竟很多都是年头很久的纸张了，搬运的时候，稍不留神，就可能会损坏。

万一这损坏的里面恰好有大家要找的那份工资表，可真是哭都哭不出来了。

见此情形，齐军挠了挠脑袋，狠狠瞪了老万一眼，气呼呼地道："老万，你给老子记住了！一定要提醒老子，明天就让人来装空调。给这破屋子装空调！"

可惜千金难买后悔药，事到如今，再想装空调也来不及了。无奈之下，齐军只好亲自上阵，一起凑到这库房里翻找起来。

谁想到，不一会儿，又发现问题了。

这库房其实并不小，问题是，堆放的资料实在太多了。以至于挤挤挨挨，根本没有多少空间，整个库房根本进不来多少人。

何况，就算人多了也没用，这里大多数都是财务报表。

东华渔业的人手倒是足够。要让他们驾船远航，个顶个都是行家里手。面对这一串串数据，却一个个都抓瞎了，就好像看着鬼画符一样。

在场能看懂这些报表的，也就老万、帅朗、齐然诺，嗯，再勉强算上这些年玩二级市场、多多少少自学了一些财务常识的齐军。

换而言之，只有他们四个人才能找出那份工资表来。

其他像獭子那样的家伙，白长了个子，根本看不懂报表，待在这里也是浪费时间，甚至还碍手碍脚。

事实上，连四个人都不行。没多久，齐军在把獭子这些帮不上忙的家伙赶走之后，又挥手把齐然诺也给赶了出去。没办法，这没有空调的库房，太闷、太热了。人待在里面几分钟，就好像蒸桑拿，全身上下都湿透了。衣服穿在身上，黏黏的，难受到了极点。

等赶走了齐然诺，剩下三个大老爷们就好办了，人人都脱得只剩下一条小裤衩，赤膊上阵。

如此这般，翻箱倒柜，折腾了足足两三个小时。三个人全身上下好像从水里捞出来一样，小裤衩都能挤出半脸盆的水来了。

帅朗终于开口："找到了！老万，你看看，是不是这个！"

说话间，他很无奈地挥了挥手里的纸片。居然是从若干年前，小学生用来做作业的练习册上撕下来的，这样的纸居然就被用来作为公司的工资表。

老万小心翼翼地拿过来，凑到光亮处，又小心翼翼地看了半天，终于连连点头，激动地道："对，对，对！就是这个！哈哈，我想起来了，老齐，还记得胖头吗？这家伙的真名居然叫叶瑚。哈哈，也不知道他爹娘怎么想出来的。每次叫他名字，就好像叫夜壶，让听到的人笑得肚子疼。最后他急眼了，塞给我一壶好酒，好说歹说，求着我发工资的时候，千万别报他的真名！"

"奶奶的！你现在想起来有屁用！哎哟，不对！那壶好酒呢？居然也没给老子留点儿！"齐军狠狠瞪了老万一眼，心情在这一刻倒是极好。

齐军大手一挥："走走走，冲凉去！这身子都馊了！好好冲一把，今晚老子请客！"

说话间，便带着帅朗和老万去冲了一把冷水澡。

不得不说，男人的交情往往就是在共患难的时候建立起来的，经过这么一折腾，帅朗明显感觉到，齐军看自己的目光亲和了许多。

冲洗好，穿好衣服出来，这位大名鼎鼎的齐二爷，居然哥俩好一般伸手一把搭在帅朗的肩膀上，哈哈大笑着，连声道："不错、不错，小伙子，有出息啊！难怪一向眼光都很高的然诺，居然对你一直赞不绝口！确实有两把刷子！"

两人走到了外面，等在外面的齐然诺，正好听到这话。刹那间，她的脸上飞过了一丝红霞。

不过齐然诺终究是齐然诺，旋即便恢复正常，甩了一下后面的马尾，反而落落大方地附和道："何止是两把刷子！帅朗可是过了CPA的。CPA！Certified Public Accountant！"

看到齐军好像听天书一样一脸茫然，她只好继续解释："就是注册会计师！咱们国家唯一官方认可的注册会计师资质，唯一拥有签字权的执业资质。可不是您手下老万那种野路子。”

“哈哈，果然是长江后浪推前浪，后生可畏，后生可畏啊！”齐军显然还是没有弄明白，不过，这并不妨碍他大笑着，再次拍了拍帅朗的肩膀。

帅朗明显感觉到，自己应该已经给齐军留下了极好的印象，以至于接下来的晚宴上，齐军硬生生将帅朗拉到他身边坐下，当众又是好一番夸赞。

有了他这样的态度，连带着东华渔业那些作陪的员工，看帅朗的目光都不一样了，不再是看着陌生人的，带着隔阂、生疏、戒备，乃至排斥的目光。

这些海上讨生活的汉子，看上去粗鲁，其实熟了以后，却会发现他们很豪爽、很耿直，耿直地拿了碗来，和你对酒。

对了，就是兄弟！

帅朗这次过来，原本就是有心想接触到齐军，接触到东华渔业，有了这样的机会，他自然来者不拒，不顾齐然诺在一旁关切地劝阻，同样耿直地回敬这些东华渔业的汉子。

很有效果！没有多久，酒桌上的男人，全都热切地称兄道弟起来。唯一的代价是，当晚帅朗喝醉了，喝着喝着就醉倒在了地上。

醉得不省人事。

第二十九章
归途

痛！很痛！

在一阵阵头痛欲裂中，帅朗吃力地睁开了眼睛。

“你终于醒了？”还没等他看清楚四周的情形，就听到了齐然诺的声音。

齐然诺很是生气地嗔道：“叫你少喝点儿，偏不听！就这点儿酒量，逞什么能？”

语气虽然不好，可是等帅朗坐起来，姑娘还是端来了一碗醒酒汤。也不知道是怎么做的，很好喝。喝了之后，帅朗立刻感觉自己清醒了许多，头痛也大为缓解了。

他忍不住诧异地看了齐然诺一眼，很是奇怪齐大小姐居然有这样的手艺。齐然诺的目光，却心虚地游移到了别处。

她板着脸，悻悻地道：“这是三嫂做的！三哥常在外头应酬，每次回来就和你昨天一样，醉得一摊烂泥。醒过来呢，又头痛得直嚷嚷。三嫂这也是被逼出来的本事！”

帅朗点了点头。

他知道，齐然诺口中的三哥三嫂，就是如今他住着的这栋楼房的主人。东华渔业销售经理和他的妻子。既然是销售经理，自然免不了酒精考验。三嫂被锻炼出来这样的本领，不足为奇。

当然，他还是很认真地对齐然诺道了一声谢谢。换来的是姑娘用很轻的鼻音，淡淡地哼了一声。

随即，齐然诺就催促道："快点儿收拾一下吧！算你运气，我正好也要回去一趟，顺带搭你一程！"

"你？回去？"残留的酒精让帅朗的脑袋比以往稍稍迟缓了一下。他第一时间想到的是齐然诺和她的父亲齐华和好了。

"当然不是！"齐姑娘多聪明啊，立马从帅朗的目光里，感觉到了帅朗的想法。

她很不高兴地皱眉摇头："我为东华渔业的上市去联系律师事务所、会计事务所，还有券商！"

说话间，她已经朝门外走去。帅朗只好亦步亦趋紧随其后，出门才发现，不知不觉已经是周日的下午两点了。

他这一醉，居然醉了一整夜，外带一个上午。

好在三嫂经验丰富，早就给他准备好了一些清淡的吃食。草草吃完，只见齐然诺已经等在了门外的一辆银白色的、挂了花冠盾形徽章的凯迪拉克上了。

开车的是獭子。

应该是昨晚一块喝酒的缘故，獭子今天对帅朗的态度完全不一样，看到帅朗，远远地就咧嘴笑道："小帅，你这酒量可还得锻炼啊！改天哥哥带你去喝更猛的……"

可惜，这话齐然诺不爱听。没等獭子说完，她就一脸不耐烦地催促道："好了，好了！别废话了！"

獭子呵呵一笑，还抽空朝帅朗挤眉弄眼，使了几个暧昧的眼色。

车很快疾驰而去，离开了东华渔业。

路上，帅朗瞥了一眼坐在身旁的齐然诺。这姑娘是真用功，哪怕这当口，还拿出了一大堆东华渔业的资料，争分夺秒地研究，眉头紧紧皱着，满脸都是严肃。

帅朗佯装不经意地问："怎么，上市有麻烦？"

齐然诺眼睛还死死盯着资料，摇了摇头："谈不上太大的麻烦！其实和很多民营企业一样，一开始就是七八个人十几杆枪的草台班子。后来又不可避免成了一言堂的军阀私家军。免不了有太多的不规范。而上市公司，却需要有严整透明的现代化企业构架。两者的过渡自然会有许多问题出现。不过，想让公司长远发展，这些问题都是必须要面对和解决的。"

"那么……"帅朗迟疑了一下，"那么，我建议首先还是要聘请一家好的律师事务所。很多时候企业到底有哪些不规范的地方是老板自己都搞不清楚的。为了最后顺利做出满意的法务鉴证报告，有必要请律师先来做个尽职调查才让大家心里有底些，把一些上市的'硬伤'都找出来，先着手解决。

"前两天，我不是去考董秘证吗？培训方安排了一个董秘交流会。有很多待审的拟上市公司董秘和证代，都向上交所的老师提出了法律方面的问题。照上交所老师的说法，证监会的那些审核条目，历史沿革总是排在第一位的，这里面出了问题，剩下的都不用看了。"

"不错啊，活学活用，学以致用！"齐然诺终于抬头，看了帅朗一眼。

早就考过了董秘证的她，这一刻就好像前辈看着晚辈，一本正经地表扬："确实是这样。其实，历史沿革的问题往往好解决，总比业绩上不来干着急一点儿办法都没有要强——除非做假账。麻烦在于这就好比一个个地雷，埋得很深。不请专业的人士来，还真的很难全部找到。另外，解决起来也非常耗时间。因为要这个部门、那个部门地硬跑、硬办。花几百万请律师来一次性解决，和请个常年法律顾问也没啥区别，还更加专业更加顶用。这点，你倒和你们学校那位大教授不谋而合！”

言者无心，听者有意。

帅朗心中一跳，面上不动声色地问：“大教授？”

果然，齐然诺说出了帅朗心中想到的那个名字：“嗯，陈思啊！现在很红很有名的那位！你应该知道吧！”

帅朗微微转过头，看着窗外在汽车急速前行中不断倒退的景色，努力让自己的声音没有任何异样：“当然知道！怎么，你也认识他？”

“是啊！我爸还有我叔叔都认识他！关系还挺好的！”齐然诺随口一说，目光重新回到了面前的那堆资料上，一边看一边说，“这次我爸和叔叔计划让东华渔业上市。事先就特意邀请陈教授过来，征询了他的意见。”

一切都很正常！

齐军和陈思都是海鸥资产的联合创始人。他们的关系更早可以追溯到海鸥俱乐部，乃至海鸥论坛。通过齐军，陈思认识齐华不足为奇。

因为陈思是财经方面知名的教授，无论是专业知识还是人脉，都堪称一流。齐家兄弟想要推动东华渔业上市，征求陈思的意见同样不足为奇。

可直觉——帅朗却有一种强烈的直觉，这其中或许另有自己尚未明白的文章。这暗藏的文章，或许就和海鸥资产去年末那场惨败，和父亲郎杰最终折戟有关。

齐军、齐华、高迈、陈思……这几个人的名字，在帅朗的脑海中不断翻腾。越想，帅朗却越是感觉，这些人的身上，恍惚散发出了浓浓的迷雾。

迷雾，越来越浓。遮掩住了帅朗的视线。

那次海鸥资产收购失败的事件，越发变得扑朔迷离！

“帅朗？”不知道想了多久，直到齐然诺的声音传来，帅朗方才暗暗吸了一口气，回过神来。

转头，却见齐然诺有些关切地看着他：“你怎么了？刚才傻傻地一动也不动，发什么呆？”

帅朗赶紧掩饰：“哦，没什么！可能是昨晚喝了太多的酒，还有些缓不过来！”

“谁让你喝这么多的！”提到酒，齐然诺好看的眉，顿时又拧了起来。

她没好脸色地冷哼了一声：“酒有什么好喝的？你们这些男人，一个个非要喝个不休，非要喝趴下，难受死自己，也牵累家人……哎呀，獭子哥，前面往左边拐。对，然后右拐，直走，到第三个路口再左拐！”

在她三言两语的指挥下，帅朗惊异地发现，凯迪拉克就快到他租住的地方了。

到底谁住在这里啊！

显然是察觉到了帅朗的目光，齐然诺冷哼了一声：“有什么好奇怪的。我家以前就住在这里。住了好多年了……”

说到这里，她目光闪了闪，欲盖弥彰地道：“之前作为你的主管，我当然要查看你的档案。顺带，瞄到了你填写的住处！发现真是巧了，你租的房子，居然和我以前住的地方，就隔了一条马路。”

说话间，獭子已经把车开入了帅朗租住的小区。

然后轮到帅朗指挥，很快车就停在了他租住的楼房底下。獭子这会是真热情，停了车，打开后备厢，将早就准备好的一大包海鲜塞给了帅朗。

獭子呵呵笑道：“这可是二爷特意关照送给你的！”

帅朗盛情难却，只好苦笑道：“那劳烦獭子哥回去以后帮我多谢齐总！”

獭子憨笑着点了点头。

车里的齐然诺有些不耐烦地皱眉：“二叔可不喜欢别人客套。他送你的，你收下就是，不用这么啰唆！”

说着，挥手就催獭子开车走人。獭子人高马大，在齐然诺面前却是出奇的好脾气，就好像大哥哥包容自家妹子。

他朝帅朗呵呵一笑，便翻身坐回驾驶位，转眼，凯迪拉克就载了齐然诺远去。

“嘟嘟嘟——”

目送汽车远去，帅朗这才弯下腰，正要将地上这一大包海鲜提起来，蓦然，一阵喇叭声从身后传来。

第三十章
期权

叶阑珊!

帅朗转身，有些吃惊地看到，叶阑珊的那辆红色玛莎拉蒂居然就停在不远处。天晓得停了多久。

此刻，驾驶位的车窗缓缓落下。车内的叶阑珊，一手夹着一支精致的女士香烟，一手朝帅朗勾了勾手指。

帅朗无奈地提起那些海鲜，走到红色玛莎拉蒂跟前，先把海鲜放在了后备厢内，跟着就钻入了红色玛莎拉蒂。

一进去，叶阑珊就带着颇有些玩味的语调，开口道:“不错啊!这是满载而归!”

帅朗才开口说了一个“你”字，还没等他问对方怎会在这里，叶阑珊便立刻接口:“找你!”

帅朗目光微微一闪，并没有自作多情，以为叶阑珊是专程来看自己。

他立刻想起前天晚上和叶阑珊的通话。当时，叶阑珊就在手机那头说过的话。

心念电转之间，他不假思索地探问："高迈？"

叶阑珊默默地点了点头，红色玛莎拉蒂很快启动。

大约半小时后，载了帅朗来到了海鸥酒吧。

酒吧，就如同叶阑珊所说，自从姑姑走后，便没有再营业过，分外冷清。叶阑珊当先走入酒吧，并没有如之前几次那样坐到吧台那里，而是径直走入里面。

帅朗犹豫了一下，也紧随其后，跟着走了进去。七拐八绕，进去之后，顿时发现这里别有洞天。竟然是一个书房，墙壁上，挂了好几个液晶屏幕，书桌上也放置了好几台电脑和笔记本。

置身其中，帅朗第一时间想起了小时候父亲还没有离开他和妈妈时，家中的那个书房。

这时，叶阑珊打开了其中一台电脑。不一会儿工夫，电脑屏幕上出现了一排排数据。细看，全都是交割单，不过……不是股票的。

是……期权？

帅朗愕然转头，看了叶阑珊一眼。

"姑姑以前是海鸥论坛的管理员之一。这两天，我用姑姑留下的密码，登陆了海鸥论坛。从海鸥论坛的后台数据里，找到了一个帖子。"叶阑珊没有看帅朗，盯着电脑屏幕自顾自说道，"那是好几年前，高迈在海鸥论坛上晒的交易记录。那会儿，包括老师在内，许多交易员都喜欢在海鸥论坛上晒自己的实盘。正是这一次次成功或者失败的实盘，引来无数同行们的惊叹和讨论，推动了海鸥论坛的人气。也最终让老师他们这几个佼佼者，从众多交易员里面脱颖而出。

"前两天，我就是想到了这一点，觉得高迈如果想在海鸥论坛上树立自己的威望，并且得到老师他们的认可，肯定也免不了要这么做。果然，还真是找到了。你仔细看看，有没有看出什么来？”

说着，叶阑珊终于转头看向了帅朗，却看到了帅朗的脸上难得露出了为难。

略微转念，她立刻醒悟过来：“怎么，堂堂财大高材生，不懂期权？”

帅朗无奈地摇了摇头：“懂一点儿最基础的。不过学校里可不会教授实战。事实上，期权是中国目前最复杂的金融衍生品，没有之一。学校的教科书只是介绍一些基本常识，并没有深入剖析。”

“嗯，不错，确实是最复杂的衍生品。”叶阑珊点了点头，“在目前的制度下，股票基本上不能融券，只能买进卖出，所以其实是一个很平面的、伪三维的金融品种。期货可以买入开仓、卖出开仓，但是它的价格并没有充分体现时间价值，只能算是三维、伪四维。只有期权，分为买开认购、卖开认购、买开认沽、卖开认沽，单单开仓就有四种方式，还涉及时间的波动，由此衍生出来的那一套希腊字母高深无比，足够让大多数人怀疑自己的智商。当真是绝对的高维。不过，高迈玩的很简单，你别怯场啊，仔细看看，应该能看懂他的操作思路。”

帅朗点了点头，凑到电脑前，仔细看了起来。

不一会，他诧异地扬了扬眉：“他主要玩的居然只是备兑，还有保护性策略？”

“对！买入标的以后卖出认购来增加标的上涨后的收入，或者买入标的后，同时买入认沽来避免标的价格下降的损失，都是期权中最基本、最保守的策略。他甚至都不做最常见最容易赚钱的卖虚购、虚沽，至于更加复杂的铁蝶、铁鹰，还有比率、日历套利，就更加不用说了。”

叶阑珊一边说着一边随手拿了一支笔、一张纸，在纸上分别画出了备兑和保护性策略的损益图。

备兑是通过卖出认购期权来增加收益，虽然封堵住了上涨的空间，可也抵御了标的小幅度下跌的损失。保护性策略，则如同给标的买了一个保险。最多就是损失买入认沽的费用。但是可以一直放心持有，获得上涨的无限利润。

确实，都是非常保守的期权策略。

只是叶阑珊画罢，却不满意地瞥了帅朗一眼："但是，这不是重点啊。"

"领口？"面对叶阑珊的质疑，帅朗没有慌。

他伸手，指了指屏幕上几行交易记录，道："高迈很喜欢做没有任何风险的领口交易。看这里，3月4日，他买入的上证50期权，价格是2.862，同时卖出3月行权价为2850的认购期权0.1172，买入3月行权价为2850的认沽期权0.0908，这样一来，如果一直持有，到3月份第四个星期三行权的话，他可以获利139元。"

说话间，帅朗取出手机，翻找到了高迈交易那年那月的日历。

算了一下，继续道："整个交易时间，26天。他这一套组合需要投入的资金，大约三万左右。年化收益在6%以上，跑赢银行理财和国债。因为同样是零风险，所以不能算失败。但对于一个交易员，尤其是我父亲那样级别的来说，这样的成绩也并不出色。"

说到这里，帅朗的脸上显出了诧异。

他诧异地皱起眉来："奇怪的是，我发现他的交易记录中，居然有三分之一都是这样直接的领口策略。彻底断绝了风险的同时，也完全封闭了自己的利润空间。另外三分之二交易，大多都是备兑和保守策略。可是，这些备兑和保守策略，一旦没有达到预计的上涨，或者没有出现预计的下跌，他也会毫不犹豫地在备兑基础上增加一份认沽，在保守策略的基础上，增加一份卖购，立刻也变形成了……领口？"

就在帅朗说话的当口，叶阑珊已经画出了领口策略的损益图。

这领口策略的损益图，其实就是备兑和保护性策略的叠加。

盈利和风险就成了两条平行线，立刻变成了一个封闭的盒子。

风险确定，收益也确定。

相当于存银行，获取固定的回报，代价是因此失去了收获巨大利润的可能。

画完了，叶阑珊抬头，看着帅朗："是不是感到很惊奇？惊奇高迈会频繁进行这样低风险的交易？"

帅朗摇了摇头："这倒没有。善战者无赫赫之功。不断进行低风险的投资，积小胜为大胜，日积月累下来的投资回报，从长期来看，很可能比满仓满融的激进冒险更加丰厚。"

"你能明白这点就好！"叶阑珊赞赏了帅朗一句。

她抽了一口烟，幽幽地道："记得以前在海鸥俱乐部最热闹的时候，曾经有交易员分成两个阵营，争辩期货究竟赚钱还是亏钱。一拨人骄傲地宣称，期货让他们每年获取几十倍的回报。另一拨人则愤怒地说，期货让他们输得差点儿家破人亡。也有骑墙的中间派，笑呵呵说期货很难赚大钱，但是赚点儿小钱并不难。但是最后，你猜这些人唯一达成的共识是什么？"

帅朗忍不住好奇地问道："什么？"

"最后，所有人都无法回避的是，在期货市场上，确实有一种人，永远赚钱。那就是索性承认自己是笨蛋、白痴、蠢货，索性放弃了用聪明人的方式去博取大利润，老老实实进行低杠杆甚至是无杠杆的套利。有人认为这是他们自己都认尿了，大佬也就不好意思割他们的韭菜了。而老师却认为，实际上是因为他们太规矩了。规矩到了老老实实待在海里，连洄游都不肯去了。再聪明的海豚，也没法吃掉这样的沙丁鱼吧。就好像现实生活里的搬砖工，不用动脑筋，卖力气就是。"

"你是说……"帅朗若有所思，"高迈就是这样一种人。低调谨慎，以至于无懈可击？”

叶阑珊斜睨了帅朗一眼：“你真的这么认为？”

帅朗笑了：“如果有人真的彻彻底底认为自己是蠢货笨蛋，真的彻彻底底只去赚最本分的钱。呵呵，那么所有海豚、海鸥都只能离他远远的，根本没法从他那里收割到任何利润。不过，高迈毕竟是一个交易员。之所以成为交易员，必然是为了逐利。所以……”

说话的同时，帅朗伸手指了指交易记录当中的某一行。

“所以，他也会冒险。在他的交易中，虽然很少见，却还是不可避免，有那么几次是裸买和裸卖……虚值认沽和认购。”

说到这里，帅朗的声音忍不住略微提高了许多，不由自主地倒吸了一口凉气，不可思议地道：“虽然只有裸卖和裸买才能利用期权的高杠杆，可以高达几百倍的高杠杆，获取巨额的利润。但是，虚值认购和虚值认沽，简直就像买彩票，做错了注定会血本无归。这太冒险了！哪怕确定到了低点，值得买开，正常情况下，似乎也应该是同时买虚沽和买虚购，形成买宽跨来控制风险吧？”

“问题是，虚值认购和虚值认沽，一旦做对了方向，就可能有几十倍的盈利，甚至出现过单日财富暴涨一百九十二倍的神话！”叶阑珊同样看着电脑屏幕，沉声道，“这些记录表明，高迈虽然大多数时候都非常谨慎，超乎寻常的谨慎，却也和所有交易员一样，不能拒绝这样的诱惑。当他觉得有把握的时候，一贯谨慎的他，反而会比大多数交易员更加疯狂！”

帅朗点头：“确实很疯狂。这已经不是一般的激进了，完全就是搏命。偏偏，他每一次这样冒险的重仓下注，居然有……大约60%的概率获得了盈利。哪怕抵消了失败那几次的损失，也依旧斩获颇丰。真是很惊人的成绩。或许正是这样，才奠定了他在海鸥论坛的地位，也获得了我父亲他们的认同？”

言语之间，帅朗的脑海里不觉勾勒出了高迈的形象。

简直就是一个彻彻底底的分裂人格。

绝大多数时候，比正常人更加谨小慎微，只怕落脚都会低头看一看有没有踩到蝼蚁。可一旦窥准了机会，却会张开血盆大口，犹如蟒蛇般不顾一切吞下锁定的猎物。

“哦，有一件事情要告诉你！”叶阑珊忽然话锋一转，“如果我得到的消息没有错的话，之前被长林集团任命为董事会秘书，高迈却一直没有正式履职，下周一，也就是明天，他会正式就职了。换而言之……”

叶阑珊转头，看着帅朗，一字一句道：“明天，你就能见到他了！”

第三十一章
被借调

“董事会刚刚有了决议，决定今年分红。你马上撰写一个公告！”

长林大厦，二十一层。董事会办公室。

帅朗果然见到了高迈，已近六旬的高迈，两鬓已经微微泛白，看上去很沉稳，又不失干练。

他显然不是一个喜欢多话的人，等帅朗进入他的办公室，简简单单寒暄之后，高迈就立刻直奔主题，下达了命令。

“是！”帅朗很好地履行了下属的职责，迅速确定了公告需要披露的细节，随即便准备起身离开。

却在这时，高迈手边的座机响了起来。

高迈拿起话筒，才听了几秒钟，立刻叫住了已经走到了门口的帅朗。他目光微微扫了一下帅朗，脸上依旧没有显露出任何喜恶和波动，只是简简单单说了一句:“公告的事情，你不用管了。现在，立刻去二十二层。董事长要见你！”

“董事长？”帅朗一愣。

当真是愣住了。完全想不出来，齐华，长林集团如今的主人，怎么会忽然要见自己这个无名小卒？

可惜，高迈古井无波的脸上，根本看不出任何端倪。帅朗只好应了一声，走出高迈的办公室，上了电梯。

不一会儿，电梯在二十二层打开。齐华的秘书，一个二十多岁的白领丽人，早就得到了齐华的吩咐，见到帅朗，根本不等他开口，就请他去一旁的休息室等候。

等了大约半个小时，白领丽人再次出现，彬彬有礼地将帅朗带到了齐华的办公室。

这是一间很大气的办公室，倒不是说里面装潢得如何豪华，主要是很大。

很大的办公室，一面墙上挂了一幅公司在全国的战略分布图，四周还有很多楼盘的立体示意图。无一不是长林集团已经拥有或者正在建设的项目。

前方，更有一片明亮的落地窗户，可以清楚地远眺。

古怪的是，帅朗走了进来，却没有看到齐华。

更古怪的是，在来客落座的沙发前，有一个棋盘放在茶几上。

不是围棋棋盘，也不是象棋或者国际象棋的棋盘。

居然是……相对比较儿戏的，按说不该出现在这么大气的、堂堂上市公司董事长办公室内的斗兽棋的棋盘。

棋盘上，红蓝双方的狮虎象豹狼，都已经死伤惨重。

最终，红方剩下了一象、一虎、一猫、一狗。蓝方则是一狮、一狼、一鼠。

七颗棋子，彼此犬牙交错。

红方拥有最强大的象，还比蓝方多了一颗棋子。蓝方的优势则在于三枚棋子都卡在了最适合的位置上。

狮子看住了红方的老虎，狼恰好出现在红方的猫狗之间。最弱，却是唯一可以克制住象的鼠，则已经把红方的象逼到了棋盘左上角。

于是，棋局实际上胜负已分。

看上去实力强大，占据绝对优势的红方，其实已经落败。无论接下来是红方走还是蓝方走，红方的猫狗都必然有一枚棋子会被吃掉。继而，蓝方的狼会和狮子配合，继续蚕食掉红方除了象之外的另两个棋子。

红方空有可以横扫蓝方狮、狼的象，却被蓝方小小的、其他任何一枚棋子都能将之吃掉的鼠封死在角落里，毫无用武之地。

“是不是很神奇？”

帅朗刚刚看清楚了眼前这盘和四周环境极其不融洽的斗兽棋残局，蓦然，一个声音自身后响起。

这时帅朗才吃惊地发现，齐华原来一直都在办公室内。

只不过，办公室有一个屏风，挡住了帅朗的视线。

齐华就站在屏风的另一侧，正拿着高尔夫球杆，对着落地窗户外面的空旷，不断练习挥杆。

古怪的是，这一刻，齐华明明背朝帅朗，却好像脑后长了眼睛，笃定帅朗正在看那副斗兽棋。

齐华若有所指地道：“呵呵，决定这么一局棋胜负的，居然是一只小老鼠。强大的象，可以驱逐狮子、威慑老虎、赶走豺狼、碾压猫狗，却被一只无论狮虎豺狼还是猫狗都可以轻松消灭的小老鼠逼到了死角。

“这就好像象棋里面，一只过河的卒，可以当车来用。又好像国际象棋里面，小兵走到对方的顶格，立刻就能变成除了国王之外的任何一颗棋子，同样可以改变整个棋局的强弱消长。

“小人物，呵呵，有很多时候，一个看来微不足道的小人物，说不定就能让纵横无敌的英雄折戟，让板上钉钉的大局逆转！历史上，多少风流人物，折在了明明给他们提鞋都不配的小人物手里！你说是不是，帅朗？”

帅朗心头一震，冷汗瞬间浃背，饶是一贯冷静，此时也不禁心中真真发虚。

有那么一刻，他恍惚感觉自己入了鸿门宴。宴上，“哐当”一声，齐华将手中的酒杯狠狠掷在地上。声犹在耳，无数隐藏四周的刀斧手，就已经蜂拥杀出……

万幸！现实中这里倒没有鸿门宴，也没有刀斧手。

堂堂长林集团的董事长，也确实没必要对他这样一个刚刚大学毕业的毛头小伙子设什么鸿门宴，调什么刀斧手。

齐华在说话的同时，缓缓转身。

出现在帅朗面前的齐华，按照资料明明已经年过五旬，他可保养极好，看起来就好像是一个不过四十出头的中年人。不像齐军那样，扑面而来都是暴发户的嚣张。也不像高迈那般，寡言少语、严肃认真，公事公办的样子，让人不敢亲近，只能战战兢兢、循规蹈矩。

眼前的齐华面带微笑，很随和亲切的样子。举手投足给人的感觉都是一个很周到、很贴心、很好相处、善于倾听别人意见、乐于提携下属的好上司。

电光石火的刹那，帅朗忍不住想起了叶阑珊对齐华的评论：“齐华，五十四岁。虽然和齐军一样出自贫苦的小渔村，却是名牌大学出来的高材生。不是工作后花钱镀金的那种，是20世纪80年代还没有扩招时，真正从高考的千军万马中杀出来的大学生，在那个时候是很金贵的。

“所以，他的人生十分顺利。在大学里入党，还娶了市长家的千金，得以留在大都市，进入了房管局。很快就当了科长，然后是办公室主任，一度成为副局长，据说差点儿转为正职。当年绝对是被当作梯队干部来培养的。

“只是后来大环境变化了。十亿人民九亿商。经商成了潮流，他也被这潮流推动，成为长林集团国有资产的代表。继而在一次次资本的运作中，财富越聚越多，股份越占越大，最终成为如今长林集团数百亿资产的实际控制人。”

一个成功逆袭，成功咸鱼翻身，成功从凤凰男变成上流权贵的人生大赢家？

心中百念千转，帅朗表面上却立刻显出恭敬，恭敬地微微欠身：“董事长！”

“你就是帅朗啊！不错、不错，真是一表人才！”齐华放下了手中的高尔夫球杆，缓缓走到了帅朗面前，呵呵笑着，亲切地拍了拍帅朗的肩膀。

“诺诺和老二，都在我面前提起了你，对你赞不绝口。不错，真是不错啊。虽然出身单亲家庭，却一直品学兼优。最重要的是，不像一般刚刚走出校门的大学毕业生眼高手低，或者满肚子学识，却没有社会经验，无法立刻上手处理复杂的问题。诺诺和老二都认为，你很踏实，也很稳重，工作能力很强。据说，你一出手，无论在长林还是东华，都帮了很大的忙。这很不简单！”

齐华拍着帅朗肩膀，缓缓绕到了帅朗的身后，继续道：“所以，老二这两天连续和我通了几次电话，一再要从我手里抢走你这员干将。呵呵，你也知道，老二的公司目前正准备上市。虽然诺诺在帮他，但诺诺毕竟是个女孩子。小时候被我宠得有些单纯，有些天真。怎么样，愿不愿意去东华渔业，帮一下我那个兄弟，还有诺诺？”

“我？东华渔业？”

这当真是他绝对没有想到的事情，之前去东华渔业，他只是想维系和齐然诺的那层关系。仅仅是想顺带探一探齐军，探一探齐军名下的东华渔业。

可是，现在算怎么回事?

他忍不住小心地探问:“董事长，您这是要免去我在长林的职务？”

“别误会！可不是开掉你！否则的话，就该是人事部找你谈话了！”齐华爽朗地大笑起来，手终于离开了帅朗的肩膀。

他笑着，走到办公桌前坐下，伸手点了点帅朗，示意他坐到自己的对面，这才笑着继续道:“只是借调。毕竟，长林在东华也有不少的股份。你是作为长林的代表，借调去东华帮忙。你在长林的一切待遇全都保留。另外，东华也肯定会给你一份不错的薪水。当然，这一切都是在你自愿的情况下。如果你不愿意，一切都当我没有说。我向你保证，不会对你在长林集团的工作有丝毫影响。”

说到这里，他好像无意，又好像颇有深意地看了帅朗一眼:“诺诺说，你之所以求职长林，是因为觉得目前这个阶段，在长林集团的混乱中有你大展拳脚的机会。那么现在，我倒是觉得对你而言，东华的机会或许更大。怎么样？考虑一下吧！”

第三十二章
任务

“所以，你答应了？”

黄昏，早已不开业的海鸥酒吧。叶阑珊坐在吧台上，晃动着手中的红酒，眉微微皱起。

“不答应能怎样？”坐在她对面的帅朗苦笑，“堂堂长林集团的董事长亲自开口，我能不答应吗？”

叶阑珊斜睨了他一眼：“哼，后悔去东华渔业了吧？”

“后悔？不，不后悔！”帅朗依旧坚持不喝酒，面前只有一杯热气腾腾的红茶。

他呷了一口茶，慢慢地说道：“其实这不算一件坏事。以前你之所以安排我去长林，是觉得成为证券事务专员可以接近齐然诺。然后通过齐然诺，慢慢接近齐华、齐军兄弟。可是随着齐然诺离职，我就算接替了她的位置，升任长林集团的证券事务代表，也依旧只是一个微不足道的中层干部。

“这样的中层干部，距离齐华很远很远，没有齐然诺这座桥梁，短时间根本搭不上。偏偏，又因为齐然诺的关系，注定被烙上齐家亲信的印记，也接近不了高迈，甚至会被高迈戒备——如果，高迈当真和齐家有很深恩怨的话。

“相对来说，如今去了东华渔业，反倒是山穷水尽疑无路，柳暗花明又一村啊！不仅可以继续保持和齐然诺的关系，还可以接近齐军。然后通过齐然诺和齐军，更容易进入齐华的视线。怎么看，都远比留在长林更加有利。”

“可是，当初我安排你去应聘长林集团的证券事务专员，可不是让你这样接近！”叶阑珊皱眉，“当初，你担任长林集团证券事务专员，是齐然诺这个证券事务代表的手下。你们的接触，是正大光明的工作接触，并不会引起齐华的警觉。谁想到，齐然诺离职之后，你居然……居然千里迢迢跑去见她……”

说到这里，叶阑珊气不打一处来，牙咬得咯咯作响：“如果我是齐华，发现有一个臭小子，这么屁颠屁颠凑到他宝贝女儿跟前，会怎么想？会不会立刻派人去查这个臭小子的祖宗三代？别忘了！虽然你父母离婚之后，你妈妈将一切和你父亲有关的痕迹都努力抹去了。可终究顶不住有心人的惦记。毕竟，你和你父亲都出自那个小镇。单单这点，就足够让人怀疑了。”

“暂时，还不至于这么糟糕吧！”帅朗的脸上没有显露丝毫表情。看上去平静如常，只是在低头放下茶杯的瞬间，目光微微闪了一下。

转瞬之间，他的脑海里，不由浮现出齐华办公室里，那盘已经定了胜负的斗兽棋残局。耳畔，则恍惚又传来了当时齐华的那番话：

“呵呵，决定这么一局棋胜负的，居然是一只小老鼠。强大的象，可以驱逐狮子、威慑老虎、赶走豺狼、碾压猫狗，却被一只无论狮虎豺狼还是猫狗都可以轻松消灭的小老鼠逼到了死角。

“这，就好像象棋里面，一只过河的卒，可以当车来用。又好像国际象棋里面，小兵走到对方的顶格，立刻就能变成除了国王之外的任何一颗棋子，同样可以改变整个棋局的强弱消长。

“小人物，呵呵，有很多时候，一个看来微不足道的小人物，说不定就能让纵横无敌的英雄折戟，让板上钉钉的大局逆转！历史上，多少风流人物，折在了明明给他们提鞋都不配的小人物手里！你说是不是，帅朗？”

该死！这只是巧合？只是齐华随手的敲打？还是齐华已经察觉到了什么？

倘若已经察觉到了什么，这只老狐狸接下来又会如何对付自己？

就在帅朗暗暗转念的当口，手机忽然响起。屏幕上显示的号码很陌生，并非出自他的通讯录。

帅朗犹豫了一下，接通了手机。

手机那头传来了一个熟悉的声音：“帅朗！”

帅朗愣了一愣，试探着问：“獭子哥！”

“对，是我！”手机那头的声音，立刻承认了帅朗的猜测。

獭子一口气也不停地道：“二爷有些东西要我转交给你！你能来一趟长林苑的大门口吗？”

帅朗愣了一愣：“长林苑？”

“对，长林苑！你不知道吗？长林大厦往东走，过两条马路，大约六七百米的距离，是长林集团开发的一个很不错的生活小区。但凡长林集团员工，都能凭借自己在集团的职位和年资，获得相应优惠程度的内部价。算是长林集团的一个福利。所以现在几乎都成了长林集团的大院。”

“嗯，我知道长林苑！”虽然有些意外，獭子居然约他在长林苑大门口见面。

帅朗并没有多问，只是简单应了一声，“好，大约半个小时后，长林苑大门口见！”

说罢，他挂了手机，站起身来。

见状，叶阑珊眼波微微流转了一下，关切地问：“怎么了？”

帅朗耸了耸肩：“没事！我现在不是已经被齐华扔到东华渔业去了吗？齐军可没有客气，立刻就给我部署了一个任务！“

“什么任务！”一边说，叶阑珊也同样站起身来，陪着帅朗朝海鸥酒吧的门口走去，“他到底要你做什么事情？”

“还是东华渔业以前起家时遗留下来的那些历史问题。现在要上市了，不得不去面对和处理。”帅朗边平静地朝前走，边说，“据说，东华渔业刚刚草创的时候，齐军为了笼络人心，曾经把一部分股份，分给了当时对东华渔业很重要的六个人。其中四个，都是齐家的亲戚，现在则已经成了东华渔业的股东和高管，当然没什么问题。还有一个死了，同样没有问题。

“有问题的，是第六个人。那位仁兄后来离职了。离职吧，没什么要紧的。要紧的是，他离职前，齐军分股份的时候，分给了这位仁兄东华渔业足足10%的股份。好吧，分股份也没有什么大问题。那个时候的东华渔业，资产负债一抵销，差不多就只剩下几千块的净值。百分之十的股份，也就值两三百块钱而已。

“要命的是，就因为只值两三百块钱。所以那位仁兄离职的时候，无论是离开的员工，还是齐军这个老板，都没有把这事当回事儿。临走时，一起吃了顿饭。酒足饭饱，包了一个红包给离职的那位，算是回购了他手中的股份。呵呵，看上去应该是皆大欢喜吧，很符合中国人好聚好散的传统。

“可坏就坏在了这好聚好散的传统上。无论付钱的还是拿钱的，都没把这事情摊开了说明白。君子不言利嘛！这给的现金，到底是齐军私人出的钱，还是从公司账上走，现在都还没厘清呢。也记不清有没有收据。多半是没留，就算留了，也多半没有保存下来，反正现在找不到了。整个就是一笔糊涂账。”

说到这里，帅朗摇了摇头，苦笑着。

“你猜律师查出了这个问题，然后把这个问题摊到齐军面前的时候，他什么反应？唉，这位齐二爷，当时瞪大了眼睛，满脸都是比窦娥还要冤的委屈，一个劲儿直嚷嚷，这股份工商有登记，肯定没事。问题是，律师查过了，登记材料里只有转让协议，协议中没有提到出让方是否收到转让资金。所以……齐军摊上大事了。这百分之十的股份，理论上，还属于离职的那位老兄。而现在，东华渔业发展起来了。百分之十，这数字可就恐怖了。”

叶阑珊眼珠子微微一转，笑了起来：“还真是大事啊。东华渔业不上市，闷声发大财还好。如今要上市了，审核委员会肯定要清查它的股份结构。如果不好好解决的话，齐军等于莫名其妙把上亿资产拱手送人。可要解决还真不好解决，这就是一笔糊涂账。

“让一个这么多年没见过的、知道自己将要成为亿万富翁的人来确认他已经收到过几百、几千还是万把块的股份转让款？这得是什么人品？只要没有收据，就算有在场无数人的证明，对方也可以将红包说成是分手费、奖金、劳务酬劳等，万万不可能是股权转让款！

“偏偏在这要上市的风口上，齐二爷就算想要用那些见不得光的手段，也得考虑考虑，一旦曝光到底划算不划算。甚至仅仅只是打个官司，都有可能耽误了上市。”说着说着，她的眉皱了起来，“可是，现在他居然要把这件事情交给你？”

帅朗轻轻点了点头：“白天我离开长林的时候，齐军就给我打了一个电话，把事情大致说了一下。东华渔业但凡想上市，就必须解决这个问题。只是现在东华渔业的董秘是齐然诺。齐家当然舍不得让她沾手这脏活。何况，然诺是学院派，肯定解决不了这个问题。

齐军的意思，就是让我来处理。”

“你？你能处理？”叶阑珊先是不假思索轻笑了一声，继而看到帅朗自信满满的神情，不由蹙眉，“你有办法处理？等等，你真要帮齐家这个大忙？甚至不惜让自己脏了手？”

“我大致有一个思路。放心，不会脏手的。保证合理合法解决。至于帮齐家这个大忙……”帅朗耸了耸肩，目光却渐渐凝重了起来，“舍不得孩子套不了狼。不做点儿事情，是没法取得齐家兄弟信任的。相信我，无论齐家占了多大便宜，总有一天，我都会让他们加倍吐出来的！”

第三十三章
奖励

“獭子哥！”

当帅朗赶到长林苑大门口的时候，天色已经渐渐暗淡了下来。

七月的地面，也极灼热。哪怕烈日终于停止了折腾，奈何四下里没有一丝儿风，空气里仍旧是热热的、闷闷的。

一路赶来，帅朗身体尽管不错，也还是流了不少汗。

獭子是驾驶了那辆银白色的凯迪拉克过来的，车停在长林苑大门外的空地上。他斜靠在凯迪拉克车身旁，兀自抽烟。

看到帅朗有些狼狈的样子，不由笑道：“这可不行，没有车太不方便了！”

说话间，他右手微微一扬，忽然将一样东西朝帅朗轻轻抛了过来。帅朗下意识地伸手接过，这才发现，竟然是车钥匙。

“齐总吩咐了，咱们东华渔业就没有亏待自己人的传统。所以，这车……”海獭一边说，一边指了指他身边的这辆凯迪拉克，然后又打开车门，从里面取出了一片电子门卡，递给了帅朗，“还有，长林苑18号C座的房子，现在都归你了！”

“归我？”帅朗目光微微一凝。

齐军好大的手笔！饶是他素来镇定，这一刻，也不由被齐军这样的大手笔给惊住了。

这车、这房，价值不菲。哪怕只是给他使用权，对于一个刚刚毕业的大学生来说，都是天文数字般的巨额财富。

不过帅朗终究是帅朗。懵懂中接下了车钥匙和电子门卡的他，仅仅用了几秒钟便立刻恢复了冷静。

帅朗冷静地将车钥匙和电子门卡递还给了獭子，摇头道：“这车、这房，我不能要。无功不受禄……”

如此举动，让獭子不由诧异地看了帅朗一眼。毕竟，能够在这么短的时间里，这么果断地拒绝这样一笔财富，可不是随便什么人能够做到的。尤其，他听得出帅朗语气里面的坚决，绝对不是惺惺作态的虚伪假客气。

他并没有将帅朗递给他的车钥匙和电子门卡收下，反而又推给了帅朗：“二爷说了，这是给你解决这件事情的奖励。“

帅朗依旧摇头：“可是，我还没去解决这件事情呢。也不能保证一定解决好这件事情。”

“所以现在只是使用权。不过，二爷对你很有信心！他认为你拿到所有权的日子，不会太远了！”獭子凭借力气，强行将这车钥匙和电子门卡再度塞给了帅朗，随即拍了拍帅朗的肩膀，“兄弟，加油哦！”

“好！”这时，帅朗终于收下了，坦然而又平静地点了点，“我尽力让二爷不失望！”

“呵呵，这才对嘛！像咱们东华渔业的人！对了，诺诺说，你的履历里有驾驶证复印件，是在上大学的时候考的。开车没问题吧。”獭子咧嘴笑了起来。

笑容有些凶狠，也颇为耿直。

他再度转身，从车内拿出了一个材料袋，递给了帅朗：“那家伙找到了。二爷有吩咐，这段时间，兄弟你要人手尽管说。我带了十多个伙计，就留在市里了。二十四小时，随时听你调动！”

帅朗不动声色地瞥了獭子一眼，獭子说得确实很动听。不过要全信了，他可就是傻子了。帅朗一点儿都不相信，齐军会把这么重要的事情完全放心地交给自己。

獭子说是来听命于自己，实际上更多的只怕是随时监督事情的进程。如果自己办得不好，只怕随时都会被獭子叫停。说白了，这件事情，基本上算是自己能否得到齐军真正器重的投名状。

好在帅朗事前已经有了一个大致的思路。他既没有激动，也没有慌张，依旧十分平静地接过了材料袋，随手取出了里面的资料。

是一个名叫王老实的，如今五十多岁的男人，包括姓名籍贯如今住处和生活状况，十分详尽的资料。看得出，齐军下了大力气，很重视这件事情。更看得出，齐军能量有多大，里面，居然连盖了派出所印章的户籍资料都有。

简直就是查了这个叫王老实的家伙祖宗十八代。

这些都没有什么。真正让帅朗吃惊的，是照片。

材料袋里有好几张照片。有很多年前拍的，现在不知道从哪里翻腾出来的王老实年轻时候的黑白照片。也有几张，一看就知道是最近几天近距离偷拍下来的王老实目前生活现状的照片。

老的就不去说了。新拍的照片里，王老实无一例外都是头发花白，佝偻了背，脚明显有些瘸。

微微有些不同的是，有的照片里，王老实穿了小区物业的统一服饰，背着工具包，看上去应该是某个生活小区的物业维修人员。有的照片里，王老实则套了一个围裙，或者在一口热气腾腾的大锅前下馄饨，或者端了热气腾腾的小馄饨，送给坐在旁边的客人。看上去，是经营了一个很简陋的小馄饨铺。

所以……王叔？

看着照片上这熟悉的人，帅朗忍不住轻轻惊呼了一声。

“怎么，你认识？”听到帅朗的惊呼，獭子一愣。

随即，他拍了拍脑袋，恍然：“对了，这家伙就在你毕业的那所大学旁边，开了一家小馄饨铺。每天早上的生意还真不错。看来你去吃过？”

“嗯！”帅朗点了点头，神情有些复杂地看着手中照片上的王叔。

许久，他忍不住问：“他以前也是东华渔业的？”

“是啊！不过，呵呵，那会儿我还是小屁孩，没怎么和他打过交道！”獭子挠了挠头，呵呵笑道，“听公司里的老人说，这个王老实手艺挺不错。嗯，我是说修修补补的本领。虽然就和老万一样都是野路子，可顶用啊。老万财务做得扎实。王老实呢，船出了海，但凡遇到什么故障，他一出马，三下五下都能搞定。

“就因为这个，虽然他不是咱们一个村子出来的，可二爷一直都很器重他。一下子就把公司10%的股份给了他。那会儿公司穷啊，拿不出钱。10%的股份，是二爷唯一拿得出手的。当初就想着把这能耐人留住，和东华渔业一起发展下去。可是……”

“可是什么？”帅朗忍不住好奇，“二爷这么看重他，待遇也不错，他后来怎么还是走了？”

“唉，说来都是命！”獭子叹了一口气，“听说啊，有一次出海的时候，他老婆正好生病了。那时候，他家的孩子还小。家里也没有什么人能顶事，全靠他老婆一个人忙里忙外。结果，他老婆的病就给耽误了。等他出海回来，来不及了。

“这不，他才向二爷提出离开东华渔业。不为别的，就为了能有足够的时间，照顾已经病重的老婆，还有家里的小娃子和老人。

二爷其实也很仗义的。他二话不说，就把身边所有的钱，都给了王老实。

“当然，这钱拿到现在确实不多，也就万把块钱。可在那会儿，这绝对是一笔不小的数字。王老实走的时候，真的是千恩万谢。现在回过头来，把这事儿摊开，其他人也绝对说不了二爷半个不字。”

说到这里，獭子再次挠了挠头，愁眉苦脸。

“谁能想到，东华渔业在王老实离开之后发展得这么猛。这资产见天地翻倍涨。反倒是王老实，离开了东华渔业就连连倒霉。老婆没多久就走了，他一个人辛苦拉扯娃儿长大。再没有出海，也没有凭借他那一手修船的本事赚钱，反而跑来大城市，弄了一份物业维修的活。顺带早上摆个小馄饨铺。可这能赚多少钱？和东海渔业那10% 的股份，根本没法比。咱不是说王老实就是一个见钱眼开的坏人。可这笔钱实在太大了。在这么大一笔钱的诱惑下，你说这人会有什么反应？实在不好说啊不是？”

说话间，他局促地搓了搓手，不好意思地道：“小帅，事到如今，哥哥也不瞒你。这世上啊，就没有不透风的墙。律师把这事查出来以后，也不知道是哪个王八羔子，隔天就把这个消息传出去了。所以，哥哥琢磨着，现在王老实应该已经知、知道了……”

帅朗不动声色地问：“知道在法律上，他其实拥有东华渔业10% 的股份？”

他反倒没有太大的情绪波动，就如同总是有人能够提前知道股市的内幕一样。不管是出于八卦也好，还是和齐军不对付存心要给他添堵也罢。那人歪歪嘴把这事泄露出去，让王老实知道，然后坐看好戏，又容易又没成本。

他早有心理准备，当下只是淡淡地点了点头：“谢谢獭子哥给我送来这些东西。请转告二爷，我一定努力不让他失望！”

帅朗如此从容的态度，让獭子有些狐疑，忍不住问了一声："那……兄弟，不需要哥哥做些什么？别客气，只管吩咐就是！"

"暂时没事！这不，今晚我还要好好想一想，等计划好了，肯定不会客气，到时候自然要请獭子哥您出面帮忙！"

"行，兄弟你自己心里有数就好，哈哈！别怪哥哥多嘴一句，现如今，东华渔业正在上市的风口上。二爷的意思，就是最好能和平解决。"

"那是当然！如果要动刀动枪，那还不得獭子哥你出马？哪里轮到我？"

"哈哈，兄弟果然是明白人！"

彼此寒暄了几句，獭子挥了挥手，就匆匆消失在了夜色里。

帅朗则钻入了凯迪拉克里面，看了看这辆明显才买来没有多久的名车，又晃了晃手里那代表着一套在这个地段至少价值千万的房产的电子门卡。

帅朗的嘴角泛起了一丝嘲弄。

第三十四章
帮忙

“姐姐，你这感情线好啊。相信我，用不了一年，一定能够遇到一个倜傥风流、年少多金的白马王子！”

中午，财经日报编辑室内，熊猫捧着一个女编辑的手，一本正经地胡扯起来，扯得那女编辑花枝招展，笑个不休。

就在这时，前台的妹妹气喘吁吁跑来：“喂，熊猫，有人找！帅哥！好帅好帅的帅哥啊！”

“咳咳咳，啥眼神，帅哥在这呢！”熊猫立马指了指自己，大言不惭地道，“天底下，还有比我熊猫更帅的帅哥吗？”

“你？”出乎熊猫的意料，前台的妹妹没有如往日那般和他调侃，反而欲言又止，给了他一个说不出是鄙夷还是同情的眼色。

这眼神，胜过千言万语啊！

不，比千言万语的暴击伤害还大！

熊猫顿时狐疑：“不会吧？真有帅哥？”

说话的当口，他的脑海里，忍不住冒出了帅朗的身影来。

果然是……帅朗！

熊猫狐疑地走到了前台，看到帅朗的瞬间，立刻激动地欢呼一声，冲上前，不由分说就给了帅朗一个扎实得不能再扎实的熊抱。

抱完，却又苦着脸，哀号道："完了，完了！既生瑜何生亮！你这一来，看见没有，姐姐妹妹们的目光全都被你吸引走了。"

一边说，这厮一边仗着自己背对众人，朝帅朗做了一个鬼脸。

"别耍宝了！"帅朗早就免疫了他这套人来疯，直截了当地道，"现在方便吗？找你有点儿事！"

"方便，当然方便，不方便也得方便！等我一会儿！"熊猫没有推脱，二话不说，返身回去，抱拳作揖，和师父请了假，随即便带着帅朗走出去。

一出门，看到帅朗解锁了面前的凯迪拉克，他不由又是一阵狼嚎。

帅朗无奈地拍了拍额头："喜欢？没问题，想开多久都行！"

"别别别！兄弟我是穷人呐！这车给我也没用。单单油钱就可以掏空哥哥的腰包了！"熊猫嘻嘻笑着，坐在车内，左摸摸，右蹭蹭，嘴里一刻也不得闲，"老实交代，你这是勾搭了哪家的千金，还是被某个富婆给看上了？几天不见，行啊，鸟枪换大炮了都！"

帅朗启动了引擎，一边开车，一边说道："只有使用权，没有所有权！能不能归我，接下来就看哥们你帮不帮忙了！"

"什么忙？"熊猫随手抬了抬鼻梁上的眼镜，好奇地问道，"能帮你弄来一辆凯迪拉克？"

"我问你，咱们学校门口那个开小馄饨铺的王叔，你还记得吗？"

"当然记得！哥哥我这是什么脑子？天才的脑子，智商远远超标门萨！"

"那么，王叔应该也认识你？"

“当然，哥们一样！咱俩交情可好了！他教会了我怎么修收音机。我帮他过了小馄饨铺的工商审查。连他那宝贝儿子，我都认得！他家那小子，也在这里读书。比我们就小一届。前段时间，还是我帮他联系了一家饭馆去勤工俭学……”

“这么说的话，他应该知道你现在是财经日报的记者了？”

“嗯……应该知道吧！哦，对了，当然知道！毕业那会儿，我还特地去和他道别，跟他说过这事儿。怎么了？”

“行！这忙你肯定能帮上！走，我们进去，边吃边说！”

说话间，帅朗将车开到了一家饭馆门前，一边停车，一边把自己的任务和计划说了一遍。

熊猫当场就惊住了：“王老实拥有东华渔业10%的股权？静静呢，我想静静……我算算啊，根据现在披露出来的数据来看，东华渔业上市后的市值飙到100亿问题不大，也就是说……咱们这位卖馄饨的大叔，马上就是十亿身家的大富豪？”

“考虑到上市前PE的因素，王老实的股比会稀释，事实上并没有那么多。”帅朗想了想，“也就是一个亿。”

“也就一个亿？”熊猫发呆地看着帅朗，“你知道这对一个卖馄饨的小老板来讲意味着啥……嗨，甭说人家了，一个亿，对我这种坐班狗意味着啥？”

“当然。”帅朗平静地点头，“对我来讲也是。”

“所以呢？”熊猫古怪地盯着他，“你觉得这种诱骗的手段能让王老实放弃股权？放弃一个亿？”

帅朗没有说话，带着熊猫走进饭馆，熊猫也不客气，咬牙切齿地点菜，把菜单上最贵的菜统统扫了一遍，仍然意犹未尽。

“怎么也找不着一个亿的感觉，到底是贱命啊！”熊猫哀叹。

帅朗这时才回答他刚才的问题：“咱们都了解王老实，第一，他不是个贪婪的人；第二，他是个胆小怕事的人；第三，这笔股权当初齐军是花过钱的，他心里清楚；最重要的一点是，他清楚齐军是个什么样的人，这笔股权他敢不敢拿？他拿着踏实不踏实？所以我相信这个计划能成功！”

“倒也是。”熊猫想了半晌，摇头不已，“但凡有点儿理智，都会清楚这股权有多烫手，那简直会烫掉命。不过……”熊猫苦笑，“我怎么觉着有点儿不落忍，太不地道了。”

“熊猫，”帅朗伸出胳膊，隔着桌子按着他的肩膀，神色认真，“我跟你一样，对王老实的感情一样，我们俩都是从大一就开始在他家馄饨摊吃饭，四年了，哪怕不是亲人，也是很熟悉很熟悉的人，没有人想伤害他。可是匹夫无罪，怀璧其罪，他已经卷进了杀人不见血的资本旋涡。这不是他应该得的，如果他不能战胜自己的贪婪，就必定遭到反噬。现在是我来处理这件事，我愿意用诱骗的手段帮他做出抉择。可如果换一个人来处理，如果是齐军出手呢？你觉得他会怎么对付王老实？”

熊猫没有说话，这时饭菜上桌，他拿起筷子，默默地点头：“我怎么觉着这话像是你在说服自己？”

帅朗愕然片刻，喃喃道：“算是吧！”

三天后，晚上。

王老实拖着疲惫的身体，慢慢回到家。

“爸！”才一进屋，就看到平日都住在学校里、难得双休日才会回来的儿子王大福，今天居然破天荒地在家里，还自个儿弄了一瓶啤酒，摆了一碟花生吃着。

看样子，已经待了很久。

看到王老实进来，王大福立马站起来，连声道：“爸，你以前是不是在东华渔业待过？”

“东华渔业？”听到这个名字，王老实的脸微微抽搐了一下。

恍惚想到了尘封很多年的往事，怔怔出神了许久，方才稍稍缓过来。

他转头看着儿子，声音透着些微疲惫和嘶哑，皱眉问："是啊，你为什么问这个？"

"真待过啊！"王大福顾不上回答父亲的疑问。

确定了父亲以前确实在东华渔业待过以后，他激动得声音都有些颤抖了："那……那以前，东华渔业的老总，是不是和你的关系特好？是不是给……给过你，啊不，给过您股份？"

一想到传说中的那笔巨额财富，王大福不知不觉换上了"您"这样的尊称，呼吸也不由自主地急促起来。

王老实沉默了一会儿，慢慢坐下，慢慢说："嗯……是的。那会儿，老齐和我关系很好。毕竟是一起出海，在同一条船上，共同面对惊涛骇浪同生共死的兄弟。因为我会修船，所以老齐也确实曾经给过我股份。不过……"

不等他说完，王大福就迫不及待地打断了他："那……那真的是10%的股份？东华渔业的10%的股份？听说东华渔业快要上市了，会有几十亿甚至几百亿、几千亿呢！"

"你听谁说的？"王老实瞪了儿子一眼。

"还有谁说？好些人都说啊！都传疯了！"今年刚好二十的王大福，兴奋到了极点，几乎手舞足蹈起来。

王老实却缓缓摇了摇头："那都是瞎话。当初，我离开的时候，老齐给了我一笔钱，把股份买回去了。何况，人家辛辛苦苦打拼了这么多年，才闯下这么大的一份家业。咱们啥也没做，凭啥就白白占这么大便宜？"

"不是啊！爸！你，您……您听我说！"王大福急眼了，"怎么叫白白占了大便宜？您不是东华渔业的元老吗？东华渔业有今天，还不是您帮着那姓齐的打出来的江山？为了帮他，您都顾不上家。

否则，咱妈……我妈……得得得，咱不提这个。不过，您看看，当初和您一起的那批人，现在哪个不是人五人六抖起来了。凭啥您还得过这穷日子？最后，也是最重要的，人都和我说了，当初是那个姓齐的自己疏漏，没有让您给他收据，也没有签合同写明股份转让。所以，这股份归您，合理合法，没有一丁点儿毛病！”

就在王大福唾沫横飞的当口，忽然，敲门声响起。

王大福顿时吓了一个哆嗦，当下没好气地吼道：“谁呀？”

“我，熊猫！”熊猫一点儿都不客气，象征性地敲了敲门，就推开了王老实回来时没有来得及关上的门，自顾自走了进来。

他完全不把自己当外人，嘻嘻笑道：“王叔！大福，你也在啊！”

“熊猫哥！”因为是熊猫给了自己勤工俭学的机会，王大福连忙给熊猫让位置，巴结地递了一支烟给熊猫。

一旁的王老实，也连忙殷勤地招呼熊猫。

熊猫笑呵呵地坐下，开门见山地道：“王叔，今天我可是特意来找您，找您帮忙的啊！”

“帮忙？”王老实一头雾水，摸了摸头，懵懂地道，“我？我就一个没文化的物业，顺带摆个小馄饨铺子，能帮上你什么忙？”

“呵呵，您还真能帮上忙。看看这个！”说话间，熊猫从怀里拿出了一份报纸，展开。

王大福一看到报头上有“东华渔业”四个字，立马警惕起来，一瞪眼，摆出了拼命的架势，吼道：“熊猫，你这是什么意思？”

熊猫依旧还是笑呵呵地道：“别激动，你仔细看看这篇报道！”

王大福狐疑地瞥了熊猫一眼，权衡了一下，感觉这毕竟是在自己家里，又是自己父子两人对熊猫一个人，左右也出不了什么幺蛾子，这才稍稍冷静下来，目光再度投向报纸。

这不看也就罢了，一看不由吓了一大跳。只见这报纸上报道的，竟然是一桩凶杀案，是一桩十几二十年前的凶杀案。

报道居然还用了小说的笔法，说是十几二十年前，有一艘渔船出海捕鱼，却再也没有回来。

好几个月以后，才有其他渔民看到了那艘海船，出现在距离它原出海计划大约一千多海里外的海域上。船在海中漂泊。船上却没有了人，感觉就像一艘幽灵船。满地的血迹，还有损坏的船舱，显示出船上曾经发生过十分惨烈的冲突和打斗。

奈何，事情是发生在公海上，当时破案的技术又十分落后。最重要的是，海船上从船长到水手，都再也没有出现过，生不见人死不见尸。

所以这案子也就成了一桩无头悬案。

直到最近，邻省一个即将行刑的囚犯，忽然在临刑前的晚上，要求检举揭发，希望将功折罪，免除他的死刑。他向政府举报，十几二十年前，海上曾经爆发过一场十分惨烈的械斗。

械斗双方，都是临海渔村的渔民。为的是争夺鱼老大，垄断远洋捕鱼的利润，就好像狼群争夺狼王的位置一样。

当时，死了好多人。失败那一方的头领，连同他的亲信，都被胜利一方杀死，扔到海里喂鱼了。被杀的，正是那艘后来成为幽灵船的渔船的船长和水手。至于胜利的那一方，则是如今东华渔业的董事长齐军。

按照那囚犯的举报，齐军还涉嫌走私、逃税，以及其他各种违法的事情。总之，那齐军发迹的道路，东华渔业壮大的历程，处处都是资本原始积累的斑斑血迹。

“王叔！”就在王家父子看这篇报道的时候，熊猫毫不见外地取了一双筷子，吃了几颗花生，这才不慌不忙笑道，“这事情刚刚被揭发。东华渔业最近这不正好申请上市吗？所以咱们财经日报对这件事情也很感兴趣。一来二去，就把任务派发给了我这个刚进报社的新人。可是，东华渔业门槛多高啊！我这无名小卒，哪有机会进去采访？还好，巧了，刚刚听说，您老以前也在东华渔业待过。呵呵，所以……”

熊猫这自言自语才说到一半，猛地就听见王大福暴跳如雷地咆哮起来：“这……这完全就是胡说八道！”

他早就在不知不觉间，把东华渔业那百分之十的股份，看成了他家的财产。不知不觉，已经把他自己当成了东华渔业的少股东。此刻看了这篇报道，想也不想，就怒不可遏，感觉这报道就是在污蔑他家一样。

可骂着骂着，他忽然感到有些不对劲，下意识地转头，惊愕地看见自己的父亲，这一刻竟然满脸煞白煞白。白得好像一张白纸，不见一丝儿血色，手脚都在颤抖。

好半天，王老实方才勉强定下神来，脸上挤出一丝比哭还要难看的笑。

王老实开口，好像喉管完全被堵住了一样，嘶哑至极：“熊猫啊，叔问你一件事……”

第三十五章
决断

夜，越来越浓。万籁俱寂。

往日早早熄灯的王老实家，这一刻，却忽然成了这漆黑夜里少有的光源。

哪怕熊猫走了好久，王老实依旧一动不动，坐在椅子上，使劲地抽着烟。

脚下，已经多了好多烟头。烟雾，弥漫了本就逼仄的家。

一旁的儿子王大福，则双手抱头，用力扯着自己的头发，好像困兽一般，浑身上下散发着暴躁和戾气。

好一会儿，他抬起头，不知不觉布满了血丝的眼睛，红红地盯着自己的父亲，声音沙哑得完全变了调："爸，咱们真就这么放弃了？"

王老实的脸，微微抽搐了几下，迟疑地开口："这……这反正也不是咱们的钱啊！"

此言一出，王大福顿时愤怒地咆哮起来："怎么不是咱们的钱？

当初，既然没有合理合法的股权转让协议，既然你没有签字，那么这股份就该是你的，是咱们的，凭什么就这样交出去？”

“可、可是……”王老实可没有儿子那么激动。

他紧皱双眉，死命抽着他手中的烟，没有说话，眼睛死死盯着地面。许许多多早就尘封多年的往事，不知不觉，竟然无比清晰地回忆起来了。

那时候，当真好穷啊，穷得叮当响。

村子里好些人家，家里人都得合用一条裤子。

于是，靠山吃山，靠海吃海。

穷得没法娶到婆娘，甚至没法活下去的后生仔，自然而然就把目光投向了他们自小就熟悉的大海。

大风大浪虽然可怕，可能够捕到更多的鱼啊。更重要的是，不知道什么时候开始，有人惊喜地发现，远洋时他们总有机会在国外的港口歇脚。如果能够乘机弄些洋货回来，一转手，在那会儿都是让人发疯的利润，比捕鱼还来钱。

在这般情形下，船上最擅长修修补补的王老实，不知不觉就成了船上的宝贝疙瘩。几乎所有暗格都是他精心设计的。不知道多少次，满载而归的海船，不仅带回了鱼，也带回了各种各样的私货。他们小心翼翼、战战兢兢，躲过海警的搜查，然后鬼鬼祟祟地找到卖家出手。最后，在欢呼声中愉快地分钱，开心地喝酒。

当然，这么暴利的财路，免不了被人眼红。

邻村的，邻乡的，邻县的，邻市的，许许多多认识或者不认识的，听说或者没有听说的渔民，都跑过来想要分一杯羹。

这哪行啊。血气方刚的后生仔们，可不懂得什么敬老爱幼，不懂得礼让恭谦。在村里就隔三岔五参加械斗的他们，到了海上，更加无法无天了。

都是来自一个村子，待在一条船上，同吃同住，同甘共苦，甚至同生共死的伙伴。遇上事了，只消齐老二大吼一声，立马个个都抄家伙，宁可死也不会当孬种退缩。

王老实已经记不清，他们在海上遇到多少次冲突了。

更记不清，究竟有多少个大风大浪的日子里，他那双习惯了撒网、习惯了修补的手，驾轻就熟地捞起了斧头、砍刀，和身边朝夕相伴的兄弟一起，红了眼睛，暴起青筋，在海船和海船对撞接舷的瞬间，蒙头冲上对方的甲板。

当真是刀光剑影、血肉横飞。

砍倒了对面无数陌生或者并不算太熟悉的对手，也眼睁睁看着身边无数熟悉得不能再熟悉的兄弟倒在了血泊里。残疾，乃至死亡。

死了的，很简单。扔到海里，就是水手们的归宿。

不得不说，齐老二这一点做得很到位。死者的家人，还有残疾的兄弟，都被齐老二安置得非常妥当。不仅可以拿到一笔不菲的安家费，逢年过节都会持续不断拿到补贴。

这让跟着齐老二的兄弟更加齐心，也让齐老二的东华渔业越发壮大。

也许，当年真该继续跟着齐老二干下去?

王老实有时候忍不住这么想，可是……他那会儿当真怕了啊!

在自己的老婆病死以后，他看到太多太多邻村、邻乡、邻县、邻市的渔民，出海却没有活着回来，更重要的是，他们跟着的老大并没有齐老二那么厉害，说不定同样在海上丢了命。结果，他们的家人就完全陷入了困顿之中。

他没有未卜先知的本领，哪里知道齐老二会把东华渔业搞得这么红火。他有老有小，在妻子死后，实在不敢赌啊。

万一赌错了，万一自己丧了命，而齐老二又像其他老大那样完蛋了，他家里的老老小小，生活根本无法想象！所以王老实选择退出，选择离开，彻彻底底退出，彻彻底底离开，再也没有和齐老二他们有丝毫瓜葛，也已经不再关心齐老二和他的东华渔业。

只是，万万没有想到，有一天，忽然有好多年没怎么联系的乡里乡亲跑来告诉他，齐老二发达了，东华渔业要上市了。

而他，王老实，当初拥有的东华渔业股份，因为没有按照正规的手续办理转让，如今实际上还是属于他的，是好大一笔钱。

更没有想到，他还处在极度震惊中，一时间还没法厘清这事情究竟是好是坏的时候，熊猫也跑来了。

熊猫跟他说："叔，您还记得小帅吗？帅朗！就是那个特别帅，老吸引女孩子回头看的家伙。他以前不是常和他那个青梅竹马的女朋友，来您的小馄饨铺子吃早餐吗？

"现在啊，巧了，他正好是东华渔业的证券事务代表。这不，我就是从他那里，知道您居然还在东华渔业待过，还是东华渔业的元老！真是失敬、失敬！您这是大隐隐于市的高人啊！扫地僧那种！

"什么？您担心会被牵扯进去？没事！您刚才不是说，您当时都已经离开了？哦，你是担心公司还有其他违法的事情被查出来，牵扯到您？嗯，我听说这事后，就问过小帅。小帅这家伙读的虽然是财经，可也过了司考，法律同样精通得很。他很肯定地说，您既然已经把股份转让了，就和东华渔业没关系了！只要到时候把当初股份转让协议拿出来，除非您参与过那些违法的事儿，否则谁也没法把您牵扯进去。

"没有股份转让协议？怎么会没有？哎哟，这可有些难办啊！您等会儿，我帮您打个电话问一下小帅，看看他有什么办法……

"搞定了！刚问过小帅，没关系！您不是事实上早就没有参与东华渔业经营了吗？也没有分过红！这在法律上已经形成了一个证据链。当然，为了保险起见，小帅说他可以拟一份转让协议，您签个字，他再想办法盖上公司的章，就再没有一丁点儿问题了！”

心念电转之间，王老实目光游离不定。

当年，有好多好多事情。熊猫说的那什么杀光了一船的人，让海船变成幽灵船，他没有经历过，至少他在的时候，齐老二肯定没这样干过。

那会儿斗得再惨烈，本质上其实就是村子和村子之间的械斗而已。大家还是有分寸的，绝不会做这种赶尽杀绝的事情。

然而，那个对自己人总是那么豪爽大方的齐老二，当真发起狠来对付敌人的话，王老实还真有些相信他会这么干。

何况，还有走私，还有逃税漏税，好多好多事情，都过去这么多年了。这么多年过去以后，东华渔业按说现在应该已经不再需要用这样偏门的手段发财了。听说，齐老二这些年也到处做慈善捐钱，赢得了很好的名声。那么多陈年烂芝麻的事情，按说没法查，也查不了。

可，万一呢……如此想着，王老实狠命抽了一口烟，终于开口：“照我说，要是签了那份股份转让协议，就当真不用再被这些麻烦事牵扯进去，可以继续安心过咱们的日子，也不错啊……”

“不错个屁！”王大福愤怒地打断了自己父亲的话。

他愤怒地挥动右手，就好像面前的虚空，正有无数敌人，无数张牙舞爪的敌人。

他挥手，勇敢地击退这些可恶的敌人，热血沸腾地道：“不错？你看看这家，你看看我们的生活，这叫不错？凭啥城里人可以有房有车，可以买这买那，可以眉头也不皱地下馆子，可以舒舒服服地出国旅游，咱们就得起早贪黑，累得半死也就只能混个填饱肚子？

“爸，你还想不想让我给您娶个漂亮懂事贤惠持家的儿媳妇了？您还想不想让您的孙子，从出生就不输给任何同龄的孩子，出生就能吃最好的奶粉，上最好的幼儿园，上最好的学校，以后出人头地了？这都得要有钱！现在，好大一笔钱，就在咱们面前了！您不要了？这……这……这得天打五雷轰啊！”

说到这里，王大福忽然停了下来，目光不断闪烁，良久方才再度开口，语气冷静得可怕，也坚决得可怕：“总之，爸，这事情你别管了。我来处理！”

第三十六章
聚会

“嗨，帅朗！”

上午，羽毛球馆门口。

帅朗这才停车，就看到彭笑笑大笑着，挥舞右手连连示意。

这货的左手，则被女伴挽着。那女伴，有些眼熟。

帅朗微微一愣，蓦然想起，可不正是在董秘考前培训时，和彭笑笑勾搭上的，那个穿着清凉、堪称风韵妖娆的美女证代。也不知道是怎么回事，当初明明只是玩个一夜情的两人，如今居然还在一起。

这大庭广众之下，旁若无人地卿卿我我出双入对的样子，看上去似乎升级成了热恋的情人？

彭笑笑已经迎上前来，热情地伸出手来，和帅朗重重对击了一掌。跟着朝帅朗开来的凯迪拉克指了指，笑道：“你小子混得不错啊，这么快就开上这么好的车了！”

“老板暂时借给我的！”帅朗一边说，一边朝彭笑笑身边的美女礼貌地点了点头。

“切，你们东华渔业福利这么好，借你这么好的车？改天哥哥也跳槽过来怎么样？”彭笑笑调侃了一句，便为两人相互介绍，“郑薇薇，华美实业的证代。这是帅朗，正准备上市的东华渔业证代。大家都是同一期董秘考前培训的同学，应该都有印象吧。”

彭笑笑呵呵笑着，为彼此介绍了一下。

“这么帅的帅哥，当然印象深刻。你好，帅朗！”郑薇薇显然也是一个外向热情的人。她笑着和帅朗握了握手。

郑笑笑道：“我们再等一会儿，谭晶应该快到了！”

帅朗无可无不可地点了点头。

今天，本就是彭笑笑牵头，提议大家聚会的。毕竟大家都是证代，算是一个圈子里混的人，很有相互加深联系互通有无的职场需要。也正因为如此，帅朗没有推辞，准时赴约。如今，自然客随主便。

反倒是彭笑笑以组织者自居，好心为迟到了的谭晶解释道：“别怪谭美女。谁让她摊上了一个灭绝师太当上司，指不定什么时候就得加班加点。

“灭绝师太？”反正等着，帅朗忍不住好奇地将目光投向了彭笑笑。

“对啊，天威股份的董秘，可是咱们圈子里赫赫有名的灭绝师太。”不等彭笑笑开口，一旁的郑薇薇就伸出小手，掩嘴笑道，“这可是个传奇人物啊。据说她本来嫁了一个年少多金的高管老公，成了衣食无缺、穿金戴银的贵妇，羡慕死人。

“可惜，风水轮流转啊。前些年，她老公被人拉入一个投资群，玩黑平台的黄金现货。一百倍杠杆的那种。而且，从一开始有心人就给他专门精心设好了局。那个投资群，一百三十七个微信账号，一百三十六个是骗子的。一百三十六个账号，愣是联起手来忽悠她老公一个人。短短半年时间，她老公就把家里的积蓄全都折腾光了，还欠了一屁股债。更因为被高利贷的人上公司围堵，丢掉了高薪体面的工作。

“走投无路之下，灭绝师太只好告别了悠闲舒适的家庭主妇生活，重新走上职场。要不说，牛人就是牛人啊，哪怕已经很多年没工作了，可毕竟高学历高智商，三下两下，她就在职场混得风生水起，几个周转，居然一步步爬上了董秘的高位。

“唉，就是有一点不好。她成了地道的工作狂。但凡她主管过的部门，手下就没有不怨声载道的。但凡她转职，就没有不弹冠相庆的。小晶也是倒了霉，好死不死，成了这样一个女人的下属……”

正说话间，一辆小巧的奇瑞开来。谭晶急匆匆地下车，赶到众人面前，忙不迭地抱歉。

帅朗发现，郑薇薇说得没错。这姑娘最近看来确实应该忙得不可开交，眼袋都是黑的，想必昨晚还熬夜加班。

好在谭晶终究是爽朗干练的人，寒暄过后，四人说笑着步入了羽毛球馆。

她落落大方地和帅朗组队，三下两下，就把明显缺乏运动的彭笑笑杀得丢盔弃甲，一败涂地。

“休息，休息一会儿！”见势不妙，彭笑笑弯下腰，喘着气，连连摆手。

这货是真累了，半个小时打下来，汗流浃背，面红耳赤，一看就是没体力了。

气得郑薇薇狠狠踢了他一脚，无奈之下，却也只好迁就这家伙，一起去了休息区。

这时，谭晶方才找到与帅朗独处的机会，看着帅朗：“最近好吗？”

帅朗笑着点了点头：“还好！不过刚刚就任东华渔业的证代，又是正好处于东华渔业上市申请的阶段。正想向各位前辈多多请教呢！”

“可不敢指教你！各个公司的情况不同，面对的问题自然也就大不相同。嗯，你从长林集团证代转为东华渔业的证代也好。虽然比不上长林安稳，可东华渔业的机会更大，一旦上市成功，你全程参与了这个过程，这绝对会成为你职场经历中十分耀眼的一笔！”

谭晶捋了捋发鬓，依旧还是培训班上初识时，有什么就说什么的样子。

想了想，她又开口：“这样吧，我给你找些资料，都是圈子里那些拟上市公司董秘证代们的经验，或许对你有帮助。”

帅朗眼睛一亮，真心道：“那太谢谢了！”

“不客气！”谭晶咬了咬嘴唇，目光微微闪烁了一下，随即又勇敢地迎向帅朗，“要有用的话，改天请我吃一顿就行！”

“那肯定请你！”帅朗笑了笑。

帅朗敏锐地感觉到彼此间气氛似乎渐渐有些微妙。不过从小到大，这样的情形他可没有少经历，故而他一点儿都没有乱，都不用动脑筋，便想好了如何化解。

只是还没等他再次开口，蓦然，手机铃声响起。

“帅朗，事情基本搞定了！”

帅朗握着话筒沉默了很久，很奇怪，这时候他并没有如释重负的轻松感，反而有一种说不出来的黯然。

电话那头，熊猫靠在报社的办公桌旁，翘起了二郎腿。今儿个虽然是双休日，奈何新人没有人权啊，还得轮值。

好在没什么事，也没什么人，熊猫就顺手给帅朗打了一个电话：“放心吧。昨天我和王老实父子谈到了半夜。他们是真被吓到了。等着，哥哥掐指一算，他们应该很快就会给哥哥打电话来，要求跟你见面，补签个转让协议啥的。哈哈，记住了，你可欠了哥哥我一个天大的人情哦！”

闲聊两句，愉快地放下电话。熊猫哼着小调，正待将手头的稿子赶写出来，忽然感觉有些不对，下意识地抬起头，朝门口望去。

瞬间，他瞪大了眼，张大了嘴，手里的笔也不知不觉掉落到了桌上。

熊猫却全然顾不上这些了。这一刻，他眼中的世界，只有一个女人——一个出现在门口，不经意的笑盼都透着莫大魔力的女人。

这女人，让他竟不由满脑空白，翻来覆去的全都是那一首《李延年歌》：

北方有佳人，绝世而独立。一顾倾人城，再顾倾人国……

待到他好不容易回过神来，却见这个在他心中绝世独立、倾国倾城的女人，已经从门口款款走到了跟前。

她一开口，嗓音略带着沙哑，也因此越发平添了几分遐想和诱惑的声音，娓娓传来：“熊猫？帅朗的朋友？”

“呃……对，我是熊猫！您是……”

“叶阑珊！”叶阑珊说着，伸手。

熊猫慌忙站立起来，笨手笨脚地和叶阑珊握手。

手与手相触的刹那，熊猫的心怦怦乱跳，只觉得自己好像要死了。好像，那心脏都要跳出了体外。这当真是一种十分奇怪的感觉。

他不是没见过女人。校园里，有的是靓丽的女生。现代极度发达的互联网络，也早就让年轻人获得的信息远比他们的父辈丰富许多。网上什么样漂亮的女人照片没有？可熊猫还是觉得，眼前的叶阑珊是独一无二的。

如果说他自幼熟识的沈涟漪，犹若一株空谷幽兰，惹人怜爱疼惜，又情不自禁止步远处，不敢近亵，那么叶阑珊就好像是野性十足的蔷薇，热烈、奔放，让人忍不住想要征服、想要拥有。

不过等等……她是帅朗的朋友？

浑蛋帅朗！

心念百转之下，熊猫忍不住对帅朗的帅，好一通羡慕眼红嫉妒恨，表面上却努力风度翩翩地笑道："您找我什么事？"

叶阑珊款款坐到了熊猫对面："我想和你一起帮一下帅朗！"

"嗯？"

"据我所知，帅朗现在正找你帮忙解决一个麻烦。关于一个叫王老实的麻烦吧？小帅虽然聪明能干，不过毕竟年轻，才刚刚大学毕业。我怕他把事情想得太简单了。所以就抽空过来，跟你商量一下，看看有什么需要帮忙的。"

"这事您也知道？"熊猫有些吃惊地瞥了叶阑珊一眼。

心中残存的理智，让他犹豫了一下，最终摇头道："放心吧，事情基本上已经解决了……"

说来也巧，他这才说着，放在办公桌上的手机震动起来。

一看屏幕上的号码，恰好是王老实的儿子王大福打来的。

熊猫随手接通，才说了几句，就不由叫了起来："什么？不准备签这份转让协议？王叔知道吗？你可想好了，这事情万一闹大了，后果会很严重的。喂？喂！"

三言两语之后，熊猫郁闷地发现，这王大福居然挂了自己的电话。

"看来，我应该是能够帮点儿忙了！"一直静静旁观的叶阑珊，再度开口，"不要多想哦。我真的只是想帮帮帅朗。这事儿就你知道，不要让帅朗知道好不好？"

说着，叶阑珊伸出一根手指，按在自己的唇上，软言细语，分外迷人。

第三十七章
偶遇

“四千七百万！”

数天之后，海鸥酒吧。

叶阑珊一边小口品着红酒，一边对着手机，微微笑道：“这次，我总共投入了四千七百万，抄底长林集团的股票。目前已经浮盈一千四百多万。另外，就如同你预计的那样，这次红利十分丰厚。明天将会有三百七十八万的红利到账。这些钱，我会逢低继续买入长林集团的股票。接下来，就等齐华手中的股票解禁的时候，再乘机吃一口肉了！”

“恭喜！”

“哈哈，应该是同喜！这笔钱，有你的一份。我算你入股！”

“别！我可没钱入股！”

“没钱也可以算技术入股啊！首先发现齐华那老狐狸算盘的，可不正是你！何况，你怎么没钱了？老师不是留给你一笔钱吗？虽然暂时还在走程序，还得过些日子才能完成整个继承遗产的手续。

但是，就算姐姐暂时借给你不就行了？放心，我会让人把账做好，保证让你干干净净拿到这次投资的分红！”

“不！这钱我不能要！阑珊姐，谢谢你！第一我要是拿了钱，这性质可就变了。账做得再好，也终究会成为内幕交易，没必要。第二，其实就算我爸留下的钱，我也不想要。帮爸爸报仇是尽人子的本分，但并不代表我原谅爸爸当年离开妈妈。最重要的是，我觉得……有一天我如果真的缺钱了，应该用自己的本事挣来！”

手机那头，帅朗一边通话，一边在自己的出租屋里整理打包。

虽然前几天，齐军就让獭子将长林苑的房子交给了他，不过搬家实在是一件很费力气的活。再加上这套房子的租金早就交了，至少这个月的退不回来了。所以帅朗也不急，这几天抽空就过来搬一点。

好在他也才刚刚搬过来没多久，实际住了半个月都不到。几天下来，这屋子里的个人用品，也就搬得七七八八了。

看着渐渐空荡的房子，帅朗如释重负般吐了一口气，然后提着大包小包，走下了楼。

才下楼，就听到一个很熟悉的声音从不远处传来：“好的阿婆，再见！您要保重身体哦！过段时间我再来看您！”

帅朗一愣，寻声望去，立刻忍不住惊呼了一声：“齐然诺？”

“咦？帅朗？”果然是齐然诺。

只见她今天穿了一件很休闲的T恤，就在隔了三栋楼的地方，和一个白发苍苍的阿婆道别。

看到帅朗，她也很是高兴，笑着走过来：“这么巧啊！怎么，搬家？”

“托你叔叔的福，我换地方住了！”帅朗耸了耸肩。

齐然诺此时全然没有在公司里当领导的严肃，居然调皮地眨了眨眼睛：“不用受宠若惊哦！我二叔在江湖上向来都是出了名的大方！”

“好啊，那就是领导赐不敢辞。我坦然受之！”帅朗说着，和齐然诺不约而同笑了起来。

说笑中，帅朗顺手将大包小包，全都塞到了停在门口的凯迪拉克的后备厢内，然后索性就和齐然诺结伴，一起沿着小区的林荫小道，有说有笑，步行走出了小区，找了旁边的一家咖啡店坐下。

“二叔居然把那个股东的事情交给了你！哼，可真是会做甩手掌柜！”坐下后，齐然诺有些关切地看着帅朗，“现在进展怎样了？如果真的没法处理的话，千万别逞强。你随时都可以和我说，我帮你去向二叔解释！”

“谢谢！”帅朗慢慢地调了一下杯中的咖啡，浅浅地抿了一口，“暂时还算顺利。如果真的遇到困难，我一定请你帮忙！”

齐然诺皱了皱眉，渐渐严肃起来，认真地看着帅朗，认真地问：“哼，真的顺利？不是死要面子硬撑？”

“真的顺利！”帅朗放下了咖啡杯，一脸胸有成竹的样子。

他并不想和齐然诺细说其中的过程，清了清嗓子，刻意岔开话题道：“你怎么来这里了？”

“不是和你说过吗？小时候，我就住在这附近！”说到这里，齐然诺轻轻叹了一口气，脸转向门外，浮现出了一丝回忆的神色，“知道吗？那时候，房子是单位借给爸爸的。才九平方米。一家三口，就住在这么一间九平方米幸好还带了一个小阁楼的地方。真的是名副其实的蜗居啊。就这，还是亏得爸爸是房管局的办公室主任才分到的。

“不过很奇怪，可能是当时年纪太小的缘故。我真的没有觉得家里很小。反正，生出来就住在那里，习惯了。习惯了弄堂外的车来车往，习惯了整天在弄堂里和小伙伴疯玩。习惯了和从小一起长大的小伙伴一起上学一起回家，一起在门口用几个凳子拼凑出来的书桌上写作业。

“直到很久以后，爸爸才在另外一个地方买了一套新房子。新房子，当然比原来住的地方大了很多。可惜，新房子的地点，在当时真的好偏僻。附近许多配套设施都没有建好，冷冷清清的，好像乡下。

“最重要的是，以前熟悉的小伙伴，都再也见不到了。我必须去新的学校，面对陌生的同学，适应新的环境。为了这个，当时我哭了。不许笑！我当时真的哭了，哭得稀里哗啦可伤心呢！”

说着，齐大小姐瞪大了眼睛，狠狠看着帅朗，看得很仔细，想要抓住帅朗在偷笑自己的证据。

半晌一无所获，她这才悻悻地哼了一声，一脸算你识相的样子，继续道：“想不到，时间过得真是快啊。一眨眼，都快十年了。今天整理东西的时候，无意中找到了过去的相册，看到了许多过去的照片。就心血来潮过来看看，看看以前的那些老邻居还在不在！结果……”

言及于此，齐然诺有些落寞地摇了摇头。

“怎么？没找到？”

“找到了，但是……”齐然诺犹豫了一下，沉默起来。似乎是有些踌躇，不知道用怎样的言词来形容。

好一会儿，方才重新开口：“其实，弄堂还是那个弄堂，房子还是那个房子。还有人，几乎所有的老邻居都还住在那里。只不过现在再看过来，就感觉弄堂窄了，房子旧了。以前觉得很年轻的叔叔阿姨都老了。以前就很老的阿婆更老了，阿公则过世了。还有那些小伙伴，那些小时候一起玩耍的小伙伴……他们，都长大了。

“可惜，长大了以后，反而没有了小时候的亲密无间。或许，是生活经历不同的缘故吧。不像爸爸，能够抓住过去几十年这波澜壮阔的时代机遇，毅然而然地跳入惊涛骇浪中弄潮。他们的父辈选择了安稳，依旧还和过去一样，循规蹈矩地上班过日子，渐渐和外面日新月异的世界拉开了越来越大的距离。

“连带着他们也依旧窝在了狭窄的弄堂、逼仄的屋子里。哪怕说起来，这弄堂、这屋子，每一平米都是寸土寸金，高得让人胆战心惊。可正因为太高了，拆迁反而困难了，一直没有动迁。所以实际上，他们终究已经沦为了社会的最底层。

“于是，曾经很漂亮、很灵动的大姐姐，嫁了一个很普通的男人，整天操心柴米油盐的事儿，计较几角几分的得失，变得势利又市侩、尖酸又刻薄。曾经很阳光、兴致勃勃憧憬未来的大哥哥，找了一份很辛苦的工作，好不容易疲惫地回到家有了休息的时间，不是打牌搓麻将，就是喝酒抽烟说粗话，浑浑噩噩中虚度了光阴。总之，这次回来，我忽然发现和那个弄堂，还有那里的人，就好像处于完全不同的两个世界了……”

说着说着，齐然诺的情绪渐渐低落了下来。

不经意间，帅朗看到一滴泪珠，从齐然诺的眼角淌下，淌过脸颊，缓缓滴落到了桌面。随即，齐然诺倔强地仰起头，努力不让自己的眼泪再流出来。

帅朗微微皱眉，他感觉得到，齐然诺很伤心，绝不仅仅是感慨物是人非的伤心。低落的情绪，似乎还牵扯到了其他什么缘故。

只是此刻显然不适合探问，他唯一能做的，便是默默取出了一张纸巾，递给了齐然诺。

“谢谢！”齐然诺微微抽泣了一下之后，迅速让自己恢复过来。又变成了那个严肃认真、勇敢面对全世界的齐然诺。

她努力笑了笑，道：“好了，不和你谈了！待会儿，我还要和保荐人见面。”

“保荐人？”帅朗耸了耸肩，很绅士地率先站起来，抢着结了账，然后和齐然诺并肩走出咖啡店。

齐然诺的车停在小区门口外专门预留停车的空地上，两人依旧并肩步行。

一直走到齐然诺的汽车旁，帅朗这才佯装不经意地问：“PE 的尽调做完了？”

“嗯，差不多了！”齐然诺随意地答了一声。然后笑着和帅朗挥了挥手，开车离开了。

帅朗则留在原地，目送齐然诺的汽车远去。目光微微闪了一下，若有所思。

想了一会儿，这才转身，准备回到小区他那辆凯迪拉克停放的地方。却在这时，他的身子微微一顿，心中若有所感，头下意识地转向了右侧。

感觉没错，距离帅朗站立的位置，大约百多步外，他看到了沈涟漪。

跟导师陈思去北京拜访几位经济学大师的沈涟漪，在这如火七月的月底，忽然就出现在了他的面前，出现在距离他百多步外的一棵柳树下。

依旧，亭亭玉立。

依旧，笑颜如花。

第三十八章
惊天秘密

“涟漪！”微微愣神之后，帅朗轻呼了一声伊人。

继而，两人不约而同起步，相向奔来。瞬间，紧紧地相拥在一起，恨不得彼此融为一体，恨不得时间停滞，让这一刻永恒。

许久，帅朗方才冷静下来，低头看着怀中的女孩，问：“你不是去北京了吗？”

“嗯……”沈涟漪用鼻音轻轻应了一声。

此时，她脸上犹自绯红，眼微微闭着，贪恋地依偎在帅朗的怀里。

好一会儿，她方才回答：“老板，嗯，就是陈思教授，忽然有一些私人的事情要处理。所以临时改变了计划。很可惜，还有几位著名的学者没有见到，就打道回府了！”

说着，她忽然睁开眼，笑眯眯地看着帅朗，道：“怎么，不高兴我回来？还是……”

沈涟漪一边说，一边用手指了指帅朗的胸膛，水灵灵的眼睛，犹如一泓秋水骨碌碌波动了起来，透出了一丝丝狡黠："还是，怕我发现你这家伙另外勾搭了什么狐狸精？"

帅朗无奈地摇了摇头，却没有开口，搞出什么发誓保证来。好在沈涟漪对帅朗的个性早就熟得不能再熟，也不以为意。她笑吟吟地和帅朗十指相扣，手牵着手，一起走入了小区，走向小区里帅朗租住的房子。

彼此，都没有怎么说话，也不需要说话。无声无息中，自有心心相印的甜蜜萦绕。时不时相视一笑，时不时晃荡一下牵着的手，就足以胜过千言万语。

直到快接近楼房的门口了，帅朗这才想起来，还没有和沈涟漪提起过，自己如今有了新的住处。

他还没来得及把这件事情告知沈涟漪，就忽然感到有人用什么东西碰了碰自己的后背。紧接着，一个老人颤颤巍巍的声音从身后传来："小伙子！喂，小伙子！"

"阿婆？"帅朗愕然回头。

发现叫住自己的，居然就是刚才和齐然诺道别的那个阿婆。阿婆拄着拐杖，空着的手拿了一本相册，问："小伙子，你是诺诺的朋友吧？"

"诺诺？哦，对，我是她的同事！"帅朗点头。

"太好了！那，你有没有她的电话！唉，老了，糊涂了。刚才，诺诺明明留了电话给我，我明明记得，就夹在这本相册里面，可、可现在怎么也找不到了……"

阿婆真的有些急了，她一边絮絮叨叨说着，一边翻开了相册。

这相册显然已经有些年头了，很破旧。

手一哆嗦，相册里面好些照片就掉落到了地上。

帅朗连忙安慰："阿婆，您不要急！放心吧，我有然诺的电话，待会就给您！"

安慰的同时，他和沈涟漪一起蹲下身子，把那些照片捡起来。

不经意间，帅朗发现这些照片有许多背景都是一条弄堂。照片上有很多人，其中，帅朗看到了年轻时的齐华。一个很知性的女子亲密地挽着齐华的胳膊。他们空出来的另一只手，则同时搂着站在他们中间的一个小女孩。

女孩四五岁的样子。依稀能看出今日齐然诺的影子。

“对，那就是小时候的诺诺。”

上了年纪的人，都喜欢回忆，阿婆看到照片，脸上微微显出了一丝微笑，满脸都是回味：“诺诺这孩子啊，从小就水灵，特别懂事、特别聪明。人人见了都喜欢。弄堂里比她大点儿的孩子，居然都服她管。上学以后，成绩更是好得让人不敢相信。老师来家访，都说她是小天才。这点啊，随她爸妈。

“齐家爸爸和齐家妈妈都是文化人，当时也挤在弄堂里。遇到什么事情，总能心平气和，抓住道理，平时和和气气、斯斯文文的，听说还是国家干部。弄堂里的人碰到什么事情，都喜欢请教他们。

“诺诺有这样的爸妈，从小家教就很好。这不，你看都搬走了这么多年，她也出国读书了很多年，现在还惦记着回来看看老街坊。听说阿婆现在也搬走了，跟儿子住在这个小区，还特地找过来。真是个好孩子！

“唉，可惜啊。老天爷总是见不得好人过上好日子。这么好的人家，你说怎么就那么倒霉，偏偏遇上了那样的祸事。可怜诺诺小小年纪，就忽然没有了妈妈。太惨了，想想都让人心疼啊……”

“没了妈妈？”初始，帅朗并没有太在意阿婆的唠叨，左耳进右耳出，只当捡照片的同时，陪着阿婆解闷。

直到这一句入耳，他才微微一愣，将照片递给阿婆的手也不由停滞了一下。

转眼，他就恢复过来，不动声色地将照片交还给了阿婆，附和道:“是啊，然诺每次说起她妈妈，都很伤心。不过，阿婆，看照片上然诺妈妈的样子好像很好啊，怎么会……”

“这个……”阿婆迟疑了一下。

毕竟，是别人的隐私。

不过，女人总是喜欢八卦，最重要的是，帅朗的颜值天生自加魅力一百。

阿婆浑黄的眼睛，看了帅朗好一会儿，终于开口:“嗯，阿婆看你不是坏人，可以告诉你。不过，你可不要到外面随便瞎说啊……”

“放心吧，阿婆！”帅朗连忙保证。

“对，阿婆，我们肯定不会乱说的！”一旁的沈涟漪，也乖巧地配合着帅朗，一边甜甜地软言相求，一边和帅朗一左一右，扶着阿婆坐到了旁边的石凳上。

阿婆又是深深地叹了一口气，仿佛渐渐沉浸在了往事里，好一会儿方才说道:“那是十多年前的事情了。那时候，诺诺他们一家还住在弄堂里。诺诺的爸爸啊，还没有下海经商，是机关里的干部。听说是什么办公室主任。所以呢，经常有应酬。其实他真不是一个喜欢喝酒的人。可没办法，在外面做事，别人敬你酒，你总不能不喝吧。结果，经常都是喝醉了，很晚才回家。

“不过，诺诺的爸爸就算喝醉了，也很安静，很有修养的。不像弄堂里的有些男人，有空就喝两口，喝醉了就吵架。诺诺的爸爸就算喝醉了回家，也不会折腾出太大的动静。就是有时候，会听到他呕吐的声音。第二天见了面，他还经常会专门道歉，人可好了！

“可惜，再好的人，这么整天喝酒也不行啊。喝着喝着，胃就出了毛病，常常疼得满地打滚。好几次，诺诺的妈妈都慌里慌张，拍开隔壁小三子的门。哦，阿婆有没有告诉你，隔壁小三子是给单位里老板开小车的司机，他经常把单位里的车开回来。所以，诺诺爸爸犯病了以后，好几次，诺诺的妈妈都是求隔壁家的小三子，把诺诺爸爸送去医院。

“当然，大多数时候也没有那么严重，自己吃一点儿家里备着的胃药就好了。不过有一天，嗯，那一天阿婆还记得，下了好大好大的雨，天上还打着雷，诺诺的爸爸又是很晚才回家，又是喝了很多酒。

“然后啊，胃病犯了。偏偏家里的胃药吃完了。阿婆说过，诺诺的爸爸妈妈，都是很有家教很有修养的人。如果可以的话，他们是绝对不想去麻烦别人的。那次，大概是觉得胃疼得没那么严重，所以，诺诺的妈妈就没有去找隔壁家的小三子帮忙，而是自己出门帮诺诺爸爸到药店买药。

“没有想到啊，这一出去，就出事了。唉，也真是命不好。偏偏就是那天晚上，路上本来明明没什么车，空空荡荡的。药店也就在弄堂的斜对面，过了马路就到，走过去，也就两三分钟的路。

“可偏偏，诺诺妈妈过马路的时候，忽然，有一辆小汽车开过来，一下子就把诺诺妈妈给撞飞了。当场，人就不行了。

“更可恨的是，听说那个开车的事先喝了酒，是现在怎么说的，嗯，酒驾！对，酒驾！但是人家家里有钱啊。找了一个很厉害的律师，帮他上上下下打点了门路，硬是判成了普通的交通事故。人就这么白白死了。虽然赔给了诺诺爸爸很多钱。可是，人没了，钱再多有什么用？”

说到这里，阿婆满脸惋惜地摇了摇头，起身准备离开。帅朗和沈涟漪赶紧站起来，扶着阿婆，送她回家。

阿婆的住处，距离帅朗租的房子，就隔了两个门洞，眨眼就到了。

帅朗正待和阿婆道别，忽然，又听见阿婆摇着头，自言自语道:“真是作孽啊！叫阿婆看，最坏的就是那个姓高的律师！看上去好像很公正的一个人，心狠着呢。要不是他使坏，那个开车的小年轻，肯定会进监狱！”

“律师？姓高的？”言者无心，听者有意。

阿婆随口的这一番话，听到帅朗的耳中，顿时，他如遭重击。

脑海里，恍惚被一道闪电划过。刺眼的光亮，霎时驱散了黑暗的迷雾，让他若有所思，想到了许多。

第三十九章
新家

“喂、喂、喂！”

不知过了多少时间，帅朗猛地看到，沈涟漪白嫩的手在自己的眼前晃了晃。

女孩有些生气地鼓了鼓腮帮：“想什么事情呢？人都丢了魂！”

帅朗略微回过了神来，刚才，阿婆说到那个什么姓高的律师，说不出任何缘由，他第一时间就想到了高迈。

同样姓高，同样是律师，又同样和齐家结了仇。一切都是那么契合。

只是，倘若当真如此，当真是高迈，这高迈和齐家结的仇可不小啊！如今齐华居然任命高迈为长林集团的董事会秘书，越发显得蹊跷。

帅朗心中疑窦丛生。可看了沈涟漪一眼，心念电转之间，帅朗终究不想让沈涟漪牵扯进这么复杂的旋涡里来，当下随口应付了一声：“哦，没什么！”

“没什么？”沈涟漪狐疑地瞥了帅朗一眼，道，“你不会是还在想那个诺诺吧？”

“胡说八道什么啊！”帅朗抬手，揉了揉自己的眉心，无奈地摇着头道，“那就是我的一个同事。”

沈涟漪嘟着嘴，酸酸地道：“真的只是同事吗？我看她很漂亮啊，很有气质啊，很……”

帅朗一愣：“你见过她？”

沈涟漪顿时惊觉自己说漏了嘴，一时间，她的目光四下闪躲起来，结结巴巴地道：“我……我……我就是刚才来找你，路过那家咖啡店的时候，看到你和她坐在一起。喂，帅……帅朗，我可不是有意跟踪你啊！”

“傻丫头！”帅朗好笑地伸手，捏了捏沈涟漪的鼻子，旋即，不等沈涟漪反应过来，便一把将女孩揽在了怀里。

沈涟漪刚刚被捏了鼻子，扬了扬眉，作势要反抗，可一被帅朗这么不由分说搂住，整个人顿时软了，呢喃一声，软软地依偎在了帅朗的怀里，一分一秒都不想离开。

过了好一会儿，才软软地朝着帅朗的胸口，捶了一拳，愤愤地道：“都怪你！你这家伙为什么这么帅！从小到大都这么帅！你知不知道，每次看到那些女孩子凑到你跟前，我……我总是很难受！”

帅朗明智地决定避开这个话题。他低头，轻轻亲了一口沈涟漪的额头，岔开道：“好了，别闹了！来，我要告诉你一个好消息……”

说话间，他搂着沈涟漪，来到了凯迪拉克跟前。随着车钥匙遥控开锁，凯迪拉克“嘟”的一声，车灯亮了起来。

“咦？”沈涟漪的注意力，果然被凯迪拉克吸引了。

她惊疑不定地问：“这车……”

“老板借我用的。不仅这车，还有一套房子！”帅朗一边说着，一边拉着沈涟漪，坐进了凯迪拉克。

车很快启动，扬尘而去，不多时，就载了两人进入了长林苑。

这是一个很大的小区。小区内绿树成荫，里面有一条清澈的人工湖环绕。齐军交给帅朗的房子，就在这条人工湖的旁边。视野足够开阔。

在小高层顶楼六楼，站在阳台上足够俯览四周。

复式的，三室两厅的房子内，入住前就已经精装修过了。走的是简洁的现代流。同时，一应家电齐全。开放的厨房，现代味十足的长形餐桌，布艺沙发搭配液晶电视的客厅，还有墙壁上恰和整个屋子的风格完美契合的装饰……

一进来，沈涟漪的脸上就禁不住浮现出了惊异。

尤其，走上楼梯，参观了卧室，还有外面可以日光浴的玻璃房天台。

沈涟漪的惊异渐渐转化为担心："帅朗，这到底怎么回事？这房子……这车……你不会做了什么违法的事情吧？"

"放心，我没那么傻！"帅朗笑着拍了拍沈涟漪的背，"这段时间你在北京，所以我没来得及跟你说。现在，我已经离开长林集团了。我现在是另一家公司东华渔业的证券事务代表，目前正在参与推动东华渔业上市的工作。东华渔业很有钱，老板也很大方，这些都是公司福利！"

"这么好的福利？"沈涟漪不傻，一脸你骗鬼的样子，盯着帅朗。

帅朗打了一个哈哈："一般人当然没有这么好的福利。但是本帅是谁？三言两语就让那老板惊为天人，拜服于地，不惜三顾茅庐、礼贤下士……"

"你就吹吧！"沈涟漪皱了皱鼻子，打断了帅朗的话，警惕地道，"不会是那个叫诺诺的千金大小姐看上了你，所以？哼哼！"

“沈女侠果然神通广大，信息灵通啊！”看着沈涟漪那认真的样子，似乎不像是瞎蒙，而是确定齐然诺就是千金大小姐，帅朗只觉得自己的后背都有些出汗了。

当下，他哈哈一笑，猛地大叫一声，果断地转移了话题：“哎呀，糟糕！你回来也不预先通知我一声。我这里什么都没准备。你看，今天晚上，咱们是出去吃，还是赶紧去买点儿菜来家里自己做？”

“家里……自己做？”这招很妙！沈涟漪的注意力，果然被帅朗转移到了厨房。

怎么说来着，每一个女人心底深处，都有扮家家的欲望。尤其，她和帅朗虽然从小就认识，从小就一起长大。可是，还真没有在家里一起做饭烧菜一起吃过——帅朗之前租的，是很便宜也很老式的房子，加上沈涟漪后来匆匆赶回家，两人并没有在那里开伙过。

当下，看着这整洁大气的开放式厨房，她怦然心动，咬了咬嘴唇，毫不犹豫地说：“当然自己做了！你现在很有钱吗？天天下馆子啊！”

那样子，俨然就是一个当家理财的女主人。帅朗赶紧配合，很绅士地做了一个邀请的姿势。沈涟漪便挽着他的胳膊，一起下了楼。

下了楼，她很快就惊喜地发现，这里在生活上当真十分方便。小区大门的斜对面，不过三五十步的距离，就是一家大卖场。里面瓜果蔬菜、鸡鸭鱼肉，应有尽有。

瞬间，沈涟漪就当真好像是一个持家的小妇人，兴致勃勃地挑选起来，恨不得装满手推车。帅朗自然只好无奈地扮演苦力，推着手推车，跟在沈涟漪的身后，看着她一路上把所有看中的商品全都扔进了手推车内。

帅朗心里始终还是想着高迈的事情。从高迈和齐华的宿怨，到海鸥资产针对长林集团的收购战，高迈和齐家兄弟各自的表现，再到如今齐华居然让长林集团董事会任命高迈为董事会秘书。

这些人，这些事，当真是错综复杂、扑朔迷离。

可是，帅朗又隐隐觉得，自己恍惚已经扯到了一个线头。线头的那一端，便是隐藏在重重迷雾之中的真相。

念及于此，他实在有些忍不住了，趁沈涟漪在疯狂购物的当口，抽空拿出手机，将今天知道的事情，以及自己的一些猜测，写在微信里，发给了叶阑珊。

只是，在按下发送键的刹那，帅朗忽然心有所感，猛地回头。

但见原本一门心思扑在购物上的沈涟漪，不知道什么时候，已经停了下来，正站在一旁的货架下，看着帅朗。待帅朗将目光转来，她却立刻好像受到了惊吓的小兔子一般，赶忙将目光挪开。

她恍若没事人一样，带了些许结巴地道：“哎哟，差点儿忘了，我们还没有买一个小电饭锅煮饭呢！”

说话间，她转头便要朝一旁摆放了许多电饭锅的架子走去。

帅朗皱眉。他头疼地感觉到，和以往无数次被沈涟漪撞见女生塞给他情书不同，这一次，沈涟漪似乎是真的在意齐然诺的存在。

确切地说，倒未必是吃醋，而是……常常比他自己还熟悉他的沈涟漪，显然直觉到帅朗有什么事情瞒着他。

帅朗无奈地牵动了一下嘴角，自己如果不想在两人间留下什么芥蒂的话，似乎只有实言相告了。

“涟漪！”当下，帅朗暗自轻叹了一声，开口叫住了沈涟漪。

同时，一个箭步上前，从背后将沈涟漪揽在了自己的怀里。可惜，还没等他整理好措辞，蓦然，手机铃声响起。

帅朗愣了一愣。随手取出手机，看到屏幕上显示出来电的号码，赫然是熊猫。

这时，沈涟漪也转过身来，恰好看到了手机屏幕上熊猫两个字，不由皱眉："这家伙也不知道最近在忙什么？前两天和他通了一次电话，没说上两句他就匆匆挂了。哼，神神秘秘的，天晓得在搞什么鬼！喂，帅朗，你还不快点儿接？"

帅朗轻轻嗯了一声，犹豫一下，还是接通了电话。只听到熊猫的声音从那头传来："帅朗，事情搞定了！"

"搞定什么事情？"正自依偎在帅朗怀里的沈涟漪，自然也听到了熊猫的话。

眼见帅朗嗯嗯啊啊，应付了熊猫两句，就挂掉了电话，她忍不住狐疑地看了帅朗一眼："你们两个，不会在鬼鬼祟祟做什么坏事吧？"

"哈哈，如果真要做什么坏事，那也肯定得把你拉来入伙，做本帅的压寨夫人不是？"帅朗哈哈一笑。

原本想坦言相告的心思，淡了。沈涟漪说得没错，他确实和熊猫鬼鬼祟祟做了一些并不那么光明正大的事情。而他的面前，他眼中的沈涟漪，却恍若天使般无瑕，绝对不该和这些事情沾染上一丝丝关系！

第四十章
签字

“爸，对不起！”

清晨，弄堂。

看着一片狼藉的小馄饨铺子，王大福痛苦地双手抱头，蹲在了地上。

他怎么也没有想到会弄成这样！短短几天前，他发现自己有可能忽然成为富二代。短短几天前，他幸福地发现，以前一个只敢远观的女神同学，不知怎地，忽然和他有说有笑，迅速拉近了距离。

只是，和女神交往，总归要花钱的。

哪怕那女神当真很好，并没有要求他买什么几千、几万的包包，也没有流露出想要换个苹果手机之类的口风。然而，单单只是日常手牵着手去吃饭，去逛街，去看电影，你总得埋单吧。

传说中的巨款还没到手，现实里他缺钱啊。

就在这个时候，他打工的地方，一个和他相处还不错的同事，就推荐他加入了一个炒股的群。里面的老师是一个短线高手，还真是一说一个准。几次推荐股票，都是隔天至少赚百分之三的利润。

钱简直就是躺赚啊！

缺钱的王大福，忍不住也拿了点儿钱，开了个证券账户。这年头，券商到处都在拉人，开户真是容易。就网上点击几下，传一下身份证和自己的照片，来一段风险自负的视频就搞定了。

然后，投了几千块，两天就赚了几百块。然后，看到女神小姐姐无意中流露出很想买一款新上市的衣服。王大福二话不说，买了。那天，女神小姐姐可高兴了，高兴地亲了他。

王大福完全沉浸在了幸福里面。他好享受这样的幸福，一整夜都翻来覆去，直到凌晨才在幸福里甜甜地睡去。

第二天，他偷偷把家里的存款一股脑儿拿出来，投入了股市。

开始，还是赚的。没想到，有一次买了股票以后，当天还拉升了一个点。第二天开盘，居然就跌了四个点，跟着居然就瀑布一样，眨眼工夫，跌到了跌停板上。

王大福顿时懵了。

他怎么也没有想到，原本选股弹不虚发的老师，这一次怎么就走眼了。就这样措手不及地，他吐出了之前所有的利润，还亏了本金。

更要命的是，跌停板啊。想逃都逃不出来，完完全全被套住了。

他忍不住去找那同事理论，同事却振振有词："知不知道什么叫作技术分析？技术分析只是预判股价可能的走势。可能！懂吗？可能！这里面是有成功率的。没有任何一次技术分析能保证百分百全对。所以需要设好止损，所以需要做好可能亏钱的思想准备。

"老师不是每一次都强调过吗？不是一次又一次说过，股市有风险，入市需谨慎。你没有设好止损，不能果断斩仓。而且也没有按照老师指点的仓位去买入，反而全仓，不，是去借高利贷，相当于加了杠杆一把梭。现在底牌亮了，输钱怪谁？

“何况，老师指点你交易股票，收过你一分钱吗？你去打听打听，就算收费的，也照样得是学员盈亏自负。何况现在全都是免费的。你买股票赚了钱自己花，没有分给老师一分钱。现在亏钱了，就要别人来帮你分担？天底下哪有这样的道理？”

有理有据的驳斥，说得王大福哑口无言。

这事儿，他着实没有一丁点儿道理去怪自己的那个同事，也没法去怪那个同事推荐的股神老师。问题是，高利贷当真是实实在在欠着的。

他借的其实真不多，只有十万，实际到手才三万。

可不知不觉，为了还债，他又周转了几个放贷的公司。折腾一通之后，债一点儿都没有减少，反而变成了恐怖的三百多万了。

三百多万，他砸锅卖铁也还不起啊！

偏偏，这些欠债，被放贷公司用十分正规的合同，十分复杂的资金进出方法，整理得完全合法，无懈可击。

那欠债的合同，完全出自正规的律师之手，完完全全成了民间正常的经济纠纷，完完全全绕开了针对高利贷的法律限制。

尤其那些讨债的，手段也十分巧妙。主要是电话短信轰炸，威胁披露他的信息给周围的亲朋好友，又或者晚上偷偷地在他家门口墙壁上喷一些字。

再不然，找些人故意来小馄饨铺吃小馄饨，故意两帮人争吵起来，把小馄饨铺折腾得满地狼藉，吓跑其他客人，影响小馄饨铺的生意。

再不然，跑去王老实做物业的小区，用各种手段堵王老实，让王老实因为影响到了小区的安宁，被物业公司开除。

很恶心人，却游走在法律的边缘。哪怕报警，警察来了也解决不了任何问题。最后，在可能会让王大福被学校勒令退学的威胁下，王大福终于承受不住了。

他和父亲不得不接受了放贷人的条件。

债，可以一笔勾销。但是，那份东华渔业的股权转让协议，必须签。

直到这时，王大福方才恍然大悟，什么女神姐姐，什么同事，什么股神老师，包括这些放高利贷的，原来都是局，专门针对他设计的局。

一切都是为了那份股份转让协议！

有那么一瞬间，他出离愤怒，真想拒绝，真想耗下去，真想拼个鱼死网破。

“算了！”相对儿子的不甘，王老实倒是淡定了许多。

毕竟长了好多岁，经历了太多风风雨雨，他反而看开了，拍了拍儿子的肩膀：“反正，也确实不是咱们的钱。命中注定不该是咱们的，就没必要强求了。也强求不得啊。胳膊拧不过大腿，人家有钱有势，想折腾我们这些小老百姓，有的是办法。现在这样了结也好。人，终究还是要脚踏实地活着！”

说话间，他心有所感地微微抬头。

看到远处一辆银白色的凯迪拉克，从远处开了过来，停在了弄堂口。

车里出来的，有熊猫。有一个西装革履，一看就感觉是律师的中年人。还有一个让人一看就会在第一时间由衷赞叹一声好帅的年轻人。

这么帅的年轻人，无论谁见了都会印象深刻。王老实也不例外，他认识这个年轻人。

他记得在之前的三四年里面，这个好帅好帅的年轻人，经常骑了一辆自行车，带着一个清清爽爽的小姑娘，在清新的早晨，过来吃小馄饨。甜甜蜜蜜、恩恩爱爱，金童玉女般的两人，惹人羡慕，让人想忘也忘不了。

只是没有想到，时间过得真快。一晃眼，这个当初还有些青涩的小伙子，如今也已经踏入了社会，踏入了职场。

是叫……帅朗吧？熊猫说的，那个东华渔业的证代。

呵呵，果然是天之骄子啊。这么快，就适应了社会。这么快，就学会了狠厉的手段，来完成老板的任务，然后得到老板的赏识，继续飞黄腾达、平步青云，成为这个社会的精英。

王老实默默地看着熊猫一行三人，朝这边走过来。

虽然他按住了儿子，虽然他不像儿子那样怒不可遏。但是这个时候，他看着熊猫、帅朗还有那个律师的目光，同样满是愤恨。

“王叔！”就在王老实平静却又暗藏愤恨的注视下，帅朗一行人已经来到了近前。

帅朗看到这砸碎了好多碗、撑着凉棚的一根竹子已经折断、整个凉棚已经东倒西歪的小馄饨铺子，又看到灰头土脸却又愤恨不已的王老实父子，他忍不住微微皱了皱眉。

不过，犹豫了一下，他终究没有说什么话，默默地站立一旁，看着熊猫笑呵呵地上前和王老实父子打招呼，看着律师拿出了股份转让协议。王老实父子强压住那不知从何而来却分外强烈的愤恨，默然拿起笔，在股份协议上签了字。

一切都是过场。很快开始，很快结束。

从头到尾，王老实父子都没有说一句话。

在王老实父子的沉默中，走完了这个过场。

帅朗感觉自己就好像逃跑一样，逃离了小馄饨铺子，上车，引擎瞬间启动，扬尘而去。

这时，他方才开口：“熊猫……”

才说了两个字，话就停住了，瞥了一眼同车的律师，帅朗沉吟好久，终究没有问出心中的疑惑，说出另外两个字：“多谢！”

第四十一章
办妥

“这下妥了！哈哈，老子果然没看错人！小帅，你小子果然有两下子！”

三日后，东华渔业总部。

齐军声如洪钟的大笑，几乎都能穿透到公司的楼房外面。他坐在老板椅上，愉快地摸着自己只有板寸短发的脑袋，眼睛则盯着帅朗放在他面前的那一张声明。

那张声明，白纸黑字，清清楚楚表达了王老实承认自己已经将东华渔业的股份转让给齐军，时间地点全都有。还有王老实自己的签名和手印。

一切迎刃而解。

一时间，齐军忍不住问：“你小子到底用了什么法子？我听獭子说，你根本没用到他！”

“事情比较顺利，所以就不麻烦獭子哥了！”帅朗就端坐在齐军面前，一如往常那样平静从容。

看得出齐军的好奇，他耐心解释道："事情比较凑巧。王老实这些年，不是正好就在我毕业的学校旁边开了一家小馄饨铺吗？他的小馄饨很好吃。我的那些同学，包括我自己都经常去吃。一来二去，恰好我有一个很要好的同学，和他比较熟。那同学，现在又恰好做记者。

"这次，我就是先让我那个同学过去，给他透露一点儿消息，说是东华渔业有些好多年前的问题暴露出来了。他如果还是东华渔业股东的话，很有可能被牵扯到。小老百姓自然最怕官司了。他应该是被吓到了……"

说到这里的时候，帅朗微微咯噔了一下。

他又想起了被砸得一地狼藉的小馄饨铺子。

又想起了小馄饨铺子里面，灰头土脸、愤恨不已却又强行克制住、默默签下了股权转让协议的王老实父子。

仅仅只是吓到了？傻子才信！

可是，那一刻，帅朗终究没有问熊猫。

他隐隐有所猜测，却不想去证实，不敢去证实。

心念电转之间，他飞快驱赶走了心中的疑惑和猜测，微笑着指了指齐军面前那份王老实亲笔书写、亲笔签名，还按了手印的声明："可能是当真以前做了什么亏心事？反正，结果就是这样了……"

说话间，帅朗的脸上不动声色，眼睛的余光却时刻都留意着齐军的神情。可惜，根本看不出齐军的脸上有任何异样。

也不知道是他当真坦荡，还是有恃无恐，又或者根本不把东华渔业在起家阶段那些见不得光的勾当当回事。齐军再次笑了起来，摸着脑袋大笑，很是欢畅。

齐军大笑着，指了指帅朗："王老实这家伙，我知道，一直就是这么𡒄！就是个老实的𡒄人！哎呀，说实在的，要不是关系到的钱款数字那么大，我就算再拿出一笔钱给他也成。毕竟，他确实是公司白手起家时的元老。确实有功啊。可惜，我不敢赌啊！人心，哪里赌得起！呵呵，就是不知道，王老实这厌货，如果有朝一日发现是你在搞鬼，害他损失了这么一大笔钱，会不会找你拼命！”

“这本来就不该是他的钱！”帅朗耸了耸肩，“而且，食君之禄忠君之事！我只是完成自己的本职工作！”

“说得好！奶奶的，有文化的人，就是会说话！”

齐军满意地点了点头，正待开口说什么，恰好手边的电话响起。

他拿起电话，才听了几句，立刻大笑道：“太好了，诺诺！赶紧回来吧！正好，小帅也把事情漂漂亮亮地办妥了！咱们东华渔业上市，基本上应该没什么大问题了吧？这次你们俩都立了大功，晚上二叔请客，好好款待你们两位功臣！”

齐然诺？一旁的帅朗听得真切，心中不由一动。

不过当着齐军的面，他没有多问。和齐军又交谈了几句工作上的事情后，他就走出了齐军的办公室。

脚步微微停滞了一下，他随即离开了东华渔业总部的办公大楼，径自朝着不远处的码头走去。在码头上，找到了正在打理海船的獭子。

“诺诺啊？嗯，她确实立了大功！帮了二爷一个很大的忙！这丫头从小就聪明得紧，可不比你差哦！”果然，獭子知道内情。

这货看上去只是做些开车之类的杂活，实际上却是齐军的亲信，和齐家兄弟应该是很近的亲戚。即便齐然诺也要叫他一声“獭子哥”，好像齐军的子侄一般，消息灵通得紧。

此刻说到齐然诺，他脸上的表情，就好像在说自家从小看着长大的小妹妹。

獭子随手点燃了一支香烟，斜倚在甲板的栏杆旁，说道：“就在前两天，你忙着对付王老实的时候，诺诺也没有闲着。主要就是忙着审计公司财务。还有就是和那个什么……什么 PE 的人讨价还价。

什么玩意儿？尽弄些莫名其妙的字母来折腾人。到现在，老子还没明白，他们究竟是干什么的？怎么就跑到咱公司来，指手画脚，什么都要管！”

“PE 是私募股权投资，专门投资未上市公司的股权……”帅朗随口解释了一句。

不过他不是齐然诺，看到獭子一脸的懵懂，他及时把后面的长篇大论都吞回肚子里去了，言简意赅地道：“总之，獭子哥，你只要明白啊，这 PE 就是风险投资，专门买原始股，就等着咱们东华渔业上市成功赚大钱！”

“哦……”獭子似懂非懂地点了点头，随即勃然大怒，“这咋行？这不是生生地把咱们的钱送给这帮孙子吗？”

帅朗哭笑不得地摇了摇头：“这世上当然没有免费的午餐。他们首先是要付出真金白银的。这些钱，对咱们东华渔业的发展有大作用。其次他们是承担风险的，万一东华渔业上不了市，他们可就亏惨了！”

帅朗正说着，獭子忙不迭地朝地上吐了几口唾沫：“呸呸呸，莫说这丧气话！谁说咱们东华渔业不能上市的？”

“对对对，咱们东华渔业肯定能上市！”帅朗从善如流，跟着解释道，“所以，他们还有一个很重要的作用。他们负责规范治理咱们公司，就好像包装明星一样，包装咱们东华渔业。把个人英雄式的企业转变成为依靠管理团队的企业，把团队企业变为公众企业，提升企业的透明度，加强企业的治理，最终让东华渔业达到过会上市的要求。”

獭子听得头大。他挠了挠头，不耐烦地用力一挥手：“管他呢。老子反正不懂，就知道这些孙子这些天总是鸡蛋里挑骨头，这个不对那个不妥，嘴里尽吐一些听不懂的话，偏偏还好像很高大上的样子。看着就让人恼火。”

说到这里，他似乎看到有水手做事情没做好，扯开嗓子怒吼了几声，这才转头，看着帅朗，言归正传：“反正啊，就是一群西装革履戴着眼镜、看了就让人恼火的书呆子。呃，阿郎，我可不是说你，哈哈，你这不是也没戴眼镜啊！唉，又扯远了。总之，他们挺咄咄逼人，趾高气扬的。可说的又是那叫什么，嗯，专业，对，很专业的话，让人没法回嘴。

“你是没看到老万叔的可怜样，整天都被这些王八蛋训得像孙子一样。这么大年纪的人了，还得赔着笑，一个劲儿点头称是。寒碜啊！

“亏得后来诺诺开口了，也是一口专业的词。哈哈，比这些孙子更专业。愣是一二三四五，找了一大堆这些孙子的错误。开始这些孙子还不服气，说什么他是什么ACCA，天晓得是什么鬼东西。

“可是，哈哈，这些孙子哪比得过诺诺。诺诺一报家门，这些孙子立马熄火。跟着，老老实实继续听诺诺指出他们的错误，越听，脑门冒的汗越多。最后一声不吭，简直诺诺说啥就是啥了！”

说着，獭子咧开嘴，嘿嘿傻笑了一声，道：“唉，我也不太懂。就是看二爷高兴。听他老人家说，幸好有诺诺在，镇住了这些孙子，才没让他们狮子大开口。一来二去，不但把事情迅速搞定了，还变相地给咱东华渔业至少赚了这么一个数！”

一边说，这厮还神秘兮兮地左右张望一眼，然后凑近帅朗，给他比画了一个手势。

帅朗不由莞尔一笑，这还真是齐然诺的风格，简单、直接。

不管怎么说，东华渔业上市的道路已经渐渐平坦起来。

要上市了？齐家兄弟如果想利用东华渔业上市，玩弄什么手脚，只怕也快付诸行动了吧？

心念电转之际，帅朗下意识地转头，朝东华渔业总部的办公大楼看了一眼。

第四十二章
上阵

“现在知道了吧？做招股书其实就是个民工干的活！”

数月后，北京，机场。

负责东华渔业上市的保代老李，是个快要奔四的老江湖。下了飞机，他狠狠地伸了一个懒腰，然后下意识地拍了拍自己的耳朵。

帅朗见状，也忍不住同样揉了揉耳朵。没办法，就这会儿，印刷机和装订机的运转声、鼠标的啪啪声、校稿的翻页声，犹自在耳畔轰鸣呢。

老李说得一点都没错。为了过会，必须准备300页的招股书加上10倍以上的申报材料。为了这招股书还有这申报材料，光印刷就是个强体力活。

这段时间，帅朗感觉自己就做三件事情了——吃饭喝水、校对材料、上厕所。简单枯燥的无限重复贯穿了整个申报、审核、发行过程。如今好不容易熬完了所有步骤，当真有一些重见天日的感觉。

念及于此，他忍不住瞥了一眼龙行虎步走在前面的齐然诺。

这姑娘，厉害！

一点儿都没有千金大小姐的架子，愣是和他们几个大老爷们一起，参与了所有环节，一点儿都没有落下。更让帅朗瞠目的是，明明和他们一样，校对了一整夜材料，明明一样几乎一整夜没合眼，此刻齐然诺看上去居然是如此精神抖擞——逛起了机场门店。

"嘿嘿，这就是女人！"老李拍了拍帅朗的肩膀，递给了帅朗一个只有男人才明白的眼色，随即很是过来人地感慨道，"有时候感觉，我们这些男人，这辈子啊，就是为了她们的包包而奋斗的！现在啊，我就特理解烽火戏诸侯的周幽王。这钱这权这大好江山，还不就是拿来博美人一笑的？"

帅朗耸了耸肩。一直都是被女生倒追，根本不需要考虑美人笑不笑的他，真是一点儿都没这感觉。

"帅朗！"正说话间，只见跑去门店逛了一圈的齐然诺走了回来。手里已经提了几个精美的包装袋。或许是步伐有些快的缘故，她的呼吸微微有些急促，伸手将其中一个包装袋递给帅朗。

齐然诺目光闪烁了一下，游移开去，故意盯着帅朗右侧，盯得很认真，就好像那里有很稀奇的事情发生一样。

一开口，更是一本正经，十分严肃正式："等一下就要上会了。我们无论言行举止还是穿着打扮，必须展现出东华渔业的风貌来。所以……我帮你挑了一根领带。呃……不是说你原本穿得不好。其实现在这一身穿得也很好。但是，我、我觉得也许这条领带可能……"

"姑娘！你这是欲盖弥彰啊！太不矜持会掉身价的知不知道？"

一旁的老李旁观整个过程，忽然很想这么吐槽一声。尤其这个时候，他身边的帅朗居然一点儿也不激动，更没有丝毫受宠若惊的样子。

帅朗打断了齐然诺越来越有些着急有些结巴的话语，简简单单道了一声“谢谢”。

简简单单伸手，接过了齐然诺递来的领带，自然地打开包装，自然地取出，自然地换上。一如往昔接到无数女生送来的礼物一样。

齐然诺顿时恍惚鲜花绽放，睫毛微微颤动。眉眼，乃至脸上每一个毛细孔，都完全掩饰不住她喜悦的心情。

老李则目瞪口呆。眨了眨眼，看了看依旧好像没事人一样的帅朗，又看了看已经忍不住笑逐颜开的齐然诺，他忽然感觉自己受了十万点暴击，默默地起身，去了洗手间。

“然诺！”

出了机场，帅朗就看到了马钧儒。

这位长林集团的投资部总监，此时感觉好像比帅朗还要像东华渔业的员工，居然千里迢迢亲自跑来北京，还开了一辆S600的大奔，心甘情愿为大家充当司机。开车的同时，嘴里一刻也没有闲着："二叔他们昨晚到的，都安顿好了。这会儿应该也已经去富凯的路上了。放心，我已经和熟悉的师兄打过招呼了，没大问题……"

刚刚经受了十万点暴击的老李，有些萎靡地缩在了后排的座位上，感觉前排的马钧儒就好像一只迫不及待展屏的孔雀。

呵呵，情敌啊！

当下，他忍不住有些幸灾乐祸地瞥了一眼旁边的帅朗。很想看看面对突然杀出来的对手，帅朗是怎样的表情。可惜，他失望了。

帅朗很端正地坐在座位上，没有流露出什么表情，只是自顾自看着车外不断倒退的树、房、车、人。

天晓得当真是城府有山川之险，还是压根就没把马钧儒放在心上。

一时间，看不成热闹的老李顿觉无趣，越发萎靡地缩在了后排。他可没有齐然诺刚才逛机场门店的精气神，也不像帅朗彻夜不眠也不见受到任何影响。

他毕竟奔四了。

那些申报的材料，他必须一个字、一个字，一行紧接一行，仔仔细细地核对，以至于晚上将近三点钟才赶工整理好所有资料，飞机却是早上八点钟的，根本不敢睡，在附近找了一家澡堂洗一把，眯了一觉，就急匆匆奔赴机场。

如此折腾下来，自然疲惫到了极点。靠在汽车的沙发靠背上，不知不觉，打了一个哈欠，倦意上涌，就睡着了。

待到睁开眼睛醒来，只见马钧儒已经驾车来到了富凯大厦。

富凯大厦地处北京市金融街的B区5号，南临广宁伯街，隔街是建行大厦、平安大厦、金阳大厦；西临B区6号的中国证券大厦，绝对是所有在证券行当里混饭吃的人心中又爱又恨，敬畏有加的圣地。

因为，证监会就在这里。

相对于已经来了好几次、早就熟门熟路的老李，生平第一次来到富凯大厦的帅朗，心中激荡不已。

抬头看着这座据说总建筑面积达12万平方米，地下三层，地上二十二层的大厦，帅朗深深吸了一口气。

眼前的富凯大厦，确实是一座感觉很高档的阳光景观型写字楼，放眼望去，现代、庄重、简洁、规整。唯一让人恼火的是，不知道哪个天才儿童设计了富凯的大门。

富凯那道时开时闭的玻璃闸门，实在很不友好。每次只能一人拖着一只沉重的56寸行李箱通过。哪怕齐然诺也不例外，吃力地将行李推在自己的身前，犹如穿越火线一样，卡着时间冲过去。

好在过了玻璃闸门，就没什么麻烦了，里面无论采光还是通风都极好。中庭部分还营造出具有西方风情的绿色空中花园景观。

老万、獭子这些东华渔业的公司高管，跟随齐军，比赶工的齐然诺他们早两天过来。来到这地方，一下子就露出了原形，这会儿东张西望，探头探脑，但凡眼睛没瞎，都能看出他们的紧张和拘束。一个个都像是刘姥姥进了大观园。

更要命的是，才走了几步，就出事了。

忽然，就听到獭子轻轻叫了起来："咦？老万？老万叔呢？"

被他这么一叫，大家伙儿这才发现，刚刚还在眼前的老万，居然不见了。

"奶奶的！"齐军见状，忍不住摸了摸他那只有板寸短发的脑袋，忍不住龇牙，"老子昨天刚刚听说，有人上会的时候晕倒。怎么，老子还赶上有人临阵落跑了？"

一边说，他一边掏出手机拨打老万的电话。没人接。

难道，这货真在这节骨眼上落跑了？连帅朗和齐然诺都忍不住面面相觑。

好一通寻找，几乎都引起富凯大厦里面物业的注意了，老万终于一路小跑赶了回来。

他自知理亏，满脸赔着小心拱手道："上个厕所……去上了个厕所！"

"奶奶的！就你懒人屎尿多！"眼见老万不是当真逃跑，齐军先是松了一口气，继而狠狠地一瞪眼，"今儿早上起来到现在，你自己算算，这都去了几趟了？"

老万哭丧着脸，委屈道："这……这不是紧张吗？忍不住，真忍不住啊！"

"扯犊子！"齐二爷不愧是齐二爷，关键时刻发起威来，"咱东华的男人，什么大风大浪没经历过？害怕这点儿阵仗？裤裆里还有没有卵蛋了？"

这一通粗话，听在齐然诺和帅朗耳中，很有些不适应。可被他这么一说，东华渔业的那几个男人，哪怕是白发佝偻的老万，都情不自禁地抬起了头，挺起了胸。整个人，感觉从头到脚都和片刻之前完全不一样了，还真有些迎战风浪的味道。

士气可用!

等到将近十一点，安排东华渔业上场的时候，齐军伸出手来，和每一个人都很是郑重其事地握了握手，招呼、鼓励。一向粗鄙的他，这一刻，脸上居然浮现出一丝很淡、很淡的微笑。

仿佛是久经沙场、早就看淡了成败生死的宿将，平静、自信、从容地挥手，带着他的千军万马，上阵!

第四十三章 发现

过会之后，五环之外的郊野上。

火，烧得很旺。烧的都是申报的材料。

“怎么这么多？”马钧儒马总监看着自己借来的大奔，如今里里外外全都塞满了A4纸打印出来的文件，这一双眉，从开始就没有松开，越皱越紧。

“很正常啊！”齐然诺一点儿都不娇气。

她有些吃力地搬下了又一叠材料，放在地上，伸手擦了擦额头的汗，淡淡地道：“初审外加发审，至少要二三十本吧。还有前两次来北京走流程的时候留下的十多本，加起来还不得几百公斤？”

“呵呵，亏得马总的大奔啊！”獭子正光着膀子，将这些资料扔进火团里，笑呵呵地道，“货车进不了市区，小车又装不下这么多文件。要没有马总的大奔，可就麻烦了！”

“那……那也用不着费这么大劲儿，运到这鬼地方来烧吧？”

九月的天，还是很热的。马总监西装革履，一点儿都不想动手出力气搬文件。

至于烧纸？见鬼！看着这熊熊燃烧的火，他避之唯恐不及。

马钧儒站在距离火堆很远的地方，一边掏出手帕擦汗，一边咕哝道："你们为什么不把它们扔掉。或者，碎纸机……"

"这么多，你觉得要弄坏多少台碎纸机！"齐然诺没好气地瞪了他一眼，指了指那一堆堆文件，"至于扔掉？知道这些是什么吗？好多都是东华渔业税务资料的复印件。你也是学金融的，难道不知道，如果泄露出去，可能的风险有多大？"

"烧，当然要烧！"马钧儒立马无语，只好悻悻地附和了一声，跟着，眼珠子微微转了转。

他终究不肯做这个苦力，聪明地说了一声："诺诺，我给你买水去。"

说着，就名正言顺地远离了这热气扑面而来的火浪。

等他不知道去了多远的地方买来了两瓶矿泉水，拿在手里晃晃悠悠走回来的时候，这一大堆材料，也终于快烧完了。

马钧儒自然立刻抓住机会，风度翩翩上前，将其中一瓶矿泉水递到了齐然诺面前，殷勤地道："喝水，诺诺！"

"谢谢！"齐然诺很自然地接过马钧儒递到面前的矿泉水，却没有马上喝，顺手又把马钧儒留给他自己的另一瓶矿泉水拿了过来，然后很自然地走到帅朗跟前。

帅朗一直和獭子一起蹲在火堆旁，不断将材料扔到火堆里。

"帅朗，喝水！"做了这么久的体力活，姑娘的脸上原本就流着汗，红红的。这一刻，靠近了火堆，越发热得通红，越发汗水打湿了发，越发显得水灵。

她伸手将其中一瓶矿泉水递给了帅朗。

"谢谢！"和早就热得只剩下一条小裤衩的獭子不同，帅朗只脱了西装，解开了衬衫的领口，汗水已经完全浸透了他的衣服。

不过，他依旧保持着从容的风度，帅得亮眼。足以吸引来所有少女的目光，让她们目光迷离。

齐然诺也忍不住有些贪婪地看着眼前的帅朗，就好像看着一幅美极了的画。

帅朗站起身来，接过齐然诺递过来的矿泉水，从兜里拿出一包餐巾纸。先是递给了齐然诺两张，继而自己也取出一张，擦了擦脸上的汗，相视一笑。

帅朗打开瓶盖，咕嘟咕嘟，喝了好几大口。随即，又转手交给了蹲在旁边的獭子。獭子这粗货，当然没有什么讲究。他一把接过来，仰头一口就把瓶子里的矿泉水喝光了。

然后大大地吐了一口气，哈哈大笑着，大叫了一声：“爽！”

齐然诺不由用鼻音轻轻地哼了一声，还下意识地微微跺了跺脚。

獭子才不在意呢，他咧着嘴，只管傻笑，只是目光偶尔闪过几丝精明。扫过了帅朗，扫过了齐然诺，扫过了脸色早已经青一阵白一阵、好像受了十万点暴击的马钧儒。把所有人的神情举止，一点儿不剩地尽收眼中，兴致勃勃，俨然在看一场好戏。

这时，手机铃声响起。

帅朗微微一愣，发现居然是自己的，来电显示，赫然是叶阑珊。

他犹豫了一下，没有接，抬头迎着齐然诺关心好奇的目光，随口道了一声：“广告推销的电话！”

“嗯，这种电话最讨厌了！”齐然诺点了点头，她闪躲开了帅朗的目光，轻轻咳嗽了一声，拿出领导的派头，“好了，大家加紧干活。完事了，我请大家大餐！”

“呵呵，诺诺，可用不着你这小祖宗掏腰包。”獭子依旧咧着嘴，呵呵笑道，“二爷早就交代好了。让老万给咱们定了五星级的宾馆，今晚的开销，他全包！”

抓紧时间赶完工，一行人浩浩荡荡杀回京城。

在凉爽的空调下，吃着美味丰盛的自助餐，相比起刚才在荒郊野外烧火，确实是截然不同的两个世界。

就在帅朗选择菜肴的当口，齐然诺托着托盘走到跟前："接下来就要路演了。我和二叔商量好了，到时候准备加上你！你作为路演的嘉宾。所以，回去以后你要好好准备一下，想想如何面对机构的发问。"

"我？"帅朗微微一愣。

路演的话，就要和机构面对面交流。交流的，必将是以东华渔业的经营业务为主。这种场合，他一个小小的证券事务代表，可派不上什么用场啊。能当顶梁柱的，肯定是熟悉公司运作的业务高管。

齐然诺认真地安慰道："没事！具体的业务环节，二叔当然安排好镇场的人了。你就当是去学习吧。这样的经历，对你以后有好处！"

"谢谢！"帅朗恍然。

齐然诺这是又一次帮他了。如同上次推荐他去参加董秘考试，推荐他成为证券事务代表一样。这一次，如果能够参加路演，同样可以给他的履历增色不少。

念及于此，他认真地点了点头："我一定努力！"

"你当然要努力！敢偷懒，小心我扣你薪水！"齐然诺习惯性地用鼻音哼哼了两声，努力摆出了一脸凶狠、张牙舞爪的样子。

可惜，一点儿都没有威慑力，不像老虎，倒更像是小猫。

尤其，这才放话威胁完，自个儿便忙不迭地转身，专心致志地挑选起食物来，就好像刚才的谈话根本没有发生。

帅朗哑然一笑，脸上闪过了一丝复杂。

不得不承认，齐然诺是一个很好、很好的女孩，做任何事情都是那么认真，一丝不苟。自己这个初出茅庐的职场菜鸟，在工作上其实得到了她很大的帮助。而且，帅朗从小就习惯被无数女生爱慕，自然已经察觉到，不知何时，齐然诺投向自己的目光里，流露出了若有若无的情愫。

可惜……她终究是齐华的女儿，齐军的侄女。

想到自己从一开始，其实就在谋算她的父亲和叔叔，帅朗就忍不住有些愧疚。只是，这愧疚的心情方才涌起，脑海里便恍惚浮现出父亲在生命的最后一刻，留下了给自己的遗书，一步步，从容走上天台，又迅速坠下的情景。

帅朗忍不住闭上眼睛，暗暗叹了一口气。待重新睁开眼睛，目光已经再次坚定。他不动声色地拿着托盘，回到了餐桌，仿佛没事人一样和大家有说有笑。

直到宴罢人散，帅朗回到了酒店的房间，一人独处时，终于拨通了叶阑珊的手机。

“帅朗？”手机的那头，叶阑珊似乎一直在等着帅朗。

当手机接通的瞬间，就听到叶阑珊的声音从手机那头迫不及待地传来了：“查清楚了，当初那个开车撞死齐华老婆的司机，是香港一个富豪的儿子。而帮这个富二代打官司的，就是高迈。那时候流行招商引资，官员们都眼巴巴想争取那个富豪的投资，给了还在体制内的齐华很大的压力。再加上高迈出手，做了许多手脚，最终迫使齐华不得不拿了富豪的赔偿金，接受和解。”

“嗯……”帅朗冷静地点了点头。

一切，果然如他直觉猜测的一样，只是此刻，他却无暇高兴。

因为，哪怕是相隔千里之外，此时此刻，帅朗依旧强烈地听出，手机那头，叶阑珊的嗓音很嘶哑。嘶哑的嗓音里，分明透着惊恐和彷徨。

这可不是他认识的叶阑珊。出了什么事？

帅朗忍不住问：“怎么了？”

手机那头，忽然沉默了。好一会儿才听到叶阑珊伴随着急促的呼吸，再次开口："帅朗，我、我发现……姑姑可能是被人……害死的！"

第四十四章
推测

夜，二十二点十五分。

东方航空的飞机，准时降落在了机场。

帅朗和同机返回的齐然诺他们道别之后，就开着白色的凯迪拉克疾驰而去，没入了漆黑的夜色中。

大约一个小时后，车停在了海鸥俱乐部门口。

已经过了二十三点的海鸥俱乐部，虽然不曾营业，却依旧亮着灯。伴随着阵阵悦耳的风铃声响起，帅朗走了进去。

进门就看到叶阑珊一手夹着精致的女士香烟，一手拿着酒杯，落寞地坐在吧台上，自斟自饮。

酒吧内，回荡的是一首外语歌曲。帅朗没听过，不知道名字，却分明感觉到乐声里透着哀伤和惆怅。

哪怕酒吧门开，哪怕帅朗走来，叶阑珊始终没有抬头。她幽幽地盯着自己手中的酒杯，偶尔微微晃荡一下杯中的红酒。

她看得那么仔细，好像能够看出花来一样。

直到帅朗在身旁坐下，她好像是在和帅朗诉说，又似自言自语："知道吗？以前，在我的心目中，姑姑就好像是从天上贬落到凡间的仙子。感觉她无所不能。她的零钱，对当时的我来说犹如天文数字。她的通讯簿上，好像记满了这个世界上所有人的联系方式，不管大人物，还是小人物，只要遇上什么事情，她一个电话，就没有她找不到的人，解决不了的事情。

"更重要的，是她的智慧。她有一双好像可以看透一切的眼睛。任何人，任何心思，在她的面前都暴露无遗。她能够在机会稍纵即逝的资本市场尽情斩获。也能和任何一个行业的人投契交谈，好像她也是同样内行的人。她更可以和老师纵论古今，指点人物，总是有聊不完的话题。也就只有老师，才能跟上她的思维。而其他人，无论如何竭尽全力追赶，也只能看到她的背影，似乎很近，实则很远。"

说到这里，叶阑珊猛地仰起头，将手中酒杯里的红酒，一口喝下，随即目光转向帅朗。

叶阑珊怔怔地看着帅朗，声嘶力竭地喊道："可是，姑姑死了。在我心中，无所不能神仙一样的姑姑，死了！而且……而且，她是被人害死的！被高迈！"

说话间，两行清泪，从她的眼角徐徐淌下。

帅朗目光微微一闪。只觉得此刻的叶阑珊，完全迥异于他印象中的叶阑珊，竟似一个迷途的小女孩，让人忍不住发自内心地怜惜。

他没有说话，随手抽出旁边的一张餐巾纸，轻轻地为叶阑珊擦去了泪。

当餐巾纸触及叶阑珊脸颊的瞬间，叶阑珊的身体微微一动，似乎很吃惊，没有想到帅朗会这么做。她停住了，静静地，一动也不动，并没有闪避，任由帅朗为自己拭去泪痕。

四目，因此相对。

一些难以言说的东西，似有若无地隐现。

帅朗退后一步，避开了叶阑珊的目光。叶阑珊也几乎同时，转头重新看向她手中的酒杯。一切好像什么也没有发生过。

话题重新继续。

“那天，听你说高迈和齐家的恩怨，很可能源于导致齐华老婆死亡的那场交通意外。我就立刻找人去调查了。调查，并不麻烦，因为当年那件事情一度闹得很大。那个肇事的富二代，当初可不止留下这么一桩麻烦事。

“虽然富豪为此花了很多钱，加上当时的领导为了招商引资，焦头烂额地把所有的事情都压下来了。可有些仇恨，毕竟不是钱或者权可以压下去的。公道自在人心。这些不公平的事情，自然会被很多人默默地记在心里。时过境迁，他们并没有太大的压力，就把曾经的许多往事说出来了。

“其中就有高迈。你绝对想象不到，如今看上去那么道貌岸然、满脸正义的这位高大律师，当初在律师圈子里，是有名的认钱不认人，出了名的手段狠辣，出了名的富家狗腿子。那个富二代惹下的烂事，几乎他都有参与收尾。

“也亏得他声名狼藉，所以我调查的时候，很多人提到他，就立刻可以说出很多事情来。所以，有人顺嘴告诉我，就在前不久，也就是姑姑出事后的那么几天，他曾经拜托一个警察朋友调取过姑姑所在小区的监控。”

“调取监控？”帅朗的眉微微一扬。

一个惊人的念头在心中闪现。叶阑珊继续说：“不错，就是他，调取了姑姑居住的小区的监控。而且，那些监控都被人做了手脚，再也没法看了。好在现代社会，天眼早就布控城市的每一个角落。我同样托了朋友，调取了小区附近的监控。结果……”

叶阑珊的手，不自觉地握紧了酒杯，握得那么紧，那么用力，以至于手指都有些泛白了，声音也微微有些颤抖。

“结果，监控显示，就在那天出事前大约半个小时，大概晚上十点左右，不知道为什么，姑姑突然开车离开了小区。好像有急事，开得很快。当时，差点儿撞到了一只没有被主人牵好绳子的狗。

“更诡异的是，跟着，我看到了另一辆车，高迈的车。高迈不住在那里，按说也不该在那个时候出现在那里，居然开车从姑姑的小区里出来。他同样开得很急，就在姑姑驾车经过监控之后大约几分钟，同样也经过了监控，不止一个监控。换而言之，当时，他的车一直在追赶姑姑。所以……”

帅朗悚然一惊：“所以，你怀疑，你姑姑的车祸是高迈导致的？”

“不是怀疑，我现在是肯定！”叶阑珊咬了咬嘴唇，“姑姑做事情，一向有条不紊，素有大将之风。当初出事的时候，我心里就隐隐有些奇怪，以姑姑的车技和她一贯的性子，怎么可能发生追尾呢。哦，当时交警的事故鉴定，明确是姑姑车速过快导致追尾，承担全责。这绝对不该是姑姑做出来的事情。可……如果是高迈开车在后面追赶她，那么事情就有解释了！”

说话间，她站起了身，朝帅朗勾了勾手，自顾自绕到了吧台后面。

帅朗微微迟疑了一下，亦步亦趋跟了过去。

只见叶阑珊进入了海鸥酒吧的里间，在一个隐蔽的角落里，打开了一道暗门。里面，赫然是一个保险箱。

“这里，原本主要是存放酒吧的备用现金和账本的。”走在前面的叶阑珊，一边蹲下身子，打开了保险箱，一边解释道，“不过，我跟了姑姑这么多年，知道有一本日记本也放在这里。不是每天记的，只不过遇到什么重要的事情，或者心情有什么波动，姑姑就喜欢把这本日记本拿出来记录，然后再放回去。

“保险箱的密码，姑姑只告诉过我。当时有些开玩笑又有些认真地说，她把我当成了自家的女儿。这酒吧，就是给我以后的嫁妆。只是之前，我没有把姑姑的事情和高迈联系到一起，出于对姑姑的尊重，自然不会去看这本日记本。直到这两天，在发现了这些事情以后，我才忍不住拿出来。结果……”

叶阑珊抬手飞快地抹了一下眼睛。

然后从保险箱里取出一本日记本，翻到最后面的几页文字，递给了帅朗。

帅朗接过，愕然看到日记本上记录了几个账号。每一个账号，都详详细细列出了资金进出的金额和时间，时间大多都是去年。

帅朗抬头：“这是……”

“这些都是高迈的账户。”叶阑珊将日记本很小心地拿回，重新放回了保险箱内，跟着又将保险箱锁好。

她这才起身，告诉帅朗：“海鸥酒吧，只不过是姑姑闲暇时开着解闷的一处私产。事实上，姑姑以前是五个资产公司的高级合伙人。在银行系统也有很深的人脉。所以，她不怀疑高迈也就算了。只要怀疑，查他的账，那是分分秒秒的事情。”

“也就是说，当时，你姑姑发现高迈有问题？”帅朗心念电转。

虽然刚才叶阑珊很快就将日记收回，可是架不住他的记性好，说话的工夫，脑海中迅速回忆起刚才目光扫过的内容。

时间！那些账户中资金进出的时间，全都是去年，全都是在海鸥资产开始收购长林集团的前后。

“这里面，大部分都是关联交易！”就在帅朗转念的当口，只听叶阑珊道，“高迈这个浑蛋，利用他在海鸥资产的职位权力，吃里扒外。一直在悄悄地将利益输送给他用别人名义开立的皮包公司。这些也就罢了。最可怕的是，我查过了，这里最后一笔资金，是从齐华那边打过来的。时间恰恰就在海鸥资产开始对长林集团收购前夕。更确切地说，是在海鸥资产在齐军的牵线搭桥之下，开始和齐华秘密接触的当口。”

“所以，高迈果然和齐华、齐军联手了。在海鸥资产收购长林集团的过程中，联手设局？”帅朗的瞳孔微微收缩了一下，“齐军、齐华兄弟收买了高迈？不，他们有深仇大恨，高迈又是海鸥资产的联合创始人、大股东。海鸥资产收购长林集团成功，高迈也能搭顺风船，获取巨大利益。单单出钱，收买不了高迈。或许……就是高迈搞关联交易的把柄被齐军、齐华兄弟掌握了，然后威胁利诱？

“但是，你姑姑却发现了端倪？她查了高迈的账，自然就一目了然了。高迈急了，知道你姑姑一定会告诉我父亲，便赶来阻止她。两人这才一前一后开车离开小区，上了高速。然后在追赶中，你姑姑才会发生车祸？”

说到这里，帅朗转头，却愕然发现，叶阑珊不知何时，已经站在了自己身边。很近、很近，近得帅朗甚至能够嗅到叶阑珊身上的缕缕幽香。

不过这时，叶阑珊显然没有顾及这些，她认真地听着帅朗的推测，脸上显露出了震惊和愤怒。身体微微颤抖，不知不觉，已经依偎在了帅朗的肩膀旁。

“叮咚——”

却在这时，叶阑珊随手放在吧台上的手机亮了起来。

第四十五章
上市

是微信。

突如其来的微信，顿时让叶阑珊自然而然地和帅朗分开。她抬手捋了捋额头的散发，走过去，拿起手机，一目十行。

她脸上很快闪过了喜色:“搞定了。我找人帮忙打出了高迈那几个账号的资金流水。”

“所以……”帅朗眼睛一亮，“所以，高迈担任海鸥资产高层期间违规关联交易的证据，已经掌握在我们手里了？”

“是啊！不过，暂时我还不准备交给证监会！”

“为什么？”帅朗微微皱眉，但也没有太激动，只是静静地看着叶阑珊，看她如何给自己一个合理的解释。

“我调查高迈那些账号的时候，顺带发现他账上的资金，和我们一样，前段时间都购入了不少长林集团的股票。”

叶阑珊说话的当口，又重新走回到了吧台。她给自己的酒杯斟了红酒，然后又取出一个酒杯，同样倒了一些递给了帅朗。

帅朗微微迟疑了一下，他并不怎么喜欢喝酒，总觉得喝酒会影响自己的思考。奈何此刻叶阑珊已经递到了他的面前，犹豫之后，帅朗还是接过了酒杯。

他拿着酒杯，听到叶阑珊说："很显然，他也是准备等待上次增发的股份的解禁期到来。按照你的预测，解禁期到来前后，齐华会让长林集团的股票大涨，以便他手中的股票顺势解套不是？"

帅朗目光微微一闪，随手转着酒杯，接口道："巧合的是，目前正好东华渔业上市了。"

叶阑珊笑了笑，待帅朗话音落地，接口道："长林集团拥有东华渔业37%的股份，所以，随着东华渔业上市，长林集团的股价必然会跟着飙升。"

帅朗点头："这恐怕就是齐华在增发时大举注入资金的底气所在！之前我还是小瞧了他的贪婪。相对于拼凑一个纸面上的利好，交叉持股的东华渔业上市更有分量，接下来随着东华渔业上市的日子一天天逼近，长林集团的股价可想而知会演绎出怎样的疯狂！"

叶阑珊妩媚地笑了一笑："所以……如果我们提前离场，然后将高迈的事情曝光出来……"

帅朗若有所思："长林的股价必然会动荡！毕竟，长林集团刚刚经历了海鸥资产收购失败的爆跌，还有前任董事会秘书薛平落马后一地鸡毛的惨烈。股民们早就是惊弓之鸟了。哪怕这一回高迈只是因为海鸥资产的问题东窗事发，如果操作好的话，也肯定能够让长林集团的股价在短时间内一泻千里。"

叶阑珊打了一个响指："不错，虽然之后股价必定会反弹修复，无法对齐华这老狐狸造成太大的影响。可是高迈不同啊。他陷入麻烦之后，分身乏术，无暇他顾。这一击，是有可能让他倒大霉的。尤其，在我们已经知道他那几个账号的情形下。"

帅朗不甘示弱地补充："其实对齐华也不是没有影响。按照他以往一贯的风格，肯定是走一步算几步。这次动荡，多少还是会对他后续的算盘造成麻烦的。他体量那么大，这样的麻烦，指不定能发挥什么大作用。”

叶阑珊颔首，款款走到了帅朗跟前：“同时，我们利用这个价差，高抛低吸，进一步增强自己的实力，也多少能增加未来和齐华对抗的胜算！”

“一举数得！”

“对，一举数得！”

不约而同，两人举杯。“当”的一声，杯和杯清脆地碰撞了一下。

时光飞逝。转眼，已近年底。

帅朗每天都在关注长林的股价，果然，随着东华渔业上市的脚步逼近，市场上越来越多的人看好长林集团。长林的股价，很快从半年来一直半死不活的四五块，突破到了六块。

然后七块、八块、九块、十块……最终，重新回到十二块左右，即去年海鸥资产收购长林集团之前，长林股价正常的价值区间。

整个过程，帅朗只觉得自己和叶阑珊就好像是那盘桓在天空的海鸥，始终盯着海面，始终引而不发，耐心等待着最好的时机出现。

所以，一切看上去都是那么风平浪静。

长林集团在正常运营。齐华掌控长林大局，身为董事会秘书的高迈负责信息披露，同样中规中矩，找不出半点儿纰漏。

犹如一艘庞大的游轮，正在海面上缓缓航行。在真正撞上冰山之前，根本不会有人相信这是泰坦尼克。

相对来说，东华渔业更高调，更充满活力。

事实上，这段日子，帅朗非常忙。

先是帮助齐然诺准备路演的 PPT，准备企业宣传片，还有保荐人研究员撰写的投资价值报告。然后拿着这些东西，去北京、上海、广州、深圳拜访那些机构，一对一沟通、推荐。跟着，又分别在北京、上海、深圳，花钱找来财经公关公司，连轴召开了好几场公开路演，招待一帮基金、券商、资产管理公司、私募的人坐着看宣传片，解答他们的提问。

整个过程，坐镇唱主角的自然是时常亲自上阵的齐军，以及高薪聘请来的财务专家。

别看齐二爷时不时脑抽，问出诸如“既然证监会称会，为什么发审委要叫委呢”“证监会的大当家为什么叫主席，不能叫主任呢”之类奇葩的问题。可架不住二爷“四海”啊，常常哈哈大笑着，就把握住了场上的节奏。

那些财务专家自然会借机将包装好的东华渔业财务数据华丽丽地展现在机构的面前。然而必须承认，帅朗的表现也不错。他只要往台上一站，就天然地吸睛。特别是吸引住了所有在场的女性。偶尔开口，也是言简意赅，上来就直奔问题的核心，严谨、缜密，一点儿都不张扬。

恰恰，机构们最喜欢这样的回答了。

以至于齐军齐二爷到了后来，不止一次拍着帅朗的肩膀，哈哈大笑，说这次上市的定价，至少有三成是帅朗争取过来的。

这话，在网下的一对一和公开路演中，或许还有些夸张。到了网上路演，就越发显出帅朗的本领来。在网上互动平台上，回答股民们针对IPO的各种提问，帅朗更加如鱼得水。

唯一可惜的是，这时候发行价已经定下来了，对发行结果和网上认购的数量，并没有太大影响。但是，至少也大大提升了东华渔业的公司影响。

以至于东华渔业的股票还没上市呢，网上许多股吧里面，就已经开始出现了“东华渔业的证代，绝对是年度男神”的传说，引得无数人羡慕眼红嫉妒恨。

而就在股民私底下议论纷纷之际，东华渔业的网下配售、网上发行也有条不紊地陆续展开了。终于，在这一年倒数第六个工作日，东华渔业正式上市了。

“啾耶！”香槟瓶塞飞出的瞬间，欢呼声起。

白天，齐军在证交所敲响了上市宝钟。晚上，酒店内莺歌燕舞、觥筹交错。公司上下员工济济一堂。有跟随齐军一路走来的老臣子，也有在上市过程中不断加入的风控，还有最近招聘进来应对公司高速发展的职场高管。

彩球、彩条漫天飞舞。所有人都喜气洋洋，笑逐颜开。

唯独帅朗，躲在一旁的角落里，瞥了一眼手机。

手机屏幕上，有一条信息，竟是证监会正式批准长林集团发行三十亿可转债的公告。

“帅朗！”正看着，蓦然，身后传来了齐然诺的声音。

帅朗回头，惊讶地看到，齐然诺今晚一反平常，终于不再穿职业套装了，而是穿了一套雪白的公主装。脸上也不再戴那副显得刻板严肃的黑框眼镜，顿时凸显出她与生俱来的高贵大方的气质。

很美！

乍见之下，帅朗一向冷静的目光，也不由闪过了一丝惊艳。齐然诺显然感觉到了帅朗这样的目光。她的脸微微一红，身子稍稍有些笨拙地一晃，似羞怯，又似真不怎么习惯这样的公主装。

偏偏为了掩饰，她刻意板起了脸，好像是专门过来讨论公事一样，瞥了一眼帅朗手中的手机，道：“你有没有留意到长林集团的可转债被证监会批准发行的公告？虽然你眼下在东华渔业，可爸爸还是把你的职位保留在长林。你实际上是长林集团派驻东华的代表，必须时刻留意长林集团的信息哦……”

说着，她自己也觉得这样的话有些怪异，于是在看到帅朗点头之后，赶紧话锋一转："运气不错。正好赶上东华渔业上市，长林集团的股价这几天也沾了光，已经连续四个涨停板了。这次可转债发行，听说是高迈策划的。看来爸爸任命他担任董事会秘书没错，确实是一个资金运作的高手，发行可转债的时机把握得非常好。"

"是啊！"帅朗收起了手机，点头，"根据相关规定，转债的初始转股价格不低于募集说明书公告日前二十个交易日公司股票交易均价和前一个交易日公司股票交易均价。趁着如今长林集团股价大涨的机会，推出长林转债，可以让转债的初始转股价处于一个相当不错的价位，确保了长林集团现有股东们的利益。"

早在前段时间，听说长林集团正式向证监会申请发行可转债，他就找到叶阑珊，好好恶补了关于可转债的知识。

当时，叶阑珊坐在海鸥酒吧的吧台上，一边晃着盛了红酒的酒杯，一边如数家珍般随口道来："可转换债具有股债双重性质。可以说是一个上市公司和可转债债民们很容易皆大欢喜的金融品种。

"一方面可以当成债券，一般持续五到六年时间。期间拿利息，期满结束。只不过利息很低，平均一年才一个多点。相当于上市公司以极低的利息，获得了一大笔资金。债民们则买了一个面值一百元一张，年化一点多将近两点的债券。本金安全基本可以确定。

"另一方面，可转债在上市六个月后，随时可以转股。上市公司往往会借着利好，迅速拉升股价，让股价稳定地站在转股价百分之三十以上，从而进入强赎期。可转债有很大机会从一百元的面值上升到一百三十以上。历史上，三百、四百，甚至六百的都有。年化收益，取决于这个机会来得快还是来得慢。实质上，债民们就是用利息可能的损失，博取超额收益的惊喜。

"更重要的是，在这样的拉升过程中，转债往往会高度折价，债民们很容易找到转股的机会转股，买债券的钱变成了买股票的钱，也就免去了上市公司还债的义务。”

帅朗道：“唯一的问题是转股价。说实在的，我有些不明白老狐狸为什么在这个时候发行可转债。这个时候发行，长林集团股价高企，初始转股价必然很高。虽然这有利于股东们的利益。可是，并不利于将转债的价格推高，也不利于转债迅速进入强赎期，自然也就让转债持有者转股的机会大大减少。”

如今面对心情不错的齐然诺，心念电转之际，帅朗目光微微一闪，一脸不经意地试探道：“不过，转债毕竟要到年后才正式上市。我就担心长林的股价这段时间涨得太疯，不利于转债日后强赎吧？或者，董事长那边另有安排？”

“不知道！”齐然诺摇了摇头，皱眉道，“这些天，我都忙着东华渔业路演的事情，哪有时间去管爸爸怎么处理转债？反正转债上市之后要六个月才能转股，更有足足六年的存续期。你这么早关心转债强赎干什么？”

说到这里，她警觉地瞪了帅朗一眼，警告道：“你可别打什么歪主意！如果急需用钱的话，那个……大家朋友一场，只管和我说好了。可不要为了一点儿钱，毁掉你自己的前途！”

帅朗诧异地看了齐然诺一眼。万万没有想到，齐然诺居然会认为他想要获得内幕消息来炒股获利。不过他还是有些感动。虽然这姑娘说话的语气咄咄逼人，还刻意摆着架子，可听得出这是真心话。

他点了点头，很认真地道：“放心，我不会做这种傻事的！”

“那就好！”齐然诺长舒了一口气，这才想起自己刚才的话似乎太过直接了。一时间，忍不住伸手搓了搓自己光洁的手臂，期期艾艾，欲言又止，满脸的局促，却又不知道该说些什么。

幸好就在这时，獭子搂着他的老婆笑呵呵出现在大约十多步外，扬声喊道：“你们怎么还在这里。快，都来跳舞啊！”

“跳……跳舞？”齐然诺一愣。

有些慌乱地偷偷瞥了一眼面前的帅朗。慌乱中，隐隐透着几分期许。让她高兴的是，帅朗很绅士，向她摆出了一个邀请的姿势。

齐然诺欢喜地挽起了帅朗的胳膊。两人并肩走入了不知何时已经清空变成舞场的室内，伴着音乐，翩然起舞。

齐然诺感觉醉了一般，心都几乎要飞起来。

第四十六章 猜测

喧嚣，终究还是要归于平寂。

庆祝东华渔业上市的盛宴，在九点半渐渐曲终人散。

有凯迪拉克代步，帅朗很快就回到了家里。看着漆黑的窗户，他诧异地扬了扬眉，换好鞋子进屋，看到时间才刚刚过22点。

犹豫了一下，他拿出手机，发了一个微信给沈涟漪：“今天住学校了？”

很快，沈涟漪就回他了：是啊，你又不在（撒娇）。

帅朗跟着发了一个无奈的表情符号：真忙啊。你知道的，这段时间东华渔业上市。不过明天开始就没啥事了。

却不想，沈涟漪跟着就给他发了一个哭的表情符号：可惜这两天我忙起来了，老板定了一个新的课题，好多资料要查。

帅朗皱眉：所以？

沈涟漪发了一个委屈的符号：所以，这段时间我都要待在学校。

帅朗的眉不由皱得更紧：陈思单给你的？

沈涟漪还了一个嬉笑的表情符号：当然是给我们一群人的。我怎么好像嗅到了酸酸的醋味？（鬼脸）

帅朗发了一个撇嘴的表情符号：没看到小说里面，越是道貌岸然的宗师，越不是好东西？比如岳不群什么的！

回应他的，是沈涟漪一连三个笑泪的表情符号。

帅朗无奈地叹了一口气，那位有名的教授陈思，也算是当初谋算父亲的疑凶之一，每次听到陈思的名字，帅朗就本能地感到排斥。不过眼下，既然沈涟漪是陈思的学生，他也着实没有任何理由阻止沈涟漪和陈思接触，只好无奈地收起了手机，简单地洗漱之后，来到了书房。

打开台灯，坐下。帅朗若有所思了一会儿，开始拿起笔，在面前的白纸上唰唰唰地写了起来。只是才写了几个字，手机铃声响起。

叶阑珊略带沙哑、很是诱人的声音传来："到家了吗？"

"到了！"

"在忙什么？没和涟漪在一起？"

"她今天回学校了！"

"你在干吗？"

"理一下这段时间长林集团的事情！"

叶阑珊随意地问，帅朗言简意赅地答，左手拿着手机回答，右手依旧拿着笔飞快地书写。

"去年，海鸥资产收购失败导致长林股价暴跌。然后今年年初，齐华抄底，股价回升。跟着，长林集团董事会秘书薛平出事，长林股价再度暴跌。好不容易出现止跌，长林集团又忽然公告增发，长林集团的股价继续下跌。等到增发完毕，长林集团开始分红，股价则进入了漫长的盘整。直到最近，东华渔业上市，长林集团股价因此上涨……”

一边写，帅朗一边对着手机说，说着说着，他忽然深深叹了一口气。

“非常漂亮！齐华几乎踏准了每一步节奏，收割了一把又一把韭菜。等到年后，又恰恰是增持的股份首先进入解禁期。解禁完了，跟着就轮到长林转债发行。他减持得到的钱，可以从容配售，或者网下或者网上申购。时间的节点，依旧卡得那么完美。啧，所有这一整套运作，简直像教科书一样完美啊！”

说话间，帅朗终于放下了手中的笔，拿起了纸。

纸上罗列的恰恰是最近一年多来长林集团股价起伏的时间表：

海鸥资产收购失败，长林股价暴跌——齐华抄底，股价回升——长林集团董事会秘书薛平出事，长林股价再度暴跌——刚刚止跌，公告增发，继续下跌后盘整——分红，继续盘整——东华渔业上市，长林集团股价因此上涨……

这些，都是已经发生过的。

这时，手机那头继续传来叶阑珊的声音，斩钉截铁：“高迈，一定是高迈干的！”不等帅朗疑问，只听叶阑珊继续道，“齐军的投资风格我熟悉。他就好像暴发户，撑死胆大的饿死胆小的那种。重仓进重仓出，很大程度上依靠运气和胆量。大起大落，大赢大亏。是当初海鸥资产那几个联合创始人里面，技巧最粗糙的，他绝不可能有这样的手段。

“至于齐华，虽然老谋深算。但是我调查过他。他是师范中文系毕业的。经商前，在政府机关从事的都是文案工作。进入长林之后，也没有在金融方面表现出太过出色的专业能力。虽然他现在肯定有智囊团，也有专门的投资部。不过长林集团投资部最厉害的那个马钧儒是海归，就算专业能力一流，也肯定不会这么熟练掌握国内证券业务的流程。

“最有可能的就是高迈了。他熟悉法律，也熟悉证券业务的流程。当初就是他负责海鸥资产的法务部。老师经常向他咨询证券业务在法律上的规范。海鸥资产几次资本运作，他都提供了法律方面的意见，表现出了对这些证券业务规定条例的熟悉。

“以他的能力，自然可以轻轻松松让长林集团这一系列运作都卡在最适当的时间点上，从而谋取最大的利润。这方面，就算姑姑和老师，都未必比得过他。除非，当真还有一个从未露面的却在这方面和高迈不相伯仲的高手，在暗地里帮齐华！”

“高迈？”帅朗皱了皱眉，低声喃喃了一声，目光下意识地投向纸张下面的那几行字。

那是还没有发生、即将发生的事情：

年后，长林集团增发股份将会解禁。

跟着，长林集团可转债发行。

看着这两行字，帅朗忽然“嘶”的一声，吸了一口气。

虽然很轻，手机那头的叶阑珊依旧听得真切：“怎么了？”

“你看，在这之前，齐华在资本运作上的每一步操作，都十分精妙地卡在了最恰当的时间点上。所以我有一种很强烈地感觉，感觉齐华在这个时候推出可转债暗藏了很大的图谋。绝不可能仅仅是为了推高初始转股价，维护包括他自己在内现有股东的利益。

“毕竟，上次因为长林集团连连出事，股价大幅暴跌。老狐狸笃定股民都不看好长林，所以推动了公开增发而不是定向增发来扩大股权比例，谋取长林集团过去几年的丰厚利润。而公开增发可不像定向增发，需要至少一年才能解禁。

“这也就意味着，如今大股东或者控股人持有的股份，只要过了六个月，又避开窗口期，就可以减持。算算时间，恰好在长林转债发行上市之前。恰好可以让老狐狸将解禁出来的资金，又投进来配售转债。这可能只是巧合吗？

“如果不是巧合，那么问题来了。齐华减持出来的资金，应该就会配售和申购即将发行上市的长林转债。可是如果要参与配售和申购长林转债，然后迅速获利，难道不应该等长林股价跌下去的时候推出可转债更加有利？毕竟，拉低初始转股价，才更方便转债上市后拉升股价，让转债迅速进入强赎期。让三十亿转债变成股份，理直气壮合理合法地赖掉这三十亿本金连同利息。”

说到这里，帅朗皱了皱眉，沉吟了好一会儿，方才说道：“可是现在长林股价就已经这么高了。短短一个多月，又要保证解禁的股票减持。就算减持会带来股价一定程度的下跌，这么短的时间，只怕还是会让初始转股价处于一个很高的价位。接下来，长林的股价还有多大的力度继续抬升，进而拉动转债？

“如果拉不上去，就只能横盘了。可我不信，齐华兄弟和高迈当真只是为了保护股东的利益。或者，只是满足发行转债，获得这么一笔利息很低的资金。然后老老实实等六年，等六年内另有机会转股，或者六年后老老实实兑付。

“不可能，这不是他们的风格。至少，不符合之前他们增发、分红、减持时，对资金的贪婪。所以……”

远方，海鸥俱乐部内。

叶阑珊品着红酒，听到帅朗的这番话，顿时眼睛一亮：“所以，你怀疑长林转债上市之后，老狐狸还会有什么动作？”

“不是怀疑。我肯定！肯定齐华有谋划！”

长林苑。

屋内，帅朗也颇有些激动地站了起来。

他拿着手机，一边踱步，一边道：“还记得半年前，我不顾你的反对，跑去东华渔业见齐然诺那件事情吗？当时，你觉得我这么做不理智。可是我却觉得那一次大有收获。一个很大的收获，便是感觉齐华、齐军兄弟推动东华渔业上市，是在下一盘很大的棋。”

“嗯！”手机那边，叶阑珊慵懒地靠在墙边，轻轻应了一声，“记得！当然记得。记得你当时说，齐华那老狐狸做事情，每走出第一步棋，往往已经想好了后面三步、四步。你还说，东华渔业的上市，很可能涉及齐华、齐军兄弟后续的一个大计划。可是……”

说到这里，她微微动了一动，换了一个舒服点的姿势：“可是，现在东华渔业上市，推动长林股价大涨，不是已经应验了吗？怎么，你觉得后面齐华还会在东华渔业上做文章？”

“我没有证据来证明这点。”帅朗说话的当口，不知不觉已经走到了窗口。

他看着窗外，双目微微一凝：“只不过，我仔细研究过了长林集团最近公布的一系列数据，感觉就长林集团本身，应该没有什么亮点可以画出让股价再上一个台阶的大饼来。东华渔业，只有和长林集团有交叉持股、又恰恰都被齐家兄弟掌控的东华渔业，有可能配合长林集团玩出什么花样！”

听到帅朗这话，手机那头的叶阑珊冷哼了一声：“哼，不管他们想玩什么花样，现在都未必能够那么称心如意了！”

“你举报了？”

闻弦琴而知雅意。叶阑珊话音刚落，帅朗立刻想到了之前叶阑珊手中掌握的关于高迈在海鸥资产担任高管期间，涉嫌关联交易利益输送的证据。

当时，叶阑珊就说过，要在适当的时候举报高迈。那么，现在……

果然，叶阑珊说道：“我正准备将证据交给证监会呢。原本是想打乱齐华减持的计划，现在看来，说不定有更大的惊喜哦！”

正说着，帅朗还没有来得及接话，就看到手机屏幕上忽然跳出了一个微信语音通话的请求。

来自沈涟漪。

帅朗一愣，实在想不出究竟什么事让刚刚和自己联系过的沈涟漪忽然又来找自己了。当下，他匆忙和叶阑珊话别，接通了语音通话。

“帅朗！”接通的瞬间，就听到沈涟漪的声音传来，很急促，“熊猫出事了！”

第四十七章
置气

熊猫是真的出事了！

当帅朗急匆匆赶到医院，只见沈涟漪正等在手术室门口。熊猫在里面急救。

“被人打了！”等在手术室门口的沈涟漪，眼圈微微有些红，她把帅朗拉到了一旁，“不知道出了什么事。听和熊猫合租的同事说，最近熊猫不知道怎么的，得罪了人。有人在熊猫的单位，还有他租住的地方，贴了好多声讨信，指责熊猫。

“这事情，本来已经弄得熊猫在单位里很被动了。哪里想到，今天事情居然会更加严重。就在刚才，那个同事和熊猫出去吃夜宵，忽然就有一个年轻人拿了一根木棍跳出来，口口声声说什么熊猫骗了他爸爸。然后冲到面前，不由分说，就把熊猫打倒在地。打得好狠。熊猫当场就晕过去了。都这样，那个年轻人还不肯收手，依旧拳打脚踢，依旧用棍子狠狠砸在熊猫身上。

“亏得那合租的同事大喊救命，那附近人又多，纷纷闻声赶来，这才一起把这个年轻人制服，扭送去了派出所。但是，熊猫现在的情况不太好。医生说手脚都骨折了，内脏也受了伤。现在正在手术室里抢救呢。

“他那个合租的同事，查了熊猫的手机，本来是想打给你的。结果你刚才在打电话吗？怎么都打不通，他就找到了我。帅朗，你说怎么办？要不要告诉他爸妈？”

说话间，沈涟漪将手中一张打满了字的A4纸递给了帅朗。

“别慌！”帅朗冷静地拍了拍有些慌乱的沈涟漪，接过了沈涟漪递来的A4纸。

他一目十行，立刻发现这指控的一方，居然是……王老实父子。

在这控诉中，说什么熊猫被黑心资本家收买，利用记者的身份，威逼恐吓王老实父子，骗他们放弃了原本在东华渔业应有的股份。

眼见王老实父子不肯就范，更是和人合伙设局，诱使王老实的儿子去炒股，结果，王老实的儿子炒股失败，亏了好多钱，还欠下了高利贷，最后被迫接受熊猫的条件，不仅失去了他们应得的财富，生活也雪上加霜，陷入了更加的窘迫之中。

总之，字里行间，都是血泪斑斑。

当真……见鬼！帅朗目光微微一闪。

他确实找来了熊猫，利用他的记者身份，以及和王老实父子相熟的关系，吓唬王老实父子写下了那份已经转让股权的声明。可是首先，这些股份本来就不该是他们的。其次，他也没有诱使王老实的儿子炒股，还借什么高利贷。

在他的设计中，只是使用一个小小的花招，不违法，也不会伤害到什么人。更重要的是，熊猫只是将一些信息传递给王老实父子，按说也不该拉上这么大的仇恨。

除非……转念之间，帅朗的脑海里想起了那个被砸的小馄饨铺子，想起了王老实、王大福父子当时签字时，愤恨却又强行忍耐住的眼神。

他早有许多猜测。这些猜测，难道成真了？

想归想，帅朗面上却不露声色，冷静从容地道："暂时不要告诉熊猫的爸妈了。你也知道，他爸爸的腿脚不太方便，妈妈又有高血压、心脏病。这么深更半夜告诉他们，唯一的结果就是让他们白白担心，其实也帮不上忙。而且，他们都是下岗工人，经济也很紧张，万一心急慌忙赶来，还白白添了一笔开销。

"所以，先等等吧。如果手术顺利，熊猫没什么事的话，相信他也肯定不愿意让爸妈知道这件事情的。如果……呃，我是说如果……真的出现最坏情况，再打电话也来得及！"

沈涟漪柔柔地点了点头，然后，轻轻依偎在了帅朗的怀里。

帅朗轻轻搂住了她，两人相依相偎，待了不知道多久，手术室的门终于打开了。被推出来的熊猫虽然醒着，却非常虚弱，根本说不了话。

帅朗和沈涟漪赶紧忙前忙后，帮他办理了各种手续，还请了护工。

这时，帅朗才有空看了一下手表。时间已经是凌晨两点半了。

犹豫了一下，他拍了拍沈涟漪的肩膀，柔声劝道："这么晚了，不如你先回去吧。你不是还有课题要完成？可别耽误了！"

"这怎么行？"沈涟漪皱眉，第一反应便是反对。

"乖……"帅朗再次拍了拍沈涟漪的肩膀，又轻轻吻了她一下，声音柔和却异常坚定地道，"你看，医生不是说了，熊猫已经脱离了危险，目前只需要静养。现在就算留在这里，你也帮不上什么忙不是？这样吧，我先送你回去，然后赶回来陪熊猫。你呢，负责明天送早点来给我们！"

说话间，他不由分说，拉着沈涟漪走出了医院大楼，开车将沈涟漪送回了长林苑。

然后再迅速开车赶回来，租了一个躺椅，就陪在熊猫身边，迷迷糊糊睡了一觉。待到醒来，天已经亮了。

眼前的熊猫，还真是打不死的蟑螂，居然恢复了不少精神。此刻也不知道哪来的精气神，咧着嘴，努力露出笑脸，连说自己没事。

帅朗瞪了他一眼，趁着沈涟漪还没有赶来，抓紧时间问："真是王老实的儿子？"

"可不就是这王八蛋！东华渔业上市了，王老实父子也不傻，自然越想越恨我。王老实倒还好，毕竟一把年纪了，知道自个儿其实并不占理，他本来就转让了那股份不是？可王老实的儿子，嘶，那愣头青，当真是钻钱眼了。他认定是老子害他没了亿万家财，这不，就盯上了老子，真他妈的晦气！"

熊猫说话的当口，明显扯到了伤口，龇牙咧嘴。

可惜，帅朗可没有这么容易被他转移注意力。事实上，他根本不为所动，静静地看着熊猫，就好像看着小丑表演。

直到熊猫自觉无趣，停了下来，帅朗这才道："究竟是怎么回事？如果按照我设计的去做，不应该出现这样的事情吧？"

"这个……"熊猫目光游移了一下，欲言又止。

帅朗吐出了三个字："叶阑珊？"

熊猫的身体顿时一震，抬头，满脸不可思议地看着帅朗。

帅朗皱眉："真是她？"

熊猫不由叫屈："你……你诈我？"

"废话！你小子我还不了解？哪有这狠心，更没有这能耐！"帅朗盯着熊猫，有些恼怒地冷笑，"肯定有人给你瞎出主意！首先当然不是我。其次，东华渔业的人倒是有这动机。不过，他们如果找你帮忙，你没道理不告诉我。那么剩下就是叶阑珊了！正好能把你这种看到美女就晕头的二货，忽悠得被人卖了还替人数钱。”

“呵呵，你小子，这脑子怎么长的。明明是一块儿长大，怎么就独独你这么冒尖，弄得老子有时感觉自己就好像傻瓜一样！”熊猫嘿嘿笑着，眼珠子骨碌碌转了两下，刻意岔开话题，“老实交代，你怎么认识这么……嘶，这么天后级别的美人啊？你也别怪她，那美女是真关心你。那天她来找我，说实在的，一开始我也不傻，肯定不信啊。后来她给我看了和你在一起的照片，还有和你微信的联络，我这才信她是你的朋友，信她是真心帮你。

“啧啧，你这王八蛋，他奶奶的，太会招女人了！不过我警告你，你小子可别对不起涟漪！不是兄弟我挑拨，也不是我背后说人坏话啊。叶阑珊这个女人真不简单啊，都不用说话不用动作，就那么往面前一站，但凡男人都会被她勾去魂。

“而且，她手段也挺狠的。王老实那儿子虽然有些贪财，又挺冲动挺二的，可毕竟不是傻子。可是那女人随随便便设计了一下，愣是让那小子傻乎乎地一头栽进去。不但偷了他老爸的钱，后来还借了高利贷，结果愣生生败光了所有家产。

“更倒霉的是，当初虽然说好只要签下那份协议，就把他的债一笔勾销。可架不住这货真是运气背。好不容易事情平息了，他老子病倒了，还查出来是大病，好像是肝癌。偏偏家当已经都被他败光了，根本没钱动手术，只能保守治疗。然后，前几天死了。唉，说来也真是挺惨的……”

帅朗的神情顿时呆滞了，好半晌才喃喃道：“怎么会这样？我当初完全是善意的。”

熊猫无奈地望着他，有气无力，却带着一丝好笑。

“你为什么听叶阑珊的？”帅朗愤怒，“明明可以和平解决的问题，非要搞成这个样子！”

“得了吧你！”熊猫冷笑，“就你那法子，人家当天就给拒了！你一初出茅庐的大学生对人性能了解多少？一个亿的财富，吓唬吓唬，欺骗欺骗，人家就肯放弃？帅朗，咱们都太天真了！”

“为什么要听叶阑珊的？”帅朗咬牙，“那个女人有多可怕，你根本不了解！”

熊猫盯着他，一字一句地说着：“因为她跟我说，这是你必须要做的事，我们作为你的朋友，不能让你脏了手！”

忽然熊猫表情有些异样地盯向他背后。帅朗猛地一惊，心中掠过了一丝不祥，他下意识地转身回头，结果看到了沈涟漪。

刚才跑出去帮熊猫订饭的沈涟漪，不知何时站在了病房的门口。

也不知道她究竟听到了多少，帅朗只知道，此刻的沈涟漪脸色非常非常难看，是他从小到大认识沈涟漪以来，从未见过的难看。

沈涟漪甚至没有说话，狠狠盯着转过头来的帅朗，大约两三秒，径自转身离去。

“快追！”病床上的熊猫连忙大叫。

帅朗反应也很快，大叫声中，一个箭步冲出了病房，三步两步冲到了楼梯口，拦住了正要下楼的沈涟漪。

“放开！”沈涟漪的声音冰冷。

“我没有……”帅朗开口，下意识地要解释。

然而，看着沈涟漪那冰冷的样子，他原本想要说的话，涌到口中又强行吞了回去。

帅朗深深呼吸了一下，这才强忍生气道：“好多年前，王老实离职的时候，就已经转让了东华渔业的股权。那些股权、那些财富本来就不是他们的。只不过当时的手续不全，留下了一些尾巴而已。我身为东华渔业的证券代表，负责处理这些尾巴并没有错。你不会真的认为，是我设计让王老实的儿子欠下高利贷吧？”

沈涟漪没有理会帅朗的话。

她轻轻摇了摇头，看着帅朗，满脸写满了失望："还记得那个小馄饨铺吗？过去四年，我们经常去吃早点的小馄饨铺。熊猫也很喜欢吃。所以，今天我特意打车过去，想帮你们买来吃。顺便也很想弄清楚，究竟发生了什么事情，为什么王叔的儿子会对熊猫下这么狠的手。我好担心熊猫。我……更加担心你！知道吗，我担心你！

"虽然你什么也不肯说。可是，我们认识这么多年了。我了解你，就好像了解我自己一样。昨晚，你的一举一动，一言一行，都让我感觉到，这件事情应该和你有关。我好怕啊。好怕你也会像熊猫一样，被那个王大福攻击。

"所以，我去了小馄饨铺，想找王叔聊聊，想知道事情的缘由，想看看能不能化解其中可能的误会，其中可能的仇恨。可是、可是，你知道我在那里看到了什么，听到了什么，知道了什么……"

说话间，沈涟漪的眼眶里，不知不觉噙满了泪。泪缓缓盈出眼眶，她却用力摇头用力咬着嘴唇，努力不让眼泪落下。

好半晌，她才说道："那里，弄堂口，空空荡荡，已经没有了小馄饨铺。王叔，那个一心为了儿子，起早贪黑又开小馄饨铺又去做物业的王叔，已经走了。生病，没钱开刀，来不及医治，结果就走了。据说，他的钱都被他的儿子给败光了。据说，他的儿子是被人设计了，才败光了钱，还借了高利贷。而那个设计他的人，好吧，就算不是你，你不能否认，和你无关吧！"

"我……"

"还记得以前，大概就是去年，我们曾经一起看过的一篇关于开发商派人拆迁房屋、致人死命的报道吗？当时，我们还谈论过。不错，那开发商买了地开发，走完了所有的手续，也支付给了拆迁户足够的补偿，一切合法合理。反倒是钉子户为了要更多的钱，蛮不讲理赖着不走，怎么看都更不对。

“开发商聘请外包公司来解决这个问题，也完全是正常的商业手段。他并不知道，外包公司会那么野蛮，直接用铲车将还有人的屋子推倒，直接让屋子里的人被活埋在了废墟里，丧了命。

“一切都好像和那个开发商无关，作恶的只是外包公司。可当时你不也认为，真正的源头还是在于资本的贪婪？外包公司不过是为资本张目的爪牙。他们之所以肆无忌惮、不择手段，全是因为资本在背后撑腰，全是源于资本给予他们的利益？

“那时，我面前的帅朗，充满了阳光，充满了正义，也充满了智慧，一眼看穿了事情的本质。可为何现在，那个阳光正义智慧的帅朗不见了，却用你的智慧，成了资本的……好吧，不说是爪牙，也至少是资本的代表吧！王家父子所遭遇的一切，单单一句不知道不清楚没有参与，就可以让你全部撇清吗？”

沈涟漪回头，很认真地看着帅朗：“为什么不相信法律？为什么不走正规的司法途径？这次我可以相信，你没有用那么坏的手段。但是，你明不明白，我更生气的是，你为了达到目的，放弃了正大光明，用起了旁门左道！结果真的那么重要，重过了过程的正义？”

“对，结果就是重要！”帅朗不耐烦地挥了挥手。

不知为何，这段时间的疲惫、劳累、烦闷，这段时间以来，父亲死亡带给他的阴霾，寻找并且对付父亲那些敌人的紧张和压力，在这一刻，忽然就全都爆发了出来。

他的声音忍不住提高了，言语也忍不住尖刻了起来：“别这么幼稚了。你知不知道，走司法途径厘清东华渔业的股权，这股权就是王老实的！可给了王老实就公平吗？对齐军公平吗？对二十年来流血流汗，把东华渔业做上市的其他人公平吗？而且根本就不会到走司法途径的那天！因为在一旁，齐军派了足足三十号人在盯着呢！只要我失败，王老实父子面临的就是更惨烈的结果！”

“可你给了王老实什么好结果了吗？”沈涟漪反唇相讥。

帅朗困兽般地转了个圈，大声道：“事情搞成这个样子，我没法反驳你，可你必须知道，社会不是校园的象牙塔。你在学校里，远远无法理解什么叫作职场。那就是战场！战场，只看结果。过程的正义？我们不要那么天真好不好？”

“所以，为了结果就可以不择手段？”

“所以，为了所谓的过程正义，就要束手束脚做圣母婊？就可以让东华渔业和王老实两败俱伤？”

话不投机，两人以极快的语速，你言我语说罢，忽然陷入了沉默。

沉默片刻，沈涟漪一言不发地离开。

帅朗的嘴微微张开，有心想喊住沈涟漪，可就如同沈涟漪了解他一样，他也像了解自己一样了解沈涟漪。知道这姑娘平日温柔，实际上心里是很有主意的。

其实，他也知道，沈涟漪的生气，更多的是担心自己会因为急功近利，误入歧途。可他真不是急功近利啊！

他有他必须做的事情！尤其，今天这事儿又不是他设计的。

一时间，委屈、愤懑充溢心头。拦住沈涟漪和好的念头，终究没有化作行动。帅朗有些愤懑地朝着旁边的墙壁狠狠砸了一拳。

想了想，他也跟着下楼，直奔停车场，准备去找始作俑者的叶阑珊，好好问个明白。

却不想，汽车这才启动，手机铃声响起。

正是叶阑珊打来的。

第四十八章
车祸

“不错，是我做了一些手脚！”

车疾驰出了医院，上了公路，朝着海鸥酒吧风驰电掣而来。

帅朗开了免提，叶阑珊的声音传来：“我想帮一下你啊！这次事情能否办好，不是对你在东华渔业的地位很重要吗？也关系到你能否赢得齐军的信任！另外，这件事情，你不觉得运作好了，可以成为一张很管用的牌？”

“牌？”开着车的帅朗，目光微微一凝。

他是聪明人，自然立刻明白了叶阑珊的意图。

他皱起眉，沉声道：“你是想把这件事情弄大，变成东华渔业的丑闻？这样一来，也就必然会连累长林集团股价的下跌？”

叶阑珊没有否认，声音里明显透着得意：“那会儿，我还不知道姑姑居然留下了高迈的罪证。可是，看着齐华这只老狐狸顺利减持解禁期的股票，我实在不甘心啊。总想着让长林集团的股价下跌，给齐华这只老狐狸的减持行为制造些麻烦。这件事情不正是可以拿来利用？算是我埋了一个闲子吧。当然，现在可就更妙了。齐华既然要发行可转债，那么，配合高迈的东窗事发，这两件事情或许能让我们收获更多哦！”

帅朗的脸色阴沉了下来：“收获？你有没有想过，你所谓的收获，代价是王老实父子的家破人亡？”

“帅朗，你……可能刚从大学出来，还不知道资本世界的残酷！”

让帅朗有些意外的是，手机那头，叶阑珊微微沉默了片刻之后，说出来的话语，似曾相识，就好像刚才他对沈涟漪说的那样。

“资本永无眠，唯利自逐之。为了利益，什么事情都可能发生。这些年，姐姐我跟随老师参与了海鸥资产的许多资本运作。看到过太多曾经同甘共苦的创业人，在资本进入以后，白首相知犹按剑，手足相残；看到太多勤勤恳恳并没有什么过错的员工，被无情淘汰、驱逐；看到太多人一夜之间，一无所有。

“王老实父子并不无辜。他们牵扯到这样一笔金额巨大的利益纠葛，就是他们的原罪。他们不能在第一时间明智果断地抽身，就意味着必然要遭受资本的反噬。匹夫无罪怀璧其罪，就是这个道理。”

“还真是好有道理！”帅朗冷笑着，冷哼了一声。

他正待反唇相讥，却不想，恰在这时，忽然一个快递员骑着电瓶车，以极快的速度从斜里穿插过来。

因为和叶阑珊说话的缘故，帅朗终究有些分神，虽然在第一时间赶忙急打方向盘，可终究还是忙中出错，车一头撞向了一旁的绿化带。

剧烈的撞击中，帅朗感觉自己的右大腿处传来了好一阵钻心的疼痛。

一个多月后。学校，宿舍楼下。

因为刚刚过完年，校园一片清冷，几乎看不到人影。

尤其，昨晚居然破天荒地下起了雪，这会儿人行道上倒是干净了，两边却依然白雪皑皑。白雪覆盖了灌木，覆盖了屋顶，越发让这学校静寂。

“涟漪、涟漪！”

刚刚在家里过完年，坐火车返校的沈涟漪，拖着行李箱即将走入宿舍楼的当口，熊猫不知道从哪里冒了出来。

这货还真是属蟑螂的。别看前段时间挨了一顿狠揍，这会儿脸上的青肿还没有完全消去，走路还有些不便，可那精气神，分明又是生龙活虎的一条好汉了。

他乐呵呵地一边朝沈涟漪挥手，一边快步跑来，拦住了正要上楼的沈涟漪。

沈涟漪没给他好脸色，冷冷地道：“帅朗让你来的？如果要给他做说客，就免了！”

说话间，她的眼圈情不自禁地微微红了，脸却倔强地仰起，避开了熊猫的目光。

熊猫愁眉苦脸：“别这样啊，涟漪！你们不是青梅竹马天造地设的一对？怎么就闹这样别扭了！唉，怪我，其实都怪我昏了头，没把事情办好！其实，帅朗真没有设计要害王老实父子……”

“别说了！”沈涟漪拖着行李箱，加快了步伐，一边走，一边摇头，“我气的不是这个！”

“那气什么？”

“我……”沈涟漪踌躇了一下，“我说不出来。就是感觉帅朗这段时间变了很多，变得让我感觉陌生了……”

说到这里，她忽然低头看了一眼自己手中的行李箱。脑海中，情不自禁浮想起往年每次从学校放假回来的情形。

以往，几乎每次帅朗都是和她一起回家，一起返校。自然，每次都是帅朗拖着行李箱。而她就好像快乐的布谷鸟，笑着，紧紧挽住帅朗的胳膊，依偎在帅朗的身边。幸福得好像拥有全世界。哪里像今天……

不知不觉，泪淌落脸颊。

偏偏，熊猫这货跟在沈涟漪的后面，没看到这些。

他依旧嬉皮笑脸、没心没肺地插科打诨："没有啊！他还是他，我看他没有胖也没有高，就原来那样子，奶奶的，还是那么吸引女生的眼球……呃，我是说那些女生花痴，帅朗可还是原来那样……"

沈涟漪越听越烦，眉心紧紧蹙起，根本没有心情搭理熊猫，脚步下意识地加快，眨眼就跨入了宿舍楼。

女生宿舍楼，男生可进不去。

熊猫不由急了，急得提高了声音，道："喂，帅朗出车祸了，你真的不肯去看看他？"

"车祸？"沈涟漪顿时站住，随即转身，一丝牵挂无法掩饰地显在眉宇间。

沈涟漪的目光，认真严肃地盯着熊猫："车祸？你没骗我？什么时候的事情？现在怎么样了？"

"呃，应该就是和你吵架那天吧！"熊猫挠了挠头，叹了一口气，"听说就是吵架以后，帅朗气呼呼地开车离开医院，然后就在路上出了事情。不过你也知道，那会儿我也躺在医院呢。所以昨天才知道这家伙原来也倒了霉，呵呵，真是有难同当的好哥们。听说右腿骨折，也住了医院，不过是另外一家医院……"

就在熊猫絮絮叨叨中，沈涟漪已经把行李箱寄托在了管理宿舍的阿姨处，自己则几乎一路奔跑，出了宿舍楼，到了校门口。干脆利落地扬手，叫住了一辆出租车。

然后，看都没看屁颠屁颠紧跟着也上车的熊猫，开口就是两个字：“地址！”

熊猫愣了一愣，好一会儿方才醒悟到沈涟漪是在和自己说话。他连忙报出了医院的地址。

出租车很快就带着他们来到了一家看上去很是高级上档次的私人医院。

富丽堂皇犹如五星级宾馆的前台，护士小姐姐的态度可以媲美空姐。登记了沈涟漪和熊猫的身份以后，就彬彬有礼地告知他们，帅朗目前在住院部的A座。

然后，按照护士小姐姐的指点，两人通过了依旧富丽堂皇犹如五星级宾馆的过道。一路行来，医院里冷冷清清，迥异于公立医院的人声鼎沸。

熊猫探头探脑、东张西望，不断发出啧啧的声响，就好像刘姥姥进了大观园：“听说在这里看个感冒都要花个十来万！”

“不过服务确实不错，硬件软件都比公立的强，绝对让病人有宾至如归的感觉。”

“就是忒贵了，普通人看不起啊，都是那些坐飞机头等舱的主儿才能来的地方！”

“啧啧，帅朗这小子看来混得真不错啊！这才从学校毕业多少天？居然就能享受这种医疗资源！”

他在后面不断地说着，沈涟漪则一言不发地闷头往前走。

左拐右绕，很快，前方豁然开朗。

“丫丫个呸！”看着豁然开朗的前方，熊猫忍不住骂了一声。

这哪里是医院，分明就是一个环境优美的度假屋。所谓的住院部，都是一幢幢独立的别墅。别墅环湖而筑，湖中有天鹅戏水。

蓦然，一阵欢畅犹如银铃般的笑声，从不远处传来。

很好听！感觉像是发自一个很漂亮的小姐姐啊！熊猫下意识地

转头，顿时眼珠子瞪大了。

他吃惊地看到了帅朗。

帅朗果然出了车祸，此刻坐在轮椅上，右腿打着石膏。不过，这不是重点，重点是，帅朗和一个女孩在一起。

无论帅朗还是女孩，都背对着熊猫和沈涟漪，所以看不到他们。

可女孩那一身精致保暖又不臃肿、反而凸显出身材的行头，让人一眼就能确定，女孩绝对非富即贵，出身不凡。偏偏，这样一个非富即贵的女孩，这一刻在堆雪人。一边堆雪人，一边和帅朗说说笑笑。时不时，两人还有一些看上去很亲昵、很投契的接触。

就好像……小情侣在玩着过家家的游戏，看似幼稚，实则甜蜜。

这个……熊猫情不自禁地偷偷瞥了一眼身旁的沈涟漪，心中为帅朗默了一个哀。

第四十九章
人事

“怎么了？”

正自玩雪玩得起劲的齐然诺，忽然发现帅朗有些心不在焉。

“嗯……没什么！”帅朗若有所思地回头。看到的，却是四周一片茫茫，不见半个人影。

可刚才那一瞬间，他明明有一种很强烈的感觉，感觉到了沈涟漪。

或许，只是错觉？帅朗心中暗暗叹了一口气。

还真是祸不单行。那天和沈涟漪闹了别扭之后，偏偏正好遇到了车祸。所以，这段时间他根本没法去学校找沈涟漪。

至于手机？不止一次，他拿起了手机，却又总是缓缓放下，总觉得，好像无话可说。

“帅朗？”正想着，只听齐然诺的声音传来，“你看我堆的雪人好看吗？”

“嗯……真好看！”帅朗定了定神，定睛看去，只见两个手牵着手的雪人，已经完全成型了。

齐然诺正兴致勃勃地在雪人的脑袋上摆放各种小物件来装饰。这两个雪人，越发活灵活现。

“小时候，每次下雪，妈妈就带我出来堆雪人！”

看着这两个雪人，齐然诺的目光，忽然黯淡了下来，脸上掠过了一丝淡淡的哀伤。

帅朗不喜欢这样哀伤的氛围，沉吟了一下，岔开话题：“那你是不是还打雪仗？”

“当然了！”齐然诺的嘴角，顿时浮现出了一丝微笑。

“尤其是在老家渔村。村子里的小朋友最喜欢下雪了。每次下雪，大家就会跑出来，堆雪人、打雪仗。嘻嘻，我可厉害了。每次都大杀四方！嗯，记得獭子哥最好玩，他应该是存心让我，每次都故意抱着头，好像狗熊一样狼狈不堪地逃跑。你是没看到，那样子，咯咯，真好笑……”

笑着笑着，齐然诺忽然发现自己在帅朗面前似乎有些失态。这姑娘立马有些局促地搓了搓自己的手，收敛了笑，然后矜持了起来。

她习惯性地推了推鼻梁上的眼镜，板起了脸，一本正经，恢复了领导的模样，话题也转到了公事上：“对了，有件事情告诉你。高迈出事了！”

“高迈？”帅朗目光闪了一下。

他当然知道高迈出事了。和沈涟漪不同，那天，他虽然也和叶阑珊吵得很凶，不过两人终究还是盟友。之后，就心照不宣，搁置了关于王老实那件事情引起的不快。

这些天他住院期间，叶阑珊虽然为了避免在有心人面前暴露她和帅朗的关系，一次都没有过来看望帅朗，却一直都和帅朗有电话往来。

正是通过和叶阑珊的电话，帅朗知道了长林集团的股价这些天虽然没有再出现涨停，却也一直都在一根根阳线中攀升，一度涨到了14.75元。

齐华是在14.5元左右减持的。

这才减持了没几天，长林转债也正式开始发行。因为股价不断上升，转债的转股价值，一度达到104.5元，折价4.5%。

这刺激了投资者们异常踊跃地申购长林转债。

线上的申购成功率变得很低。平均三四个账户，才能申购到一签。

一时间，洛阳纸贵。

于是还有许多人选择购买长林的股票，配售长林转债。反过来，又把长林股价再度推上了新高。

齐华哪怕已经减持了长林集团的股份，奈何他手里的股票多啊，因此仍然获利丰厚，身家水涨船高。

当然，叶阑珊早在增发和分红前后就埋伏吸纳的筹码，这一刻也同样沾光。不同的是，叶阑珊在慢慢获利了结。

同时，她告诉帅朗，她已经把高迈在海鸥资产担任高管期间涉嫌关联交易牟取私利的举报材料交给证监会了。

如今，这颗雷显然已经引爆了。

如此想着，帅朗刻意表现出关切的样子："怎么，有麻烦了？"

齐然诺蹙眉，点了点头："这件事情和我们东华渔业无关，但是对长林集团却造成了不小的影响。毕竟，最近这一年多，长林集团可以说是多事之秋，连续出了好几桩事情。前几个月，就有一个董事会秘书落马。这一次，高迈出问题，虽然并没有涉及长林集团的业务，可毕竟也是董事会秘书。市场上因为薛平的前车之鉴，自然纷纷抛售，甚至引起了踩踏。长林的股价，已经跌到了十块左右。

“更让人担心的，还有长林转债。现在长林转债的溢价率，已经超过10%，很有直奔20%的架势。市场上一片恐慌。等月底上市，基本上已经注定是要破发了。甚至有人悲观地预测，会跌破90元。

“帅朗，你不知道，爸爸和叔叔现在都申购、配售了很多长林转债。如果长林转债上市之后失控暴跌的话，肯定会造成资金链上的紧张。”

帅朗看着齐然诺，很真诚地安慰道：“放心吧，我想董事长一定有办法的！”

“那是当然！”刚刚还有些忧虑的齐然诺，谈及自己的父亲，立马骄傲而又自豪地抬头，“这点儿风浪，当然难不倒老齐同志。事实上，这两天他已经逼着马钧儒的投资部连夜制定好了应对方案。到时候，长林集团会在适当的时候下调转股价，然后……”

“下调转股价！”帅朗一惊。

“是啊，下调转股价！”齐然诺还以为帅朗是对可转债不熟悉，当下主动为他解释道，“可转债和股票不同。它的价值包括两部分，纯债价值和期权价值。很大程度上由转股价和股价来决定。转股价越是低于股价，那么可转债就越是可以转股成便宜的正股，自然它的纯债价值就越大。

“而转股价，并非一成不变的。如果长林集团的股票分红啊配股啊，转股价就会自动地相应调整。另外最最重要的一点是，和其他所有转债一样，如果股价连续低于当期转股价的话，公司董事会还可以向股东大会提议下调转股价。

“一旦转股价下调，转债的纯债价值自然就大幅提升了。哪怕市场上对长林集团的期望值仍然不高，也一样能大幅提升长林转债的价格。到时候，马钧儒的投资部再推动一把，事情不就迎刃而解了？”

“可是……”帅朗自然了解可转债，知道转债还有下调转股价这么个玩法。

所以，齐然诺一提出齐华要下调转股价，帅朗便立刻明白，这一招绝对管用。

一旦股东大会通过了下调转股价，不，甚至只需要公告董事会向股东大会提议下调转股价，长林转债的价格就会立刻拉升。

转债之所以号称是熊市的抗跌神器，可不仅仅是在熊市里它比正股跌得少。更因为，公司可以频繁下调转股价。每一次只要能够充分调整到位，市场上都会人气鼎沸，纷纷认为这个公司是真心不想还钱，也就是真心要拉动转债进入强赎期。于是，就会有无数游资跟风，将转债的价格连续推升到130块以上都不乏先例。

唯一的问题是——

“长林转债上市之后，就要立刻下调转股价？这个……好像很少有转债这么做吧？”

“可是，也没有任何条款规定，上市公司不能这么做吧？”齐然诺伸手捋了捋鬓角，然后皱眉道，“当然，这么做肯定有争议，所以就越发需要董事会秘书与证监会和股东们做好沟通。唉，可惜……”

帅朗诧异地问：“可惜什么？”

“不是和你说了，高迈出事了。虽然现在还在调查阶段，但毫无疑问，他当然已经不适合继续担任长林集团的董事会秘书了。长林集团现在需要立刻任命新的董事会秘书。”

齐然诺悻悻地嘟起了嘴巴：“本来，我想推荐你的。毕竟，你的关系还一直挂在长林集团，又分别担任过长林、东华渔业两家公司的证券事务代表，手里还有董秘证，趁这个机会升任长林集团的董事会秘书名正言顺。但是真不巧，偏偏这个时候你出了车祸。”

帅朗倒是不以为意：“我资历这么浅，哪有可能。我倒是觉得，现在长林集团正值多事之秋，很需要一个有能力又信得过的人来担当长林集团发言人的角色。你，才是眼下长林集团董事会秘书的最适合人选。”

“哼，你和我们家老齐同志倒是真有共同语言。”齐然诺皱了皱她精致可爱的鼻子，接着，还真是当仁不让地点头，“老齐同志也这么认为。所以，很快我就会辞去东华渔业董事会秘书的职务，转任长林集团的董事会秘书。辞职的同时，我会向东华渔业董事会郑重推荐你接替我。”

帅朗目光微微一闪：“我？”

感觉到齐然诺对自己的信任，他有些感动，又有些内疚。

齐然诺则没有在意帅朗如何反应，自顾自点了点头，很认真地说：“我一直觉得，你很能干，绝对可以胜任这个职务的。接下来，你可要快点儿养好伤。嗯，在养伤的这段时间里，也不能松懈，好好熟悉掌握东华渔业的情况。到时候，爸爸和二叔可别说我推荐错了人。”

“没问题！”帅朗笑了笑。

这么长时间相处下来，他太了解齐然诺的个性了。因此，一点儿都没有东方人惯用的谦虚，十分坦然直接地接受了挑战。

齐然诺很满意地笑了起来。

她主动推着轮椅，将帅朗推回了病房，一边走，一边笑道：“那说好了，到时候我在长林，你在东华，相信我们会有很多合作机会的。”

“没问题！”

“拉钩！”

“拉钩！”

第五十章
遗产

10.43！

9.94！

10.05！

9.74！

9.87！

9.71！

……

时光飞快。

长林的股价，在一路跌破十元之后，终于止住了瀑布式的下泻。不过依旧不能算是止跌，取而代之的是偶尔夹杂了几根小阳线的阴跌。

在这样的阴跌中，迎来了长林可转债的正式上市。

“开盘96.5元破发，最低价91.2元。虽然最后收盘在92.73元，勉强保持在了90元上方。不过因为长林集团的正股依旧阴跌不休，长林转债的信用等级虽然还不错，是 AA +，可是这么高的溢价，让市场普遍认为，跌破90元是迟早的事情。”

光明律师事务所的接待室内，帅朗正自看着手机上的股票行情，蓦然，叶阑珊熟悉的声音从门口传来。

说话间，只见叶阑珊款款走了进来，依旧那么迷人。

她坐到帅朗身边，继续说道：“看来这一次齐华那老狐狸算是被套住了。”

帅朗摇了摇头：“他可不是坐以待毙的人！别忘了，还有下调转股价这一招。”

“没事！本来也没有指望这一次就能让齐华翻不了身。最关键的是，齐家居然当真任命你为东华渔业的董事会秘书，看来对你真是非常信任了。我们来日方长，有的是机会，慢慢摸清他们的底牌！”

叶阑珊说话的当口，目光转向了帅朗的右腿，关切地问：“前天拆的石膏？”

“是啊，差不多好利落了。准备明天就去东华渔业报到！”

一问一答，你言我语。

两人自从那场车祸发生之后，就没有再见过面。今天终于见到，依旧如同电话里一样，不约而同地搁置了曾经的矛盾。平静如常，好像什么事情也没有发生过，却终究有些许隔阂若有若无出现。

好在这时，一个西装革履的律师紧随在叶阑珊身后走了进来。

他伸手到帅朗面前，热情地道：“您好，帅朗先生！我是您父亲郎杰先生委托的律师，负责处理郎杰先生的遗产……”

帅朗默默地和律师握了握手，默默地任由律师滔滔不绝地说下去。

可律师的话，他实际上是左耳进，右耳出，根本没有心情留意父亲究竟留给了自己多少财产。

这些财产又是通过怎样的方式，避开了债务和税收，如今合理合法地转到自己的名下。他的脑海里，反复翻腾的，全都是孩提时和父亲相处的回忆。

满脑子，都是父亲爽朗的大笑。

满脑子，都是记忆中父亲高大仿佛能够擎天的身影。

满脑子，都是那些快乐、亲切，又有些模糊的过往。

如此心不在焉之下，他恍恍惚惚、机械地遵循律师的嘱咐，签字，照相，录影，走完整个流程，这才发现父亲留给他的，其实是两样东西。

一本很旧、很旧，已经翻毛了的黑色日记本，以及一个价值大约两千万的家族资产信托基金。

日记本，照律师的说法，是父亲郎杰留给帅朗的唯一遗物。而基金，帅朗则无权参与管理，但是基金每个月都会拨付给他一笔十二万元的固定收益。

钱，并不多，也不算太少。足够他不用为五斗米而折腰，不用为柴米油盐而烦心。

恰好应了父亲遗书中的心愿——找一个稳定的工作，娶一个贤淑的妻子，生一个可爱健康的孩子。不用大富大贵，只求平平安安。

“爸爸……”念及于此，帅朗在心中轻轻叹了一声。

然后，很礼节性地和律师握手告别，随手拿着里面放置了日记本和基金资料的文件袋，就这样默默地走出了律师事务所。

“帅朗！”才走出律师事务所，就听到叶阑珊在身后叫他。

急促的脚步声中，叶阑珊匆匆赶到了停下脚步的帅朗身旁。

“你没事吧？”

“当然没事！”帅朗耸了耸肩，随手取出香烟。

叶阑珊皱了皱眉："你学会抽烟了？"

说归说，她抢在帅朗自己动手之前，拿着打火机，"啪嗒"一声，给帅朗点上了。

"职场往来，终归免不了烟酒不是？"帅朗笑笑。

叶阑珊看着他，好一会儿，幽幽叹了一口气："找个地方坐坐？"

帅朗迟疑了一下，点头。灭掉了烟，很绅士地做了一个邀请的姿势，和叶阑珊并肩走入了旁边的一家咖啡店。

这时候，咖啡店内根本没有什么人。正好清净。

各自点了一杯咖啡之后，叶阑珊看着帅朗："你有什么打算？"

"什么？"帅朗微微一愣，随即反应过来，扬了扬手里的文件袋，自嘲地笑了笑，"怎么，你认为我应该从此循规蹈矩，过上朝九晚五的普通人生活？"

叶阑珊沉吟了一下："其实……老师在生命的最后一刻，更希望你能够平平安安开开心心地生活！"

"可我是儿子，儿子给父亲报仇，天经地义不是？"帅朗毫不在意地将手中的文件袋扔在了桌子上。

"你觉得，我会用父亲性命换来的财产，心安理得地享受吗？何况……我家里还是这样的情形。说实话，我也要考虑妈妈的感受，这些钱我准备全都捐出去。至于我，如果需要钱，自然会自己去挣。"

叶阑珊目光微微闪动了一下，很认真地看着帅朗，眼睛一眨也不眨，好像也看清楚了帅朗脸上每一丝表情的变化："你想好了，这可是一个价值两千万的基金。这个基金每个月给你的钱，已经相当于这个社会中等阶层的收入了，而且会一直持续下去。不仅你，还有你的子孙。老师真的已经为你准备好了一份十分安康的生活。"

说话间，侍者端上来了咖啡。

帅朗将糖倒入，用调羹轻轻调匀，喝了一口，这才说道："那又怎样？那只是父亲的期望。我的人生……”一边说，帅朗一边抬头，很是坚定地道，“我做主！”

“好吧，你有决定，以后不要后悔就好！”叶阑珊的眼波，如一泓秋水，掠过了帅朗的脸，看得很仔细，却又飞快。

叶阑珊的目光飞快地掠过，飞快地转换话题：“好吧，那我们就一起继续对付长林吧。你当真觉得，老狐狸这次可以很轻松就化解眼下的局面吗？”

“我这两天仔细查过长林转债的相关条款了。齐华这老狐狸，不知道是当真未雨绸缪，还是另有所图。长林转债的转股价格特别修正条款规定，公司股票在任意连续二十个交易日中至少有十个交易日的收盘价低于当期转股价格的90%时，公司董事会就有权提出转股价格向下修正方案并提交公司股东大会表决。”

帅朗平静地继续调着咖啡，平静地说道：“而市场上同样AA+信用等级的转债，一般都是连续三十个交易日内，至少有十五个交易日的收盘价低于当期转股价格的80%时，董事会才会向公司股东大会提交转股价格向下修正的提议。

“看看这里面的区别吧。三十对二十，十五对十，80%对90%。长林集团这次为可转债下调转股价设置的条件，实在太过宽松了。换而言之，长林集团可以比其他转债更快更频繁地下调转股价格。

“理论上，下个星期，齐华就可以做出这样的提议。再考虑到现在长林转债的价格这么惨，齐华被套住的资金又这么多。所以，我建议你现在就应该加快速度重新进场了。无论是长林的股票，还是长林转债。留给我们在低位建仓的时间应该不会太多了。”

叶阑珊好看的眉，微微蹙起：“仅仅只是赚一笔就走？”

“不然呢？”帅朗抬头，诧异地看了叶阑珊一眼，“实力相差太过悬殊。我们现在手里这点儿资金，暂时根本没法和齐华他们对抗。就算猜测出齐华接下来的手段，又能做什么？还不如潜伏忍受，一边积小胜为大胜，增强自己的实力，一边耐心地等待有利时机。”

叶阑珊轻轻叹了一口气：“道理是这个道理。只是……唉，看着老狐狸这一次又要赚得盆满钵满，实在有些不甘心！”

“没什么！资本世界的魅力，就在于底牌亮起之前，谁也无法保证自己就是最后的赢家！”帅朗耸了耸肩，反倒是很从容淡定。

叶阑珊看了他一眼，正待说话，忽然手机响了一声。

她打开手机，低头看了一眼，脸上顿时显出一丝诧异，随即就起身道：“我还有些事，要走了！你呢？”

“我？”帅朗稍稍犹豫了一下。

看了看外面的天色，原本想要站起来的身子，又重新坐了回去：“你先走吧！我再坐一会儿！”

“好，再见！”

“再见！”

目送叶阑珊离开之后，帅朗的目光转向了手边的文件袋。

小心地打开文件袋，毫不理会那价值两千万、每月可以获得十二万固定收益的资产证明，帅朗径自取出了那本很旧、很旧，已经翻边了的日记本。

取出日记本后，他伸手轻轻抚摸着日记本的封面。很久、很久，方才缓缓翻开。

扉页上，父亲留下的一行龙飞凤舞、十分熟悉的字迹：

“看行情的走势，就如同听一朵花的开放，见一朵花的芬芳，嗅一朵花的美丽，一切都在当下中灿烂。”

第五十一章
见面

直到华灯初上，帅朗依旧坐在咖啡店内，认真地、一页又一页、一行又一行地阅读着父亲留下的这本日记。

透过字里行间，他恍惚看到了一个青衫少年，在江南小镇的田埂农舍中长大。

曾经用泥巴堵住小溪捞鱼，曾经执竹竿在树林嬉戏。时常玩得一身是泥方才回到家中，在昏黄跳动的煤油灯下，开始认真地做功课。

也许是隔代遗传，也许是禀赋天生，不经意间，双亲都是文盲、自幼非常顽皮的青衫少年，竟在学校的课堂上展现出了远远超过同龄人，甚至让老师们也为之惊叹的数学才华。

只可惜，因为家境窘迫，他不得不放弃了那些显赫的名校，选择了奖学金优厚的师范大学。

就在这绿树成荫的校园里，一次不经意间的邂逅，他认识了刚刚从西藏援教回来，到处宣讲个人先进事迹的学妹。

毫无理由的投契，让他们自然而然就牵起了手，结下了缘。克服了各种反对，各种困难，终于走到了一起。有了家，也有了可爱的孩子。

也就是那时，已为人父的青年，开始对金融产生了兴趣。

他惊喜地发现，这充满了财富神话，也到处都是爆仓陷阱的资本市场，竟是如此对自己的胃口。他喜欢这大起大落、刀尖上跳舞的刺激。他更高兴自己与生俱来的数学天赋得以在这里发挥得淋漓尽致。

他痴迷于捕捉行情每一次逆转的精确时机，痴迷于智商碾人的快感。于是，他将每一次精彩的交易心得全都详详细细地写了下来。

看着这些交易心得，帅朗恍惚看到了行情的跌宕起伏，看到了父亲如何在众人恐惧的低谷，顶着压力悄然入场，潜伏爪牙忍受；又如何在群氓亢奋的巅峰，克制欲望抽身离去，无声又无息。

我来，我收割，我离去。

这就是父亲，一个交易员的人生。

有智商碾压对手、丰收斩获的快乐；也有花样作死、怀疑人生的迷茫。

有自以为寻到了驾驭资本捷径的欢喜；也有证明自己其实错误的苦痛。

许多经验，如果不是亲身体验，并不能真正深切领悟。不过，认真仔细读来，还是留给了帅朗许多启迪、许多收获。

“在爸爸的心底深处，终究还是希望我成为一个交易员？”

看着日记本上，父亲那一笔一画写出来的文字，帅朗的嘴角，微微牵动了一下。

可惜，日记本很厚，内容很多。

帅朗感觉饥肠辘辘时，日记本也才被他翻看了三分之一而已。

他只好收起了日记本，结账离开。

那辆凯迪拉克，已经被送去维修了。他只能招手叫了一辆出租车，回到了长林苑。

开门，进屋，看着黑漆漆、空荡荡的屋子，帅朗皱了皱眉。这段时间，沈涟漪始终都没有出现。

帅朗出院后，唯一确定的是，沈涟漪回过这个他们曾经短暂欢聚过的爱巢，却已经取走了所有她的物品。以至于，这几天每一次回来，帅朗都只觉得冰冷，透彻心肺的冰冷。

不经意间，他又一次拿出了手机，不经意地调出了沈涟漪的手机号码。可惜，手指犹豫了一下，还是和以往无数次那样，终究没有按下那个绿色的拨号键。

想了想，他给齐然诺发了一条微信：在吗？

“在！”齐然诺几乎在第一时间回应了他。

随即，她还发了一段语音：“刚刚加班整理了一些资料。对了，告诉你一件事情，爸爸最近决定和东华渔业联手开发东华的旅游资源。”

联手开发旅游资源？帅朗一愣，脑海中不由想起上次和齐然诺一起出海的情形。

当下，他也开了语音：“这倒是个好主意。那次和你出海玩了一圈。发现东华确实很适合开发旅游项目。沙滩、大海、孤岛，都是很吸引都市人的美景。何况，还可以海上捕鱼，捕捞之后，还可以享受海上的船饭。简直就是海上的农家乐。如果开发出来，一定很有市场。”

“还不止呢！”齐然诺同样回了语音，那声音好像小孩子炫耀玩具一样，迫不及待地介绍道，“还有海景房。长林集团的强项就是地产。所以和东华联手，可以在海边建造一批海景房。这些海景房，或者出租给游客，或者让游客购买下来转托公司经营，换取租金，总之各种方式都可以。这样一来，公司可以迅速回笼资金。而游客们则可以享受一把来海滨度假的感觉。不是单纯的旅游哦，而是来到自己置备的私产休闲，那一种很富豪的享受，嘻嘻。”

帅朗很配合地赞了一声：“天才的设计！”

直觉告诉他，这个方案指不定就是齐然诺提出的。齐然诺回了他一个很开心的笑脸。虽然隔着屏幕，帅朗还是莫名地感觉到齐然诺在手机那头，一定也是笑开了花。

只是这姑娘随即却又发来了一个冷冰冰、很正式的语音：“爸爸基本上已经肯定了这个方案。接下来，就要紧锣密鼓地推行下去。你明天回东华渔业吧？希望你上班后，立刻把这一块工作抓起来。毕竟，到时候也需要东华渔业的配合。但是东华渔业证券部太薄弱了，没你盯着，我怕到时候会掉链子。”

帅朗斜倚在厨房的门框上，随手点燃了一支烟。

听着齐然诺的声音，虽然还是那么认真、严肃，说的也是一本正经的公事，可帅朗的嘴角还是不知不觉泛起了一丝微笑，莫名地感觉欢乐。

于是，他手指夹着烟，飞快地回了一个语音：“没问题。你还没吃饭吧，小心胃出问题，赶紧去吃吧。公司旁边有一家牛蛙面馆，很好吃，应该特适合你的口味。”

这一次，微信界面保持了好一会儿的平静，齐然诺并没有马上回复。

帅朗也不急，慢慢地抽烟，静静地看着屏幕。

大约一两分钟后，方才出现了简简单单三个字：知道了。

好像领导的批复。

看着这三个字，帅朗竟恍惚看到，那姑娘此刻坐在长林集团董事会秘书办公室的办公桌前，微微咬着唇，眼神里闪过一丝慌乱、一丝羞怯，偏偏脸上却还极力摆出严肃认真的模样。

顿时，他不由哑然一笑，正待继续逗逗她，却不想，手机铃声响起。

“帅朗，你现在有空吗？赶紧来一趟海鸥酒吧。有事！”叶阑珊在手机里的声音很急，不等帅朗发问便立刻挂断了。

帅朗一愣。第一反应就是回拨过去，结果居然是忙音。

出什么事了？

他不敢迟缓，立马出门、下楼，叫来一辆出租车，赶往海鸥酒吧。

夜幕下的海鸥酒吧，照常虚开着门，照常没有营业。

推门，风铃声照常“丁零当啷”地响个不停。

帅朗推门进去，微微有些诧异地发现，整个酒吧最醒目的所在吧台，这一刻，居然没有看到叶阑珊。

叶阑珊并没有如往常那样，坐在吧台旁她习惯坐着的位置。乍一看，海鸥酒吧内空空荡荡，好像什么人也没有。帅朗迟疑了一下，终究还是缓缓走了进去，走到吧台，然后，警惕地四下张望。

“想不到，你就是郎杰的儿子！”

蓦然，一个很低沉，略带着些许沙哑的声音，从海鸥酒吧左侧阴暗的角落里传了过来。

那里，恰是光线的死角。很暗。哪怕帅朗的目光其实已经来回从那里扫过了几次，可若非这声音猛地响起，他还真是没有留意到，那里居然坐着人。坐着……高迈？

定睛望去，帅朗忍不住睁大了眼，有些不敢相信自己的眼睛。

居然是高迈。

“很奇怪吗？”高迈坐在这阴暗角落里，面前是一杯茶。

他拿起茶杯，品了一口，又从容地放下：“我主动配合交代，又主动退款，所以现在被保释了。如果没有其他事情的话，接下来应该就是缴纳一笔大约三十万到五十万的罚款。最多……禁止入市几年而已。”

说着，他抬头看了一眼已经慢慢走到跟前的帅朗：“是不是很失望？”

帅朗没有理会他的这个问题，冷冷地道：“叶阑珊呢？”

“放心，她没事。只是阑珊这孩子啊，一直对我有些成见。所以我用了一点儿小花招，把她调开了！嗯，至少还要十几分钟才能回来吧。”

高迈依旧很镇定很从容。

他抬手，指了指自己对面的座位，示意帅朗坐下：“来，聊聊吧。有些事情终究还是要男人和男人好好谈一谈的！”

帅朗紧紧盯着高迈，盯着他的眼睛，盯着他的脸。恨不得变成一个千倍放大镜，看清楚高迈脸上每一丝神情的变化。

可惜，他终究没有千倍放大镜。事实上，有也没用，高迈的神色一直都犹如古井无波。

至少在这昏暗的光线里，帅朗看不到高迈的脸上有任何神色的变化，自然也就无从揣摩出高迈此时此刻出现在这海鸥酒吧究竟想干什么。

故而，在僵持了大约十来秒之后，帅朗终究还是坐了下来，端坐在高迈对面的座位上，依旧静静地看着高迈。

他没有主动开口，而是耐心地等待高迈究竟出什么招。

高迈的眼中闪过了一丝赞赏，轻轻点了点头：“不愧是郎杰的儿子。大多数像你这个年纪的人，或许才华横溢，可往往都有沉不住气的毛病。这可是交易员的大忌。很多时候，交易员……就好像孤狼，嗯，当然也可以说是你父亲最喜欢的比喻——海鸥。需要忍受孤独，忍受煎熬，在反复自我怀疑中坚持等待，等待最佳的出击时机。”

当高迈如此滔滔不绝的时候，帅朗依旧沉默。虽然他满肚子都是疑问，不知道叶阑珊现在究竟怎样了；不知道高迈怎么会突然找到这里，又怎么会确认自己的身份；更不知道，如今高迈的葫芦里究竟卖的什么药，究竟想做什么。为什么印象里一直都很沉默寡言的高迈，此刻就好像打了鸡血一样，忽然有这么多话？

不过，就如同高迈说的那样，无论是孤狼也好，海鸥也罢，都需要耐心，需要在真正发动致命一击之前，保持安静，默默等候。

他就在默默等着高迈出招。

古怪的是，眼前的高迈，此刻给他的感觉，就好像是一个迟暮的老人，又或者是喜欢提携晚辈的长者遇到了满意的后生，滔滔不绝，却全都是废话，迟迟没有进入主题。

开口居然便是回忆："看到你，就让我忍不住想起来好多年前初识阿杰，还有锦儿的情形！"

第五十二章
锦儿

锦儿？高迈口中的这个人名，让帅朗愣了一愣。

转了个圈儿，他方才醒悟过来，高迈说的，应该是叶阑珊屡次提及的姑姑……叶添锦？

高迈自顾自开口："记得第一次和你父亲接触，是在QQ群上。那个时候啊，期权刚刚推出来，本身就是一个很小众的产品。加上期权的规则又是所有金融衍生品里面最复杂的，所以玩的人当真少得可怜。

"海鸥论坛上有人就建立了一个期权交流群，方便大家相互沟通学习。你父亲是这个群的管理员。他很聪明，虽然和我们大多数人一样，都是刚刚接触期权，可他学得特别快。很快就掌握了各种策略，掌握了罗马字母，掌握了波动率。

"在期权的交易过程中，一次又一次神奇地判断出了顶部和谷底。一次又一次选对了买开和卖开。无论日内，还是中长线，乃至行权日前后，最疯狂的末日行情，你父亲都做得漂漂亮亮，犹如神助。

“而且，他年纪不大，投资的品种倒是很多。无论是商品期货，还是外汇黄金，无论是原油还是美指，甚至还有VIX，呃，你也不知道吧，这是美国芝加哥期权交易所推出的、对于我们国内交易员来说相对冷僻的恐慌指数，你父亲都玩过。

“所以渐渐地，你父亲就折服了群里面所有的人。你可别小看这个群。玩得起期权的，至少是在证券市场拥有五十万资产，能够开立两融账户的。记得曾经有个统计，整个中国的证券市场，两融账户不过三百万。

“在这三百万户股民里面，还能够有足够的闯劲、足够的智慧来涉及期权的，自然更加少之又少。基本上都是在资本市场上厮杀了不知多少年，赔过不知多少钱，最终也赚了不知多少钱的土豪。

“这里面好多人家里有矿，手里有权，手上更有人脉。他们之中很多人和你父亲都只是保持着QQ上的联系，相隔千里之外，网上的神交而已。可当你父亲后来真正建立海鸥资产，开始试图征服这个资本市场时，他们当真提供了许多帮助，方方面面的帮助。这才保证了海鸥资产后来如此传奇的发展。”

说到这里，高迈略微停顿了一下，向后完全靠在了椅背上。这样一来，他也就越发隐在了阴暗里，越发让人看不清他脸上的神情。

帅朗下意识地感觉到，眼前这个老人似乎陷入了回忆中。不过，他也不急，并没有催促高迈，只是在脑海里想象着高迈话语中的情形。

这是他第二次听人说起父亲在离开他、离开妈妈之后，如何成为交易员，如何开创出海鸥资产那番事业了。

第一次是叶阑珊。

而这一次，高迈显然比叶阑珊更早接触到父亲，更密切地和父亲合作。所以，帅朗依旧听得津津有味。一如所有仰慕父亲的孩子，好奇而又热切地想寻找到父亲曾经的踪迹，熟悉了解父亲的方方面面。

好在高迈并没有卖关子，随即就又继续下去：

“很多人都说海鸥论坛，是你父亲，或者说是包括你父亲在内我们五个人开创海鸥资产的起点。实际上，这个期权交流群才是我们最早相识、相交，乃至到后来相知相熟的开始。我们五个人，正是在那个期权交流群里，真正认识并且熟悉起来的。

“记得那个时候，我或许是因为年纪大了的缘故。对于期权其实并不精通，只会傻傻地做一些保护性策略和备兑，或者索性合成套利。然后把每个月赚来的钱，好像买彩票一样，买入虚值的认购或者认沽，赌一把大行情的出现。呵呵，比如传说中的那一天一百九十二倍的财富神话。

“亏得认识了你父亲。他很耐心，教会了我很多技巧。也是他，让我认识了陈思，认识了齐军，当然还有锦儿……“

当高迈说到“锦儿”两个字的时候，帅朗的眉不由微微扬了起来。这是他第二次听到高迈提及“锦儿”了。

上一次他还没有怎么留意，这一次他却非常强烈地察觉到，高迈说到“锦儿”两个字的时候，声调明显有些变化。绝不是在述说一个无关的，或者即便相识却并不亲密的人。

相反，他说到这两个字的时候，声音微微有些颤抖，分明透着感情，强烈的、复杂的感情。所以……

就在帅朗心中暗暗起疑的当口，高迈又说了下去：

“锦儿在群里也很活跃。她的情商很高。每次群里有人吵得不可开交时，她随便飘过一句，就能轻轻松松驱散那好像就要爆炸的火药味。加上玩期权的大多都是大老爷们，难得冒出一个女孩，这些家伙一个个就像打了鸡血一样，整天想尽办法和她套近乎。

“锦儿却不怎么搭理这些激素过剩的孙子。她不是那种肤浅的女人，从不和人打情骂俏，和任何人交流都是有礼有节，占尽了道理，不疏远，却也不会给人得寸进尺的空间。遇到有人说出一些露骨的话，她也总是能够在第一时间冷静又强硬地回击。

“说实在的，我其实是一个很谨小慎微又沉默寡言的人。若没有锦儿，也许在那个群里，我永远都会是一个潜水的观众。做期权，也只会满足于做个套利，赚一个无风险的、高于银行理财的年化利率。

“就因为锦儿的出现，呵呵，可不光是那些激素过剩的家伙打了鸡血，我……也好像孔雀一样想开屏。所以，我才会在群里越来越多地冒泡。所以，那时四十多岁的我，忽然就好像十多岁的少年，竟然当真咬着牙，很努力地分析行情，违背自己一贯的谨慎，开始用资金买入虚值期权，一次又一次成功博取虚值期权概率极小却收益极高的回报，来赢得期权交流群里众人的惊叹和敬服。而最重要的，是想赢得锦儿的注意。

“呵呵，现在想来，还真是造化弄人。就是这么冷静下来会感觉很幼稚的举动，不经意间让我渐渐成了那个期权交流群的大神，接着自然也就成了海鸥论坛的名人，成了你父亲的好朋友，跟着你父亲，一起建立了海鸥俱乐部，又一起创立了海鸥资产。

“于是，我也就自然而然认识了锦儿。就在这里，在这海鸥俱乐部第一次成立的晚上，我见到了锦儿。她，当时坐在那边……”说到这里，高迈抬起手，指向了酒吧另一头，恰好和高迈所坐的位置是一个斜对角线。

那里同样是一个光线阴暗的角落。

“锦儿当时就坐在那里。事实上，后来的无数次聚会，她都习惯地坐在那里，静静地品着酒，静静地看着围聚在众人中心的郎杰，看着你父亲谈笑风生，意气飞扬。而我就坐在这里，静静地看着她。看着她的寂寞，看着她的恬静。

“从第一眼看到她，我想，我就爱上了她。原本中年丧妻，膝下又没有子女，以为这辈子应该就是这么形单影只过下去的我，忽然恋爱了。那是一种以前和妻子认识时都没有爆发出来的强烈的爱恋。

“当时整个人，就、就好像少年一样，陷入了狂热的爱恋中。明知道事不可为，明知道绝不可能。可是，我还是忍不住想继续下去，忍不住跟上你父亲的步伐，跟着他一步步走到最后海鸥资产的巅峰。其实，就只为了能够和锦儿相处，能够每天看到锦儿的一颦一笑。

“只是，我终究是不甘心的。不是不甘心所有的光环和荣耀，都聚焦在你父亲的身上，对你父亲的能力，我发自内心地钦佩和信服。可我不甘心啊，不甘心锦儿的眼里，分分秒秒时时刻刻都只有你父亲。”

幽静的海鸥酒吧内，高迈的声音渐渐提高，语气渐渐激动了起来。

不过，他很快意识到了自己的失态，伸手拿起茶杯，喝了一口茶。借此机会，他平缓了自己的情绪，叹了一口气。

“一念之差，当真是一念之差。当时，我心中的不甘越来越盛。最后，甚至连带着憎恶起你父亲一手创立的海鸥资产。哪怕一直身处海鸥资产高层，却和以你父亲为中心的管理团队渐行渐远。

“于是，鬼使神差地，我开始利用自己在海鸥资产的高层地位，进行了一些关联交易。你应该知道吧，我是律师出身，当时在海鸥资产又主管法务部。原本我以为，自己能够轻轻松松搞定可能带来的所有麻烦。这样，不仅仅能多赚点儿钱，更是想给你父亲添一些麻烦。甚至幻想有那么一天，在你父亲出了问题山穷水尽的时候，自己凭借这样积累起来的实力，力挽狂澜，从而向锦儿证明我其实比你父亲更加优秀。”

说着，高迈自嘲地笑了一笑：“是不是很幼稚？现在想来，呵呵，当时已经四十多岁的我，还真是昏了头，居然好像一个少年。更糟糕的是，人算不如天算，我根本没有自己想的那么厉害。很快，我偷偷进行关联交易牟取私利的事情就被齐军发现了。”

“齐军？”听到这里，帅朗终于忍不住开口了。

他诧异地瞥了一眼面前的高迈。毕竟，原先他和叶阑珊就推测，姑姑可能发现了高迈当时在偷偷进行关联交易牟取私利。现在，怎么又冒出个齐军来？

第五十三章
机会

“齐军！”说起这两个字的时候，高迈情不自禁地咬着牙。

从第一次见到齐军的那一刻，他就感受到来自齐军的强烈敌意，不过他从来没有在意过。

当了这么多年律师，朋友遍天下，自然也免不了结下不少敌人。高迈一直觉得，熟谙法律又谨慎如他，应该有足够的智慧避开危险，自保其身。尤其在他的印象里，齐军就是一个有勇无谋的莽夫，根本不值一提。

他无论如何都没有想到，有人会将仇恨埋得那么深，竟会几十年如一日，一直都在默默地关注他的一举一动。

偏偏，就在自己唯一这么一次冒险的时候，被这人给抓住了把柄。

偏偏，这人居然就是齐军的堂兄齐华。

更要命的是，恰好就在这个当口，郎杰决心收购长林集团。恰好就在这个当口，在齐军的牵线搭桥下，郎杰和齐华开始商谈那份抽屉协议了。

于是，齐华竟然放弃了为妻子报仇的大好机会，反而让齐军拿着这把柄去要挟高迈，逼迫高迈和他们兄弟合作，联手算计郎杰。

高迈根本没有其他选择。他不想坐牢，不想失去拥有的一切。所以他只能硬着头皮和齐军、齐华兄弟合作。也就是在和齐军齐华兄弟秘密合作的过程中，不知怎的，引起了一向很是心细的叶添锦的注意。

“那是一个大雨滂沱的晚上……”高迈抿了一口茶之后，便将茶杯重重地放下，整个人完全靠在了身后的椅背上，闭上眼，重重地叹了一口气。

这一年来，他每次闭眼，脑海里都会忍不住浮现出那一天晚上的情形——

轰隆的雷声，滚滚而来。急促的门铃声，夹杂在这雷声轰隆中，差点儿让正在听音乐的高迈错过。

待他开门，就看到齐军气急败坏地出现在门口，劈头盖脸地就是一句：“那娘们发现你的事情了！”

高迈愣了一愣。再问，这才明白齐军口中的那娘们就是叶添锦。精通财务的叶添锦，一旦起疑，想要查高迈自然不是难事。

“怎……怎么办？”顿时，高迈慌了。

如果单单是东窗事发，他还不至于如此。毕竟，他事先就已经为自己安排好了种种脱罪的部署。早已经将法律成本降低到了最低。真正让他慌张的是叶添锦，他心中的女神。他竟要将自己最不堪的一面暴露在叶添锦的面前。

相对于高迈的慌乱，齐军倒是杀伐果断：“还愣着干什么？走，去找那娘们！”

他不由分说，拉着高迈就走。只是倒霉催的，他开来的汽车在这关键时候居然出了故障。无奈之下，只好换了高迈的座驾，两人一起直奔叶添锦的小区。

途中，高迈忍不住打通了叶添锦的电话。可惜，话不投机，叶添锦根本不准备网开一面。反而严厉地斥责了高迈，并且坚定地说要去和郎杰商议如何对付高迈。说着，挂断了电话。

“不要紧！”眼见高迈已经六神无主，齐军冷笑一声，“我哥哥知道这事以后，立刻约了郎杰一起去桑拿。这会儿，那娘们绝对联系不上郎杰。所以，只要截住她，拖过这几天，哼哼，等大局已定，她再联系郎杰也没用了。”

“拖……拖过这几天？”开车的高迈一惊，一个不留神，差点儿将车一头撞到旁边的绿化带。

气得齐军眼睛一瞪，恶狠狠喊道：“蠢货，怎么开车的？”

“呃，对、对不起！”高迈的手，那一刻微微有些颤抖。

他一边赶紧重新把控好方向盘，一边忍不住转头看了齐军一眼：“你、你难道想绑架锦儿？”

齐军冷笑：“狗屁绑架，我只是好吃好喝招待那娘们几天，不犯法！”

“可、可是……”高迈的嘴唇在不知不觉中颤抖了。天地良心，他可从来没有想过要伤害锦儿啊。

“不然怎么办？难道你想坐牢？”齐军冷笑着，威胁道，“或者你不怕坐牢，但是别忘了，如果郎杰躲过了这一劫，等他缓过劲来，以他的手段，相信我，坐牢可能是最好的结果！”

“郎杰！”这个名字让高迈打了一个寒战。

认识郎杰这么多年，郎杰是怎样一个人，他自然再清楚不过。

那是一个平时一直笑呵呵，很亲切的人。可一个如此顶尖的交易员，怎么可能是笑呵呵的菩萨？海鸥尚且会在适当的时候俯冲而下，无情地收割沙丁鱼。已经拥有海鸥资产如此庞然大物的郎杰，如果当真要对付一个人，那人……

高迈不敢想象下去了。强烈的恐惧让他下意识地将车开到了叶添锦居住的小区。

还没等他停好车，忽然就听到齐军叫了起来："看，是不是那娘们的车！"

循着齐军手指的方向，高迈看到了一辆红色的玛莎拉蒂恰好从他们面前不远处驶过，驶出了地下停车场。

还真是叶添锦的车！

高迈早已经把所有能够收集到的叶添锦的资料全都收集齐全，第一时间就百分之一百地肯定。

"愣着干什么？快追！"齐军反应极快，几乎贴着高迈的耳朵，大吼起来。

高迈立马定下神来，开车追了过去。

叶添锦的车和高迈的车一前一后驶出了小区，驶上了公路。

"该死！"看着叶添锦驾车行驶的方向，齐军不由皱眉怒骂了一声，"这娘们一定是去找郎杰了！"

高迈不由六神无主："怎、怎么办？"

齐军想也不想，毫不犹豫地怒吼道："什么怎么办？追上去，拦住她！"

轰隆的雷声中，一道闪电，恰在这时打过来。闪亮中，映出了齐军的脸。那冷笑着的脸，在闪电下分外狰狞。

高迈忍不住打了一个激灵，忍不住想到了关于齐军在公海上激战杀人的传说……

"蠢货，快点儿！"而就在他稍稍走神之际，一旁的齐军嫌高迈开得太慢了。

他怒吼着，冲过来，竟在汽车行驶过程中，愣是抢夺了高迈的驾驶位。

跟着，油门踩到底。车如离弦之箭，向前疾冲。

“别……”在高迈的惊呼声中，不一会儿，车就赶上了叶添锦的红色玛莎拉蒂。

叶添锦不是傻瓜，发现了高迈的车之后，根本没有停下的意思。同样加大了油门，迅速上了中环。结果，两辆车就在这大雨滂沱中你追我赶，直到追尾……

被赶到副驾驶位的高迈，眼睁睁地看着，叶添锦为了甩开齐军的拦截，一个不当心，撞上了前面的车。

一场惨烈的车祸，发生了。

“所以，你终于承认了，是你害死了姑姑？”

当高迈说到这里的时候，一个声音从帅朗身后传来。帅朗回头，愕然看到，叶阑珊不知道什么时候从海鸥酒吧的后门进来。

她双手背在身后，眼睛死死地盯着高迈，一步步，缓缓走向了高迈。

“不！不是我！”高迈竟似被叶阑珊此刻表现出来的气势给吓到了。

他下意识地站起身来，下意识地避开了叶阑珊愤怒的目光，连连摇头道：“是齐军！”

“齐军？”叶阑珊的嘴角泛起了一丝冷笑，脚步倒是微微停顿了下来。

高迈稍稍松了一口气，忙不迭地点头道：“对对对！就是齐军！是他开的车！是他开车追赶锦儿，锦儿才会……”

话还没有说完，就听到叶阑珊声嘶力竭地大喊：“可你他妈的也在场！你他妈的就是同伙！”

大喊声中，她毫无预兆地爆发了，背在身后的手扬了起来，手中居然拿着一把菜刀，不由分说就朝高迈砍去。

高迈狼狈不堪地一个踉跄，险之又险地避开。

他一边闪躲，一边还不停解释道：“不管我的事！我也不想的！我……怎么会害锦儿！全是齐军惹出来的祸！我、我和你一样，也恨死齐军了，也想为锦儿报仇……”

可惜，这当口叶阑珊根本不听高迈的解释。一刀未中，紧跟着便是一刀又一刀，如影随形般，狠狠朝着闪躲中的高迈砍去。

好在帅朗这个时候已经反应过来了，虽然他也很讨厌高迈，高迈同时也是导致父亲最终跳楼的罪魁祸首。可无论如何，他也不能眼看着叶阑珊伤人杀人违法。

他连忙起身，自叶阑珊的身后一把抱住了她，乘此机会，高迈连滚带爬，跑到了海鸥酒吧的门口。

跑到门口，他忽然停住了，回过头，仗着帅朗暂时抱住叶阑珊，自个儿暂时没什么危险，又恢复了之前的镇定。

他摇着头，叹气道：“不管你信不信，反正我和你们的目的一样，也要对付齐家兄弟。现在就有一个很好的机会，那就是东华渔业上市了，以齐家兄弟的个性，必然将东华渔业的股份质押给银行，换取大量的资金来博取更大的利润。而据我所知，他们质押来的钱全都购买了长林集团的转债。

“只是千算万算，没有想到你们这当口居然会来举报我。结果，误打误撞，倒是正好把他们的钱套住了。接下来，只要我们能够继续将可转债的价格打压下去，他们的质押就会出问题……”

高迈的话还未说完，却见叶阑珊从帅朗的怀抱里挣脱出一只手来。

“老娘才不会跟你这王八蛋合作！”叶阑珊大骂一声，手中的菜刀朝着高迈狠狠地扔了过去。

万幸，这一刀险之又险，几乎擦着高迈的鼻尖，狠狠砍在了他身旁的门框上，却终究没有伤到他。即便如此，高迈也吓得够呛，脸色当真是一片煞白。

他再没有心思说下去了，摇了摇头，抛下一句“你们仔细想想”，人便消失在了门外。

片刻之后，叶阑珊终于从帅朗的怀抱里完全挣脱了出来。

她已经扔掉了菜刀，顺手操起了一旁的啤酒瓶，凶狠地冲向门口。奈何高迈也不傻，离开海鸥酒吧之后，赶紧开车走人。

杀出去的叶阑珊，只能望着渐渐远去的车骂不绝口，一口气不停地骂了足足半个小时。骂的全是粗鄙不堪的脏话，完全没有了平日雍容优雅的样子，赫然就是街头的小太妹。

看得帅朗当真是目瞪口呆。

“看什么看？”好一会儿，叶阑珊终于止住了骂，狠狠瞪了帅朗一眼。

帅朗郁闷地摸了摸鼻子，聪明地没有回嘴，也没有搭理叶阑珊，而是苦笑着耸了耸肩，就弯腰准备收拾一下刚才因为叶阑珊追杀高迈而造成的这一片狼藉。

也就在这时，他目光一闪。高迈刚才离去的地方，留下了一个文件袋。

第五十四章
大招

“涨了，哈哈，果然又涨了！”

长林大厦，休息室。

獭子西装革履、人五人六地坐在那里，聚精会神地盯着手机。手机屏幕上，正是长林转债的行情。

身为齐军的亲信，他当然也是从头到脚跟风，手里拿了一大把长林转债。前段时间，长林转债爆跌，他整天都黑着一张脸。好在长林集团董事会，还当真在下调转股价的条件出现之后，立刻就向股东大会递交了下调转股价的提议方案。

这个消息一出来，舆论哗然。

虽然颇多争议，可毕竟是实打实的利好。于是披露当天，长林可转债开盘就一个跳空5%。跟着，整整一天都在高位盘整。接下来的几天里面，同样高歌猛进，愣是从最低88.7元，一路上涨到98.4元。

而今天，就是股东大会表决的日子。

獭子就是要给参加股东大会的齐军当司机，才跑来长林集团的。

他看着股价猛地飙升，兴高采烈地冲着一旁的帅朗乐呵呵地道：“小帅，哥哥跟你说啊，这次表决一旦通过，保准明天还要大涨！你要有钱，赶紧买点儿，还来得及！哥哥可不会害你！”

“谢谢獭子哥！呵呵，不过我大学刚毕业，哪有钱买啊！”帅朗无所谓地耸了耸肩。

獭子一瞪眼，满脸都是恨铁不成钢的样子，正待一通长篇大论来教育帅朗要抓住所有赚钱的机会，就在这时，帅朗的手机响了。

帅朗冲獭子做了一个抱歉的表情，就拿着手机，走到休息室外。

手机那头，传来了叶阑珊的声音：“表决没有通过！”

“意料之中！”走到无人的角落，帅朗“啪”的一声打开打火机，点燃了烟，他随意地吸了一口，波澜不惊地道，“高迈那天留在海鸥酒吧的分析报告没错。齐家兄弟虽然联手可以控股长林集团，可惜，他们现在都有转债套在手里。

“因为按照相关规定，必须是名下没有公司转债的股东，才能在股东大会上表决是否调整公司转债的转股价。

“所以，齐家兄弟手里有再多的长林股份也没用。只要他们不抛光手里的长林转债，哪怕手里还有一张长林转债，就自动失去了长林转债是否下调转股价的表决权。可如果抛售了，他们下调转股价，那岂不是为他人做嫁衣？

“不得不承认，这一点，高迈的眼光确实老辣，一下子抓到了齐家兄弟的要害。然后以他的人脉，只消稍稍活动一下，阻挠股东大会通过长林转债的下调转股价简直就是轻而易举、不费吹灰之力的事情。”

“所以，你就选择和高迈合作？”手机那头，叶阑珊的声音明显兴致不高，明显还排斥和高迈的合作。

帅朗皱眉，略微停顿了一下，斟酌着开口：“我理解你的心情。无论怎么说，他都是害了你姑姑的元凶。可是……最近，我一直都在看爸爸的日记。爸爸在日记里曾经说过一句话——资本无敌友。和高迈的账以后总要算，可是现在，确实是一个很好的机会。”

叶阑珊在手机那头，幽幽叹了一声：“我知道……可是……算了，咱们不说这个了。这个机会我们当然要抓住。问题是……我觉得你不要太乐观了。”

帅朗心头一紧：“什么意思？”

“说不出什么来。只不过，我不是也参加这个股东大会了吗？现在，暂时休会，准备讨论下一个提案。董事会提出的下调长林转债转股价的提案，算是彻底否了。奇怪的是，刚才我在齐军、齐华的脸上，没有看到一丁点儿沮丧、愤怒之类的表情。甚至觉得，他们似乎早有所料，根本满不在乎！”

“有这样的事？”帅朗一愣，不知为何，心中也毫无来由地掠过了一丝不祥。

不等他开口细问，就听到休息室那边传来了齐军洪亮的大嗓门：“小帅？小帅！快来，咱们回了！”

帅朗赶紧和叶阑珊挂断了电话，快步跑过去。

本来应该继续参加股东大会的齐军，这一刻居然出现在休息室内，正自摸着他那板寸头，脸上的神情，竟然还真像叶阑珊说的那样，很是不错的样子。半点儿也看不出下调转股价的提议被否、手里的转债只怕马上又要大跌的沮丧和恼怒。

反倒是跟在他旁边，犹自盯着手机上股票行情的獭子，忽然惨叫了一声：“跌了？怎么就跌了？奶奶的，是哪个王八蛋砸的盘？”

“鬼叫什么？”齐军狠狠瞪了獭子一眼，一点儿都不客气地朝他脑门狠狠敲了一下，跟着又踹了一脚，“瞧瞧你什么出息？

这点儿涨跌算什么？放心吧，老子早有妙计。哼哼，跌是吧？过段时间，保准现在这些听到内幕消息、个顶个跑路的孙子捶胸顿足悔不当初！”

说这话的时候，帅朗正好走过来。听到这话，他的心里不由咯噔了一下。

幸好獭子一点儿都沉不住气，根本不用帅朗费神想办法不着痕迹地试探，就第一时间腆着脸凑到齐军跟前，讨好地问：“二叔，咱们是不是还憋着什么厉害的大招？”

齐军又是一脚：“滚蛋，真有大招，也不是你能知道的！”

“别啊！”獭子脸皮厚，被踢走了又屁颠屁颠赶回来，“二叔，我这家当都搭在上面了。您就透露一点点，让我安心啊！”

“总之，你小子的钱，绝对安全就是！”齐军不耐烦地挥了挥手，好像赶苍蝇一样把这货赶走，随即目光转向了帅朗。

“齐总！”帅朗走到近前，很恭敬地招呼了一声。

齐军点了点头。对待帅朗，他就不像对待獭子那样又打又骂了。客客气气，完全就是礼贤下士的样子。

“小帅，走，咱们回了！”

回了？听到这两个字，帅朗的目光微微一凝。

他犹豫了一下，忍不住试探：“回东华吗？股东大会结束了？”

“结束个鸟！”齐军摸着他的脑袋，大大咧咧地骂了一声，跟着道，“一帮鸟人，凑在一起尽顾着捣乱！老子懒得和他们扯皮了！哼哼，走走走，回东华去，咱们还有大事要办！”

说话间，他迈步走出了休息室，走向电梯。帅朗和獭子相互看了一眼，自然连忙跟上。

更让帅朗意外的是，走到电梯口，只见齐然诺也很快过来了。她居然也要跟去东华，还带了几个扛着摄像机、媒体记者样子的人同行。

好在齐大小姐比齐军好相处，车上，她主动给帅朗解释道：“高迈那坏蛋，居然暗中串联了许多股东，阻挠了可转债下调转股价方案的通过，完全打乱了爸爸的计划。好在爸爸早有准备。就是上次我跟你说的，长林集团将和东华渔业联手开发旅游资源的事情。”

“怎么，董事长准备将这个消息公布出来？”帅朗微微沉吟了一下，疑惑地道，“单单这样一个消息，只怕力道不够，不足以弥补下调转股价方案失败给市场带来的冲击力吧！”

“对，仅仅这么一个消息当然没用！”齐然诺点了点头，随即笑道，“不过，爸爸本来也没有准备明天就拿出来，对冲下调转股价方案失败的利空。那可就太浪费了。这可是一个大招哦！”

“大招？”帅朗若有所思地看着齐然诺。

可恨这丫头居然卖起了关子，嘻嘻一笑，整整一路都不肯透露分毫。

不过当齐军一行回到东华，帅朗很快就发现，齐然诺口中的大招是什么了。

沙盘！好大一个沙盘！

沙盘上，放满了一排又一排坐落在海边的别墅模型。

尽管，这些别墅现在还根本没影儿。据说，建造别墅的土地，现在还是一片啥都没有的空地，可售楼中心已经布置好了。西装革履或者婀娜多姿的售楼员，也已经各就各位。里里外外，五脏俱全，很正规很上档次的样子。

帅朗一惊，下意识地转头看向身旁的齐然诺。

“这些别墅，都是即将要盖的！”齐然诺抬手，整理了一下被海风吹乱的头发，有些得意地道，“就像你之前说的，这里有很好的旅游资源。周边又恰恰是江浙沪长江三角洲的发达地区，不乏收入颇丰的中产。这些中产，在忙碌之余的节假日，一定很想在这海边拥有这么一幢别墅，高兴地带着家人来海边度假，住在海边吹着海风看着海景，出海打捞最新鲜的海鲜，回来在自家的宅院里烧烤！你说是不是？”

“恰好，东华渔业可以提供土地，提供旅游资源。长林集团则拥有强大的团队，拥有房产开发的丰富经验和能力。所以，这已经是一个马上就能开发出来、马上可以实际盈利的房地产项目了？”帅朗不笨，他迅速厘清了齐家人的思路。

“东华渔业和长林集团合作，等于是强强联手，能够在最短的时间内将这个项目做大做强，变成一个当下流行、十分高大上的文旅项目，而非简单的商业或者住宅区。可以说皆大欢喜，互惠互利。

“尤其重要的是，这个项目因为已经落实，可就不是纸面上的文章了。是实打实，转眼就能变成真金白银的大利好。一旦市场反应过来，可就不单单是长林转债会大涨，连带着长林集团和东华渔业的正股，也都会节节高升！”

齐然诺满意地点了点头，有些痴迷地看着帅朗，怎么看也看不够。

她骄傲地嘻嘻一笑：“怎么样，我家老齐同志憋着的这个大招高明吧？”

帅朗心底里暗暗叹了一声，从看到这些别墅模型的第一眼开始，他就知道高迈的计划完蛋了。

道高一尺魔高一丈。齐华、齐军兄弟，居然早就筹划好了这么一个项目。那还能说什么呢？天大的利空，也能被对冲啊。

心中如此想着，表面上他可没有表露出丝毫情绪，反而笑着，很是配合地附和道：“确实高明！董事长一直都是我最佩服的商界前辈！”

听到这话，齐然诺禁不住笑了起来。

明明就像是幸福的小女人，高兴自己心上人拍丈人的马屁，脸却依旧板着，一本正经，好像职场前辈在指点后进一样：“这话，你跟我说有什么用？要说，得当董事长的面去说。否则领导怎么会知道？不知道，又怎么会器重你、提拔你？职场上，有的是跟红顶白的小人，可不是你有能力，就一定可以被重用的……”

正说着，忽然，远处传来了阵阵喧哗。

第五十五章
用地

“齐老二，别人怕你，老子不怕你！

“明着跟你说，老子就是告到京城去，也要把你告下来！

“有种，你现在就把老子打死！

“来啊，不敢来，你他妈的就是老子的孙子！”

声嘶力竭的骂声，来自售楼中心外面，距离帅朗和齐然诺足足有百多米。

帅朗和齐然诺都下意识地寻声望去，只见獭子已经带了几个年轻的后生，赶到了那里。獭子带着他的人，正围住一个满头白发、有些年纪的老人，骂骂咧咧，推推搡搡。

这时，听到身旁的齐然诺“咦”了一声，自语道：“这不是老树书记吗？”

帅朗愣了一愣，迷惑地转头望向齐然诺。

齐然诺解释道：“老树书记是这里的老村支书。现在应该已经快八十岁了吧。反正他当村支书的时候，我才刚刚念书。那会儿，每次和爸爸回来过年，总能看到他中气十足地召集全村村民开会，分配年货，宣讲过年时防火防盗之类的事情。可威风了！

“不过他是个保守的人，跟不上后来日新月异的形势了。最主要是没法带着大家伙儿一起发家致富。偏偏，还一直都坚持着以前的老一套，对于村里面日新月异的变化，怎么都看不顺眼，总是指指点点，抱怨这抱怨那。日子久了，大家自然就不怎么待见他，对他敬而远之了。

“尤其等他退休了，就更加人走茶凉。除了几家血缘近的亲戚，几乎再没有与什么人走动，其实挺凄凉的。记得有一年我回来，看到他一把年纪了，还孤零零一个人拖着农具在田里干农活。”

说话的当口，就看到獭子已经带着人，把齐然诺所说的老树书记给硬生生架走了。

别看这老树书记一把年纪了，人却很精神，声如洪钟，哪怕被人架着身不由己地往远处走，声音还是时断时续飘了过来。什么假公济私啊，什么欺上瞒下啊，什么违法建筑啊……一大串都是对齐军对东华渔业的控诉。

尤其有一个词，听得帅朗心中一动——工业用地。

工业用地？看着眼前这一排排的别墅模型，帅朗若有所思。

“帅朗！”就在他心念电转之际，齐然诺叫了一声他的名字。

獭子带人把那老树书记架走以后，售楼中心重新恢复了平静，波澜不惊，好像什么事情也没有发生过一样。被齐然诺带来的媒体记者，自然都是得到长林集团打点过的，一个个明智地当起了聋子、哑巴、瞎子。

眼见插曲过去，记者们开始架起摄像机，干起了他们的活儿。齐然诺居然准备让帅朗也出镜。好吧，这安排绝对没有人反对。那颜值摆在面前，绝对吸睛啊。

男同胞再不甘也没底气说个“不”字，女同胞一个个两眼发光，莫名地兴奋不已，犹如打了鸡血一般。帅朗无奈地撇了撇嘴。这情形，他从小到大不知道经历过多少次，早习惯了。他懒得抗拒，而是全方位地主动配合。

过往的经验告诉他，唯有如此才最省时省事省力。

事实证明，这确实是一个明智的选择。

毕竟现在只有模型和规划，还没有真正建造好的房屋，所以为长林集团和东华渔业这次开发项目量身定做的包装行动，其实也就持续了半个小时而已。完事后，自然由东华渔业把人拉去，山吃海喝。

酒酣耳热罢了，已经是夜里十点多了。帅朗却没有丝毫睡意。回到卧室，他第一时间拨通了叶阑珊的电话。

“喂？”那头，很快传来了叶阑珊略带些许慵懒的声音。

“有一件事情想请教一下。”帅朗没有客套。

不知不觉养成了抽烟习惯，靠在窗前，他一边吸着烟，一边开口：“阑珊姐，你对工业用地了解吗？”

“工业用地？”叶阑珊微微愣了一愣，大约思考了十来秒之后，才继续说道，“和长林集团的房产开发有关吗？”

说着，也不等帅朗解释，就自顾自说了下去：“房产开发最大的成本，当然就是土地了。因为地方财政的缘故，每一块住宅用地的价格，现在都越来越高，甚至有价无市。相对来说，非住宅用地就便宜得多。不过非住宅用地想要更改土地用途，难度可不小。

“最麻烦的就是耕地。那是一道红线，国家航拍监控，一旦航拍到有人违规使用耕地，立马就会拆除，没有半点儿商量的余地。不管你在村里乡里，还是县里市里甚至省里有多少关系，都很难兜转。

“相比起耕地，工业用地就好很多了。虽然一样有限制，不过房产商总是会有很多办法蒙混过关。本领大的，就想办法改变土地的用途。只不过这段时间有关部门查得越来越紧了，不像以前那么好办。

“不好办也没关系。为了惊人的暴利，自有无数人削尖脑袋，八仙过海各显神通。比如我就认识一个商场上的朋友。这家伙弄了一块工业用地，项目名称是非生产性工业科研用房及配套设施。里面的所有消费场所，都只是用于科研配套的。

“看看，事情不就解决了？人家是去搞科研的。搞科研总要有科研人员吧。那么弄点儿配套设施，来解决科研人员的衣食住行，多么正大光明、名正言顺？怎么都挑不出毛病来。至于实际买房的，究竟是科研人员还是什么人，谁来查？”

叶阑珊滔滔不绝地说着，帅朗则是越听眼睛越亮。他意识到这里面有大机会！

他忍不住随手将香烟扔在地上踩灭，精神则振奋了起来：“所以，如果房产商拿到工业用地，并且有办法绕开限制的话，他们的成本就会呈几何倍数下降吧？然后炒作推广，迅速回笼资金。到时候，这房子还没造出来呢，钱就已经到手了。哦，不，还不止这样。一旦炒作起来，这地价房价必然会直线上升，到时候还可以抵押给银行，又是一笔现金。

“这样一来，公司的财报，分分秒秒就可以变得非常好看。这才是最大的利好。有了这样一个大利好，公司的股价，还有转债的价格，还担心不能突飞猛进吗？见鬼……“

说到这里，帅朗猛地拍了一下自己的脑袋，大叫道：“难怪今天齐军一点儿都不在意股东大会没有通过长林转债下调转股价的提案。因为，这个提案就是做给高迈看的，就是明修的栈道。而这里的文旅项目，才是真正要暗渡的陈仓。”

“你在说什么？”叶阑珊并不了解前因后果，听着帅朗这一通话，不由一头雾水。

不过她毕竟也是聪明人，懵懂地问了一声之后，转念一想，立马就猜测出了十之七八：“你是说，齐华、齐军兄弟手里有一块工业用地？他们要将这块工业用地开发成文旅项目？这个项目，不仅可以让他们赚得盆满钵满，顺带还可以成为带动长林股价和可转债价格拉升的利好？而今天董事会递交股东大会的下调长林转债转股价的提案，根本就是掩人耳目的把戏？他们根本就没有在意是否通过？”

“应该是这样……暂时我还无法完全确认！我只是觉得，有很大的可能……”

帅朗这会儿反倒平复了心情。

他随手又点燃了一支香烟吸了一口，若有所思地看着窗外那一座距离他住处很远很远的、被东华渔业最近几天才刚刚搞出来的、如今在夜色里只能隐约可见的售楼中心。

他沉默了一会儿，开口道：“阑珊姐，我觉得我们可以做一些事情……”

第五十六章
人影

"咚、咚、咚、咚——"

震耳的锣鼓声中，东华渔业特意请来的表演队，舞了两头狮子，欢乐地蹦跳、起落。

主席台后，帅朗抽空看了一眼手机。手机屏幕上的股票App，此刻好大的一根阳线。

今天，是长林集团和东华渔业联合开发的文旅项目正式动土的日子。早前受到这个利好影响就开始止跌的长林集团和东华渔业股票，今日分别以上涨3.7%和上涨5.4%开盘，转眼都已经过了7%。

这架势，简直就要直奔涨停。

与此同时，前些日子，因为股东大会没有通过下调转股价方案，一度重新跌破90元的长林转债，也随着正股上涨，一连好几根小阳线，昨天已经再次来到了98元。今天同样也是跳空高开，直接就以10%的涨幅开盘，最高价甚至到达了110元。

形势一片大好啊！

“咦，帅朗，你也在看长林转债啊。哈哈，是不是前些日子听了哥哥的话，也买了？哥哥没有害你吧？”就在帅朗看得入神之际，身后传来了獭子的声音。

今天这场面，主要是獭子在负责。不过这会儿，该做的都做了。很快就要轮到齐军、齐华上台说话，然后走个形式，剪个彩、铲一把土，整个事情就完结了。

此刻獭子反而清闲下来，看到帅朗关注股票和转债，立马来了兴趣，凑到帅朗跟前，神秘兮兮地道：“哥哥昨天听马钧儒那小子说，这是一个很不错的利好。如果运作得好，接下来还能源源不断地推出更多利好来接力加油。说不定咱们买的长林转债，都等不到转股期，就可以冲130，甚至冲200也有可能！到时候，就好像那些最牛的转债，一到转股期就强赎了，哈哈……”

“那獭子哥你可就发财了！”帅朗不动声色地收起了手机，礼貌地附和着獭子的话，目光却悄悄扫了一眼四周看热闹的人群。

眼下围着售楼中心周围观看舞狮的，主要是附近的村民。不过，帅朗更留意到，已经有不少购房者千里迢迢赶来。

得益于长林集团强大的房产开发资源，这一片土地虽然目前还什么都没有，一片苍茫，可是规划中的海景房第一期，居然已经售罄。包括别墅和价格稍低的高层，足足三百多户。一下子就让东华渔业和长林集团获得了大量资金。

今天是期房破土动工的好日子，这些已经签订了购房协议，支付了大笔预付款的买房者，纷纷收到邀请过来观摩。

本来这很正常，卖房的需要扩大现场的人气，以便做出更好的宣传来忽悠更多的人购房。买房的，毕竟已经有大量资金扔在里面了，过来看个乐呵，心里也会更加踏实。

于是，物以类聚，他们三五成群聚在一起，交头接耳，互通消息。

不知不觉，也不知道是什么人开始传出来，这块地其实是工业用地。

这块地，恐怕很难办下房产证。

这块地，如果按照科研配套设施来使用，售楼时展现给他们的规划，肯定实现不了，肯定会打折缩水。

总而言之，他们被坑了。他们买的这房子，远远不值这个钱。

“我们要行动起来！”于是，有人鼓动。

“大家想清楚了，现在是我们自救的最好机会。难得人凑齐了这么多。难得现场还有领导还有媒体。只要我们当场提出异议，就能够引起领导和媒体的关注。只要我们不动手，不和他们产生肢体冲突，赢的肯定是我们。

“否则过了今天，你认为还能凑齐这么多人，还能赶上这么好的时候？如果不能，那么明摆着，我们就根本不可能发出足够有力的声音来。人家的法务和律师可不是白养的，他们有的是办法，轻轻松松把我们耍得团团转。

“只有抓住现在大小媒体都在的机会，把这件事情曝光出来，把这件事情闹大了，才能让政府重视起来，才能让政府有足够的压力站出来为我们撑腰，我们才有可能保住自己的血汗钱！”

慷慨激昂的话语里，偏偏层次分明，有条有理。受到鼓动之后，立刻便有人附和。

渐渐地，从众效应产生了。人群里，异样的气氛越来越浓。

围观的人群距离主办方太远了。售楼一方，包括负责现场的獭子，还有即将登台的齐军，甚至是老谋深算的齐华，都没有留意到这里的异常。唯有帅朗目光微微一闪，心中轻轻叹息了一声。

所有的流程，都在按部就班地进行。

喧嚣过后，领导讲话，跟着剪彩。跟着，上香、拜神罢了，在鞭炮声中，齐军、齐华，还有邀请来的领导，各自拿了一把铲子，准备开始铲土。

也就在这个时候，底下的人群里面有人大喊起来："这块地，是不是工业用地？"

听到这话，无论齐军还是齐华，拿着铲子的手，都不由微微停了一下。不过他们可都是老江湖，继续谈笑风生，好像没有听见一样。

帅朗身边的獭子，倒是恼怒地骂了一声："王八蛋，活腻了！"

大手一挥，便带着几个保安，朝人群赶去。

只是不等他们赶到，人群里继续冒出了各种各样的声音：

"无良奸商！"

"违规用地！"

"还我血汗钱！"

开始只有零星的声音，渐渐声音越来越大，越来越齐整。齐家兄弟的铲土仪式，再没有办法进行下去了。獭子气势汹汹赶过去想揪出捣乱者，这会儿也不敢莽进了，赶紧指挥现场的保安和工作人员，组成人墙，挡在了主席台前面。

"你们这是干什么？"齐军毕竟经历过无数大风大浪。

这会儿，他没有一丝慌乱，反而一个箭步上前，拿起话筒，怒吼道："信不信老子立马报警，把你们有一个抓一个，全抓进去吃牢饭？"

"报警？好啊，报警啊！朗朗乾坤，我倒要看看这世上还有没有公平，还有没有正义！"

底下的买房者明显早有准备，齐军话音未落，立刻就有人反唇相讥。

齐华皱了皱眉，也站出来。

他不像齐军，毕竟是体制内待过的，一走出来，气定神闲，和颜悦色却又不乏威严强势："你们有什么要求，完全可以通过正当途径提出来嘛！今天，是长林集团和东华渔业联手开发的东华海岸休闲城的奠基仪式。如果大家有什么问题，可以等奠基仪式结束以后，一起坐下来慢慢谈。现在，大家先冷静下来好不好？”

“冷静个屁！”

齐华的话一开始还是起了很大的作用，确实有些买房者开始冷静了、犹豫了。

可是就在这当口，人群里忽然又有人怒吼道：“大家别上当！他这是缓兵之计！狗日的黑心奸商，当着这么多媒体的面，你给我们一个说法。你敢不敢拍着胸脯拍着良心说，这个海岸休闲城，到底是不是违规使用了工业用地？我们签的预售合同，是不是绝对合法？”

说话间，一个中年人怒不可遏地冲了出来，手指着齐军和齐华。

顿时，闪光灯闪成了一片，全都对准了台上齐家兄弟和那个冲到主席台跟前的中年人。摄像机自然也开始全程录制这个突然出现的新闻。

谁也没有注意到，还有一个人，混在主席台下的那一大堆人群里。那是王大福。

在汹涌的人群里，他穿着普通，胡子拉碴颇有些颓丧，毫不起眼，根本没有人在意这么一个不起眼的小年轻。更没有人去关注，这么一个原本混在人群里看热闹，混在人群里喊口号的小年轻，缓缓退到了人群后面的空旷处。缓缓蹲下身子，捡起了一块石头。

待到站起来的时候，他浑身都在微微颤抖。激动中夹杂着些许恐惧，恐惧里又暗藏了许多愤恨。

他拿着石头，又悄悄地重新挤入了人群，脑门的青筋不知不觉暴起，脸上不知何时已经布满了狰狞。

第五十七章
出事

梦！

对于王大福来说，过去的那段时间，当真就像是一场光怪陆离的梦。

原本平凡卑微的他，忽然被人告知，自己眼中那个同样平凡卑微的父亲，在很多年前，曾经是一家公司的股东。

这家当初看上去很微不足道、好像草台班子搭起来的公司居然发展壮大，已经快要上市了。最关键的是，离开公司的时候，父亲的股份并没有完成正规的转让手续。

换而言之，他老爸很有可能还拥有很大一笔股份。这股份，一旦公司上市，便是一笔十分惊人的财富。他则很有可能成为自己以前一直羡慕眼红嫉妒恨的富二代。

然后，好像是好运连连。他稀里糊涂，就有了一个女神级别的女朋友。他稀里糊涂就认识了股神老师，投身股市，财源滚滚。

可惜，再后来，原来这一切都只是一个局。一个针对他和他老爸的局。

他被人设计了。

女朋友是别人找来骗他的。指点他的同事和老师也同样是别人找来骗他的。在他入局之后，这些原本那么热情凑近他的人，立马躲得他远远的，避之唯恐不及。

而他炒股失败，不仅赔光了家底，还欠了可怕的高利贷。不得不妥协，签了那份股份转让协议，彻底放弃了那么一大笔一度以为唾手可得的财富。

更糟糕的是，这个时候父亲病倒了。大病，需要立刻手术的大病，偏偏钱全都被他败光了，只能保守治疗。父亲没有撑多久就撒手人寰。

天地茫茫，忽然就只剩下了他，家破人亡之后孤零零一个。

他愤怒，他仇恨。所以，他对熊猫出手了，代价是被抓了起来。学校也因此把他开除了。

原本以为就这样了。至少是一个故意伤害罪，肯定要判刑，肯定要坐牢了。没有想到，居然有律师冒出来主动为他辩护。那律师水平还很高，居然让法院判了他缓刑。

他就这么稀里糊涂被放了出来。

放出来之后，他非常非常缺钱，忽然遇到有人出钱雇人去这个什么休闲城找开发商麻烦。开发商，居然恰好是东华渔业。巧合？还是又一个陷阱？

王大福懒得去想。

反正，他缺钱。这雇佣的钱，足以解决他的燃眉之急。

反正，他痛恨这个东华渔业，这才是让他家破人亡的罪魁祸首。

他并不介意做点事捣点乱，让这个混账的公司倒霉。

所以，在混乱中，他忽然灵机一动，下意识地退到人群后面，去捡了一块石头，阴沉了一张脸，再度混入人群。

而这个时候，人群正自鼎沸：

“对，给我们个说法！”

“领导站出来主持公道！”

“死骗子，别想糊弄我们！”

买房者再次激动起来，他们开始朝主席台压过去，开始和组成人墙的保安还有工作人员发生激烈的推搡。

“奶奶的，给老子打！”齐军怒了，双眼发红，袖子也撸了起来。

要不是齐华及时拉住，他这会儿绝对已经冲下主席台，杀到人群里去了。想当年海上赫赫有名的齐二爷，哪会被眼前这阵仗吓住？

还是齐华冷静。毕竟这是国内，是陆上，不是公海。他很清楚群体事件的严重性。因此一手拉住齐军，一手拿着话筒，准备再次开口，努力稳住大家的情绪。

奈何，还没有等他开口，王大福动手了。

王大福已经顺着人群悄悄挤到了主席台前，将台上所有人都看得一清二楚。他看到了齐华，看到了齐军，看到了站在主席台边缘正在竭尽全力指挥工作人员和保安围成人墙的獭子。

他握紧了手中的石块，差一点儿就准备朝东华渔业的董事长齐军扔过去，只是在这个时候，他眼角的余光忽然瞄到了帅朗——正站在主席台后方的角落里冷眼旁观这纷纷扰扰的帅朗。

这个任何人见了都会忍不住在心中暗暗惊叹一声好帅的年轻人，王大福当然认得。

这几年，他不知多少次在父亲王老实的小馄饨铺，看到总是和沈涟漪如胶似漆般成双入对的帅朗。

那时，他好生羡慕眼红。羡慕帅朗的帅，眼红帅朗有一个那么清纯美丽动人的女朋友。尤其那美丽的女朋友，时时刻刻分分秒秒，都甜蜜地看着帅朗，就好像帅朗是她的全世界。

不止一次，他由衷地觉得，若是自己有这样一个女朋友，便不枉来了人世这一遭。

这样的羡慕，这样的眼红，直到前些日子，帅朗随熊猫过来，将一份股份转让协议递到了王大福父子面前，终于化作了仇恨和愤怒。

熊猫不就是被他指使的？他便是之前所有事情的幕后指使者吧？一个为了讨好老板，为了自己飞黄腾达，将他王大福和父亲当作垫脚石的小白脸？

尤其，此时此刻，他看到帅朗的身边站着一个干练美丽的女孩。

那女孩就好像当初在小馄饨铺看到的帅朗的女朋友那样，时不时就将目光偷偷瞥向帅朗，目光里充满了爱恋。

看到这一幕，又想到别有用心凑近自己、最终却无情离开的女神，王大福越发怒火中烧，眼中闪过了一丝狠厉。

于是一扬手，手中的石块被他奋力甩出。

这石块，顿时越过人群的头顶，划出一道恐怖的弧线，直奔帅朗而去。

“小心！”

说时迟、那时快。站在帅朗身边的齐然诺，眼角的余光恰好看到了王大福。她本能地觉察到了王大福的敌意，正好看见王大福扔出石块。

她不假思索，惊呼了一声，下意识地挡在了帅朗面前。

王大福用尽全身力气狠狠扔过来的石块不偏不倚砸在了她的头上。

“啊——”娇呼声中，齐然诺捂着头倒在了地上。

看到这一幕，无论齐军、齐华，还是帅朗，全都惊呆了。

“诺诺！”齐华悲呼了一声，他扔掉了话筒，冲到了女儿面前，看着流血不止的齐然诺手足无措。全然没有了堂堂长林集团董事长平日叱咤风云的淡定从容，完全就是一个六神无主的父亲。

帅朗及时反应过来，也冲到了齐然诺面前，一把将齐然诺从地上抱起来，一边朝主席台后面跑去，一边叫道：“董事长，快走，咱们先送然诺去医院要紧！”

“呃，对、对、对！”齐华愣了一愣，下意识地点了点头。跟在帅朗后面，在獭子等人的掩护下离开现场，匆匆上了车，扬尘而去，直奔医院。

齐军见到这一幕，顿时惊呆了，稍愣一会儿，骤然爆发。

他目眦眶裂，眼睛彻底血红、血红。

“打，给老子打死这些王八蛋！”齐二爷这一次没有了齐华的拦阻，暴怒之下，随手拿起原本准备铲土的铲子，轻轻松松就跳下了主席台，冲入人群。

保安们有了齐二爷撑腰，顿时士气大振，越战越勇，打得买房者抱头鼠窜，场面彻底无法控制了。

混乱中，一个保安手中的硬塑料短棍，狠狠甩过去，恰好打在了一个买房者的头上。那倒霉的买房者，站在原地，晃了晃，踉跄了一下，旋即向后仰天倒下，倒在冰冷的地上。

第五十八章
邀约

“本台消息，今日东华海上休闲城举办奠基仪式时，发生了大规模械斗。造成一死多伤，多名重伤者已经就近送往医院抢救。据本台记者现场发回的报道，冲突起因是房产商违规使用工业用地打造所谓文旅项目，引发了参与预售的知情商户集体维权……”

海鸥俱乐部。

叶阑珊听着大屏幕上播放的新闻，看着面前笔记本电脑上一个个网站关于这件事情的争相评论。脑海里不由浮现出几天前的情形——

那是一个夕阳西下的傍晚。她的玛莎拉蒂停在了派出所门口。很快，就看到王老实的儿子出来。

有人上前把王大福拉到了僻静处，给了他一点儿钱，又低声交谈了几句，之后分开。

叶阑珊也开着红色的玛莎拉蒂迅速离开。

原本只是一个很随意的闲子，只是想要利用他对东华渔业的愤恨，在海岸休闲城奠基时捣捣乱而已。谁也没有想到，几天之后，事情会闹得这么大！居然死了人！

“丁零当啷——”风铃声响起，打断了叶阑珊的思绪。

她看到帅朗快步走了进来，平静的脸上看不出半点情绪。

叶阑珊却还是心虚地游移了一下目光，好像没事人一样，镇定自若地抢先开口：“不愧是网络时代，和以前大不相同了。要是以前，这事情至少得发酵一两个星期才爆发。哪里像现在，上午发生的事情，中午就已经满城风雨。十一点一刻的时候，东华渔业和长林集团的股票，还有长林转债都开始大幅跳水。东华一下子跌了三个点，长林跌了两个点，长林转债更是跌了五个点。

“等到下午开盘，东华和长林的股票直接奔跌停。长林转债更惨。转债是没有涨跌停板限制的。所以，上午最高110元的长林转债，下午最低一度到达77元，上下43元，最后收盘是81.23元。齐华齐军兄弟在转债上的资金，算是彻底套牢了。

“总之，你的计划非常成功。我让人把工业用地的事情传播出去以后，那些购房者果然就闹腾了起来，几乎都不用我们推波助澜。唉，就是没有想到，现场会变得这么乱，最后居然完全失控了，不仅出了人命，那位齐小姐也……”

一边说话，叶阑珊一边站起身，拿起旁边的红酒瓶，倒了两杯红酒。

她将其中一杯递给了帅朗：“齐小姐没事吧？“

“还好，医生会诊过了。有些轻微的脑震荡，暂时没有检查出什么问题。”帅朗犹豫了一下，接过红酒杯。

他的嘴角忍不住泛起了一丝自嘲。他不是傻瓜，自然明白叶阑珊这是在避重就轻，回避掩饰她在这件事情里面扮演的极不光彩的角色。

可他该生气吗？如果是前些时候，他肯定生气。

当初他获悉叶阑珊瞒着自己，偷偷算计了王老实王大福父子，弄得他们家破人亡时，他当真是愤怒到了极点。然而现在……

看着眼前的叶阑珊，帅朗的脑海里却不由浮现出前些天和叶阑珊通电话的情形——

“工业用地！不错，工业用地！齐家兄弟真是胆大妄为，竟然敢将工业用地当作住宅用地售卖，然后又把这事包装成利好，来刺激股价和转债。可想而知，如果把真相揭破，会闹出怎样的轩然大波。到时候，看股票和转债会跌到什么程度！”

那时，电话里的帅朗，神采奕奕，踌躇满志。

他自信找到了机会，一个能够对齐军、齐华兄弟发动致命一击，让齐家看似庞大的商业帝国摇摇欲坠，乃至彻底覆灭的大好机会。

却在这时，叶阑珊忽然吐出了一句话：“王大福！他不是和东华渔业有很深的恩怨？我看，在这件事情上，王大福可以成为一枚很好的棋子！”

“……没必要！那些购房者利益相关，一旦知道真相，就足够把事情闹大了！”帅朗下意识地摇了摇头。多年的道德观，让他下意识地拒绝叶阑珊的这个建议。

本想明确告知叶阑珊不要这么做，可话到了嘴边，却又吞了回去。就如同那一次和王老实王大福父子签字时，明明察觉到两父子的情形不对，他还是选择了沉默，选择了视而不见。

不，这一次，他的内心，甚至还隐隐有些盼望叶阑珊这么做。只要他不插手、不参与，帅朗便觉得自己就可以坦然了。

所以……随手把玩酒杯的帅朗，忽然自嘲地牵动了一下嘴角。他骇然发现，或许，沈涟漪说得没错，他真的不再是以前的他了！

变得世故，变得现实，变得为了达到目的不择手段！竟可以古井无波地看着这一切在自己面前发生。

只有齐然诺挡在自己面前受伤的那一刻，他有些感动，有些担心。其他时候，他完全就好像局外人一般，冷漠地看着这一幕其实是自己设计的闹剧，循着既定方向缓缓推进。

哪怕叶阑珊又一次在其中添油加醋，哪怕又一次有人因此丧命，他也已经没有了曾经的义愤填膺、怒发冲冠，心中赫然全是默许纵容，乃至期待。

反而觉得天地就是一局棋，芸芸众生各为各自的利益，做出各自的选择实在再正常不过了。真正的强者，便应该像父亲那样，因势利导，将局面渐渐引导向有利于自己的这一边。

兴师问罪？既无益也可笑！

他最终平静地举起酒杯，配合着和叶阑珊手中的酒杯轻轻碰了一下，然后话锋一转，明智地岔开话题："今天，你手里那些股票和转债都清仓了吗？"

此话一出，叶阑珊却微微蹙眉，苦笑着看了帅朗一眼："明知故问啊你！"

说话间，她拿起遥控器，对着酒吧墙壁上的屏幕，按动了几下。很快，大屏幕上出现了一个个惨绿的数字。

"这是今天长林转债的一分钟成交明细。你看……"说着，叶阑珊在自己面前的笔记本上噼里啪啦操作了一通。

很快，屏幕上出现了好几条红线。每一条，都是画在了数字特别大的卖单上。每一笔卖单出现，都带动了转债大幅度的跳水。大约七八笔卖单，凶狠而又无情地将长林转债迅速从一百多元打落到了77元。

之后，尽管多头并不甘心，几次挣扎着想起来。可每次稍稍有起色，依旧有凶狠而又无情的卖单压下来，一次次将多头打压回去。

画了这些红线的叶阑珊，幽幽叹了一口气："不仅仅是长林转债，长林集团和东华渔业的股票也这样。事实上，股票更凶猛。就好像有人卖出无穷无尽的筹码，根本不给任何人中途离场的机会。"

“也就是说，早有人成了今天最大的空头？一个蓄谋已久的空头？一个要把所有多头和投机客一网打尽的空头？”

看着屏幕上的成交明细，听着叶阑珊的话，帅朗原本看着屏幕的目光微微一闪，转向了身旁的叶阑珊，皱眉，一字一句地问：“我们手里的筹码，今天没来得及抛完？”

“不是没来得及抛完！而是根本没有机会抛出去多少。”叶阑珊的脸色微微有些难看，“按照你的建议，为了防备齐家兄弟提前发现问题，也为了事发之后，应对齐家兄弟可能的抵抗。我们手里无论是股票还是转债，前些天都只是一点一点地总共减掉了三分之一的仓位。可是没有想到，今天根本用不着我们砸盘。反而，我们几乎没有什么机会出货。太快了，这个蓄谋已久的空头砸得太猛太快。看看这换手率，今天就没什么人能跳车！”

帅朗倒是笃定：“不要紧，当初我们制订计划的时候，不就预料到可能会有这个局面？预料到很可能会出现这样一个空头，预料到，高迈会忍不住做这个大空头。如果我是高迈，也不可能不利用这么好的机会……”

说话的当口，帅朗手机铃声响起。

巧了，来电显示恰是高迈。

帅朗将手机屏幕朝叶阑珊扬了扬，随即做了一个噤声的手势，便从容镇定，仿佛早有所料一般地接通了手机，同时点了免提。

“帅朗！”是高迈的声音。

通过手机的扬声器，不仅帅朗，连身边的叶阑珊也清楚地听到，高迈那边还有敲打键盘的声音，还有很多人讨论行情的声音。

在这一片嘈杂声中，高迈明显透着得意：“干得漂亮，小帅！不愧是郎杰的儿子！这件事情出来以后，齐军算是万劫不复了。连带着齐华的长林集团，搞不好都要完蛋！果然是虎父无犬子啊！”

“过奖了！”帅朗面对高迈的夸赞，根本不为所动。

他彬彬有礼，却又透着淡漠和距离：“我今天一直都在留意行情。若是没有猜错的话，高先生你今天砸了不少单子吧。不然，无论东华还是长林的股价，以及长林转债，都不会暴跌得这么凶悍！”

“哈哈……”高迈得意地大笑起来，“彼此，彼此！小阑珊不也同样在砸？我们配合得很默契啊！”

帅朗淡淡地道：“我们只是小打小闹而已！可没有高先生你这么大的手笔！”

“这话说对了！”高迈接过话，毫不客气地道，“一个优秀的交易员，最重要的一点就是必须时时刻刻认清自己，准确地找到自己的定位。是沙丁鱼就要想办法逃命，是海鸥就要学会从海豚的牙缝里找食吃。明明是沙丁鱼的命，却以为自己是海鸥，明明只有海鸥的实力，却妄想成为海豚，那可就要命了！”

“所以……认命吧！”手机那头，高迈的声音透着不容抗拒的霸道，“不要掩饰！我知道你们手里还有很多东华和长林的股票，以及长林转债。至少还有三千万，是不是？虽然这次你们确实表现不错。当时连我都以为齐家兄弟暗度陈仓，开发海岸休闲城的这一招，已经让他们顺顺利利渡过难关了。却没有想到，硬生生被你们两人用这样的手段，把局面给扳回来了。

“可惜，你们毕竟太年轻了。居然在明知道齐家兄弟要出事的情况下，依旧留着大量长林、东华的股票和转债。这是想干什么？谁给了你们这样的自信，以为你们手里这么一点点资金，就可以成为左右局面的筹码？

“啧啧啧，很遗憾，我手里的筹码比你们更多。所以，我抢在你们前面，狠狠地砸盘了。一砸，就是这么深。一砸，就让你们自以为宝贝的筹码完完全全深套在里面了。”

帅朗很耐心地听完高迈这样一大通长篇大论，依旧平静如初："那又怎样？"

"哈哈，年轻人，嘴硬可要不得！"高迈不以为忤，愉快地笑道，"那又怎样？我不信你会不清楚。另外，我说这些话可不是嘲笑你，也不是幸灾乐祸看你好戏！相反，我是看在你父亲和锦儿的分上，真心诚意想帮你们一把！这样吧，如果你当真想清楚了的话，明天中午来找我。我们当面谈！"

说着，他似乎笃定了帅朗只有同意的分儿，根本不等帅朗作答，便不由分说地挂了电话。

整个过程，叶阑珊在旁边从头到尾都听着，待帅朗放下电话，这才咬牙切齿地道："这么说，今天果然是高迈出手了？这个浑蛋，得了便宜还想卖乖不成？这时候，无缘无故找你去见他干什么？当面来享受一把胜利者的快感吗？"

"他没这么无聊！应该……还想继续趁火打劫一把。"帅朗耸了耸肩，玩味地看着手机上跳出来的一条微信。

微信是高迈发过来的。上面显示了明天中午见面的时间和地点。

第五十九章
拒绝

“您就是帅朗先生吧？这边请！”

天风私募。

前台的美女明显早有准备，几乎就在帅朗走进来的瞬间，便立刻迎上前来。明眸皓齿，巧笑生媚，以无可挑剔的礼节，将帅朗引入了高迈的工作室。

“坐！”正在看行情的高迈头也不抬，指了指办公桌对面的椅子，示意帅朗坐下。

帅朗也不以为意，安静地坐了下来，观察左右。眼前的工作室让他忽然有一种很熟悉的感觉，好像回到了过去，很久以前的过去。

那时，爸爸还没有离开他和妈妈。家里别墅的楼上，也有一间这样的工作室，挂满了屏幕。屏幕上红红绿绿，都是行情。

不同的是，此时此刻，这个工作室内，屏幕上除了大盘的走势之外，就是东华渔业和长林集团两个股票的分时、五分钟、一小时、日线和周线。

无论是哪一个时间周期，都无一例外是惨不忍睹的阴线。

东华和长林的股价，今天是跌停开盘，然后一直就被压在跌停价上，根本动不了分毫。

转债还好些，毕竟没有涨跌停板限制，一下子跌了五个点以后，就有投机者忍不住出手博反弹。盘中还是有些起伏。可惜，这些起伏，怎么看都好像是大势已去的垂死挣扎。空头已经强大无匹，任何单子稍稍拉升一点点，都立刻被天文数字般的空单给打压了下去。

幸好，帅朗来的时候，就已经是十一点多了。不一会儿，十一点半时，上下波动的股价戛然而止。

多空双方的博弈，终于进入了半场休息时间。

“你早来了十三分钟！”这时，高迈总算抬起了头。

帅朗发现，此时此刻自己面前的高迈，明显迥异于当初在长林集团初见的高迈，也迥异于前些时候在海鸥酒吧相见的高迈。

眼前的高迈，举手投足，自然而然带着难以言喻的自信和飞扬，全然没有了往日的谨慎和克制。

看着帅朗，他就好像一个严厉的师长，教训犯了低级错误的晚辈：“你知不知道，对于一个交易员来说，只要行情还在继续，就绝对不能掉以轻心？因为哪怕是最后一秒钟，都有可能出现惊天逆转。你在交易时间过来找我，可不是一个优秀交易员的表现！”

帅朗根本没有理会高迈的指责，脸色依旧那么平静。

听完高迈的话，他平静地指了指一旁屏幕上的股价：“看来高先生今天的操作非常顺利啊！”

“哈哈，大势所趋啊！谁让齐家兄弟出了这么一件事情。尤其是齐军，这次应该是在劫难逃了。违规使用工业用地，涉嫌非法集资甚至诈骗；还有在奠基仪式上，带头打人斗殴，致人死伤。呵呵，光这些事情，因为媒体的曝光，就足够他好受的了。何况，现在还有人举报了他过往的一些历史问题……”

提及自己这段时日在股市上的操作，高迈的谈兴起来了：“现在，市场上到处都是关于长林和东华的鬼故事，到处都是恐慌。我只不过是顺水推舟，轻轻推了一把。所以说啊，一个优秀的交易员，最要紧的原则就是顺势而动。顺势，则事半功倍。不自量力地逆势，可就不仅仅事倍功半，搞不好就是倾家荡产，被迫出局。”

说到这里，他从抽屉里找出了一盒雪茄。在帅朗摇手拒绝之后，便又取出一整套雪茄专用的工具，自顾自剪开……

帅朗的耐心极好，看着高迈点燃了雪茄，这才道：“你便是用天风私募的钱，推了这一把？”

高迈惬意地靠在椅背上，吸了一口雪茄，看着帅朗，似笑非笑地摇了摇头：“天风私募成不了我的把柄。名义上，天风私募可不是我的。我？只是一个被证监会禁入市场的穷老头。”

帅朗无所谓地耸了耸肩：“你是资深的大律师，如何规避法律是你的拿手本领。我可不会那么笨，在这些细节方面浪费时间。我唯一感兴趣的，是你当真只是轻轻推了一把？”

“什么意思？”高迈的目光微微一凝。

他下意识地警觉到了危险。帅朗的话语里，似乎透露出他掌握了自己的破绽，有反手逆转的可能。

不过，转瞬之间，他摇了摇头，自信地甩开了这样的担心，笑了起来：“小伙子，不要故弄玄虚，更不要转移话题。我很忙的。今天特意约你来，真的就像昨天说的那样，是看在你父亲还有锦儿的分上，给你和小阑珊最后一次机会。”

说到这里，他随手拿起办公桌上的一个遥控器。轻轻点了两三下，挂在两旁墙壁上的屏幕便分别将东华渔业和长林集团股票的日线图放大出来。

“看看！”指着屏幕上的日线图，高迈笃定地道，“这一战，胜负已分。齐军、齐华兄弟已经输了，你和叶阑珊也输了。”不等帅朗开口，他又自信地挥了挥手，“所以，我有个建议，把你们手里所有的股票和转债，转让给我吧。”

帅朗目光微微一闪：“大宗交易？定价买入？高先生您有这么好心？倘若我没有猜错，您是想打折扫货了？”

“很正常啊！折扣总是要打一点儿的！”高迈丝毫没有隐瞒。

他抽了一口雪茄，徐徐吐出烟圈，在烟雾缭绕中，斜睨了帅朗一眼：“我出五折！你如果不清楚的话，问问叶阑珊。五折，很公道的价格了。你昨天不是问我，就算那些转债和股票被套住，那又怎样吗？现在我很认真地告诉你，接下来东华和长林的股票，肯定还是连续一字跌停。再晚点，你们三折都未必出得了手！”

“您这可真是好算计！”帅朗的手忍不住握紧成拳，冷笑一声，“您这是吃了上家吃下家，吃了齐家的长林和东华，又顺手要吃我们这些小辈了？”

“这就是资本的世界！”高迈一点儿都不在乎帅朗的冷嘲热讽。

他再度吸了一口雪茄，手夹着雪茄，盛气凌人地虚点了帅朗几下：“资本逐利，可没有敌友之分，亲疏之别。只要有机会，就必须收割绝不手软。好了，年轻人，快点儿做出决定吧。”

“决定？”帅朗喃喃重复了“决定”两字之后，缓缓摇了摇头，旋即吐出了一个字，“不！”

高迈微微一愣，有些不敢相信自己的耳朵，诧异地问了一声：“什么？你说什么！”

帅朗平静地回答道：“不！高先生，我的意思是，我代表阑珊姐决定，不接受您的这份……好意！”

听到这话，高迈的目光微微收缩了一下。

他仔细地盯着帅朗好一会儿，方才重新开口：“年轻人，你究竟知不知道自己在说什么？知不知道，你这一个‘不’字，会给你和小阑珊带来多大的损失？你确定你能代表叶阑珊？”

“我很确定！确定能够代表阑珊姐，拒绝您的提议！”帅朗不为所动地站了起来，根本没有一丁点儿想继续谈下去的意思，自顾自转身朝外面走去。

走到门口，他忽然脚步一顿，停下来，回头道：“高先生，很感谢您的这份照顾。来而不往非礼也。我借花献佛，就将您刚才告诫我的那句话，来提醒您一声——确实，交易中哪怕是最后一秒钟，都有可能出现惊天逆转。”

说着，他朝高迈微微一笑，便走出了高迈的办公室。

只留下高迈一人独坐在办公室内，微微皱眉，心中掠过了一丝莫名的不祥之感。

第六十章
反击

“丁零当啷——”风铃声中，帅朗走入了海鸥酒吧。

只见叶阑珊正自双眉紧蹙，紧盯着盘面，哪怕听到了风铃声，依旧头也不抬。

直到帅朗脚步声临近，她方才开口问：“怎么？见到高迈了？这个老浑蛋，提出什么条件？”

“还能提出什么条件？还不是想不战而屈人之兵。想用最少的代价，拿到我们手里的转债和股票，降低他继续融券打压长林和东华股价的成本！当然，顺带也让我们元气大伤，失去威胁！”

帅朗熟门熟路地给自己倒了一杯红酒。

以往并不怎么喝酒的他，一如不知何时开始吸烟一样，如今，也开始仔细品味起红酒来。

就在帅朗品味红酒的当口，叶阑珊终于抬起头来：“哼哼，他就是这种人！不过，不得不承认，高迈能够成为老师的合伙人，在交易方面确实有两把刷子。这两天，他甩出的空单无论是时机还是力度的把握，都非常老到。根本不给人半点儿离场的机会！”

帅朗微微摇了摇头，竟一点儿不以为意。

他好整以暇地放下酒杯，走到叶阑珊身旁，从容地看着屏幕上的证券行情，胸有成竹地道：“他空头的力量越是强大，就越是有问题。这么凶猛的空单，你相信他当真是事先就偷偷扫到了这么多股票和转债？”

叶阑珊转头，仰起脸看着帅朗，眼波流转：“所以，你认定他是融券了！”

“必须融券！”帅朗盯着屏幕。

不知不觉，他脸上满是专注，也满是自信。

他就像一个高明的棋手，洞悉了对方的后招：“除非券商融券给他，否则，他根本不可能有这么多筹码。更不可能从一开始就这么肆无忌惮地砸单。他是想一举两得，一下子把齐家兄弟和我们都收拾掉！”

叶阑珊微微蹙眉，有些迟疑道：“可是，现在大环境是限制做空的。对于股指期货，有关部门很容易发出认定你恶意做空的警告乃至处罚。股票也一样，几乎所有券商都只提供一些ETF，很少提供股票啊！”

“正因为如此，我们的机会来了！知道一开始我为什么坚持不要把手里的股票和转债尽快抛掉？固然是生怕惊动了齐家兄弟，也生怕高迈没有如预料的那样做空，我们必须去砸盘，以免错过了这次这么好的机会。但是更重要的，还是要引诱高迈上钩。”

帅朗随手打了一个响指，越发进入了状态，恍若找到了灵感的乐师，挥舞手臂，侃侃而谈道：“高迈做了这么多年律师，又玩了这么多年交易。以他的人脉，想融券并不是一件难事。可如果当真融了那么多券，在当下严格限制做空的政策下，可想而知，肯定会付出很大的代价。那么，一旦东华和长林柳暗花明绝处逢生，他会怎么样？”

“他当然会很惨！”叶阑珊看着神采奕奕的帅朗，不知不觉，微微有些恍惚。

她恍惚想到了什么，陷入了回忆，嘴角不觉泛起了一丝微笑。

幸好，就在这时，风铃声再度响起。

叶阑珊迅速回过神来，朝帅朗眨了眨眼睛，轻轻道了一声：“说曹操，曹操就到啊！应该是我们反击高迈的撒手锏来了！”

说话间，帅朗已经转头，只见一个穿着休闲T恤、戴着墨镜的中年人，大摇大摆走进了海鸥酒吧。

“何哥！”叶阑珊赶紧笑着迎上前去，很是熟络地挽住了中年人的胳膊，笑道，“您可是有阵子没来了，想死我了！”

中年人哈哈大笑着，毫不见外地和叶阑珊调侃了几句，说笑中，走到了帅朗的面前。

他仔细地端详了帅朗几眼，这才伸出手，拍了拍帅朗的肩膀，颇有些伤感地叹了一声：“你就是郎老师的儿子啊！不错，不错！”

“何哥！”帅朗随叶阑珊，称呼了对方一声。

被称作何哥的中年人挥了挥手，很大气地道：“莫要客气，莫要客气！当年，老子炒股票输钱，炒比特币输钱，炒股指、炒期权都是输钱。输得倾家荡产，差点儿去跳楼。幸亏认识了郎老师，亏得郎老师指点，这才慢慢赚了回来，有了些小钱。所以，你何哥别的本事没有，但凡有需要，千八百万的，只管开口。”

“谢谢，何哥！”帅朗的眼睛不觉有些湿润，他非常认真地朝着何哥深深鞠了一躬。

事实上，这一个晚上，他不止向一个人鞠躬。

自打何哥开头，很快，帅朗第一次看到了海鸥酒吧宾客盈门的盛况。无数人络绎不绝地赶来了，有的西装革履，有的衣着随便，有的八面玲珑，有的沉默寡言，有的开了豪车，有的甚至步行。

可所有人无一例外，都曾是海鸥酒吧的常客，是海鸥俱乐部的成员，是海鸥论坛的鸥友，也是曾经得到过郎杰指点乃至恩惠的交易员。

看着这些各自坐在海鸥酒吧的座位上，或者三五成群拉起家常，或者安静独坐自斟自饮的客人，帅朗深深吸了一口气。

他知道，这才是父亲留给他的最大财富。

都是父亲在笔记本内，留下了联系方式的人脉关系。他试探着拨打过去，居然当真一呼百应，有人甚至不惜坐飞机千里迢迢赶来伸出援助之手。

他们每个人在这资本世界中或许微不足道。然而他们联起手来，至少也足够在这资本市场上下棋了。

当然，资本逐利，要想真正让他们心甘情愿掏出身家财产参与进来，终究还需要巨大的利益。

帅朗深深吸了一口气，快步走上台前。

“各位叔叔伯伯大哥，你们都是在这资本市场上打拼多年的高手、前辈，想必大家都知道正回购吧。眼下，个人不可以正回购，可是机构依旧可以啊。正因为个人不能参与，所以现在正回购的价格不像前些年，时不时会突然高得离谱，一般都在三个点左右徘徊。这样的年化利率，可比融资便宜多了。

“据我所知，东华渔业上市以后，齐军就把东华渔业的股票质押，换到了钱。这些钱，全都投入了长林转债，而且，他走的是机构账户。嗯……举个例子吧，如果有一百万长林转债，齐军可以通过正回购，获取六十万资金。这六十万资金继续购买长林转债，第二天则可以将之质押，再获得四十万。第三天则是二十万。

“以此类推，最多可以达到2.3倍的杠杆。这还是用最常规的途径、最笨的法子去叠加杠杆。事实上，齐军在券商的人脉很强大，所以他用了一些非常的手段，让他的杠杆远远超过2.3倍。实际达到了十倍。而利息只需要两个点多一些。运气好，甚至只需要一个多点。比券商融资五六个点，甚至七八个点，划算得多。当然前提是必须不停续作正回购，并且确保有足够的资金，应对转债的市价波动。

“可是现在，恰恰这个前提出问题了。今天长林转债跌得太惨了。预计接下来还会继续下跌。相信很快就会让齐军的资金链断裂。他反复质押提升出来的杠杆，就会难以为继。他手里东华渔业的股份，就——”

说到这里，帅朗已经在海鸥酒吧的黑板上，写满了一串串数字。

这些数字，在外行人眼里，绝对是不知所云的涂鸦。

但是在这些已经在资本市场上厮杀了半生的交易员看来，却赫然都是金钱，都是财富。

越来越多的人，已经停止了不以为意的窃窃私语。很快，整个海鸥酒吧已经静寂，所有人都开始聚精会神地关注着帅朗。

性急的人忍不住开口：“就什么？”

“就给了我们机会！”帅朗的目光微微一凝，“想象一下吧。齐华现在的情况虽然好一点儿，但也肯定和齐军一样，陷入了麻烦之中，自顾不暇。他们现在是最需要资金的时候。而我们呢，我们有钱啊！这，就拥有了交易的可能。

“如果，我是说如果，我们成立一个公司，我们筹集资金，提供给齐家兄弟呢？他们会不会接过这根救命稻草？如果他们迫不及待地接过这根救命稻草，那么，我们是不是可以提出一些相对苛刻的条件，用比较便宜的价格，得到远远超过我们付出的价值？”

第六十一章
悲喜

“涨停了？”

天风私募。

高迈吃惊地看着眼前的电脑屏幕。

这几天，帅朗当日临走时抛下的那句话，还有帅朗说那句话时的神情，时不时在高迈的脑海里翻腾。

他是一个谨慎的人。正因为谨慎，他向来都能敏锐地预感到危险，然后小心地规避危险。唯独这一次，他本能地察觉到了危险，却一直弄不清楚，危险来自何处，又如何规避。

在他想来，帅朗就是一个初出茅庐乳臭未干的小年轻。叶阑珊也不过是有幸遇见了郎杰和叶添锦的乡下妹子。他们哪来的能力，能够挽回他早已经算计好、准备好了的这一局?

事实上，这两天，无论股票还是转债，都如同他预料的那样暴跌不已。利用市场的恐慌，他已经有足够的筹码，左右这两只股票以及长林转债了。

可是，为什么？为什么本来应该继续跌停的股价，今天忽然拉升了？拉得那么急那么猛！

以至于他根本来不及有任何反应，便眼睁睁看着巨大的买单一下子把他压在跌停价上的空单吃掉了。

然后，犹如火箭一般飞升。

五分钟，不，确切地说，仅仅一分钟多点，就是一根近乎笔直的直线，一下子把东华渔业的股价带到涨停板。

天地板！

一个完美的天地板出现了！

紧接着，受到东华渔业的带动，长林集团的股票和转债，也开始蠢蠢欲动起来。虽然不至于像东华渔业那么凶猛蛮横，用一分多钟的时间完成天地板，可也同样不差。

一笔又一笔多单，不知道从哪里冒了出来。犹如敢死队一样，一波又一波冲击着压在上面的空单。

股价，一分一分，一毛一毛往上冲。冲过了一个又一个一分钟、五分钟，乃至十五分钟、半小时的压力位。用了大约半个小时，同样也涨停了。

整个过程，高迈一次又一次下达了空单打压的指令，可根本没有用。市场的情绪逆转了，完全逆转了。从彻底恐慌绝望，忽然就变成了亢奋狂欢。

无论多少空单，在这一刻都如同螳臂当车一般，不堪一击，无足轻重，都是在出现的瞬间，就被吞没在了多单的汹涌中。

“出事了！”就在高迈暗自震惊不已的当口，助手满头大汗地敲门进来。在他的提示下，高迈打开了东华渔业的官宣网站。

结果，他看到了一个视频。

视频里，是一个签约仪式。阑珊资本，一个之前从来没有听说过的公司，出现在了签约仪式上。

法人代表，赫然是叶阑珊。

和她签约的，则是齐然诺。

在海岸休闲城奠基仪式上受伤了的齐然诺，此时戴了一顶漂亮的花边帽，恰遮挡住了额头的伤口。虽然看上去脸色还有些苍白，身体还有些虚弱，不过，这姑娘确实很坚强，从头到尾，始终严肃认真，带着丝毫不逊色于叶阑珊的气场，和叶阑珊签约。

签约的内容，是阑珊资本进入东华渔业。

无论官宣网站上说得多么冠冕堂皇，在高迈看来，实际上就是叶阑珊不知道从哪里弄来了一笔很大的资金。

然后，不知为何，叶阑珊居然放弃了这次报复齐家兄弟的大好良机，反而主动和齐家兄弟接触。

这笔不知道什么来历的资金，借给了齐家兄弟，让他们赎回了质押在券商和银行里的股票，让他们避免了爆仓的危机。

相应的，其中相当一部分股票转而质押给阑珊资本。接着东华渔业宣布违约，阑珊资本向仲裁机构提请仲裁。结果，自然就是按照协议，股票成功地划给了阑珊资本。

由此，阑珊资本成功避免了大笔股份收购必须公告必须接受证监会监督的政策红线，以极其低微的价格，获得了一大笔东华渔业乃至长林集团的股份。

于是皆大欢喜。

基本上已经确定要坐牢的齐军，主动辞去了东华渔业董事长的职务，齐然诺成为东华渔业新的董事长。叶阑珊则作为注入资本的代表，成为东华渔业的第二大股东。

两个女人，两个年轻漂亮的女人，这一刻，相互递交了签好字的合约，握手，拍照。瞬间，两张如花般美丽动人的容颜，定格在了一起。

一个犹如盛开的牡丹，高贵雍容。

一个恍若野性的蔷薇，热烈奔放。

当真是旗鼓相当。

高迈想也不想便能确定，也许明天，这张照片就会成为金融界轰动的大新闻。

不过，此时此刻，他的注意力却完全转移到了两个女人的身后。在齐然诺和叶阑珊微笑着握手的瞬间，高迈留意到了帅朗。站在齐然诺和叶阑珊身后，大约十多步外，一个不怎么惹眼的角落里的帅朗。

没有任何证据，可高迈就是强烈地感觉到，这一切，应该就是帅朗搞的鬼！

就如同他那个一手创建了海鸥资产，成为资本世界传奇的父亲郎杰一样。这个之前被他有些轻忽的年轻人，似乎已经展现出了丝毫不逊色于他父亲的能力。

“小王八蛋！”高迈忍不住破口骂了一声，胸口处传来阵阵绞痛，抬手捂住了胸口。随即便在手下们“高先生”的惊呼中，身不由己地缓缓倒了下去。

“太棒了！”

世界，总是公平的。有人哀伤成河，就必然有人欢喜若狂。

高迈这边乱成一团之际，齐然诺却在东华渔业的董事长办公室内，笑逐颜开。

看着电脑屏幕上东华渔业的股价火箭般上蹿，素来在人前努力表现得十分严肃认真的女孩，忍不住欢呼着站起身来，兴奋地抬手，挥舞了一下小拳头。

只是下一刻，她不由微微蹙眉，轻轻地呻吟了一下，脸上显出了痛楚的表情。猛地站起来的身体，也在略微的晕眩中开始摇晃。

“小心，诺诺！医生不是关照过你，最近情绪不要太过波动？”

帅朗无奈地摇了摇头，赶紧上前，扶着齐然诺坐下，轻轻地为她按摩头部。

齐然诺温顺得好像一只听话的猫，乖乖地躺在椅子上，闭了眼，接受帅朗的按摩。她好像睡着了一样，只是长长的睫毛在微微抖动，悠长的呼吸声有些大，尤其那嘴角挂着的笑，彻底暴露出这姑娘此刻的欢喜。

安静了没有多少时间，她便忍不住睁开了眼。努力看着站在自己身后，依旧在为自己按摩头部的帅朗，竟略带着些许撒娇："人家开心嘛！"

帅朗的嘴角，微微牵动了一下。

说实在的，他还是更习惯过去那个总是在自己面前板着脸、摆出领导架势的齐然诺。可是，自从那天在海岸休闲城奠基仪式上，齐然诺为他挡了王大福扔过来的那块石头以后，帅朗却发现自己和齐然诺的相处有了很大的变化。

在美其名曰要帅朗报恩的借口下，受了伤的齐然诺在他的面前越来越放下了社交上的距离，越来越随意地展现出她所有喜怒哀乐的情绪，越来越毫不客气地频繁吩咐帅朗做这做那。

不知不觉，两人相处的时间越来越多。不知不觉，帅朗已经不再叫她"然诺"，而是像齐然诺身边最亲近的人那样，叫她"诺诺"。

不仅旁人如今投来的目光似笑非笑，暗藏深意，帅朗自己都忍不住感觉自己和齐然诺的相处越来越像恩爱的小情侣。

见鬼！怎么会这样？

这样的相处，让帅朗理智地感觉到了危险。一次次，他在心中不断警告自己，眼前的姑娘，是齐华的女儿。奈何，他当真很喜欢这样的开心相处……

"帅朗！"就在帅朗暗自思量之际，忽然听到齐然诺的声音再度传来。

齐然诺依旧不像是堂堂上市公司新上任的董事长，犹如孩子一般嬉笑道："你说现在，高迈这个坏蛋看到这样的行情，会不会心脏病发作啊？"

"心脏病？"言者无心，听者有意。

听到这话，帅朗的目光微微一闪，依旧在为齐然诺按摩的手，稍稍停顿了一下。

不过很快，他便又开始按摩了起来，脸上也没有任何神情的变化，若无其事，仿佛只是闲聊八卦一样地问："怎么，他有心脏病？"

"嗯……"齐然诺已经再次闭上了眼睛。

舒服地享受着帅朗的按摩，同时不经意地答："应该有吧。发现是高迈这个坏蛋在暗中捣鬼以后，爸爸就让獭子哥着手调查高迈，弄来了好多关于高迈的资料。其中就有从医院调来的、关于高迈身体状况的病历卡。"

"哦……"帅朗随口应了一声。

鬼才相信齐华是刚刚才着手调查。不过，病历卡？心脏病？

依旧在为齐然诺按摩头部的帅朗目光闪动，思绪已经不由飞了起来。

第六十二章
出国

“咦？熊猫？熊记者？”

三日后，正午，东华渔业总部门口。

熊猫探头探脑，犹犹豫豫，徘徊不前。就在他纠结要不要进去的当口，忽然，一个熟悉而又甜美的声音从身旁传来。

熊猫顿时浑身微微一颤。刹那，他感觉自己就好像心花怒放般，迫不及待地转身，果然看到了叶阑珊。虽然仅仅接触过几次，却不知为何，已经让他忍不住好多次梦见、好多次遐想联翩。

红色的玛萨拉蒂已经停在了熊猫的身边，车窗徐徐落下，露出了叶阑珊笑吟吟的脸。依旧还是那么让人心跳，让人生出忍不住想要征服的欲望。

“叶、叶小姐，你、你怎么在这里？”熊猫忍不住惊喜地脱口而出，紧跟着，他又赶紧拍了一下脑袋，“哎呀，我真糊涂。其实早两天就看到了东华的新闻。您现在已经是东华的大股东了吧？”

叶阑珊笑着点了点头：“现在是东华的多事之秋。董事长齐然诺的伤又没有好，所以最近几天我都待在这里。怎么，你这是来找帅朗？”

“呃，不，啊，是、是啊……”熊猫下意识地想要摇头。

可在叶阑珊笑吟吟的注视下，最终还是老老实实地承认。然后，几乎没有任何抵抗力，晕头晕脑地被叶阑珊带着见到了帅朗。

“熊猫？”看到熊猫的瞬间，帅朗也很吃惊。

自从王老实父子的事情以后，两人之间多少有些隔阂。当真好久没见了，一时间，竟有些冷场。

幸好此刻有叶阑珊在，她笑吟吟地三言两语就把气氛活跃了，为两人安排好了饭店的包厢。

不过等叶阑珊知趣地离开之后，包厢内却立刻又陷入了沉默。

好一会儿，帅朗方才开口：“说吧，今天突然来找我，出了什么事？”

“嗯……还真有一件很重要的事情！我觉得……你应该知道！”熊猫沉吟了一下，脸上难得地显出了严肃。

不仅严肃，他还有些吞吞吐吐、犹犹豫豫，很纠结的样子。

帅朗皱了皱眉，心头掠过了一丝不祥。不过，他并没有催促，依旧静静地等着。

不得不说，经历就是人生最好的老师。经历了这么跌宕起伏的资本运作之后，帅朗只觉得自己好像升华了。感觉世上任何事，自己都能云淡风轻地面对，哪怕是不好的！

在帅朗的注视下，熊猫越发不安。

他为难地挠了挠头，迟疑地道：“最近……涟漪没有和你联系？”

听到“涟漪”两字，帅朗的心猛地一痛，钻心刺骨的痛，可表面上依旧没有任何表现。

他摇了摇头，淡淡地道：“没有！”

“至于吗？至于吗？至于吗？”眼见帅朗如此反应，熊猫忽然愤怒起来了。

他愤怒地拍了拍桌子，连说了三声“至于吗”，狠狠地喝了一口面前的啤酒，好半天方才压抑下心中的激动。

他深深呼吸了一口气，努力让自己保持平静，试图劝解道：“你忘了你和沈涟漪这么多年的感情了？忘了你们小时候有多好？忘了以前一起上学一起回家的日子？忘了每次你生病了涟漪有多心疼你，每次涟漪有事情，你有多积极帮她？”

当熊猫暴怒的时候，帅朗依旧无动于衷的样子，任由熊猫发泄。

直到此刻，他的脸方才微微抽搐了一下，沉默之后，轻轻吐出两个字：“没忘！”

“没忘？”熊猫又狠狠拍了一下桌子，然后，凶狠地瞪了一眼闻声赶来的服务员，挥手把他们赶走。

熊猫转头盯着帅朗，激动地道：“既然没有忘，为什么还要和涟漪置气这么久？你是男的，她是女的。你就不能让着她一点儿？至于吗？就为了那点儿小事？为了一个根本和你们毫不相关的人？就、就这么莫名其妙地闹掰了？就这么莫名其妙冷战了这么久？就把那、那什么十几二十年的感情抛下了，不值一提了？你知不知道，从小到大有多少人羡慕你们俩？你们俩抛出来的狗粮，噎死了哥哥多少回？现在就这么完了？”

“你不明白！”

“我就是不明白！”

“涟漪是个聪明人！我，呵呵，也算是！”

“什么意思？”

“意思就是太聪明了，有时候不需要太直接的言语。一举一动，很细微的细节，就能让我们察觉到了问题！”

“你妹！问题？什么问题？你们聪明人别打哑谜为难我这笨蛋好

吗？你们都是聪明人，都已经察觉到了问题，为啥还不去解决？”

“没法解决！”帅朗哀伤地摇了摇头，点燃香烟吸了一口，“说白了，就是现在流行的三观不合！”

“开什么玩笑！”听到这话，熊猫差点儿没有一蹦三尺高，“你们青梅竹马两小无猜都这么多年了。现在来告诉我，你们三观不合？早干吗去了？而且，就那么一档子破事，怎么就得出你们三观不合的结论来？”

“知不知道管中窥豹、知微见著？”帅朗轻轻地摇了摇头，“我们都长大了。长大了，对于这个世界，对于人生，总是难免会有不同的看法，不同的选择。很悲剧，我和她恰恰选择了不可调和的道路。然后谁也不肯为对方改变。这就成了问题的根源！”

“什、什么意思？”熊猫推了推眼镜，挠了挠头，有些抓狂地站起来，来回走了两步，“你说的每个字我都懂，连起来我就不明白了。哪来的不可调和？为什么不能改变？矫情，我看你们就是吃饱了撑着的矫情！”

说着，他饭也不吃了，气呼呼地走出了包厢门口。

可是才过了几秒，他又退了回来，气呼呼地瞪着帅朗道：“别怪我没提醒你。涟漪准备出国了！”

“出国？”帅朗一惊，终于沉不住气，站了起来。

“对，出国！她的导师陈思教授推荐的，出国进修两年！明天的飞机。你要是还不想失去涟漪的话，赶紧去找人家。”

说罢，熊猫掉头，这一次当真走了。只留下帅朗孤零零一个人待在包厢里。

帅朗呆呆地坐了很久，直到面前满桌的饭菜都凉了，直到最后一根香烟抽完。他这才猛地惊醒过来，大步走出饭馆。

开着前两天新买的奔驰，以最快的速度，风驰电掣般开回了上海，开回了母校。

在校门口，他稍稍犹豫了一下，拐到旁边的花店买了一束鲜花。就这样拿着鲜花步入校门，经过离开并没有太久、依旧那么熟悉、曾经和沈涟漪手牵手肩并肩走了无数个来回的林荫小路，熟门熟路，走到了沈涟漪的宿舍楼下。

“咦？帅哥？”

说来也巧，这个时候，恰好有几个青春靓丽的女生从宿舍楼里出来。

其中一个，居然是沈涟漪的同学。大学就同班，现在一起读研，自然也就和帅朗极其熟悉。看到帅朗立刻就惊喜地叫了起来。

她的同伴自然而然也围了上来，个个眼睛发亮地围观帅朗。

帅朗早习以为常。

沈涟漪的同学更是乘机凑到了帅朗跟前：“你来找涟漪吗？哎呀，真可惜，晚了一步。刚刚陈教授把她找去了！”

“陈思？”听到这名字，帅朗下意识地皱了皱眉。

“是啊，要不你打电话给她吧！”

“好！”

简单的对话之后，女生们恋恋不舍地离开。

帅朗犹豫了一下，掏出手机调出了沈涟漪的号码。正要拨打的瞬间，手机屏幕猛地一闪，有电话进来了。

叶阑珊的。

第六十三章 要挟

“强行平仓了？”

天风私募。

不知不觉，电话从高迈的手中滑落。几天工夫，他明显苍老了许多。

在他的面前，屏幕上依旧显示着股市的行情。东华渔业、长林集团的股票，还有长林转债，无一不是一根又一根大阳线。

风水轮流转。之前被空单砸得溃不成军的多头，现在回来了。同样天文数字般的多单，迅速吞没了一笔又一笔卖单。最后，几乎势如破竹般冲上了涨停板。

长林转债甚至突破了前高，冲到了117元。

如此火爆的行情，高迈可以想象，股市里那些持有长林转债和长林、东华股份的投资者，此刻是何等欣喜若狂。

可惜，对于他高迈来说，却是灭顶之灾。

“……交易中哪怕是最后一秒钟，都有可能出现惊天逆转。”

下意识地，他想起了这句话。原本是他用来教训帅朗的，那天不欢而散的最后时刻，帅朗若有深意地奉还给了他。

如今，事实证明，帅朗赢了。

他输了。输得好惨！

“高总！”仿佛是验证他的这个判断，输了的念头才在高迈的脑海掠过，就看到一个产品经理慌忙地跑了进来，“银……银行打电话来了……”

“我知道了！”高迈冷冷地打断了产品经理还没有说完的话。

面对高迈冰冷的目光，那产品经理顿时打了一个寒战。

就好像狼王，哪怕伤痕累累，褪毛落齿，也依旧是凶狠慑人的狼王。于是那产品经理踌躇了一下，终究什么话也不敢说，蹑手蹑脚，乖乖地退出了高迈的办公室。

目送该产品经理走后，高迈再也维持不住刚才的威严，身体颓然地往后，靠在了椅背上，重重地叹了一口气以后，闭上了眼，整个人纹丝不动，好像睡着了一样。

不知道过了多少时间，高迈的眼睛睁开了，完全没有了刚才的颓废和绝望，反而闪烁出几分狠辣和阴森。

他拿起面前的电话，拨号，接通。

“喂？”话筒那头，传来了叶阑珊的声音。

“是我，高迈！”

“高迈？”叶阑珊愣了一愣，旋即声音里立刻透着咬牙切齿的恨，“真是稀奇啊。”

高迈嘴角泛起了一丝自嘲：“这不是一个可怜的失败者主动来找胜利者谈判，求一个活命的机会吗？”

电话那头叶阑珊的声音再次顿了一顿，跟着又再度咬牙切齿地笑：“不容易啊！高大律师终于承认自己失败了？”

高迈哂然一笑：“资本市场上，失败是多正常的事！谁没有败过？不过，这一遭，你当真认为我彻底败了，没有任何翻盘的机会了？呵呵，帅朗那小兔崽子，前些天临走时，把我的话还给了我。那句话，确实没错啊——交易中哪怕是最后一秒钟，都有可能出现惊天逆转。”

叶阑珊淡然一笑：“你还有逆转的机会吗？”

“不错，这一遭，你们真是好算计！算准了我不会错过这么好的机会，算准了我会加大力度融券做空。然后你们自己居然放下了和齐家兄弟的恩怨，居然不知道从哪里筹集到这么大的一笔资金来帮齐家兄弟。”

针锋相对的谈话中，高迈反而越发放下了之前的颓丧。

一边说，他一边从手边的抽屉里，取出雪茄，好整以暇地点上，然后从容地说道：“好一个阳谋。我完全就是自己一头扎入了死地。券商也好银行也罢，全都是些有奶就是娘的狼啊。什么人脉、什么交情都是假的。当初争着抢着提供质押、提供融券，巴结唯恐不及，就怕错过了这么一大单业务。现在呢？呵呵，墙倒众人推。

“因为这笔融券是踩在了边缘线上的擦边球。所以，券商一看到股价逆转，便立刻盯死了警戒线。一过红线立马强行平仓，根本不给半点儿通融的余地。银行一看强平，也立马跟上，冻结了质押的资产。

“好，哈哈，真是好！短短几天，你们就把我奋斗了一辈子挣下的家业，全都毁了。果然不愧是叶添锦培植出来的亲信，果然不愧是郎杰的儿子。这又狠又准，着实青出于蓝而胜于蓝啊！不过……你们哪来的自信，就这么认为我真的已经再没有了还手之力，再没有任何还击的手段，只能坐以待毙，任你们宰割了？”

叶阑珊冷笑：“那说来听听，你还有什么手段？”

“帅朗！”高迈不假思索，几乎没有丝毫间歇，便立刻接上了叶阑珊的话，“帅朗是郎杰的儿子没错吧？齐军、齐华兄弟知道这件事情吗？不错，你们这次玩得确实很好，居然和齐军、齐华兄弟化敌为友，反手来算计我。可是，你不觉得你们这样做，也同样给了齐家兄弟喘息的机会？

“如果他们知道帅朗的真实身份呢？齐军固然已经注定要坐牢了，齐华可还是长林集团的董事长。齐家在东华渔业也同样有很大的掌控权。你认为一旦撕破了脸，你们这两个小年轻斗得过经营了几十年的齐华？”

“所以……”叶阑珊稍稍迟疑了片刻，声音越发冰冷，“所以，这就是你逆转的手段？你是在要挟？”

高迈针锋相对：“或者，你也可以理解为狗急跳墙！又或者说，是被逼到死路以后，不顾一切不惜鱼死网破的挣扎求生！”

叶阑珊冷笑：“仅仅只是挣扎求生？”

高迈微微一笑，完全无视叶阑珊话语中的嘲讽，道：“人心无止境，如果可以得陇望蜀，争取更多的好处，我也不介意！”

说这番话的时候，他抽了一口雪茄，努力让自己的声音显得笃定，然而，拿着雪茄的手，却还是无法控制地微微颤抖起来。

幸好，叶阑珊并没有让他等多久。

不一会儿，就听到叶阑珊明显带着强烈厌恶的声音从电话那头传来：“姑姑的住处，你应该还没有忘记在哪里吧。过来，我们面谈！”

说罢，“嘟嘟嘟”的忙音响起。叶阑珊挂了电话，就好像躲避苍蝇臭虫一般，一分钟都不愿意和高迈说下去了。

高迈才不在乎呢，在得到叶阑珊的答复之后，他顿时大大松了一口气，全身瘫软在座椅上。

好一会儿，他狠狠抽了好几口雪茄，方才渐渐恢复过来。这才发现，不知不觉，自己的后背竟已经湿透。

“那么，他当真去了姑姑的住处？”

校园。午后的阳光，暖暖地洒下。

林荫小道上，时不时，有三三两两的学生，来来往往，或说或笑，或去玩耍，或去上课，或去自修。每一个人都洋溢着青春的活力，带着年轻的自信，却并不匆忙，自有一股时间掌握在手中的从容。

眼前这一幕幕，好熟悉，又恍惚已经遥远。

帅朗斜倚在宿舍楼下的一棵大树的树干上，看着眼前的这一幕幕。

半年多前，他也曾经是眼前这些学子中的一员。那时，他总是和沈涟漪牵手而行，是这一幕幕画面中的一道风景。

如今，他却发现自己已经在画外了。短短半年，竟让他有一种恍若隔世的感觉，恍惚在看待另外一个世界。心态、心情、心境，全都发生了天翻地覆的变化。

以至于他淡淡地看着，思绪则全都集中在叶阑珊的话语中。

叶阑珊这一刻的情绪明显有些不对劲，她的声音分外低沉：“对，他去了！就如同你事先预料的那样，这个老浑蛋果然要用你的身份来要挟我们。而且，他应该确实到了山穷水尽的地步。刚刚通了电话之后，几乎没有任何耽搁，他就去了姑姑那里！”

第六十四章
房子

叶添锦生前的住处。

门，虚掩着。高迈轻轻一推，就走了进来。

他意外地发现，里面竟然一尘不染。所有摆设还犹如叶添锦在世时，他来这里做客所见到的一样。

一样开放式的厨房，罗列了整洁的厨具。一样长长的法式红木餐桌上，摆放了盛开的鲜花。壁柜上有好多照片，多半是叶添锦休闲时，游历世界各地拍下的风景。

高迈缓缓漫步其中，恍惚听到了欢声笑语，那是客人们的欢笑。

能来这里的客人并不多，每一个都是被叶添锦认可的。无一不是极聪明、极出色。他们一个个都是在各自圈子里出类拔萃的存在，自然见多识广，自然学识渊博。每次欢聚，都会天南地北，无所不谈。无论什么话题，总有人能接下来，和你聊得投契，聊得热烈，聊得旗鼓相当。

恍惚中，高迈也听到了油锅里热油的炸裂声，闻到了菜肴的香味。

每当这时，叶添锦都会绾起头发，穿着一身利落的休闲衫，在开放式厨房忙活。眼花缭乱的操作中，一道道简单却又美味的佳肴热气腾腾地出锅。

忙活的闲余，她偶尔也会飘来一两句。话不多，却总是一针见血，极有见地。每次都能让人惊叹，让人深思，左右谈论的方向。

当然，也有自诩厨艺出色的，忍不住技痒，撸起袖子展露两手。更多的人，则是敞开了吃，高兴地谈。

总之，叶添锦的家，最常见的便是这种很随意、很自由，可若要发言又很需要烧脑表现出水准以上智商的聚会。

聚会的女主人，恍若贬落凡尘的仙子，似近，实远，近在咫尺，却又远在天涯。偏偏，越是如此，高迈越是如痴如醉，每次来，能够在角落里静静地看，便足够他欣喜若狂。

可是现在……即使仅仅如此，似乎也已经不可能了。

才走了几步，高迈就发现这一尘不染一成不变的房子，其实已经不再是以前的房子了。

因为，清冷，没有一丝人气儿的清冷。

叶添锦终究是走了，永远地走了，永远离开了这本应属于她的人间。

如此想着，泪不知不觉地从高迈的眼眶淌下，淌过脸颊，滴落。

恰在这时，“啪嗒”一声，蓦然响起。

高迈一愣。随即，他愕然发现，面前的电视屏幕居然开启了。

“谁？叶阑珊？”意识到有人遥控电视之后，高迈立刻四顾左右。

却没有看到叶阑珊，也没有看到其他任何人。不过，这并不重要。高迈的注意力，很快转移到了电视屏幕上。

他看到，电视屏幕上，赫然播放的是一段段视频。每一段视频，都有叶添锦，也有……高迈。

高迈吃惊地发现，这些视频里居然都有他。从海鸥酒吧第一次聚会成立海鸥俱乐部开始。后来，他、叶添锦和郎杰、齐军、陈思，共同注资开创了海鸥资产。

然后，海鸥资产迅速扩展的过程里，他们五个人，携手并肩，在瞬息万变的资本市场，参与了一次又一次惨烈的搏杀。

其中，有和对手谈判的艰难，有成败悬于一线的煎熬，有终于大局底定的欢喜，有签订一个又一个协议开疆拓土的意气飞扬。

当然，也就免不了在工作之余一起玩乐的休闲。

看着这些视频，高迈恍如看到了自己的人生，泪忍不住越来越多地淌下。

蓦然，他的胸口有些疼，有些闷。他踉踉跄跄，捂着胸，就近坐下来，眼睛却还是一眨不眨，不肯从屏幕上挪开分毫。

如此这般，不知道过了多久，视频终于放完，屏幕却没有熄灭。

不一会儿，屏幕上出现了幻灯片。幻灯片的内容，竟是叶添锦的日记。

不错，叶添锦的日记。

高迈认得叶添锦的笔迹，他永远不会忘记，这绝对是叶添锦的笔迹。

只有两三页。写的全都和他高迈有关。一行行，一句句，就这样呈现了出来。

九月二十日，阴。

心情也好像天气一样，阴沉沉的，感觉快要窒息了。

因为，无意中发现，一位一直很敬重的大哥，很可能在私底下背叛了我们所有人的利益。

九月二十七日，雨。

怀疑终于得到了证实。他怎么可以这么做？太糊涂了！

我又该如何？

十月四日，晴。

好漂亮的花，终于盛开了。

也许，我该和高大哥好好谈一下？他这个人，就是心思太重了。

其实，他真没有必要和杰哥较劲的。杰哥心里装的全都是事业，他和我远不是高大哥想的那样。我们只是君子之交，是心灵上投契的知交，永远不可能成为生活上的同行者。

若真要选择。其实，我更倾向于稳重踏实的年长者。

十月十三日，多云。

太让我失望了。高大哥怎么可以这样？居然和齐家兄弟勾搭在了一起，居然准备暗地里算计杰哥！

我真是看错他了。

……

幻灯片到这里戛然而止。

最后一句，“我真是看错他了”，就这样定格在了屏幕上。

分外醒目，分外刺眼。

“不，不是这样的！”高迈忍不住猛地站了起来，忍不住大喊。

随即，也许是这个动作太猛了，他脸色瞬间煞白，汗不知不觉渗满了额头，不知不觉浸透了后背，右手不由自主地再度捂住了胸口，左手则赶忙扶住身边的椅子，这才勉强没有让自己摔倒。

这一刻，高迈只觉得，自己胸口处的疼痛越发剧烈了。偏偏，此时此刻，他根本无法稳住自己的情绪。满脑子，翻来覆去只翻腾着一个念头：

曾经，锦儿其实暗地里喜欢过我？

曾经，锦儿其实中意我成为她生活中的伴侣？

她只是把郎杰当作了知己，但是并不准备进一步发展？我却一手葬送了这大好局面？葬送了原本唾手可得的爱情？甚至还葬送了锦儿的性命？

这是真的？假的？

不，一定是假的！

一定是叶阑珊和帅朗这两个小王八蛋刻意布置的骗局！可是……万一是真的呢？万一我当真亲手毁掉了我原本一心追求的幸福？

转瞬之间，高迈百念千转。痛、悔、恨、悲、疑……无数负面的情绪，如潮水般涌上心头，汹涌澎湃，让他无法呼吸。

他的胸更痛了，更闷了。终于，他再也支撑不住了，膝盖一软，椅子再也支撑不住他的身体。

伴随着椅子“哐当”一声倒在地上的重响，高迈也重重地摔倒在了地上。

第六十五章
想法

“现在，高迈怎样了？”

校园。帅朗斜倚在树干上，一手拿着手机，空出来的另一只手给自己掏了一支烟，又找出打火机，点燃了叼在嘴里的烟。耳朵则始终仔细听着叶阑珊在手机那头的讲述。

直到……高迈倒地。

“第三种情况！”手机那头的叶阑珊很平静。平静的语气里，完全听不出丝毫的情绪波动。

帅朗的身体，却微微震动了一下。第三种情况……

刹那间，帅朗的脑海里，不由浮现起前两天和叶阑珊的密谈——

夜幕渐渐降临的黄昏。

叶阑珊成为东华渔业的大股东后，在东华置备的别墅内。

帅朗一进去，就看到叶阑珊正斜倚在庭院的凉亭柱子上，寂寥地独饮红酒。

帅朗愣了一下，走过去，坐在了叶阑珊的对面，很不见外地也给自己斟了一杯红酒，举杯朝着叶阑珊遥遥示意了一下，微微抿了一口，这才道："怎么，不开心？"

"也许是我得陇望蜀贪心不足了吧！"叶阑珊同样不见外。

从帅朗出现到现在，她都没有起身，没有客套寒暄，依旧懒懒地倚在凉亭的柱子上，懒懒地看着帅朗忙这忙那。

直到帅朗发问，她这才幽幽叹了一口气："你难道不觉得，我们这一次总是束手束脚吗？最初，从工业用地着手，打击了东华渔业和长林集团，确实是一步绝妙好招。差一点儿，当真差一点儿，我们真的能够让齐华、齐军万劫不复的！

"可惜，螳螂捕蝉黄雀在后。在这个节骨眼上，还有高迈这只早就蓄势待发已久的黄雀。果然如你所料，他不可能放弃这么好的机会。尽管他的主要目标是齐华、齐军兄弟。可是如果我们当真傻傻地一心对付齐华、齐军兄弟的话，他那些空单顺手收拾掉我们，也是轻而易举。

"所以，我们只能放弃对齐华、齐军，对长林和东华的最后一击。反而要出手帮这些仇人，和这些仇人合作。你……甘心吗？"

帅朗耸了耸肩："那也没办法！瘦死的骆驼比马大。齐华、齐军分别拥有长林和东华两个上市公司，再加上这么多年的经营，实在太强大了，还有一个高迈虎视眈眈。我们既然没有相应的实力，那就只好审时度势。何况，这次让齐华、齐军兄弟元气大伤，阑珊资本也顺利注入东华，一切都在往好的方向发展。来日方长嘛，君子报仇十年不晚！"

叶阑珊嫣然一笑："好了，你也不用安慰我。我分得清轻重缓急。暂时和齐华那老狐狸合作，我并不反对。其实，我真正生气的是，这么好的一次机会，不但放过了齐华、齐军兄弟，居然还要放过高迈！"说到这里，她猛地仰头，一口饮完了杯中的红酒。

提及高迈，她才是真正的咬牙切齿："你之前做得不错。高迈果然如你所料出手做空头了。你利用老师留下的人脉，建立阑珊资本，反手帮助齐华，拉升东华和长林的股价，更是神来之笔，一下子就坑死了高迈。实在太精彩了。我相信，即便老师也未必能做得比你更出色。问题是……现在，我们居然也要和高迈妥协？"

帅朗苦笑摇头："那也同样是不得已的选择。以高迈的为人，他肯定不会坐以待毙的。他如果要反击，想绝处逢生的话，最大的筹码恐怕就是我的身世。向齐华透露我的身世，应该就是他穷途末路后的最后一招！偏偏现阶段，我们最需要时间，我们还没有可以和齐华彻底撕破脸正面交锋的实力。所以，必须稳住他。

"好在我们研究过高迈的操盘记录。他操盘的风格决定了他的性格很矛盾。极度的保守和极度的激进，竟然不可思议地融合在了一起。这样一个人，如果抓住机会，绝对可以疯狂到极点，但是一旦发现没有机会，则必然谨慎到极点。所以，一旦空头爆仓，他会威胁我们，但只要我们让他不至于输得走投无路，他一定会选择妥协，以便日后东山再起，而不是鱼死网破！"

帅朗说话的当口，叶阑珊再次给自己的酒杯倒满了酒，然后晃动着酒杯，看着杯中红酒荡漾，幽幽地道："道理是这个道理。可是，姑姑……"

看到叶阑珊心情忧伤，帅朗赶忙宽慰道："阑珊姐！这次来，我就是想告诉你，事情又有变化了！"

叶阑珊立即转头看着帅朗："变化？什么变化？"

"嗯，这样的。我得到了一个可靠消息。高迈有心脏病，很严重的心脏病。确切地说，不仅仅是心脏病，还有高血压。前两天，他就因为看到我们让长林和东华翻盘的行情，一时激动，晕倒住院了。虽然很快就出院了，不过獭子弄到了医院的病历卡，也买通了主治的医生。根据医生的判断，目前高迈的身体状况很不好。近期非常忌惮情绪激动。否则……很有可能中风、脑瘫，甚至死亡！”

“哼，死了才好！”显然是因为姑姑的缘故，叶阑珊对高迈当真恨之入骨。听说了这个消息，想也不想，立刻发出狠狠的诅咒。

说罢，她方才反应过来：“你说这些，是不是又有什么主意了？”

“有一个新的想法！”帅朗同样把玩着手中的酒杯，眉头不知不觉中皱了起来，满脸都是犹豫。

迟疑了好一会儿，他方才说道：“我觉得这件事情，我们可以好好利用一下，试试看，能不能做一些文章。”

叶阑珊什么人，立刻敏锐地有所感应，盯着帅朗，问：“你究竟想说什么？”

帅朗不安地用力握紧了一下手中的酒杯，最终还是咬了咬牙，硬起头皮试探着道：“比如，那高迈不是口口声声说他暗恋你姑姑吗？那么，如果我们给他看到你姑姑的书信啊日记什么的，让他发现你姑姑其实……”

“帅朗！”帅朗的话还没有说完，就立刻被叶阑珊给打断了。

叶阑珊生气了，当真生气了，前所未有的生气。

她涨得满脸通红，几乎是声嘶力竭地朝着帅朗吼道：“你是要我篡改姑姑的书信日记？你要我伪造歪曲姑姑生前的想法？你疯了？这不可能！绝不可能！”

说开以后，帅朗反而放开了。面对叶阑珊前所未有的生气，他却前所未有的冷静，挥了挥手，道：“这不是对你姑姑的亵渎。恰恰是为了给她报仇。你好好想想，难道你姑姑在九泉之下愿意看着害了她的坏人就这样继续逍遥自在于人世间？我们只是用了一些手段，努力达到美好的结果。至于过程……”

说到这里，他的脑海中不由回想起当初沈涟漪对自己的指责：“……结果真的那么重要，重要过了过程的正义？”

心念电转的当口，帅朗的嘴角泛起了一丝自嘲：“就好像交易员无论是潜伏爪牙忍受，进行左侧交易，还是承受巨大风险，激流勇进地右侧追涨杀跌，目的不都是为了赚钱？只要达到你想要的结果，过程如何又有什么关系？”

叶阑珊却还是不以为然：“你太一厢情愿了！高迈这老浑蛋，活了这么多年，什么大风大浪没经历过？他怎么可能这么容易就被你这种小手段击垮了！”

“这可不一定！”帅朗缓缓摇了摇头。

他皱眉，努力回想起那天自己和高迈在海鸥酒吧内见面的情形。当时，高迈提及姑姑叶添锦的时候，那流露出来的情绪很真诚、很伤感。

帅朗努力说服叶阑珊道：“你看，最近高迈不是已经到了穷途末路吗？最近，他刚刚晕倒住院总不是假的吧？主治医生的判断，也同样是真金白银买来的。那么，如果他对你姑姑……我说如果啊，当真暗恋过，这会儿发现你姑姑对他……嗯，我说的是咱们伪造出来的……你姑姑对他也有意思，他却葬送了你姑姑性命。你说，他是不是会情绪激动，是不是会悔恨，会不会身体出问题？

“如果他的身体出了问题，那么我们就可以争取到足够的时间了。毕竟，我的身世又不是要一辈子隐瞒下去。迟早有一天，我会正大光明公告天下的。只不过，暂时咱们实力还不济，还需要和齐华这头老狐狸周旋不是？

“再退一万步，就算咱们的这番筹划失败了，也没有损失吧？到时候，只不过是继续按照原先的计划和高迈达成妥协，然后再设法找机会把他一棍子打死。既然如此，为什么不尝试一下呢？”

叶阑珊皱眉：“那么，出现第三种情况呢？”

帅朗微微一愣：“什么？”

“第三种情况！”叶阑珊看着帅朗，一字一句，冰冷地吐出了两个字，“死了！”

第六十六章
曲终

死了！高迈死了？

帅朗感觉自己有那么一刻，似乎石化了一样。

他当真没有想过？这话，他骗不了自己。

刚才，他在提及高迈身体状况的时候，其实就已经说过，高迈一旦情绪激动，最坏的情况就是死亡。或者脑梗，或者心脏病复发，总之是有生命危险的。

不过，在提出针对高迈的计划时，他确实下意识地回避了这个可能。

就好像，当初他回避了王老实父子签字时为何会满怀愤恨；回避了当初在利用工业用地对付齐家兄弟时，把王大福这枚棋子放下去，制造混乱会失控出现死亡的可能。

只是这一次，叶阑珊根本不让他回避。

她紧紧盯着他，追问："如果出现第三种情况。如果你的这个设计，效果……太好，让高迈死了呢？你依旧确定，还要这么做？"

"我……"帅朗下意识地偏过头，避开了叶阑珊的注视，目光微微有些游弋。

和之前那几次不同，之前多少还可以自我辩护，自我推脱。可是这一次，如果当真出现叶阑珊所说的这第三种情况，他，帅朗，岂不是成了谋人性命的凶手？

这个念头，让他战栗，让他彷徨，却并没有让他犹豫太久。

"确定！"

说来话长，心中千百念头飞快掠过，实际上却仅仅只是过了两三秒。

帅朗迅速又回头，目光不再游弋，简单而又坚定地答："我确定！"

听到这话，叶阑珊的目光不知为何，莫名地有些迷离，迷离地看着帅朗，恍惚走神了。嘴里轻轻喃喃了一句："真像！"

"什么？"帅朗没听清楚叶阑珊在说什么，忍不住问了一句，同时，心中有些烦躁。此刻叶阑珊的目光还有神情，让他很不舒服。总感觉明明是自己站在叶阑珊的面前，可叶阑珊此时此刻看着、想着的，却赫然是另外一个人。

好在叶阑珊迅速回过神来，又恢复了正常。

她取出一支精致的女士香烟，点燃抽了一口，平静地点头："好，只要你决定了，并且不后悔，那么这件事情就交给我来办！"

"你？"

"对，我！你不要插手，半点儿都不要！我会让高迈去姑姑那里。在那里我事先做好部署。我会通过网络远程遥控，让高迈看到你想让他看到的那些。然后，如果他死了，大概率是扯不到我们身上的。万一扯到了，也全部由我来应对。从现在开始，你不要再碰这件事情，一点儿都不要碰。"

叶阑珊走到帅朗面前，伸手抚摸了一下帅朗英俊的脸。然后又后退，远离了帅朗。整个过程很快，快到了帅朗有所反应时，叶阑珊已经转身离开了凉亭。

只抛下了一句话：“郎杰的儿子，注定应该在阳光下，享受胜利和荣耀！”

校园内，大树下。

叶阑珊用极度平静的语气说出了“第三种情况”这么简简单单的五个字后，便立刻挂断了电话。

帅朗没有马上放回手机，反而依旧让手机贴着耳朵，保持了打电话的姿势。好久，好久。

烟头都快烧尽，马上就要烧到手上了，帅朗这才如梦初醒一般，猛地将香烟扔到了地上。抬脚用力踩下去，狠狠地，就好像要将这烟蒂踩入地心，让地面不见半点儿香烟的痕迹。

可惜，烟蒂终究还是在地上，哪怕踩扁了，也依旧醒目地存在。

最终，帅朗不得不放弃了这徒劳的努力。他下意识地抬头，看了一眼沈涟漪的宿舍楼。

午后的宿舍楼，正沐浴在阳光下。

站在树荫里的帅朗，这么一抬头，蓦然感觉有些刺眼，刺得他忍不住闭了一下眼睛。不知不觉，他忽然没有了再去找沈涟漪的想法。

犹豫了一下，最终转身，背对着宿舍楼，朝校门的方向走去。

起始，还有些缓慢、蹒跚、犹豫和踌躇，渐渐走快，渐渐坚定。

他一边走，一边拨打手机，打通的，是齐然诺的电话。

“你在哪里？”齐然诺的声音第一时间传来。

有些撒娇的味道，更多的是欢喜。恨不得下一秒，就立刻看到帅朗的欢喜。

这样的欢喜，多少也感染了帅朗，顿时，他感觉心情舒畅了许多，嘴角忍不住浮现出了一丝微笑：“我来上海处理一些事情。大概要晚上六七点才能回来。对了，有什么东西需要我帮你买回来？”

“啊？你怎么去上海了？”齐然诺先是惊呼了一声，似乎很遗憾自己没有跟帅朗一起去，接着，甜美地笑道，“今天我好想吃绍兴白斩鸡。”

“好啊，待会儿，我顺便去一下云南路，给你买些过来！”

“谢谢啊！”

“不客气！”

你言我语中，帅朗收起了手机，深深吐了一口气。抬头，看着远方蔚蓝的天空。脑海里，却不禁想起了父亲留下遗书，跳下天台的情形。

耳畔，回荡起父亲在日记里留下的话语：“交易是什么？交易便是在群氓恐慌的低谷，你悄然入场，潜伏爪牙忍受，只等着众人狂欢的峰巅，收割完毕满载而归。”

“所以啊……”轻轻地喃喃了一声，帅朗的嘴角泛起了一丝自嘲。

他加快了向前的步伐，很快远离了宿舍楼，走出了静谧的校园。他随手将手中的鲜花，塞入了一旁的垃圾桶，开车驶入了滚滚车流人海中。

（第一部完）